AF177929

Auflage:
4   3   2   1
2022 2021 2020 2019

HAYMON tb **263**

Originalausgabe
© Haymon Taschenbuch, Innsbruck-Wien 2019
www.haymonverlag.at

ISBN 978-3-7099-7910-5

Umschlag- und Buchgestaltung: himmel. Studio für Design und
Kommunikation, Innsbruck / Scheffau – www.himmel.co.at
Satz: Da-TeX Gerd Blumenstein, Leipzig
Coverfotos: Steine: Alexphotos/freepik.com; Saline: Alexandra Koch/
Pixabay; Blutspritzer: Jannoon028/Freepik.com; Laterne: Momentmal/
pixabay; Grubenwagen: © Salzwelten Altaussee
Autorenfoto: Julian Dutzler

Gedruckt auf umweltfreundlichem,
chlor- und säurefrei gebleichtem Papier.

Herbert Dutzler
Letzter Stollen

Ein Altaussee-Krimi

Herbert Dutzler

Letzter Stollen

1

Eigentlich hatte Gasperlmaier das gar nicht gewollt. Eine kleine, feine Feier hatte er sich zu seinem Fünfziger ausbedungen, weil er nicht gerne im Mittelpunkt großer Menschenmengen stand. Er hasste es, wenn alle ihn anlächelten, fragwürdige Glückwünsche ebenso wie dumme Sprüche über das Alter ausgetauscht wurden und Dutzende Augenpaare jede seiner Regungen taxierten. Ein Fass Bier für die Mitglieder der Freiwilligen Feuerwehr war natürlich nicht zu vermeiden gewesen, das hatte er mit Bravour schon vorige Woche hinter sich gebracht, denn bei der Feuerwehr waren Feiern zu runden Geburtstagen so häufig, dass man kein großes Aufheben davon machte. Diesmal waren es drei Geburtstagskinder auf einmal gewesen, also auch drei Fässer.

An diesem Samstagnachmittag allerdings stand er in der großen Stube beim Schneiderwirt alleine im Zentrum der Aufmerksamkeit, und die Christine, seine Frau, hatte doch mehr Leute eingeladen, als ihm lieb war. Manche davon waren eine durchaus angenehme Überraschung gewesen, wie zum Beispiel die Chefinspektorin Doktor Kohlross, der er schon mehrmals bei der Aufklärung kniffeliger Kriminalfälle unter die Arme hatte greifen dürfen. Nur symbolisch, selbstverständlich. Und natürlich freute er sich auch, dass seine Kinder Zeit gefunden hatten, zu kommen. Vor allem, wo seine Tochter gerade ein Auslandssemester in Straßburg, in Frankreich, absolvierte. Dass ihn allerdings der Christoph gerade heute mit seiner neuen Freundin konfrontieren musste, das war auch wieder ein wenig mühsam. Die war nämlich, so hatte er erfahren, aus Kanada, und er wusste nicht so recht, ob sein

Hochdeutsch ausreichte, um sich mit einer Kanadierin zu verständigen. Von seinem miserablen Englisch einmal ganz abgesehen.

Er war gerade mit seinem Schnitzel zu Ende und dabei, sich den Mund abzuwischen, als die Geigenmusik einen Tusch spielte. Damit war es wohl so weit, und er würde sich in das Unvermeidliche zu fügen haben. Er wusste von früheren Anlässen her, dass die Familienmitglieder und Freunde es sich in der Regel nicht nehmen ließen, vor der Übergabe der Geschenke irgendwelche albernen Scherze mit dem Geburtstagskind zu treiben, und vor lauter Nervosität deswegen hatte er heute Nacht miserabel geschlafen. Der Begrüßungssekt und die zwei Bier, die er seither getrunken hatte, hatten ihn allerdings ein bisschen entspannt, und so hatte er auf diesen Programmpunkt beinahe schon vergessen gehabt.

„Lieber Franz!" Der Grill Peter, sein Kollege und Postenkommandant von Bad Aussee, hielt ein großes, in braunes Packpapier gewickeltes Paket in Händen, das irgendetwas Weiches zu enthalten schien. „Du feierst heute deinen Fünfziger, und zudem bist du schon über dreißig Jahre im Polizeidienst." Der Peter holte tief Atem, und die versammelte Geburtstagsgesellschaft applaudierte. Die Christine deutete Gasperlmaier, aufzustehen, was ihn noch mehr in den Mittelpunkt rückte, als es ohnehin schon der Fall war. Verlegen nickte er in die Runde. Der Peter redete und redete, Gasperlmaier blickte zunächst zu Boden, dann in eine ganze Menge erwartungsvoller Gesichter, wo sein Blick an der Freundin des Christoph hängen blieb. Die war wegen ihrer großen Augen und mit ihren langen, schwarz glänzenden Haaren wirklich eine auffällige Erscheinung. Und sehr hübsch. Als sie merkte, dass Gasperlmaier sie anstarrte, zwinkerte sie ihm zu und winkte. Rasch löste er seine Blicke von ihr. „... haben wir uns gedacht, dass du ja schon die dritte Generation der Gasperlmaiers bist, die in der Uniform steckt. Und deswegen haben wir dir ...“ Er öffnete das Paket und enthüllte eine alte Gendarmerieuniform samt Dienstmütze, die Gasperlmaier sehr groß, allzu groß erschien. Der Grill Peter entfaltete die Uniformhose, grau mit einem gelben Streifen, wie es damals üblich gewesen war, und Gelächter wurde laut. Die Hose, so sah Gasperlmaier, war ihm mit Sicherheit viel zu groß. Und die Jacke, das erkannte er auf den ersten Blick, war ebenfalls für einen weit beleibteren Mann geschneidert worden und trug zudem die Schulterabzeichen eines Abteilungsinspektors.

„Und so ernennen wir dich, zumindest für heute, zum Abteilungsinspektor!“ Der Grill Peter überreichte ihm die Uniformteile und Gasperlmaier konnte nicht anders, als sie entgegenzunehmen. Sonst wären die Textilien auf dem Boden gelandet. „Anziehen, anziehen!“, schrien plötzlich alle und klatschten dazu in die Hände. Ratlos sah Gasperlmaier seiner Christine in die Augen. Die nickte ihm zu. „Sei kein Spaßverderber! Das passt doch locker über dein Gewand!“ Wie es sich für einen Altausseer gehörte, war Gasperlmaier selbstverständlich in seiner Lederhose zur Geburtstagsfeier gekommen. Die war in den letzten Jahren ein wenig weit geworden und wurde mehr oder weniger nur mehr von den Hosenträgern oben gehalten. Wahrscheinlich hatte das Leder nachgegeben, denn abgenommen hatte er seines Wissens nicht. Obwohl er eigentlich nie auf die Waage stieg. Höchstens einmal nach den Weihnachtsfeiertagen, wenn er ein allzu schlechtes Gewissen wegen der Völlerei hatte. Aber da fehlten ihm halt in der Regel die Vergleichswerte.

Sein Freund und ehemaliger Postenkommandant, der Kahlß Friedrich, stieß ihn in die Rippen. „Die Uniform", grinste er, „die wär mir selbst in meiner besten Zeit zu groß gewesen." Der Friedrich war vor ein paar Jahren in Pension gegangen, und bis dahin hatte er ständig zugelegt und sogar wenige Monate vor seiner überraschenden Pensionierung noch um eine größere Uniform ansuchen müssen. Seit er in den Ruhestand getreten war, hatte er sein Leben völlig auf den Kopf gestellt, war sportlich geworden, ernährte sich vernünftig und hatte es fertiggebracht, die noch recht gut erhaltene Besitzerin eines Trachtengeschäfts aus Bad Aussee zu ehelichen, die sogar ein paar Jahre jünger war als er.

Unter dem Gejohle und Applaus seiner Gäste schlüpfte Gasperlmaier in die Hose und streifte die Jacke über. Die Ärmel waren ihm zu lang, und so gelang es ihm nur mit Mühe, die Hose festzuhalten, die ihm bei der leisesten Bewegung wieder die Beine hinunterrutschte. Besondere Heiterkeit löste das Aufsetzen der Kappe aus – auch der Kopf des Abteilungsinspektors schien erheblich umfänglicher als der Gasperlmaiers gewesen zu sein. Plötzlich erscholl Musik aus einem unsichtbaren Lautsprecher, und fünf oder sechs junge Leute, alle in Grau und mit Gendarmeriekappen ausgerüstet, stellten sich vor Gasperlmaier auf. Es dauerte eine Zeitlang, bis er begriff, dass sie das Lied „Razzia" von Rainhard Fendrich sangen. Kopien mit den Texten wurden herumgereicht, und ehe er es sich versah, sangen alle mit.

Recht polizeifreundlich war das Lied nicht, und Gasperlmaier musste seine Kappe weit zurückschieben, um mitlesen zu können. Zudem musste er mit einer Hand seine Hose festhalten. Er kam sich unglaublich dämlich vor. Warum nur hatte er sich dazu bereit erklärt, ein solches Kasperltheater mitzumachen? Hatte er sich überhaupt bereit erklärt? „A alte Frau, die alles sieht und alles hört, hat sich beschwert ...", sangen sie. Gasperlmaier musste an die Frau Haselbrunner denken, die seit Menschengedenken fast jeden Tag auf dem Polizeiposten erschien, um eine Anzeige gegen die Schulkinder vorzubringen, die auf dem Schulweg eine Abkürzung über eines ihrer Grundstücke genommen hatten.

„Tanzen!", schallte es plötzlich von allen Seiten. „Ja, tanzen!" Wiederum warf Gasperlmaier seiner Christine einen Blick zu, diesmal einen noch verzweifelteren. Doch die nickte wieder und fasste ihn an der Hand, während Gasperlmaier verzweifelt versuchte, seine Uniformhose am Hinunterrutschen zu hindern. Die Gäste wichen zurück, ein freier Platz tat sich auf, die Christine erkannte seine Notlage, griff ihn am Hosenbund und zog ihn schwungvoll über das Tanzparkett. Sie wusste aus langjähriger Erfahrung, wie sie ihn zu führen hatte, und er war ihr unendlich dankbar dafür. Das Lied schien kein Ende zu nehmen, doch irgendwann ließ ihn die Christine doch los, die Musik verstummte, alles applaudierte, und Gasperlmaier ließ die übergroße Uniformhose zu Boden sinken, in der Hoffnung, dass damit dem Spaßbedürfnis seiner Kollegen Genüge getan sein würde. Tatsächlich protestierte niemand dagegen, dass er sich der Uniform entledigte, unter der er bereits kräftig zu schwitzen begonnen hatte. „This is so funny!", hörte er die Freundin von Christoph kommentieren. Hoffentlich hatte sie nicht ihn persönlich gemeint. Hatte sie am Ende „He is so funny" gesagt? Wenn sich Gasperlmaier nicht täuschte, bestand zwischen den beiden Sätzen, was ihre Bedeutung betraf, ein gewaltiger Unterschied. Wenigstens, so glaubte er beobachtet zu haben, hatte ihn beim Tanzen niemand mit dem Handy gefilmt. Damit hatte er ja auch schon unangenehme Erfahrungen gesammelt.

Als er wieder auf seinen Platz zurückkehrte, standen der Grill Peter und die Manuela Reitmair, seine Kollegin vom Posten in Altaussee, bereits mit erwartungsvollen Gesichtern dort. „Zum Fünfziger", lächelte die Manuela, „gibt es natürlich auch noch ein ordentliches Geschenk!" Sie war zwar nicht aus dem Ausseerland, hatte aber ihm zu Ehren heute ein Ausseer Dirndl angezogen, und es stand ihr, so fand Gasperlmaier, ausgezeichnet. Er bemühte sich, seine Blicke nicht auffällig auf ihrem Ausschnitt verweilen zu lassen. Die Manuela schob ihm ein Kuvert zwischen die Finger, drückte Gasperlmaier fester an sich, als er das für nötig hielt, und küsste ihn auf die Wangen.

Gasperlmaier sorgte sich, dass womöglich der Grill Peter und der Kahlß Friedrich es auch für nötig halten würden, ihn anlässlich seines Fünfzigers zu küssen, doch seine Sorge war unbegründet. Der Friedrich ließ lediglich seine Pranke so kräftig auf Gasperlmaiers Schulter niedersausen, dass dieser sich wand, bereitete ihm doch die Schulter ohnehin seit geraumer Zeit etwas Sorgen. Er konnte den Arm nur bis etwa auf Schulterhöhe heben, ohne dass er Schmerzen verspürte. Und Schläge waren auch nicht gerade hilfreich.

Die Frau Doktor Kohlross, ebenfalls in der Tracht, strahlte ihm entgegen. Ihre dunklen Haare, fand Gasperlmaier, harmonierten ausgezeichnet mit dem Dirndl, aber es war ihm, als hätten sich da einige kaum wahrnehmbare graue Strähnen in die Haarpracht eingeschlichen. Die Frau Doktor hatte ihre kleine Tochter, die Sophie, auf der Hüfte sitzen, die gelangweilt an zweien ihrer Finger lutschte und Gasperlmaier skeptisch musterte. „Sag schön ‚Herzlichen Glückwunsch‘, Sophie. Der Gasperlmaier hat nämlich heute Geburtstag!“ Die Sophie schaute aber bloß finster und ließ ein wenig Spucke über ihr Kinn laufen. Umso herzlicher drückte ihn dafür die Frau Doktor an sich, was er sich gerne gefallen ließ. Zu einem runden Geburtstag konnte nicht einmal die Christine etwas dagegen haben. Deutlich spürte er die Abdrücke der warmen Lippen der Frau Doktor auf beiden Wangen. Zuletzt küsste ihn auch noch die frisch angetraute Ehefrau des Friedrich, deren Küsse aber deutlich zurückhaltender ausfielen als die der Damen zuvor. Sie schien ihn nicht wirklich zu mögen. Hoffentlich würde es ihr nicht gelingen, den Friedrich dahingehend zu beeinflussen, dass er keine Zeit mehr hatte, gelegentlich mit ihm beim Schneiderwirt einzukehren.

„Du musst jetzt das Kuvert aufmachen!“, flüsterte ihm die Christine zu. Er nahm das ziemlich große und steife Kuvert auf und steckte einen Finger unter die Lasche, um es aufzureißen. Zum Vorschein kamen ein Folder und eine Karte, die Gasperlmaier auf den Tisch fallen ließ. „Gutschein“, las er, nachdem er sie wieder aufgenommen hatte. „Für ein Wellness-Wochenende.“ „Weil du ja immer wieder jammerst, dass dir das und das wehtut“, erklärte der Friedrich. „Und dass du oft so einen Stress hast, als Postenkommandant. Das wird dir guttun!“ Gasperlmaier öffnete den Folder. Auf einem Bild war der nackte Rücken einer Frau abgebildet, auf dem, der Wirbelsäule entlang, schwarze, polierte Steine lagen. Im ebenso schwarzen Haar hatte sie eine große, rosarote Blume stecken. Ein anderes Bild zeigte eine blonde Frau, der soeben Öl oder Honig auf die Stirn gegossen wurde. Gasperlmaier hasste solchen Firlefanz, und außerdem ließ er sich nicht gerne von fremden Menschen berühren, geschweige denn begießen. „Ayurveda", stand da, und „Klangschalen-Massage". Er bemühte sich um ein Lächeln, denn die Kollegen hatten es sicher gut gemeint. Obwohl, der Friedrich grinste so schäbig ... wahrscheinlich hatte er diese Idee gehabt und das Geschenk vorgeschlagen, obwohl er wusste, dass sich Gasperlmaiers Begeisterung über die Aussicht auf esoterische Behandlungen in Grenzen halten würde.

Er nahm einen Schluck Wein. Vor ihm standen jetzt seine beiden Kinder. Christoph, mit seinen langen Haaren immer ein wenig ungepflegt wirkend, grinste verschämt. Wenn er tatsächlich einmal Arzt sein würde, so dachte Gasperlmaier bei sich, musste diese Mähne samt dem Bart wohl weg. Seine Freundin strahlte Gasperlmaier aus ihren großen, dunklen Augen an. Die war, das musste er zugeben, schon besonders ansehnlich geraten. Irgendwie, so schien ihm, hatte sie etwas Asiatisches an sich, trotz der Augen, die dazu nicht zu passen schienen. Er musste den Christoph bei Gelegenheit fragen, ob ihre Eltern am Ende Indianer oder so etwas waren. Die Katharina hatte auch einen Begleiter mitgebracht, aber das war bloß der Florian, der mit ihr schon die Schulbank gedrückt hatte. Gasperlmaier wusste eigentlich nicht recht, in welchem Verhältnis die beiden momentan zueinander standen, aber ihm schien, als würde die Katharina die Beziehung zum Florian immer bloß dann wieder reaktivieren, wenn sie sich gerade in Altaussee aufhielt. Dass sie ihn in Straßburg vermisste, davon hatte sie nie etwas erzählt. Zumindest ihm nicht.

„Lieber Papa!", sagte die Katharina. „Wir haben uns für dich zu deinem besonderen Geburtstag ein besonderes Geschenk ausgedacht. Hoffentlich hast du Freude damit!" Sie schien ein wenig nervös, als sie ihm das

Kuvert überreichte. Das war, so dachte Gasperlmaier, wohl wieder ein Gutschein, denn Geld würden ihm seine Kinder sicher keines schenken. Letztendlich, überlegte er, war ihr Geschenk ohnehin aus seiner oder der Christine Tasche bezahlt worden. Aber das waren unfaire Gedanken, schalt er sich, schließlich studierten beide Kinder eifrig. Behaupteten sie zumindest.

Gasperlmaier öffnete das Kuvert unsachgemäß, ebenso wie jenes davor. Auch dieses enthielt einen Folder, und schnell wurde ihm klar, dass er einen Kochkurs geschenkt bekommen hatte. Genauer gesagt, einen Grillkurs. „Weil du doch so gerne grillst", sagte der Christoph. „Da haben wir uns gedacht, damit du ein wenig Abwechslung ..." Er brach ab. Seine Freundin flüsterte ihm irgendwas zu. „Barbecue", sagte der Christoph zu ihr. „Dad likes barbecue. It's his hobby." Gasperlmaier lächelte verlegen, drückte seine Kinder kurz an sich und überlegte, ob er auch die schöne Kanadierin küssen sollte. Die nahm ihm seine Unsicherheit ab, indem sie mit ausgebreiteten Armen auf ihn zukam, ihn umarmte und in die Luft neben seinen Wangen schmatzte. Gasperlmaier war etwas überrascht und legte zaghaft die Hände auf ihren schmalen Rücken, ohne sie an sich zu drücken. So küsste man anscheinend in Kanada. Das musste er sich merken. Wirklich überzeugt war er nicht von dieser Methode, aber man konnte ja immer etwas dazulernen. Vor allem, wenn dieses Mädchen womöglich einmal ein Familienmitglied werden würde. Mit Schrecken dachte er daran, dass der Christoph dann womöglich zu ihr nach Kanada übersiedeln würde, denn er sah Flugzeuge lieber von außen. Und nicht einmal das machte ihm besonderen Spaß.

Er drehte den Gutschein in seinen Händen, öffnete den Folder und besah sich die Bilder. Riesige Steaks und Bratenstücke waren darauf abgebildet. War das ein zarter Hinweis darauf, dass die Schweinskoteletts und Bratwürstel, die er in der Regel auf den Grill warf, nicht gut genug waren? „Danke!", beeilte er sich zu sagen. „Danke euch allen! Ich bin schon gespannt auf den Kochkurs. Grillkurs." Für seine Verhältnisse war das eine ausführliche Rede gewesen. Er drehte sich zu seiner Christine um, hilfesuchend. Sie wusste immer, was als Nächstes zu tun war oder ob er vergessen hatte, irgendetwas Wichtiges zu sagen. Doch sie war verschwunden. „Wo ist denn die Mama?", fragte er seine Kinder. „Kommt gleich!", grinste die Katharina. Plötzlich stand die Christine wieder vor ihm und hielt einen flachen Korb in der Hand, mit einer kleinen blau-weißen Decke darin. „Und das", lächelte sie, „ist mein Geschenk. Ich hoffe, du weißt, was das bedeutet." Sie drückte ihm den Korb in die Hand. Gelächter erhob sich, Freunde und Kinder grinsten verschmitzt. Er hatte keine Ahnung, was er mit dem Korb anfangen sollte. Für einen Holzkorb war er zu flach, und außerdem hatte er keinen Griff. Plötzlich hörte er aus dem Publikum ein Miauen. Immer mehr Gäste fielen ein, bis schließlich die ganze Gaststube vor sich hin maunzte. Da endlich fiel bei ihm der Groschen. Das war ein Katzenkorb. Die Christine hatte ihm anscheinend eine Katze geschenkt, die aber nirgends zu sehen war. Sie fasste ihn am Arm und küsste ihn auf den Mund. „Du hast doch schon so oft davon geschwärmt, dass du dir eine Katze wünschst, die sich am Abend auf deinen Bauch legt, wenn du vor dem Fernseher liegst, und dich wärmt!" „Ach so!" Gasperlmaier war verunsichert. Das hatte er doch nur so vor sich hingesagt, nicht wirklich ernst gemeint. Als Kind, als er noch bei seiner Mutter lebte, da hatten sie immer Katzen gehabt, aber seither nicht mehr. „Jetzt, wo die Katharina praktisch nicht mehr zu Hause wohnt, ist es endlich so weit!" Die Katharina war nämlich allergisch gegen Katzenhaare, und so hatte sich die Anschaffung eines solchen Haustiers bisher von selber verboten. „Freust du dich?", fragte die Christine, als er sich wieder setzte und auch seine Gäste an ihre Tische zurückkehrten. Gasperlmaier nickte. „Hast du denn schon so ein Vieh ... ich meine, eine Katze, besorgt?" Die Christine schüttelte den Kopf. „Demnächst, wenn es bei der Tierärztin wieder ein Findelkind gibt, schlagen wir zu. Ich hab's schon bei der Frau Doktor Kastner deponiert, dass wir eine suchen."

Gasperlmaier betrachtete den Katzenkorb, der jetzt vor ihm auf dem Tisch thronte. Er erinnerte sich, dass es nicht nur angenehme Seiten hatte, eine Katze zu besitzen. Manchmal gingen sie nicht auf ihr Katzenklo oder hinterließen ihre Ausscheidungen genau dort im Garten, wo man für gewöhnlich hintrat, wenn man etwa einen Bund Schnittlauch abschneiden wollte. Und es war auch vorgekommen, dass sie das, was sie zuvor gefressen hatten, ausgerechnet auf dem Teppich wieder hervorwürgten. Und dann musste man noch alle paar Wochen zum Tierarzt mit so einem Vieh. Und wenn man Pech hatte, lief es in den nahen Wald und fiel einem übereifrigen Jäger zum Opfer oder, auf dem Weg dahin, einem unvorsichtigen Kraftfahrer. Ob all das durch die bauchwärmende Funktion aufgewogen werden konnte? Er nahm einen großen Schluck Wein.

Als die Musik wieder zu spielen begann, stieß ihn die Christine in die Rippen. „Glaubst du, ich hab deine Lieblingsmusik engagiert, damit wir nur ein einziges Mal miteinander tanzen? Komm!" Ohne dass er sich wehren konnte, zog sie ihn auf die kleine Tanzfläche. Der Christoph und seine Kanadierin wirbelten schon darauf herum. Gasperlmaier hatte gar nicht gewusst, dass sein Sohn ein so eifriger Tänzer war. Und dass man in Kanada zu Volksmusik tanzte, war ihm auch unbekannt gewesen. Allerdings, so stellte er fest, war der Stil der beiden durchaus unorthodox und sah eher den Verrenkungen ähnlich, die man in Discotheken bewundern konnte.

Jemand klopfte ihm auf die Schulter. „Ich würde ja gern mit dir tanzen, aber ...“ Die Frau Doktor wies mit einem Kopfnicken auf ihre Tochter Sophie, die bereits an ihrer Schulter eingeschlafen war. Dennoch ließ sie es sich nicht nehmen, Gasperlmaier nochmals auf beide Wangen zu küssen. „Feier schön! Und das nächste Mal sehen wir uns vielleicht auf meiner Hochzeit!“ Sie zwinkerte ihm zu, winkte noch einmal und wandte sich ab. In diesem Moment endete auch das Musikstück, und Gasperlmaier sah ihr gedankenverloren nach. „Hast du das gehört?“, fragte er die Christine. Die schüttelte den Kopf. „Die Musik war zu laut. Aber dass du schon wieder ein paar Busserl bekommen hast, das habe ich gesehen.“ Sie drohte ihm scherzhaft mit erhobenem Zeigefinger. „Ach geh!“, verteidigte sich Gasperlmaier. „Sie wollte sich doch nur verabschieden! Und sie hat gesagt, dass wir uns vielleicht zum nächsten Mal bei ihrer Hochzeit sehen!“ „Schau, schau! Hat sie dir auch verraten, wen sie heiratet?“ Gasperlmaier schüttelte den Kopf.

Das war nämlich bisher ein wunder Punkt bei der Frau Doktor gewesen. Sie hatte nie jemandem verraten, wer der Vater ihres Kindes war, und wer sie ein wenig kannte, wusste auch, dass er gut beraten war, nicht danach zu fragen. Darauf reagierte sie nämlich in der Regel ungemütlich. Gasperlmaier hatte sich schon den Kopf zermartert, wer denn der Vater der kleinen

Sophie sein könnte, und so nach und nach die verschiedensten Kollegen in Verdacht gehabt. Er hatte sogar darüber spekuliert, ob sie sich am Ende einmal in einen von ihr dingfest gemachten Übeltäter verliebt haben könnte. So etwas kam vor, darüber konnte man in den Zeitungen immer wieder lesen. Aber eine wirklich heiße Spur hatte er noch nicht entdeckt. Zumindest wusste man jetzt, dass die kleine Sophie schwarze Haare und braune Augen hatte. Während die Frau Doktor ... womöglich waren ihre Haare in Wirklichkeit gar nicht dunkel, sondern gefärbt. Sie hatte ja früher immer orangerote Strähnen in ihrem Haar gehabt, die keinesfalls natürlichen Ursprungs waren.

Plötzlich setzte die Musik wieder ein, und der Christoph schnappte sich seine Mutter, während seine Kanadierin an Gasperlmaiers Seite übrigblieb und ihn mit erwartungsvoller Miene musterte. Er hatte leider ihren Namen schon wieder vergessen, aber es war klar, dass er nun verpflichtet war, mit ihr einen Tanz zu wagen. Ob er es auf Deutsch oder Englisch versuchen sollte? Nach zu langem Zögern – er merkte es daran, dass die Mundwinkel des Mädchens nach unten sanken – entschied er sich fürs Deutsche, sie war schon eine Zeitlang in Österreich, sie würde ihn schon verstehen. „Tanzen?", fragte er und streckte den rechten Arm nach ihr aus. Sie lächelte, nickte eifrig und legte ihren linken Arm auf seine Schulter. Gasperlmaier stellte fest, dass sie etwa gleich groß war wie er und er damit keine Chance haben würde, während des Tanzes über sie hinweg in den Raum starren zu können. Gott sei Dank war es ein Walzer, der nun gespielt wurde, doch recht schnell bemerkte er, dass sie davon keine Ahnung hatte. Also wackelten sie nur so dahin, ohne dass ihre Schritte recht zum Takt passen wollten.

Zum Glück dauerte der Tanz nicht lange. „Kann ich die Richelle wieder zurückhaben?" Richelle also hieß dieses hübsche Kind. Ein seltsamer Name, fand Gasperlmaier, er hatte noch nie von jemandem gehört, der so hieß. Er nickte und setzte sich wieder an seinen Platz. Die Christine ließ sich neben ihm nieder. „Schon müde?", fragte sie. Gasperlmaier seufzte und nahm einen Schluck Wein. Er nickte. „Hast du gewusst, dass sie Richelle heißt?" „Natürlich. Ich steh ja im Gegensatz zu dir ständig im Kontakt mit meinen Kindern. Wenn du die Möglichkeiten, die dein Handy hat, auch nutzen würdest ..." Er besaß zwar seit einiger Zeit so ein neumodisches Smartphone, aber er war froh, dass es ihm gelang, das Telefonieren und das Schreiben von SMS zu meistern, darüber hinaus sah er keinen Grund, sich mit dieser widerspenstigen Technik zu beschäftigen.

Genau in diesem Moment läutete sein Handy. Er hatte es in einer Rocktasche, und der Rock hing über der Sessellehne, sodass es eine Zeitlang dauerte, bis er es hervorgeholt hatte. „Ja?" Im gleichen Moment begann die Musik wieder zu spielen, und Gasperlmaier verstand kein Wort von dem, was am anderen Ende gesagt wurde. Nur, dass es hysterisch klang. „Wart einen Moment, ich geh schnell hinaus! Ich bin nämlich grad bei einer Geburtstagsfeier!" Er hatte nicht nachgesehen, wer es war, der ihn anrief. Am Ende irgendjemand, fiel ihm ein, der ihm zum Geburtstag gratulieren wollte, aber nicht zur Feier eingeladen worden war. Das konnte peinlich werden. Er verließ die Gaststube und trat vor die Haustür. „Wer spricht?" „Roither, von den Salzwelten. Vom Salzberg. Steinberghaus." Gasperlmaier atmete auf und trat unter den Dachvorsprung neben der Haustür, denn es nieselte ein wenig. Kühl war es auch schon geworden, aber nach der Hitze drinnen im

Saal war es recht angenehm hier heraußen. „Wir haben da ein Problem", sagte die Frau Roither. Er konnte förmlich hören, wie sie Atem holte. „Ja, das ist aber gerade ungünstig. Ich hab ja keinen Dienst, weil ich Geburtstag ... also, weil ich gerade auf einer Geburtstagsfeier bin. Und außerdem ist es ja auch Samstagabend, und ..." „Ja, aber es wär dringend. Und ich hab auch schon unseren Geschäftsführer angerufen, und der hat gemeint, wir sollten vorsichtshalber einmal die Polizei ..." Wahrscheinlich, so dachte Gasperlmaier bei sich, hatte es auf dem Parkplatz vor dem Steinberghaus einen Parkschaden gegeben oder irgendetwas ähnlich Unwichtiges. „Rufen S' halt in Bad Aussee an, die können sicher wen schicken." „Das hab ich schon", jammerte die Frau Roither, „aber die haben einen Autounfall, unten in Kainisch, und die sind auch nicht so gut besetzt am Wochenende, und da hat mir der Herr Inspektor Köberl Ihre Nummer gegeben." Gasperlmaier atmete tief durch. Den Köberl Alfred, den stellvertretenden Postenkommandanten von Bad Aussee, würde das ein paar Bier kosten, dass er ihn aus seiner eigenen Geburtstagsfeier herausholen ließ. „Was ist denn eigentlich passiert?" Noch immer hoffte er, dass sich das Problem ohne seine persönliche Anwesenheit lösen lassen würde.

„Ja ... verschwunden ist uns einer!", antwortete die Frau Roither. „Wie ... verschwunden?", fragte Gasperlmaier nach. „Na, bei den Führungen im Salzbergwerk. Wir sind uns sicher, dass heute einer nicht herausgekommen ist aus dem Bergwerk. Einer von den Touristen, die halt die Führungen mitmachen." Gasperlmaier verstand nicht. „Zählt's ihr denn nicht nach bei euren Führungen?", wollte er wissen. „Ob da gleich viele wieder herauskommen, wie hineingegangen sind?" „Normalerweise immer!" Die Frau Roither schien Gasperlmaier den Tränen nahe. „Aber es waren so viele da! Ein paar Busse, und dann noch viele einzelne! Das haben wir immer, wenn an einem Wochenende das Wetter nicht so schön ist! Da wollen halt alle ins Salzbergwerk!" Gasperlmaier wurde klar, dass er sich wohl zum Salzberg begeben musste, um der Sache auf den Grund zu gehen. Und wenn es nur war, um alle Einzelheiten vor Ort zu erfahren und die Frau Roither zu beruhigen. Gleichzeitig fiel ihm ein, dass er selber auf keinen Fall noch fahrtauglich war, denn zwei Bier, ein Glas Sekt, ein Schnaps und ein paar Gläser Wein ergaben sicher mehr als die erlaubten 0,5 Promille. Er seufzte. „Ja, ich schau, dass ich komm. Aber ich kann nicht versprechen, dass es ganz schnell geht. Wiederhören." Er legte auf und steckte sein Handy in die Hemdtasche. Ob er sich jetzt auch noch umziehen sollte, um in der Uniform am Salzberg auftreten zu können? Das war wohl weniger wichtig, zuerst musste er sich um eine Fahrgelegenheit kümmern.

2

„Kann die schon mit einem Schaltauto fahren, also einem, wo nicht Automatik ...?" Der Christoph nickte. „Weißt du, der Richelle ihr Vater, der hat ein paar Oldtimer. Und da hat sie gelernt, mit einem Schaltgetriebe zu fahren. Sonst gibt's ja da drüben nur Automatik." Es hatte sich niemand außer der Richelle gefunden, der sich bereit erklärt hatte, noch ein Auto auf den Salzberg zu steuern. „Weißt eh", hatte die Christine abgewimmelt, „ich kann ja nicht einmal nach zwei Gespritzten noch fahren. Ich vertrag nicht so viel." Die Katharina hatte sich darauf hinausgeredet, dass sie ihren Führerschein nicht dabeihatte, und schließlich hatte Gasperlmaier eingesehen, dass es eigentlich ein fast schon beleidigendes Misstrauen wäre, wenn man die Richelle nicht fahren ließe. „Wartet's halt mit dem Feiern, bis wir wieder zurück sind!", hatte Gasperlmaier sich verabschiedet.

Obwohl es schon nach neun Uhr abends war, herrschte trotz des einsetzenden Regens noch Tageslicht – es war schließlich Juni, und bald würden für Gasperlmaiers Kinder die Uniferien beginnen. Sie waren zu viert im Auto, vorne saßen die Richelle und der Christoph, der ihr den Weg zeigen sollte. Und hinten hatte neben Gasperlmaier der Kahlß Friedrich Platz genommen, um ihn bei allfälligen Amtshandlungen zu unterstützen. „Herrschaftszeiten!", entfuhr es Gasperlmaier, als die Gangschaltung seines Autos wieder einmal ordentlich krachte. Immerhin hatte er das Auto erst zwei Jahre, und er hatte keine Lust auf eine teure Getriebereparatur. Wenn es nach ihm gegangen wäre, hätte er sich ohnehin kein neues gekauft. Der alte Opel Kadett hatte achtzehn Jahre gehalten, der hätte es auch noch ein paar weitere Jahre getan. Vor allem, wo ihn Gasperlmaier so gut wie nie benutzt hatte und nur Frau und Kinder damit durch die Gegend gekurvt waren.

Weit schien es mit den Fahrkünsten der Richelle nicht her zu sein. „Papa, du machst die Richelle nervös, wenn du da hinten herumfluchst!", ermahnte ihn der Christoph. „No, ich bin nicht nervös", mischte sich die Richelle ein. „Nur das Road ist hier schon bissken narrow!" Gasperlmaier tat sich schwer, das Gemisch aus Deutsch und Englisch zu interpretieren. „Schmal ist die Straße, sagt sie", erklärte der Friedrich, der völlig gelassen hinter der Fahrerin saß, sich aber doch am Haltegriff über dem Fenster festhielt. „Ist ja auch nicht dein Auto!", konterte Gasperlmaier. Woher der Friedrich so viel Englisch konnte? Früher hatte man davon nie etwas gemerkt, wenn man mit Touristen zu tun gehabt hatte, die kein Deutsch verstanden.

Gott sei Dank dauerte die Fahrt nur fünf Minuten, und die Richelle stellte den Wagen auf dem Parkplatz vor dem Steinberghaus ab. Gasperlmaier seufzte zunächst erleichtert, bevor er daran dachte, dass man die Dienste der Richelle auch beim Nachhausefahren wieder in Anspruch würde nehmen müssen. Als sie ausstiegen, kam ihnen schon eine Frau entgegengerannt, die die Altausseer Bergmannstracht trug, einen schwarzen Rock mit zahlreichen goldenen Knöpfen und eine weiße Hose. Sie streckte Gasperlmaier ihre Hand entgegen, die sich in seiner schmal, knochig und kalt anfühlte. „Wir haben telefoniert. Kommen Sie bitte mit." Gasperlmaier folgte ihr durch den intensiver werdenden Regen ins Innere des Steinberghauses, von dem aus ein Stollen ins Salzbergwerk hineinführte. Der Friedrich, die Richelle und der Christoph kamen hinterdrein. „Ihr zwei", beschied ihnen Gasperlmaier, „ihr geht's derweil ins Café, auch wenn ihr dort nichts mehr bekommt, weil schon lang zu ist." „Kommt nicht in Frage!", protestierte der Christoph. „Wir bleiben bei euch." Gasperlmaier fiel kein wirklich triftiger Grund ein, warum nur der Friedrich mitkommen sollte, so zuckte er mit den Schultern und trat an den Schalter heran, an dem die Eintrittskarten verkauft wurden, während die Frau Roither auf ihrem Stuhl hinter dem Bildschirm Platz nahm.

„Also, jetzt erzähl halt einmal!" Der Friedrich hatte nach alter Gewohnheit das Kommando übernommen, Gasperlmaier widersprach nicht. Der Friedrich sprach überhaupt jeden mit „du" an, so war es seit jeher Brauch gewesen im Ausseerland. „Was ist denn eigentlich genau passiert?" „Ja, da kommt ihr am besten gleich mit!" Sie sprang wieder auf und führte die vier in eine Art Garderobe, in der eine ganze Menge weiße Anzüge an den Haken hingen. „Das ist die Schutzkleidung, die die Touristen kriegen", erklärte die Frau Roither, „damit ihr Gewand nicht schmutzig wird, wenn sie sich im Stollen irgendwo anlehnen. Oder wo streifen, nicht." „Ja, und?", fragte der Christoph dazwischen. Gasperlmaier maß ihn mit einem strafenden Blick, aber der Christoph sah gar nicht zu ihm her. Man konnte es ihm, fand Gasperlmaier, aber keinesfalls durchgehen lassen, dass er sich in die Amtshandlung einmischte. „Bitte, du hältst dich heraus!", sagte er ein wenig ärgerlich. Warum hatten die beiden auch nicht im Café warten können? Der Christoph grinste und zuckte mit den Schultern. Wozu die weißen Anzüge dienten, das wusste natürlich jeder von ihnen. Außer der Richelle.

„Ja, und wie ich heute Abend durchzähl, da fehlt einer! Da fehlt garantiert einer! Und das kann nur bedeuten, dass da einer drinnen geblieben ist! Dass einer von den Touristen nicht mehr aus dem Berg herausgekommen ist!" Gasperlmaier stöhnte. „Und wegen einem solchen Anzug rufen Sie uns an? Am Samstagabend?" Die Frau Roither sah jetzt ein wenig verunsichert drein. „Ich hab eh so lang überlegt! Seit Stunden zermartere ich mir den Kopf, wo der Anzug geblieben sein könnte. Und dann bin ich noch einmal zurück, noch einmal nachzählen." „Den kann ja auch einer mitgenommen haben, nicht?", gab Gasperlmaier zu bedenken. Der Friedrich nickte. „Als Souvenir, sozusagen. Ist das nicht denkbar?" „Meinen Sie? Gestohlen? So was hätten wir aber noch nie gehabt. Das wär das erste Mal, dass einer wegkommt! Was sollte denn einer mit so einem Anzug anfangen?" „Und vor allem", fiel Gasperlmaier ein, „da wird doch sicher durchgezählt, wenn die Gruppe wieder herauskommt." Die Frau Roither nickte. „Natürlich. Und ..." Sie stockte. „Ja, hat jetzt einer von den Führern gemeldet, dass einer fehlt?" Die Frau Roither schüttelte den Kopf. „Nein ... es ist eben nur wegen dem Anzug ... Und es waren halt heute auch so viele Leute da ... da kann sich einer schon einmal verzählen, nicht?" Gasperlmaier kratzte sich am Kopf. „Und dass Sie sich verzählt haben? Bei den Anzügen, meine ich?" Die Frau Roither schüttelte entrüstet den Kopf. „Ich bin bekannt dafür, dass ich alles sehr genau nehme. Und da haben nicht immer alle eine Freude damit. Ich hab, glaub ich, dreimal durchgezählt. Zuerst hab ich mir sogar eingebildet, dass zwei fehlen. Aber wie ich jetzt noch einmal hergefahren bin, da hab ich alles runtergenommen, gefaltet, gestapelt, wieder aufgehängt. Es fehlt einer. Punkt."

„Auf jeden Fall", sagte Gasperlmaier, „ist es doch so, dass Sie niemanden vermissen. Keine Person, meine ich. Also, dass jemand abgängig ist. Von dem Sie wissen, dass er hinein ist. Und nicht wieder heraus." Er betrachtete das Tor, das in den Stollen führte. „Steinberg. Ange-schlagen im Jahre 1319", stand darüber zu lesen. Ei-gentlich unglaublich, dass hier schon seit dem Mittel-alter Salz aus dem Berg geholt wurde. „Also, wenn Sie mich so direkt fragen ..." Die Frau Roither strich sich übers Kinn. „Weißt was", mischte sich der Friedrich ein, während die Richelle und der Christoph hinter einem Kleiderständer verschwunden waren und dort kicherten. Gasperlmaier tappte verärgert mit seinem Fuß auf den Boden. „Wir machen jetzt Folgendes", fuhr der Friedrich fort, „wir warten jetzt bis morgen. Und wenn tatsächlich einer abgeht, dann kümmert sich der Gasperlmaier darum. Dass wir eine ganze Hundert-schaft anfordern, um jemanden zu suchen, das wär wohl übertrieben, weil euch ein Anzug abgeht. Und jetzt trinken wir alle zur Beruhigung einen Schnaps. Ihr habt's sicher einen?" Die Frau Roither nickte zöger-lich. „Ich weiß aber nicht, ob unser Geschäftsführer ..." Der Friedrich winkte ab. „Gehen wir ins Café hinüber." Die Frau Roither sperrte, immer noch ein wenig zag-haft, die Tür zum Café auf und schaltete das Licht ein. „Wir zahlen's eh. Morgen", sagte der Friedrich, ging hinter die Bar und holte einen Zwetschgernen vom Regal. Sorgfältig prüfte er das Etikett. „Na, wenigstens ein österreichischer. Und ein echter Edelbrand." „Da wären die Stamperl", half die Frau Roither aus.

„Die Richelle mag aber keinen." Die Kanadierin wedelte mit den Händen. „Ich kann nix Auto fahren, wenn ich ein Spirit trinke." „Eh besser. Aber Sprit ist das keiner. Das ist ein ganz guter!", sagte Gasperl-maier. „Prost!" „Geh, Papa! Sie meint doch nicht Sprit, sondern Spirit. Das sagt man auf Englisch zu so geis-tigen Getränken." Er deutete auf die Schnapsflasche. Gasperlmaier zuckte mit den Schultern. Woher sollte er solch feine Unterschiede kennen? Er nahm einen Schluck, während der Christoph zu seinem Missfallen das Stamperl auf ex leerte und danach vernehmlich rülpste. „Wer hat denn heute die Führungen gemacht?", fragte der Friedrich. Gasperlmaier fand, dass dies in der Tat eine wesentliche Frage war. Die Frau Roither überlegte. „Ich bin ja nur bei der Kassa gesessen." Sie nahm ihre Finger zu Hilfe, um zu zählen. „Da wär einmal die Susanne. Die Susanne Hilgert. Die ist aus Bad Goisern. Sie ist eigentlich normalerweise im Büro bei den Salzwelten, aber sie hilft oft aus bei den Führungen. Sie macht das gerne, sagt sie. Dann haben wir den James. Der heißt eigentlich gar nicht James, weil er ein Chinese ist. Wissen Sie, wir haben jetzt ja so viele chinesische Touristen da, da ist es direkt ein Glück, dass wir den gefunden haben. Der kann nämlich auch noch Englisch und Deutsch." „Und warum nennt ihr ihn James, wenn er doch ein Chinese ist?" „Viele Asians nehmen ein englischen Name, wenn sie leben in Canada", mischte sich nun auch die Richelle ein. Die Frau Roither nickte. „Das hat der James auch gesagt. Wenn Sie wollen, kann ich nachschauen, wie er richtig heißt." Gasperlmaier schüttelte den Kopf. „Das brauchen wir jetzt momentan gar nicht." Die Frau Roither klappte einen dritten Finger auf. „Und dann haben wir noch den Simon. Simon Klemencic. Der ist ein Student, der während der Uniferien hier aushilft. Es ist zwar noch Juni, aber ... ich weiß eigentlich nicht, warum der schon Ferien hat." „Der wird's halt mit dem Studium nicht so genau nehmen!" Der Christoph schenkte sich noch einen Zwetschkenschnaps ein. Gasperlmaier fand, dass es Zeit wurde, wieder zu seiner Geburtstagsfeier zurückzukehren. Und dafür zu sorgen, dass der Christoph keinen Alkohol mehr bekam.

„Wir könnten doch zumindest schauen, ob draußen ein Auto übriggeblieben ist", hatte Gasperlmaier einen Geistesblitz. „Das machen wir", nickte der Friedrich. Draußen war es nun fast völlig dunkel, der Regen hatte aufgehört, das Straßenpflaster vor dem Steinberghaus glänzte nass. Mehrere Autos, außer Gasperlmaiers eigenem, standen herum. Einige hatten noch das alte Bad Ausseer Kennzeichen, das BA, das ihnen vom Land Steiermark vor ein paar Jahren weggenommen worden war. Es war einer der Gründe dafür gewesen, dass Gasperlmaier seinen Kadett so lange behalten hatte. Jetzt musste er, nur wegen einem neuen Auto, mit dem ungeliebten „LI", für Liezen, herumfahren. Obwohl er eigentlich mit den Ennstalern da unten gar nichts zu schaffen haben wollte. „Das ist meiner", sagte die Frau Roither und zeigte auf einen roten Kleinwagen, ebenfalls mit Liezener Kennzeichen. „Und die anderen da sind Autos von den Bergleuten in der Nachtschicht. Die parken manchmal auch da, wenn sie von hier aus einfahren." Gasperlmaier nickte. „Cold!", sagte die Richelle und schlang die Arme um ihren Körper. Skeptisch maß Gasperlmaier ihr schulterfreies Top und den dünnen Rock. Recht komische Schuhe mit hohen Absätzen trug sie auch. Ein Wunder, dass sie damit Auto fahren konnte. „Ja", meinte der Friedrich, „die Nächte sind bei uns auch im Juni selten lau!" „In Canada auch nicht! Aber ich hab ja nicht erwartet, outside zu sein so much!" „Setzt's euch halt ins Auto!", meinte Gasperlmaier. „Please!", sagte die Richelle, zum Christoph gewandt, und der nickte. Gott sei Dank. Gasperlmaier warf ihm den Autoschlüssel zu. Gemeinsam mit der Frau Roither machten sie sich daran, die restlichen Autos unter die Lupe zu nehmen. Es waren nur drei, zwei hatten ein deutsches Kennzeichen und eines ein holländisches.

„Die Gäste von da oben", sie deutete auf das Jugendgästehaus, das sich über dem Steinberghaus auf der anderen Straßenseite erhob, „die parken auch manchmal da. Obwohl sie eigentlich nicht dürften. Aber wenn genug Platz ist, dann sind wir nicht so."

„Ob wir die heute noch überprüfen sollen?", fragte der Friedrich. Zu gerne wäre Gasperlmaier wieder zu seiner Geburtstagsfeier zurückgekehrt. Wenn sie jetzt noch ins Jugendgästehaus hinaufgingen, würde es sicher eine weitere halbe Stunde dauern, bis sie herausbekommen hatten, ob die drei Autos Gästen gehörten. Und das alles wegen einem Anzug, der angeblich fehlte. Ärgerlich schüttelte er den Kopf. „Weißt was!" Der Friedrich hatte eine Idee. „Wir geben das einfach ans Bezirkspolizeikommando weiter, nach Liezen. Das lässt sich ja auch telefonisch klären, wer die Fahrzeughalter sind. Und ob einer von ihnen abgängig ist." Gasperlmaier nickte, holte seinen Notizblock aus der Brusttasche hervor und notierte die drei Kennzeichen. „Ja, dann ...", sagte er und schüttelte der Frau Roither die Hand. „Komm, telefonieren kannst du während der Fahrt!" Der Friedrich zog ihn am Ärmel zum Auto, das die Richelle schon gestartet hatte. Mit einem ärgerlichen Aufheulen des Motors.

Es dauerte fast bis zum Schneiderwirt, bis Gasperlmaier, auch wegen der teils schlechten Verbindung, den diensthabenden Polizisten in Liezen über die Sachlage aufgeklärt hatte. „Warum machst denn das nicht selber?", gab sich der zunächst unkooperativ. „Weißt", antwortete Gasperlmaier, „ich hab heute Geburtstag. Und ich bin eigentlich mitten von meiner Feier zu dem Einsatz, und ..." Der Mann am anderen Ende der Leitung lachte. „Versteh schon. Hoffentlich bist du nicht selber gefahren, sonst ..." „Nein, nein! Und dank dir schön!" Der Kollege wünschte ihm noch alles Gute und legte auf. Womöglich, so dachte Gasperlmaier bei sich, würde die Frau Doktor morgen Früh nachfragen, was denn in Altaussee schon wieder los gewesen sei.

Als Gasperlmaier den Schneiderwirt betrat, ging er gleich zur Schank hin und bat die Jasmin um ein Seidel. „Haben's schon wieder einen umgebracht? Weil du von deiner eigenen Party davonläufst?" Die Jasmin lächelte. Gasperlmaier fand ihren sächsischen Dialekt unwiderstehlich, vor allem aber liebte er ihren unaufdringlichen, immer freundlichen Stil. Man musste sein leeres Glas nur einmal kurz anheben, und die Jasmin wusste, dass man das gleiche Getränk noch einmal bestellen wollte. Sie war ihm schon richtig ans Herz gewachsen. „Die haben ohne dich prächtig weitergefeiert!", sagte sie noch. Gasperlmaier seufzte, nahm sein Glas und machte sich auf den Weg zurück zu seiner Geburtstagsfeier.

3

Gasperlmaier blinzelte. Einen Moment lang wusste er nicht, wo er war. Seine Zunge lag pelzig im trockenen Mund, er fühlte sich etwas schwindelig. Er streckte seinen Arm nach links aus. Das Bett neben ihm war leer. Aber noch warm. War heute ein Wochentag oder ... Richtig! Er erinnerte sich. Gestern war ja seine Geburtstagsfeier gewesen. Und sie hatte lang gedauert. Wie lange hatten sie eigentlich gefeiert? Irgendwie konnte er sich nicht mehr daran erinnern. Auch nicht daran, wie er heimgekommen war. Und schon gar nicht daran, dass er sich ausgezogen und die Zähne geputzt hatte. Wie spät mochte es sein? Er warf einen Blick auf den Radiowecker auf seinem Nachtkästchen. Schon halb elf! Und draußen schien die Sonne, die Regenwolken von gestern hatten sich verzogen. Er musste aufstehen, es war höchste Zeit. Vorsichtig ließ er seine Beine aus dem Bett gleiten und schob den Oberkörper hoch. Irgendwo hinter den Augen breitete sich Schmerz aus. Er hätte den letzten Schnaps vielleicht doch nicht trinken sollen. Und auch bei der letzten Flasche Wein hatte die Christine schon so missbilligend dreingeschaut. Natürlich, so dachte er bei sich, hatte sie wieder einmal recht gehabt. Aber, immerhin, es war sein fünfzigster Geburtstag gewesen. So etwas feierte man nicht alle Tage. Bei seinem Sechziger würde er vorsichtiger mit dem Alkohol umgehen, nahm er sich vor. Wenn er ihn noch erlebte.

Langsam erhob er sich und wollte sich schon auf den Weg in die Küche machen, als ihm einfiel, dass sie ja einen Gast hatten: die Richelle. Da konnte er sich natürlich nicht im Pyjama zeigen. Er schälte sich etwas mühsam aus Hose und Leibchen, die beide verschwitzt waren, und bückte sich um ein Paar Jeans, das auf dem Boden vor seinem Bett lag. Das tat ihm gar nicht gut – ein Schwindel erfasste ihn, der Kopfschmerz wurde so stark, dass er einen Moment lang dachte, er würde ihm die Augen aus dem Schädel drücken. Als er sich aufrichtete, ging der heftige Schmerz Gott sei Dank schnell vorbei. Er streifte noch ein Hemd über, das über einer Stuhllehne lag, und wollte schon hinunter, als ihm neuerlich sein Gast einfiel. Vielleicht wäre es gescheiter, sich wenigstens die Haare zu kämmen und die Zähne zu putzen, bevor er der jungen Dame gegenübertrat. Das Geräusch der elektrischen Zahnbürste verursachte in seinem Hirn einen Widerhall wie ein Presslufthammer. Vielleicht war es doch das Gescheiteste, eine Schmerztablette zu nehmen. Obwohl, es war Sonntag, eigentlich konnte er sich nach dem Frühstück gleich wieder niederlegen.

Als er die Küche betrat, saßen alle am Tisch, nur die Christine war an der Anrichte beschäftigt. Der Christoph grinste. „Brauchst ein Reparaturseidel, Papa? Schaust nicht gut aus!" Gasperlmaier bedachte ihn mit einer wegwerfenden Handbewegung. Die Kanadierin sah schon wieder aus wie aus dem Ei gepellt. Frisch frisiert und geschminkt, sodass ihre Augen noch größer erschienen, als sie es ohnehin waren. „Magst auch ein weiches Ei?", fragte die Christine. Gasperlmaier überlegte. Eigentlich hatte er nur Durst. Der Gedanke an ein Ei und der Anblick der Wurst- und Käseplatte auf dem Tisch verursachten ihm leichten Brechreiz. „Ich trink einmal einen Kaffee!", krächzte er. Seine Stimme hatte auch irgendwie unter der Feier heute Nacht gelitten. „Na Mahlzeit!", meinte die Katharina. „Du klingst ja wie ... wie ..." „Reibeisen!", half der Christoph aus. „Was ist ... Treibeisen?", fragte die Richelle. „It's just a saying", erklärte der Christoph. „When someone has a voice like Dad." Er zeigte auf Gasperlmaier, der nicht ganz verstanden hatte. Es schien aber nichts Beleidigendes gewesen zu sein, denn die Richelle nickte und lächelte. Gasperlmaier setzte sich, schenkte sich Kaffee aus der großen Kanne ein, nahm einen Schluck und fühlte sich gleich etwas besser. Vielleicht konnte er doch eine Semmel riskieren. Mit ein wenig Butter und Käse drauf.

„Ja, ja!", sagte die Christine. „Ich hab dich ja gewarnt. Zumindest mit Blicken. Die letzte Flasche Wein, und der letzte Schnaps ..." Sie legte ihm einen silbernen Streifen hin, der ein paar Tabletten enthielt. Gasperlmaier nickte einsichtig. „Hast ja recht. Aber die anderen ..." Er fragte sich, wie es jetzt wohl dem Friedrich ging. Und der Manuela. Die hatten nämlich bis zum Schluss ganz ordentlich mitgehalten. „Eine müsste genügen!" Die Christine schob ihm noch einmal die Tabletten hin, und Gasperlmaier entschloss sich eine zu nehmen. Ein bitterer Geschmack blieb zurück, als er sie mit Kaffee hinunterspülte. „Wann sind wir denn eigentlich heimgekommen?", fragte er. „Um halb vier", sagte die Christine. „Und du hast einen ganz schönen Lärm gemacht auf der Stiege!", fügte die Katharina hinzu, die im Gegensatz zur Richelle noch mit zerzausten Haaren und ungeschminkt am Frühstückstisch saß. „Ich bin wegen dir aufgewacht!" „Tut mir leid", sagte Gasperlmaier. „Aber heute ist ja eh Sonntag!"

„Na ja", sagte die Christine. „Ich muss sie gleich nach Salzburg bringen, damit sie ihren Bus nach Straßburg nicht verpasst." Die Katharina nickte. „Morgen ist wieder Uni." Schade, dachte Gasperlmaier. Sie war erst Donnerstagnacht angekommen, sie hatten kaum Zeit gehabt, sich über ihren bisherigen Aufenthalt in Frankreich etwas erzählen zu lassen. „Deswegen geh ich jetzt duschen", sagte sie, stand auf und verschwand. „Hat sich eigentlich schon wer gemeldet wegen der Sache gestern mit dem verschwundenen Touristen?", wollte der Christoph wissen. Auf den hatte Gasperlmaier völlig vergessen. Und womöglich würde es deswegen nichts werden mit dem Gleich-wieder-Hinlegen. Er zuckte mit den Schultern. „Ich hab noch nicht auf mein Handy geschaut. Ich weiß nicht einmal, ob es noch Strom hat. Aber wenn's wirklich wichtig gewesen wäre, hätte sich wohl schon jemand gemeldet. Wahrscheinlich ist der Anzug eh wieder aufgetaucht. War ja auch ein Kasperltheater, das Ganze."

Gerade in diesem Moment stellte sich heraus, dass Gasperlmaiers Handy doch noch Strom hatte. Man hörte es nämlich dudeln, zwar entfernt, aber unüberhörbar. Mit pochendem Schädel stieg Gasperlmaier die Treppe in sein Schlafzimmer hinauf. Noch bevor es ihm gelungen war, das Handy aus der Tasche seiner Lederhose herauszunesteln, war es verstummt. Die Manuela war es gewesen. Was konnte die heute, am Sonntag, von ihm wollen? Nach einigem Überlegen entschloss er sich, zurückzurufen. „Ja, ich wollt nur fragen, was wir in dieser Sache mit dem verschwundenen Touristen unternehmen? Sollen wir das wirklich auf sich beruhen lassen, bis es eine Vermisstenanzeige gibt? Stell dir vor, der ist da irgendwo eingeschlossen, vielleicht ist er wo abgestürzt und wartet auf Hilfe?" Die Manuela klang wie immer – frisch, völlig erholt und voller Tatendrang. Es machte halt doch etwas aus, wenn man mehr als zwanzig Jahre jünger war. Gasperlmaier setzte sich aufs Bett. Sein Schädel pochte immer noch, und ein leises Gefühl nahender Übelkeit veranlasste ihn dazu, tief aufzuseufzen. Er kratzte sich am Kopf. „Ja", sagte er. „Hast ja recht. Aber ich bin noch nicht ... ich muss noch duschen und so ..." „Weißt du was?", antwortete die Manuela. „Ich hol dich in einer halben Stunde ab. Nein, sagen wir in zwanzig Minuten. Dann fahren wir hinauf zum Salzberg. Und inzwischen ruf ich dort an, damit sie nicht das Gefühl haben, die Polizei lässt sie ganz im Stich." Gasperlmaier seufzte neuerlich. Wenn nur die Tablette endlich Wirkung zeigen würde! „Ja", sagte er. „Ist gut. Ich beeil mich."

Als er neben der Manuela im Streifenwagen saß, meinte er zu spüren, dass das Medikament endlich zu helfen begann. Das Pochen ließ nach, die Übelkeit jedoch blieb, vor allem, wenn die Manuela schwungvoll eine Kurve anschnitt. Er musste sich am Haltegriff über der Beifahrertür festhalten. „Wie geht's dir denn so, heute? Habt's ihr noch lang gefeiert?" „Kommt drauf an, wann du gegangen bist", antwortete Gasperlmaier. „Was, daran kannst du dich nicht mehr erinnern? Du hast mich umarmt und ganz feucht auf beide Wangen geküsst. Und mir wortreich erklärt, wie sehr du mich magst und wie froh dass du bist, dass gerade ich auf deinen Posten gekommen bin!" Sie grinste schelmisch zu ihm herüber. Wortreich, hatte sie gesagt? Das entsprach so gar nicht seinem Wesen und seinen Gewohnheiten. Im Alltag war er eher sparsam mit Worten, überlegte und grübelte lieber, statt sich an Gesprächen zu beteiligen. Wahrscheinlich hatte er gestern unglaublichen Unsinn dahergeredet und sich gründlich danebenbenommen. Ohne dass er sich wirklich daran erinnern konnte. Hoffentlich gab das nicht noch nachträglich einen Skandal und einen Mordsärger mit der Christine. Obwohl sie heute Morgen ganz entspannt gewirkt hatte. „War ich eh nicht peinlich?", fragte er mit einem Seitenblick auf die Manuela, die frisch und munter wirkte, so, als ob sie die ganze Nacht friedlich in ihrem Bett verbracht hätte.

Sie lächelte und schüttelte den Kopf. „Lieb warst du, und ein bisschen angesäuselt. Nichts Schlimmes." Gasperlmaier atmete auf, ein wenig erleichtert. „Ich hab übrigens mit der Frau Roither telefoniert. Die war heute schon ein bisschen entspannter, sie hat gemeint, vielleicht hat sie doch überreagiert, weil doch kein Vermisster gemeldet ist, sondern nur ein Anzug verschwunden. Sie freuen sich aber trotzdem, dass wir eine Begehung machen, von der Führungsroute, um alle Probleme auszuschließen." „Und was ist mit den Autos?", fragte er. „Die drei Kennzeichen, die du überprüfen hast lassen, gehören alle Gästen, die im Jugendgästehaus gemeldet sind. Keine Auffälligkeiten."

Gasperlmaier hatte wenig Lust auf einen Besuch des Salzbergs. Womöglich würde er da drinnen keine Luft bekommen und Kopfschmerz und Übelkeit würden ihn wieder so heftig plagen wie heute Morgen, als er sich am liebsten gleich wieder hingelegt hätte. „Machen wir das?", fragte er deshalb. Die Manuela nickte. „Sie haben zwar selber vor Führungsbeginn Nachschau gehalten, die Frau Roither möchte aber, dass wir einmal hineinschauen, damit sie sich nicht nachher vorwerfen lassen muss, der Sache nicht sorgfältig genug nachgegangen zu sein."

Gasperlmaier war vor zwei, drei Jahren das letzte Mal im Bergwerk gewesen, als seine Frau eine Freundin aus England zu Besuch gehabt hatte, die natürlich, wenn sie schon einmal in Aussee war, auch den Salzberg besichtigen hatte wollen. Und vor langen Jahren, er wusste gar nicht mehr, wie lange das her war, hatten sie auch einmal ein Theaterstück besucht, das direkt im Salzberg aufgeführt worden war. Am Salzsee hatte man eine Bühne aufgebaut gehabt, und rundherum Tribünen, und das Stück hatte davon gehandelt, dass Bergleute nach einem Unglück im Salzberg eingeschlossen gewesen waren. Gasperlmaier war bei der ganzen Angelegenheit ein wenig mulmig zumute gewesen. Immerhin war man unter tausenden Tonnen Gestein mitten in einem Berg, und vorgespielt wurde einem, dass man darin ausweglos eingeschlossen sei. Irgendwann war sogar eine nackte Frau über die Bühne spaziert, erinnerte sich Gasperlmaier. Die hatte sicher elendiglich gefroren, und die Christine hatte ihm erklärt, dass es sich dabei um eine Halluzination von einem der eingeschlossenen Bergmänner gehandelt hatte. Die Nackte, die er gesehen hatte, die war aber echt gewesen und keine Halluzination, dessen war er sich sicher.

Als sie vor dem Steinberghaus ausstiegen, war es bereits so warm geworden, dass Gasperlmaier seine Uniformjacke ausziehen wollte, bevor er sich daran erinnerte, dass es im Berg kalt war. Drinnen herrschte das ganze Jahr die gleiche Temperatur, es hatte, so erinnerte er sich, höchstens zehn Grad. Er knöpfte sich die Uniformjacke zu und sie betraten das Steinberghaus, das sie erst gestern Abend nach Einbruch der Dunkelheit verlassen hatten.

„Jetzt ist es mir direkt peinlich, wo Sie doch gestern Geburtstag gehabt haben, Herr Inspektor. Das hab ich erst im Nachhinein so richtig mitgekriegt." Gasperlmaier wedelte abwehrend mit seiner Hand. „Macht ja nichts. Ist schon in Ordnung." Er fragte sich, ob man seiner Stimme immer noch die ausgiebige Feier von gestern Nacht anhören konnte. Die Frau Roither führte sie in den Raum, in dem die Besucher normalerweise ihre Schutzkleidung anlegten. „Eine Führung ist schon drinnen", erklärte sie, „aber heute ist nicht so viel los, der Wetterbericht war gut, da haben wir nie so viel Betrieb." „Wann genau der Anzug verschwunden ist, da können Sie nichts dazu sagen?", fragte die Manuela. Die Frau Roither schüttelte den Kopf. „Sie sollten auch ... damit die Uniformen nicht schmutzig werden. Und drinnen ist es kalt!" Gasperlmaier nickte. Wieder überkam ihn leichter Schwindel, als er sich bücken musste, um die weiße Hose über seine Schuhe zu ziehen. „Foto?", fragte die Manuela grinsend, als sie schließlich in ihren Anzügen vor dem Mundloch des Stollens standen. „Ach geh!", wehrte Gasperlmaier ab. Nach Scherzfotos in der nicht sehr vorteilhaften Schutzkleidung war ihm nicht zumute.

Dann ging es mit der Frau Roither hinein in den Stollen. Sie marschierten zwischen den Geleisen, die den Bergleuten dazu dienten, mit Lokomotive und Anhängern für Gerätschaften in den Berg und wieder heraus zu kommen. „Hier ist die Salzgrenze", erklärte die Frau Roither nach etwa fünf Minuten Fußmarsch. „Ab hier ist das Gestein salzhaltig, Sie erkennen es an den roten und goldgelben Adern, die durch den Fels laufen." „Weißt du, dass ich noch nie in einem Salzbergwerk war? Eigentlich überhaupt noch nie in einem Bergwerk?", fragte die Manuela. „Du kannst kosten", antwortete Gasperlmaier. „Einfach mit dem nassen Finger einmal drüberfahren und dann ablecken." „Ist das nicht ... ich meine, wenn das jeder macht?" Die Frau Roither schüttelte den Kopf. „Hier herinnen ist alles praktisch steril. Das macht die salzige Luft. Ein Grund dafür, dass gegen Ende des Zweiten Weltkrieges hier Kunstschätze in Milliardenwert eingelagert worden sind." „Davon hab ich schon gehört", sagte die Manuela. Gasperlmaier fühlte sich plötzlich, ganz im Gegensatz zu seinen Befürchtungen, frisch und munter, keine Spur mehr von Atemnot oder Übelkeit. Auch der Kopfschmerz war großteils verschwunden. Ob das die Tablette bewirkt hatte? Oder war es die gesunde, kühle Luft im Salzberg herinnen?

„Wir müssen vor allem nach Stellen Ausschau halten, wo man ... also, wo man etwas verstecken könnte. Nischen, Verschläge und so." Gasperlmaier leuchtete mit seiner Lampe in eine Nische zur Linken. „Schurf der heimlichen Wünsche", stand da. Wohl ein Scherz für die Touristen. „Kann man da hineinschauen?" Die Frau Roither nickte. „Haben aber wahrscheinlich unsere Leute auch schon." Die Manuela kam ihm zuvor, schlüpfte unter einer Absperrung hindurch, auf der zu lesen stand: „Achtung, matte Wetter!", und verschwand um eine Biegung. „Hier ist es schon zu Ende, da ist nichts!" Ihre Stimme hallte dumpf durch den Stollen, bevor sie wieder auftauchte. „Was heißt das eigentlich, matte Wetter?", fragte Gasperlmaier. „Ein bergmännischer Ausdruck für verbrauchte Luft, zu wenig Sauerstoff zum Atmen", sagte die Frau Roither, beruhigte aber gleich mit ein paar Handbewegungen. „Keine Angst. Ist nur ein Scherz, keine Gefahr!"

So ging es weiter in den Berg hinein, während Gasperlmaier und die Manuela verschiedene Verschläge und Seitengänge ausleuchteten und kontrollierten, die den gewöhnlichen Besuchern verschlossen blieben, doch nirgends fand sich irgendetwas, das ihre Aufmerksamkeit erregt hätte. Schließlich standen sie in der Barbarakapelle, die die Bergleute in einem größeren Hohlraum zu Ehren ihrer Schutzpatronin errichtet hatten. Der Altar war aus durchscheinenden Salzsteinen gebaut und von hinten beeindruckend beleuchtet. Gasperlmaier und die Manuela sahen sich um. Er entdeckte eine Tafel, die an die im Ersten Weltkrieg gefallenen Bergleute erinnerte. Viele bekannte Ausseer Namen waren darunter, wie Grieshofer, Kahlß, Köberl und andere, jedoch kein Gasperlmaier. Er hatte auch noch nie etwas davon gehört, dass einer seiner Vorfahren Bergmann gewesen war. Dass sein Name hier fehlte, musste allerdings nichts bedeuten – schon in den vergangenen Jahrhunderten waren im Ausseerland viele uneheliche Kinder zur Welt gekommen, sodass nicht auszuschließen war, dass dennoch ein Verwandter darunter war.

Sorgfältig leuchteten sie alle Nischen und Ecken aus, ohne etwas zu entdecken, das ihre Aufmerksamkeit erregt hätte. Als sie die Kapelle verließen, begegnete ihnen die Führungsgruppe, die aus nur sieben oder acht Leuten bestand, zwei davon Kinder. „Das ist der Simon", stellte ihnen die Frau Roither den Führer der Gruppe vor, einen feschen, groß gewachsenen blonden Burschen. „Grüß euch!", sagte der und schüttelte Gasperlmaier kräftig die Hand, während sein Blick durch die Kapelle wanderte. „Was macht denn die Polizei da herinnen?" „Nur Routine!", sagte die Manuela. „Wir machen halbjährlich eine Begehung. Aus Sicherheitsgründen." Gasperlmaier bewunderte sie dafür, dass sie so spontan und überzeugend lügen konnte. „Ich muss euch noch was zeigen", erklärte die Frau Roither und führte sie zurück in den Gang, der zur Kapelle führte. „Gut, dass Sie denen nichts gesagt haben", flüsterte sie. „Das braucht ja wirklich niemand zu wissen, weswegen Sie hier ..." Gasperlmaier nickte. „Selbstverständlich!"

„Schauen Sie!" Die Frau Roither hatte sie in einen etwas größeren Hohlraum geführt und leuchtete an die hintere Wand, vor der Gasperlmaier schemenhaft etwas erkennen konnte. Kurz durchfuhr ihn ein Schrecken. Waren das nicht menschliche Umrisse, dort hinten?" „Das sind Schinken", lächelte die Frau Roither. „Da gibt's einen Wirt vom Hallstättersee draußen, der macht luftgetrockneten Schinken. Wie einen Prosciutto. Und der lässt seine Schinken eine Zeitlang hier herinnen reifen. Das Klima tut den Schinken anscheinend gut." Erleichtert seufzte Gasperlmaier auf. „Kann man da hinauf? Wir sollten uns da einmal ein bisschen umsehen!" Die Manuela stieg, kaum dass sie geendet hatte, den flachen Abhang hinauf, der zu den Schinken führte, und leuchtete den Boden ab. Gasperlmaier folgte ihr. Dort gab es zwar jede Menge Fußabdrücke, die mit Sicherheit nicht nur von der Manuela stammten, aber das war zu erwarten gewesen. Irgendjemand musste ja schließlich das Gestell, auf dem die Schinken hingen, aufgebaut und die Schinken aufgehängt haben. Es duftete verführerisch. Gasperlmaier leuchtete die aufgehängten Schweinshaxen ab, aber auch hier und in der unmittelbaren Umgebung war nichts Auffälliges zu sehen. Gar nichts.

„Gehen wir weiter!", schlug er vor.

„Das ist jetzt ein relativ neuer Teil des Schaubergwerks. Eine der Lagerstätten für die Kunstschätze, von denen ich euch schon erzählt habe." Sie standen vor einer Art Hütte, die in einen Hohlraum des Bergbaus eingepasst war. Davor stand eine Kiste mit folgender Aufschrift: „Vorsicht, Marmor, nicht stürzen!" „Da waren wohl Statuen drin?", fragte die Manuela. Die Frau Roither schüttelte den Kopf. „In diesen Kisten haben die Nazis die Bomben in den Berg gebracht, mit denen sie die gesamten Kunstschätze vernichten wollten. Wäre es ihnen gelungen, dann wäre wohl das ganze Bergwerk in sich zusammengestürzt und es wäre aus gewesen mit dem Bergbau. Auf Jahrzehnte hinaus." Gasperlmaier zuckte zurück, als die Frau Roither die

Kiste öffnete, denn da lag tatsächlich eine Bombe drin. „So haben die ausgesehen", sagte sie. „Aber die ist natürlich entschärft!" „Natürlich! Eh klar!", spielte Gasperlmaier seinen Schreck herunter. „Da müssen wir aber schon genauer nachschauen, da drinnen!" Die Manuela deutete auf den hüttenartigen Verschlag, vor dem die Bombe in ihrer Kiste lag.

Drinnen gab es Regale mit Kisten. Leeren Kisten. Hier also hatte man die Kunstschätze, die die Nazis in halb Europa zusammengeraubt hatten, gelagert. Damit sie nicht den Bombenangriffen der Alliierten zum Opfer fielen. Wahrscheinlich, so dachte Gasperlmaier bei sich, hatte man sie auch vor dem Zugriff der ursprünglichen Besitzer verstecken wollen. Sie leuchteten in die Kisten hinein, in jede Ecke, jede Nische, auf den Boden. Nirgends verriet irgendeine Einzelheit, dass sich hier kürzlich jemand aufgehalten haben könnte. Natürlich gab es auch hier Fußabdrücke auf dem Boden. „Kommt da öfter wer herein?", fragte Gasperlmaier. Die Frau Roither schüttelte den Kopf. „Nicht bei normalen Führungen. Aber wenn Wissenschaftler oder Prominente kommen oder wenn wieder einmal gefilmt wird ..." Gasperlmaier nickte. Er wusste, es gab zahllose Fernsehdokumentationen über das Ausseerland, namentlich über die Geheimnisse, die das Salzbergwerk und vor allem der Toplitzsee in der Nähe des Traunursprungs bargen.

„Nichts!", konstatierte die Manuela schließlich, und sie setzten ihren Rundgang fort. Ein Stück weiter kamen sie in einen Raum, der Fotos aus der Zeit des Zweiten Weltkriegs zur Schau stellte. Es gab auch ein paar Sitzbänke. „Hier zeigen wir den Besuchern ein Video über die Ereignisse nach dem Zweiten Weltkrieg, als die Kunstschätze geborgen worden sind", sagte die Frau

Roither. „Wollen Sie es sehen?" Gasperlmaier schüttelte den Kopf. „Aber während das Video läuft, da ist es doch finster, oder? Da könnte doch jemand aus einer größeren Gruppe verschwinden, ohne dass das gleich auffällt?" „Ja, aber warum?", fragte die Frau Roither. Gasperlmaier zuckte mit den Schultern. Dazu fiel ihm auch nichts ein, aber es gab ja immer wieder neugierige Zeitgenossen, die mit dem nicht zufrieden waren, was ihnen bei Führungen gezeigt wurde, und versuchten, auf eigene Faust die Umgebung zu erforschen.

„Und der Führer, wo hält sich der während des Vortrags auf?", fragte die Manuela. „Ja, normalerweise schaltet er die Projektion ein, nicht, und bleibt dann in der Nähe. Er soll ja auch die Gruppe im Auge behalten, eben damit ihm niemand verloren geht. Manchmal sind die Leute unkonzentriert und wollen schon weiter, während der Film noch läuft. Und einmal haben wir ein paar alte Nazis dabeigehabt, die haben sich fürchterlich über den Film aufgeregt und verlangt, dass wir abdrehen. Das ist aber schon länger her." „Aber theoretisch könnte sich da jemand davonmachen? Und der Führer der Gruppe auch?", bohrte die Manuela nach. Die Frau Roither wand sich ein wenig. „Schon. Ist aber sehr theoretisch. Warum sollte das jemand tun?"

Gasperlmaier verließ die Plattform, auf der die Sitzbänke aufgebaut waren, und gelangte zum Beginn der Rutsche, die eine der Hauptattraktionen der Führung war. „Das ist da schon recht unübersichtlich", meinte er. „Wenn wir tatsächlich einen Vermisstenfall bekommen, der mit dem Salzberg in Verbindung steht, dann müssen wir hier mit einem größeren Suchtrupp und mit der Tatortgruppe alles absuchen. Dann können Sie für einen Tag zusperren." „Aber hier", fügte die Manuela hinzu, „hier sehe ich wirklich nichts. Nichts, was darauf hindeuten könnte, dass da einer verschwunden ist. Wo sollte der sein?"

„Wollt's hinunterrutschen? Oder lieber über die Stiege?" Die Manuela grinste. „Das lassen wir uns aber nicht entgehen, Gasperlmaier, was?" Er nickte, obwohl die Rutsche nicht zu seinen persönlichen Höhepunkten des Besuchs im Salzberg gehörte. Das hatte mit seiner Höhenangst zu tun, die war nämlich auch so etwas wie eine Tiefenangst. Wenn es schnell hinunterging und sein Magen so leicht wurde, verursachte ihm das höchst unangenehme Gefühle. Die Manuela jauchzte, als sie auf der hölzernen Rutsche ins Dunkel glitt. Gasperlmaier stieß sich ab, schloss die Augen und biss die Zähne zusammen. Gott sei Dank dauerte das unangenehme Gefühl, ins Bodenlose zu stürzen, nur Sekunden. Dennoch kam er schwer atmend unten an. „Du schaust ein bissl verkrampft drein. Noch einmal?" Gasperlmaier schüttelte den Kopf und wehrte mit einer Handbewegung das Ansinnen der Manuela ab. „Dazu haben wir keine Zeit!" Sein Kopfweh und ein leichter Schwindel hatten sich bei der Rutschpartie zurückgemeldet. Um sich abzulenken, inspizierte Gasperlmaier die Umgebung. Auch hier konnte jemand verloren gehen. Man musste ja warten, bis alle Besucher herunten waren. Manchmal, so erinnerte er sich, durften vor allem Kinder auch ein zweites Mal rutschen. Das konnte dauern. Nirgends aber konnte er Spuren entdecken, die darauf hinwiesen, dass hier etwas passiert war, das nicht dem normalen Führungsbetrieb entsprach. „Was für ein Anzug fehlt denn eigentlich? Ich meine, welche Größe?" „Für Männer", antwortete die Frau Roither. „Eher eine große Größe. Kommt für Frauen nicht in Frage." Seltsam, dachte Gasperlmaier, dass er bisher nicht auf die Idee gekommen war, danach zu fragen. Er war einfach davon ausgegangen, dass es sich um einen Männeranzug gehandelt hatte. Wahrscheinlich war er doch nicht zum Kriminalisten geboren.

In einem Gang, der weiter in den Berg hineinführte, waren auch Nachbildungen der Kunstwerke ausgestellt, die damals im Berg gelagert gewesen waren. Am Ende desselben erreichten sie einen größeren Raum mit der beleuchteten Nachbildung eines Altars. „Das ist der berühmte Genter Altar!", erklärte die Frau Roither nicht ohne Stolz. „Die Nazis haben ihn aus einem Schloss in Südfrankreich gestohlen. Und nach der Bergung, als der Zweite Weltkrieg aus war, hat eine Tafel gefehlt, die hat man monatelang gesucht. Und wissen Sie, wo man sie gefunden hat?" Gasperlmaier nickte. Er kannte die Geschichte, und wenn sie nicht wahr war, war sie zumindest gut erfunden. „Einem der Kunsthistoriker, die mit der Bergung beauftragt waren, ist in einer Kammer tief im Berg eine Holzplatte aufgefallen, die auf zwei Böcken gestanden ist und die die Bergleute als Jausentisch verwendet haben. Und als er sie umgedreht hat, war es die fehlende Tafel des Altars!" „Unglaublich!" Die Manuela schüttelte den Kopf, während Gasperlmaier, wie schon zahllose Male zuvor, den Boden und die Wände ableuchtete, ohne dass er eigentlich genau wusste, wonach er suchen sollte. Sicherlich waren seit gestern schon Besucher hier vorbeigelaufen, was sollte da auffällig sein?

Die Frau Roither führte sie ein Stück weiter. „Und hier kommen wir jetzt ins Birnbacherwerk." Sie standen vor einem mit rohen Planken abgezäunten Abgrund, ein riesiger Hohlraum tat sich vor ihnen auf, die gegenüberliegende Wand war weit entfernt. Gasperlmaier blickte nach links und rechts. Hier konnte sich natürlich jemand von der Führung entfernt haben. Abstürzen

konnte man ebenso leicht, wenn man den Zaun über-
kletterte und unvorsichtig genug war, zu nahe an den
Abgrund zu treten. „Hier hat man eine andere Abbau-
methode ausprobiert", erklärte die Frau Roither. „Man
hat einfach Wasser über die Felswände laufen lassen,
um das Salz aus dem Gestein zu lösen. Aber letztendlich war die Salzkonzentration zu gering." Die Manuela
deutete auf den Abgrund. „Da könnte aber schon einer
hinuntergefallen sein. Ist das überprüft worden?" Die
Frau Roither nickte. „Ob schon einer unten war, weiß
ich nicht. Aber man kann das alles von heroben gut aus-
leuchten. Und da ist niemand gefunden worden."

Gasperlmaier schüttelte den Kopf. Sie vertaten hier
nur ihre Zeit. Und zwar die Zeit an einem eigentlich
arbeitsfreien Sonntag im Juni, an dem man einen Spaziergang hätte unternehmen können, gemütlich in einem Gastgarten die Beine übereinanderschlagen und
sein Bierglas festhalten sollte. Allerdings, so gestand er
sich ein, wäre ihm heute sein Bett, oder allenfalls das
Sofa, lieber gewesen, denn die grelle Sonne draußen
würde seinem Kopf sicherlich nicht guttun.

„Das wär's eigentlich!" Die Frau Roither zuckte mit
den Schultern. „Gehen wir wieder hinaus." Gasperlmaier hatte Durst, sogar einen leichten Appetit. Die
salzige Luft bekam ihm wirklich gut. Sie kamen noch
an einigen Abzweigungen und Spalten vorbei, einmal
kletterte die Manuela eine schräg nach oben führende
Leiter hinauf, bis sie nicht mehr zu sehen war, kam aber
erfolglos zurück. „Nichts." Ein andermal quetschte sich
Gasperlmaier in einen engen Seitenstollen, aus dem ein
oranges Kabel herausragte, um nicht den Eindruck zu
erwecken, er überlasse der Manuela alle unangenehme Arbeit. Der Stollen endete aber wenige Meter nach
einer Biegung.

Als sie nach einem längeren Fußmarsch wieder ans Tageslicht gelangten, spürte Gasperlmaier die frühsommerliche, von der Sonne aufgewärmte Luft an sich heranströmen und merkte, dass die Bergwerksluft seinem Kater viel besser getan hatte. Sogleich fühlte er sich müde und etwas schwindelig. „Wollt's vielleicht noch eine Jause?", fragte die Frau Roither.

Als sie bei einem Seidel Bier und einem Paar Würstel im Buffet des Steinberghauses saßen, dämmerte Gasperlmaier, dass ihnen nun nichts anderes übrigblieb, als alle Vermisstenmeldungen aus der näheren und weiteren Umgebung zu überprüfen. Die Manuela kam seinen Gedanken zuvor. „Für eine Vermisstenmeldung ist es wohl noch zu früh, aber wir sollten in den Hotels und Pensionen nachfragen, ob jemand abgeht. Dann wären wir wenigstens sicher ..." Gasperlmaier kaute gerade an einem Stück Frankfurter und schüttelte unwillig den Kopf. „Wo sollen wir denn da anfangen? Und sollen wir denen erzählen, dass wir bloß wegen einem verschwundenen Anzug anrufen?" Er nahm einen Schluck von seinem Seidel Bier. Hoffentlich tat es seine Wirkung, obwohl er selbst nie ein Anhänger der Idee gewesen war, einen Kater durch Weitertrinken zu bekämpfen. „Na ja, ich mein ja nur. Aber der Kommandant bist du." Die Manuela schien ein wenig verschnupft. Aber, so dachte Gasperlmaier bei sich, man konnte es auch übertreiben mit dem Pflichtbewusstsein. „Danke jedenfalls, dass ihr gekommen seid!", sagte die Frau Roither und stand auf. „Ich muss jetzt wieder zur Kasse. Wahrscheinlich taucht er eh wieder auf, der Anzug." Sie seufzte. „Und tut mir leid, dass wir eure Zeit ... ich meine, ausgerechnet am Sonntag. Und jetzt hab ich auch noch erfahren, dass du gestern Geburtstag gehabt hast, Gasperlmaier. Hab ich dir eigentlich schon gratuliert? Komm her!" Die Frau Roither zog ihn an sich, drückte ihn an ihren Busen und schmatzte auf seine Wange. Gasperlmaier war ein wenig überrascht von dieser unerwarteten Intimität und löste sich so schnell, wie es unauffällig möglich schien, aus der Umarmung.

Als die Frau Roither durch die Gittertür nach draußen, zum Kassenbereich, verschwunden war, rückte Gasperlmaier seine Dienstmütze zurecht. „Da hast du ja einen Fan gefunden!", grinste die Manuela. „Aber geh!" Gasperlmaier war ein wenig verärgert und stand auf. „Wir gehen jetzt! Und die Vermisstensuche, die heben wir uns für morgen auf!" Draußen schlug ihnen feuchte, warme Luft entgegen. Ungewöhnlich für Juni, vor allem hier heroben am Salzberg. Gasperlmaier zog seine Uniformjacke aus. „Da kommt man ja ins Schwitzen!", fügte er erklärend hinzu und wischte sich über die Stirn. Sein Kopf hatte wieder unangenehm zu pochen begonnen. Er öffnete die hintere Autotüre, um seine Jacke auf dem Rücksitz zu deponieren. Erst als er sie hingeworfen hatte und dabei war, die Autotür wieder zuzuschlagen, registrierte er, dass da etwas auf dem Rücksitz lag. Etwas, das weder er noch die Manuela dahin gelegt hatten. Gasperlmaier nahm seine Dienstmütze ab, kratzte sich am Kopf und hob seine Jacke auf. Darunter lag tatsächlich etwas. Es war weiß und rot.

Sauber zusammengelegt, zugeknöpft und der Kragen war ordentlich gefaltet. Es war, so konnte er unschwer feststellen, ein Schutzanzug aus dem Bergwerk. Und er war über und über rot von Blut.

4

Aus dem freien Sonntagnachmittag war natürlich nichts geworden. Gasperlmaiers Streifenwagen hinzugerechnet, standen nun vier Polizeifahrzeuge auf dem Parkplatz vor dem Steinberghaus, darunter der Bus der Tatortgruppe. Der Platz rund um Gasperlmaiers Streifenwagen war weiträumig mit rot-weißem Band abgesperrt, und dahinter hatten sich eine ganze Menge Schaulustiger versammelt, denen nun der Polizeieinsatz wichtiger erschien als der Besuch im Schaubergwerk. Etwas abseits stand das weiße Cabrio der Frau Doktor Kohlross.

„Habt ihr denn euren Streifenwagen nicht abgesperrt?", fragte sie Gasperlmaier. Der zuckte mit den Schultern. „Ja ... nein ... ich weiß nicht so genau. Bei uns muss man ja nicht immer und überall alles absperren, da passiert doch nichts." Die Frau Doktor rümpfte die Nase. „Na ja, die Erfahrung sollte dich gelehrt haben, dass ..." Gasperlmaier winkte ab. „Ja, ja. Aber jetzt ist es nun einmal passiert." „Unsere Spezialisten werden ohnehin feststellen, ob das Auto aufgebrochen worden ist oder nicht. Fest steht jedenfalls, dass die aufgefundene Kleidung der fehlende Schutzanzug aus dem Bergwerk ist. Daran besteht kein Zweifel. Nur, wer da drinnen gesteckt hat, das steht in den Sternen!"

Gasperlmaier hatte bis zum Eintreffen der Spurensicherer genügend Zeit gehabt, den Anzug, der da auf ihrem Rücksitz lag, gründlich zu betrachten. Die Blutspuren waren vor allem auf der rechten Seite deutlich zu sehen und zogen sich vom Kragen über die Brust bis zu der Stelle, an der die Jacke gefaltet war. Es schien so, als habe man das Opfer noch mehrmals in seinem eigenen Blut gedreht und gewendet. Die Hose hatte er nicht sehen können, aber allein die Blutspuren auf der Jacke deuteten darauf hin, dass der Träger viel Blut verloren haben musste. „Schauen wir uns das gute Stück doch einmal genauer an." Die Tatortgruppe hatte den Anzug aus dem Wagen geholt und auf einer Plane daneben ausgebreitet. Zwei Polizisten hielten eine weitere Plane hoch, um den Schaulustigen die Sicht auf die blutigen Kleidungsstücke zu verwehren. Nun konnte auch Gasperlmaier das ganze Ausmaß der Bescherung sehen. Die Jacke wies am Rücken, dort, wo das meiste Blut war, einen Riss oder einen Einstich auf. Die Blutspur zog sich bis zum Saum der Jacke hinunter und war natürlich eingetrocknet, aber die Jacke musste regelrecht von Blut durchnässt gewesen sein. Auf der Hose fanden sich große Flecken, Spritzer, Tropfen von Blut, was auch immer. „Das Opfer muss zweifach verwundet worden sein", sagte die Frau Doktor. „Einmal am Kopf, daher das Blut auf Kragen und Brust. Und einmal, zunächst nur eine Vermutung, durch einen Stich in den Rücken." Sie wies auf den Riss, der Gasperlmaier schon aufgefallen war.

„Die entscheidende Frage ist jetzt", sagte die Frau Doktor, „lebt das Opfer noch, das diesen Anzug getragen hat? Und wenn ja, wo sollten wir nach ihm suchen?" „Man müsste vielleicht in den Krankenhäusern ...", begann Gasperlmaier, doch die Frau Doktor nickte. „Ist schon geschehen. Nichts." Sie sah sich um. „Wir müssen die unmittelbare Umgebung absuchen. Der Anzug ist aus dem Bergwerk verschwunden, taucht direkt hier wieder auf, ist wahrscheinlich inzwischen auf keiner großen Reise gewesen. Ich fordere Leute an. Wo geht's hier hin?", fragte sie Gasperlmaier und deutete den Berg hinauf, wo sich die Straße in steilen Kurven am Jugendgästehaus vorbeiwand. „Da kannst du ... na, da geht eine Forststraße weiter, da kommst du zuerst zu einem weiteren Stolleneingang, dann zur Ruine Pflindsberg ... im Prinzip kannst du da überall hinfahren ... allerdings ist natürlich Fahrverbot." Die Frau Doktor nickte. „Also eine öffentliche Straße gibt's nur hier wieder hinunter?" „Ja, natürlich. Und dann halt auf den Loser hinauf, oder zur Blaa-Alm ... aber das kennst du ja."

Gasperlmaier blickte zu seinem Streifenwagen hinüber. Alle vier Türen waren offen, und aus jeder ragte das Hinterteil eines Spurensicherers in weißem Overall. Hoffentlich würden sie nicht auch noch Speichel- und Haarproben von ihm und der Manuela anfordern, um ihre Spuren im Wagen aus der Ermittlung ausschließen zu können. „Wann werden wir denn wieder ..." Mit einer etwas hilflosen Geste deutete er auf sein Auto. Die Frau Doktor zuckte mit den Schultern. „Wir fangen jetzt noch einmal ganz von vorne an. Und zwar mit den Besuchern und Führern, die gestern im Bergwerk drinnen waren." Mit einer Kopfbewegung forderte sie Gasperlmaier auf, mit ihr ins Steinberghaus zu kommen.

Gleich an der Kasse fielen ihr die Fotos von den Besuchern des Bergwerks auf. „Wo stammen denn die Fotos her?", fragte sie. Die Frau Roither, die auch heute hinter der Kasse saß, stand auf. „Die werden automatisch gemacht, auf der Rutsche." „Und da sind alle Besucher drauf, die gestern hier drin waren? Wie viele sind es denn?" Die Frau Roither ließ sich wieder vor ihrem Computer nieder. „278. Es war, wie schon erwähnt, ein sehr stark besuchter Tag." Die Frau Doktor stöhnte. „Wie sollen wir die überprüfen? Wissen Sie überhaupt, wer die sind und woher die kommen?" Die Frau Roither schüttelte den Kopf. „Persönliche Daten von denen haben wir nicht. Natürlich nicht. Die kaufen einfach eine Eintrittskarte, und damit hat es sich." „Aber Sie können uns einen Stick mit den ganzen Fotos geben, oder? Sind da alle drauf?" Gasperlmaier hatte das Gefühl, sich einmischen zu müssen. „Und wenn einer nicht rutscht, weil er Angst hat? Wenn er die Stiege hinuntergeht? Dann gibt's kein Foto, oder?" Die Frau Roither nickte. „Wartet's ein bisschen!" Sie klickte einige Male mit der Maus, bis der Drucker zu summen anfing. „Das ist eine Statistik von gestern. Da sehen Sie genau, wie viele Personen bei welcher Führung waren. Auch, wie viele Erwachsene jeweils drunter waren. Und jetzt muss ich natürlich nur noch mit der Anzahl der Fotos vergleichen, einen Moment ..." Ein paar Sekunden später wussten Gasperlmaier und die Frau Doktor, dass 202 Erwachsene am Tag zuvor das Bergwerk besucht hatten, und 197 davon waren auch gerutscht, weil es ein Foto von ihnen auf der Rutsche gab. Ganze fünf waren also die Stiege hinuntergegangen.

Die Frau Doktor hielt triumphierend den schwarzen Stick in die Höhe, auf den die Frau Roither die Fotos gespeichert hatte. „Ist das eh in Ordnung, so datenschutzmäßig?", fragte sie etwas unsicher. Die Frau Doktor nickte. „In einer Ermittlung ist alles in Ordnung, vor allem, wenn's um ein Gewaltverbrechen geht." „Es könnte aber doch auch", warf Gasperlmaier ein, „sein, dass es ein Unfall ..." „Papperlapapp!", fuhr ihm die Frau Doktor dazwischen. „Der Verunfallte zieht seinen blutigen Schutzanzug aus, faltet ihn ordentlich und legt ihn euch in den Streifenwagen? Völlig unglaubwürdig!" Eine Familie mit einem halbwüchsigen und zwei kleinen Kindern trat ins Haus und kam auf die Kassa zu. „Gewaltverbrechen?", fragte der ältere Bub, Gasperlmaier schätzte ihn auf vielleicht fünfzehn, sechzehn. „Ist einer ermordet worden? Im Bergwerk?"

Gasperlmaier winkte ab. Der Bub wandte sich an seine kleinen Geschwister. „Habt ihr gehört? Da treibt sich ein Mörder herum, im Bergwerk. Wahrscheinlich ein richtiges Monster! Deswegen die ganze Polizei!" Er hob die Arme und formte die Hände zu Klauen. Brüllend wankte er auf seine Geschwister zu, die laut aufkreischten. „Jonas!" Die Mutter zog den Buben am Arm. „Wenn du dich aufführst, kannst du gleich im Auto auf uns warten!" „Ist mir eh lieber! Ist eh so ein scheißfader Urlaub! Ich wär viel lieber ..." Die Frau Doktor zog Gasperlmaier am Arm von der Gruppe weg. „Ich muss leider ...", rief ihnen die Frau Roither nach. „Drinnen finden Sie die Susanne, die macht die nächste Führung. Um elf." Sie deutete auf eine Tür, die, wie Gasperlmaier wusste, in den Umkleideraum führte, wo die Touristen die Schutzkleidung für die Tour durch das Bergwerk bekamen.

Drinnen konnten sie zunächst niemanden sehen. „Hallo?", rief Gasperlmaier. „Was machen Sie denn ... Oh!" Die junge Frau war zunächst hinter einem Ständer mit Schutzanzügen verborgen gewesen und hatte sie erst gesehen, nachdem sie dahinter hervorgetreten war. „Ich bin die Susanne. Hilgert." Sie schüttelte Gasperlmaier und der Frau Doktor die Hand. Wie alle Angestellten trug sie einen schwarzen Bergmannsrock, der, wie Gasperlmaier fand, die schmale, nicht allzu große Gestalt beinahe erdrückte. Dünne blonde Haare umrahmten ein blasses, fast kindliches Gesicht. Unwillkürlich fragte sich Gasperlmaier, ob so ein zartes Wesen der Aufgabe, große Gruppen durch die dunklen, recht unübersichtlichen Stollen zu führen, überhaupt gewachsen sein konnte. Schnell erinnerte er sich aber daran, wie oft er schon von der Christine und nicht zuletzt von der Frau Doktor dafür gescholten worden war, dass er Frauen zu wenig zutraute.

„Guten Tag", sagte die Frau Doktor. „Können wir uns ein wenig hinsetzen? Haben Sie ein paar Minuten Zeit?" Die Susanne nickte. „Wie viele Führungen hatten Sie denn gestern?", fragte die Frau Doktor. Die Susanne überlegte kurz und nahm dann beide Hände zu Hilfe, um sie aufzuzählen. „Um zehn Uhr war die erste. Vorher war niemand da, es war überhaupt die erste Führung gestern." Sie streckte den Daumen hoch. „Dann um halb zwölf die zweite." Der Zeigefinger folgte. „Dann hab ich Mittagspause gemacht. Und um ... ja, um halb drei dann meine letzte." Sie legte den Zeigefinger der rechten auf den Mittelfinger der linken Hand. „Irgendwas Auffälliges passiert?", fragte die Frau Doktor. Die Susanne schüttelte den Kopf, dass die Haare flogen. „Nichts." „Erinnern Sie sich noch, wie das auf der Rutsche war? Wollte jemand nicht rutschen?" Die Susanne legte einen Finger an die Lippen und dachte kurz nach. „Bei der zweiten Führung. Da hat ein Kind geweint. Ein kleines Mädchen. Da musste dann die Mutter mit ihr runtergehen. Unten hat sie dann weitergeplärrt, weil sie doch noch rutschen wollte." Sie zuckte mit den Schultern. „Wie Kinder halt so sind." Die Frau Doktor nickte. „Und es ist Ihnen niemand aufgefallen, der sich auffällig umgesehen hat? Vielleicht die Gruppe verlassen hat, zurückgeblieben ist?" Die Susanne schüttelte den Kopf. „Nein. Nichts. War alles wie immer." „Später waren Sie nicht mehr im Bergwerk?" Gasperlmaier bemerkte ein kurzes Zögern, die Augen der Susanne flackerten ein wenig, zuckten zu Boden, wichen dem Blick der Frau Doktor aus. Nur ganz kurz, aber Gasperlmaier kam das komisch vor. „Nein, wieso?", fragte die Susanne. Auch mit einem ganz leichten Zittern in der Stimme. Sie verschwieg etwas, dessen war sich Gasperlmaier sicher. Der Frau Doktor aber schien nichts aufgefallen zu sein, denn sie stand auf. „Dann wollen wir Ihre Zeit nicht länger in Anspruch nehmen. Danke!" Sie schüttelte der Susanne noch einmal die Hand. Die steckte wirklich in dem etwas groben Bergmannsrock drin wie in einer Rüstung, fand Gasperlmaier.

„Ach, eins noch!" Die Frau Doktor drehte sich zur Susanne um. „Warum machen Sie eigentlich Überstunden für die Führungen? Wir haben gehört, Sie sind als Bürokraft angestellt?" Die Susanne zuckte mit den Schultern, was allerdings nur als leichtes Rucken des Bergmannsrocks wahrzunehmen war. „Macht mir halt Spaß. Und ich krieg ja auch Geld dafür. Sogar Trinkgeld!" Sie lächelte. „Wiedersehen!" Die Frau Doktor steuerte auf die Tür zu, die in den Kassenraum führte. Dort hatten sich außer der Familie, die sie vorher schon angetroffen hatten, noch einige weitere Leute versammelt, die das Schaubergwerk besichtigen wollten. „Ich muss mal kurz an die frische Luft." Die Frau Doktor strebte dem Ausgang zu, Gasperlmaier folgte ihr. Mittlerweile war es draußen heiß geworden, fast schwül, und Gasperlmaier spürte neuerlich einen leisen Anflug von Kopfschmerzen.

Die Frau Doktor wandte sich an einen der Tatortleute. „Kannst du mir irgendetwas sagen, über den Anzug?" Der zuckte mit den Schultern. „Nicht viel, außer dass das Opfer stark geblutet haben muss." „Anhaftungen?", fragte sie. „Also, rein optisch ... das müssen wir natürlich genauer untersuchen ... aber da waren schon ein paar schwarze Faseranhaftungen ..." „Wie von einem Bergmannsrock?", fragte Gasperlmaier nach. Der Tatortmann nickte. „Kann schon sein." Gasperlmaier überlegte, als sich der Mann wieder entfernt hatte. „Das muss jetzt natürlich ... Also, so ein Schutzanzug, der wird ja pro Tag sicher mehrmals verwendet. Und sicher streifen auch die Führer schon einmal an oder halten ihn gegen ihr eigenes Gewand …" „Was willst du mir sagen?", fragte die Frau Doktor, während sie auf ihr Auto zusteuerte. „Also, dass jetzt nicht unbedingt wer der Angreifer sein muss, der so einen Bergmannsrock getragen hat. Wenn ein paar Fasern davon darauf sind, können die auch ganz anders hingekommen sein." Die Frau Doktor nickte. „Klingt logisch."

„Ist dir da drinnen, als wir mit dem Mädchen gesprochen haben, nichts aufgefallen?", fragte er die Frau Doktor. „Was sollte mir denn aufgefallen sein?" „Das Mädchen, die Susanne, die war ganz kurz unsicher, als du sie gefragt hast, ob sie später noch einmal im Bergwerk war." Die Frau Doktor zog die Augenbrauen hoch, die Mundwinkel nach unten. „Wär mir nicht aufgefallen. Ich glaub, das bildest du dir ein." Wieder einmal fühlte sich Gasperlmaier nicht ernst genommen. Er fragte sich, warum die Beobachtungsgabe der Frau Doktor, die er sonst so schätzte, auf einmal weniger scharf sein sollte als seine eigene. Wo er doch noch dazu an den Folgen der Feier von gestern litt. „Aber du bist heute so anders als sonst?", fragte sie. „Wie, anders?" „Du bist aufmerksam, denkst mit, sprichst Einzelheiten an, über die ich mir noch gar keine Gedanken gemacht habe." „Ich mein halt nur", antwortete Gasperlmaier. Was sollte er dazu sagen? Es war ja schließlich kein Fehler, ein bisschen mitzudenken. Und dass er auch aussprach, was er sich dachte, lag daran, dass er mit der Frau Doktor schon so vertraut war, dass es ihm nichts ausmachte, auch möglicherweise unausgegorene Gedanken zu äußern.

„Möchtest du eigentlich auch ins Bergwerk hineinschauen?", fragte Gasperlmaier, der sich von der Hitze des Parkplatzes direkt in die frische, kühle Luft im Berginneren zurücksehnte. „Mit den Schuhen?" Die

Frau Doktor zeigte auf ihre hellgrünen Schuhe mit schmalen, hohen Absätzen. Gasperlmaier seufzte. Obwohl sie nun schon so oft zusammen ermittelt hatten, vergaß die Frau Doktor immer wieder darauf, dass es in Aussee nicht überall stöckeltaugliches Straßenpflaster gab.

Die Frau Doktor lehnte sich gegen ihr Cabrio. Das Dach war offen, sodass Gasperlmaier hineinsehen konnte. Drinnen herrschte eine ziemliche Unordnung. Neben einem offensichtlich mit Schokolade verschmierten Kindersitz lagen allerlei Einwickelpapiere und Folien, so, als hätte die Frau Doktor mit ihrer Tochter im Auto gegessen und die Verpackungen einfach auf den Rücksitz geworfen. Und die kleine Sophie wurde offenbar nicht wirklich gesund ernährt. „Du brauchst gar nicht so zu glotzen!", schalt sie Gasperlmaier. Anscheinend hatte sie seine skeptischen Blicke wahrgenommen. „Als alleinerziehende Mutter, die noch dazu an Wochenenden Überstunden schieben muss, hat man es eben nicht leicht! Zum Autoputzen komme ich einfach nicht!" Gasperlmaier fragte sich, wie sich das „alleinerziehend" mit der Ankündigung einer Hochzeit vertrug. War da am Ende etwas dazwischengekommen? Oder hatte er sich bei seiner Geburtstagsfeier verhört? Sie wandte sich ab, suchte in ihrer Handtasche nach einem Taschentuch und schnäuzte sich lautstark hinein.

„Also: Rekapitulieren wir – was haben wir bisher?" Gasperlmaier wusste, dass sie darauf keine Antwort erwartete. „Wir haben einen blutbefleckten Schutzanzug aus dem Salzbergwerk. Er ist entweder entwendet worden, oder jemand, der ihn getragen hat, hat damit das Bergwerk verlassen, ohne ihn zurückzugeben. Der Träger des Anzugs ist offensichtlich verletzt worden, wahrscheinlich schwer." „Oder tot", warf Gasperlmaier ein. Die Frau Doktor nickte bestätigend. „Oder tot. Aber offenbar ist die Leiche nicht im Bergwerk. Also kann der Anschlag ebenso gut außerhalb des Bergwerks stattgefunden haben. Ist ja nicht einmal erwiesen, dass sich der Anzugträger überhaupt im Bergwerk aufgehalten hat." Gasperlmaier nahm seine Mütze ab und fächelte sich etwas kühle Luft zu. „Und der Angreifer hat wahrscheinlich den Schutzanzug in unserem Auto deponiert. Während die Manuela und ich im Berg drinnen waren." Neuerlich nickte die Frau Doktor, was Gasperlmaier freute. Zweimal hintereinander war es ihm gelungen, einen Beitrag zu leisten, den die Frau Doktor anerkannte. „Wir fragen uns natürlich, warum zieht ein Täter – oder eine Täterin – das Opfer aus, faltet den Anzug ordentlich zusammen und deponiert ihn in einem Polizeiauto? Wahrscheinlich will uns der Täter was sagen, was mitteilen. Zeigen, dass er schlauer ist als wir. Das ist sein Schwachpunkt. Überhöhtes Ego", fuhr nun die Frau Doktor fort. „Das wird ihm letztlich zum Verhängnis werden, da bin ich mir sicher." Gasperlmaier fiel auf, dass die Frau Doktor offenbar von einem männlichen Täter ausging. „Und weißt du, was ich immer mehr vermute? Dass das Opfer tot ist. Denn nehmen wir an, es ist verletzt. Er selbst oder der Täter zieht ihm, dem Verletzten, den Anzug aus." Die Frau Doktor begann, mit dem Finger in der Luft herumzumalen, so, als machte sie sich Notizen auf einer imaginären Tafel. „Dann verlässt er den Verletzten, faltet den Anzug sorgfältig und bringt ihn hierher. Während der Verletzte allein ist? Eingesperrt? Als Geisel? Das erscheint mir wenig glaubhaft. Ich glaub, wir haben es hier mit einem Mord zu tun, Gasperlmaier." „Aber wir haben keine Leiche. Und auch keinen Vermissten", gab er zu bedenken. „Das ist das Problem", gestand die Frau Doktor ein.

Die Manuela trat auf die beiden zu. „Wir hätten jetzt die beiden anderen Führer bei der Hand, die gestern im Berg waren. Sie sind drin." Sie deutete auf das Steinberghaus. Aus dem Augenwinkel nahm Gasperlmaier wahr, dass die Spurensicherer ihre Arbeit beendet hatten und ihre Ausrüstung in den Bus luden. Die Manuela war offenbar seinen Blicken und Gedankengängen gefolgt. Sie hielt den Autoschlüssel in die Höhe. „Hab ich gerade zurückbekommen!", lächelte sie. „Und übrigens: eine Haar- und eine Speichelprobe. Damit sie unsere ..." Gasperlmaier nickte. Er hatte so etwas befürchtet. „Muss aber nicht gleich sein, oder?" Die Manuela schüttelte den Kopf. „Aber nur, wenn ich dir dann ein paar Haare ausreißen darf!" Die Frau Doktor lächelte nun ebenfalls. „Vorsichtig! Allzu viele sind ja nicht mehr übrig!"

Gasperlmaier knurrte etwas verstimmt und schritt entschlossen vor den beiden Frauen auf das Steinberghaus zu. Wo er doch so stolz darauf war, dass er noch immer nicht die Spur einer Glatze hatte! Sicherlich, der Haaransatz war ein bisschen nach oben gewandert, und in den Ecken war das Haar ein klein wenig schütter geworden. Aber deswegen brauchte man sich doch nicht gleich darüber lustig zu machen, dass ihm die Haare ausfielen!

Drinnen hatte die Susanne jetzt den Kassendienst übernommen und den Bergmannsrock ausgezogen. Zum Vorschein gekommen war ein wirklich zierliches, wenn nicht mageres Persönchen. „Der James und der Simon warten hinten." Sie deutete auf eine Tür, die sich hinter dem Kassenschalter befand und einen Spalt offenstand. Dahinter lag, so stellte Gasperlmaier fest, ein Büro. In zwei Bürostühlen, die an einander gegenüberstehenden Schreibtischen standen, lümmelten die

Burschen breitbeinig, während sie vor sich im Schoß ihre Handys liegen hatten und schrieben. Oder spielten, Gasperlmaier konnte es nicht so genau erkennen.

Der eine sprang sofort auf, als er sie sah, ließ sein Handy in der Hosentasche verschwinden und streckte die Hand aus. Es war offensichtlich der Chinese. Er war etwas kleiner als Gasperlmaier und trug ein freundliches Lächeln in seinem runden Gesicht. Ein paar schwarze Haarsträhnen fielen ihm über die Augen. „Wong Chung Tan, oder James, wenn es ist einfacher für Ihnen." Er grinste. Der andere, der Blonde, den Gasperlmaier schon heute Morgen im Bergwerk angetroffen hatte, blieb ungerührt sitzen und drückte weiter auf dem Display seines Handys herum.

„Dürfen wir auch erfahren, wer Sie sind?", wandte sich die Frau Doktor an ihn. „Simon Klemencic", sagte der, ohne die Blicke von seinem Handy abzuwenden. Den bunten Bildern zufolge, die Gasperlmaier auf dem Bildschirm wahrnahm, schien es sich um ein Spiel zu handeln, in das der Simon vertieft war. „Würde es Ihnen sehr viel ausmachen, Ihr Handy wegzulegen?", fragte die Frau Doktor, nicht ohne eine gewisse Schärfe in der Stimme. „Gleich!", knurrte der Simon, ohne auch nur einen Augenblick von seiner Beschäftigung aufzusehen. Plötzlich griff die Frau Doktor nach dem Gerät und knallte es mit dem Bildschirm nach unten auf die Platte des Schreibtischs. Erstaunt sah der Simon zu ihr auf, während Gasperlmaier auffiel, dass der James kaum merklich den Kopf schüttelte. Das Handy dudelte, Display nach unten, noch ein wenig weiter, bis es verstummte. „Sie haben hier einen Gesprächstermin mit der Polizei!", fauchte die Frau Doktor. „Und es geht um ein Gewaltverbrechen! Wenn Sie jetzt die Güte haben würden, Ihre Aufmerksamkeit uns zu widmen?" Sie zeigte auf sich selbst, Gasperlmaier und die Manuela. „Okay, okay", nickte der Simon, legte seine Hände zwischen die Oberschenkel und starrte zu Boden, anstatt ihren Blick zu erwidern.

Die Frau Doktor atmete hörbar aus. „Wie Sie beide wissen, ist ein Angriff verübt worden auf einen Mann, der einen Schutzanzug trug, wie er hier für Besucher verwendet wird. Möglicherweise ist der Träger des Anzugs gestern während einer Führung verschwunden. Er könnte sich von der Gruppe entfernt haben, oder er ist gar nicht erst mit hineingegangen. Oder hat sich einen anderen Ausgang gesucht. Deswegen meine Frage: Ist gestern irgendetwas vorgefallen, das Ihre Aufmerksamkeit erregt hat?" Gasperlmaier hatte da wenig Hoffnung, was den Simon betraf. So, wie er dahockte, konnte man sich kaum vorstellen, dass er in der Lage war, eine größere Gruppe zu kontrollieren oder den Leuten etwas Interessantes zu erzählen. Beide schüttelten zunächst den Kopf. Gasperlmaier hatte den Eindruck, dass der Chinese überlegte, denn er hielt einen Finger gegen die Lippen.

„Wie viele Führungen haben Sie beide denn gestern gemacht?" Die Frau Doktor fixierte den Simon. Der sah kurz zu ihr auf und streckte drei Finger in die Höhe. Sprechen war ihm anscheinend zu mühsam. Der James hingegen war gesprächiger. „Vier. Zwei Vormittag und zwei Nachmittag." Er grinste. „Am Vormittag ich hatte eine chinesische Gruppe. Sie haben sehr gefreut, dass sie haben einen Führer, der spricht Mandarin." Der James sprach tatsächlich das „r" nicht so aus, wie man es normalerweise tat. Gasperlmaier hatte zwar gehört, dass die Chinesen ein „r" wie ein „l" aussprachen, aber das stimmte nicht genau. Es klang einfach wie irgendetwas dazwischen. Was er allerdings nicht genau verstanden hatte, war, was der Chinese mit Mandarin meinte. War das eine Sprache? Er musste bei Gelegenheit nachschauen.

„Wann hat denn Ihr Dienst geendet? Und wo waren Sie danach?" „Ich bin nach Hause gefahren. Mit dem Rad. Ich bin Radsportler." Wieder fiel Gasperlmaier die eigenartige Aussprache des Chinesen auf. „Ich wohne in Hallstatt. Viele Chinesen!" Er grinste. „Ist das nicht ein bisschen weit weg?", fragte die Manuela. James nickte, während Gasperlmaier auffiel, dass der Simon unruhig wurde. Seine Augen wanderten unstet von einem zum anderen. Einer seiner Füße wippte unablässig. „Ja, schon, aber ist eigentlich mein Hauptjob in Hallstatt. Dort ich arbeite auch im Salzberg, viele Führungen! Viele Chinesen!" Er lachte laut auf, während Gasperlmaier überlegte, was an seinen Auskünften so witzig war. „Fährst du über den Pass oder durch das Koppental?", fragte er. Dass er ins vertrauliche „Du" gewechselt war, fiel ihm gar nicht auf. „Koppental", sagte der Chinese. „Ziemlich sportlich!", kommentierte Gasperlmaier anerkennend.

„Und Sie?" Die Frau Doktor wandte sich dem Simon zu. Der zuckte mit den Schultern. „Keine Ahnung. Zuerst heim, umziehen. Dann fortgehen. War ja Samstag." Gasperlmaier wusste inzwischen, dass es bei Jugendlichen nichts zu bedeuten hatte, wenn sie die Floskel „Keine Ahnung" in ihre Aussagen einflochten. Das hatte etwa so viel Bedeutung wie das „oder" bei den Vorarlbergern oder das „goi" bei den Oberösterreichern. Die Frau Doktor zog sich einen Stuhl zum Simon hin, setzte sich ihm gegenüber und beugte den Oberkörper vor. „Genaue Orts- und Zeitangaben, bitte. Sie scheinen mir wenig kooperativ, Herr Klemencic. Und in solchen Fällen tendiere ich dazu, Zeugen nach Liezen vorzuladen und sie detailliert befragen zu lassen. Das kann dann schnell einmal einen halben Tag dauern. Und Sie sind knapp davor, dass ich das tue!"

Der Simon richtete sich auf und rutschte in seinem Stuhl zurück. Gasperlmaier hatte das Gefühl, dass er jetzt erst wirklich aufwachte. „Um halb sechs bin ich hier weg. Dann ... es hat ja geregnet ... ich bin ... ich bin halt im Bett gelegen. Keine Ahnung." „Zeugen?", fragte die Frau Doktor. „Meine Mama. Meine Mama. Die hat gekocht. Gekocht." Gasperlmaier fragte sich, warum der junge Mann fast jedes Wort wiederholte. „Was hat es denn gegeben?" „Keine ... Fisch. So ganze Fische. Mag ich eigentlich nicht." „Und fortgegangen?" „Um ... um ... zehn, so. Keine Ahnung. Wir sind nach Mitterndorf gefahren. Da gibt's ein englisches Pub. Union Jack heißt es, oder so." „Wann zurück zu Hause?" Der Ton der Frau Doktor war scharf. Gasperlmaier fragte sich schön langsam, warum der Chinese alle diese Fragen nicht beantworten musste. Aber der Simon war selber schuld – warum hatte er sich auch so seltsam benommen? „Keine Ahnung." Das, so mutmaßte Gasperlmaier, war jetzt zur Abwechslung einmal eine Aussage mit tatsächlichem Inhalt. Er erinnerte sich daran, dass ja auch er selbst keine Erinnerung daran hatte, wann er gestern in sein Bett gefallen war. Ein leiser Kopfschmerz und ein ziemlich trockener Mund erinnerten ihn noch immer daran. Man sollte überlegen, fand er, endlich einmal etwas zu essen. „Und Sie", wandte sich die Frau Doktor an den James. „Zeugen?" Er hob die Arme. „Gestern schlechtes Wetter. Ich habe gesehen Leute auf dem Wanderweg durch das Koppental, aber ich sie nicht kenne. Sie mich nicht, auch. Dann ich war alleine auf meine Zimmer in Hallstatt. Schönes Zimmer!" Schon strahlte er wieder. „Ganzen

See ich kann sehen direkt von meine Fenster." „Also keine Zeugen", seufzte die Frau Doktor. Der James aber strahlte fast noch mehr als zuvor. „Doch! Gibt chinesisches Restaurant in Hallstatt, von Tien Lin Chung. Ich hole immer Essen von dort, Tien Lin sehr gut kocht. Er weiß, dass ich gestern Abend bin dort gewesen. Guter Freund! Sie können anrufen!" Die Frau Doktor nickte, aber der James war nun nicht mehr zu bremsen. „Ist eigentlich kein Restaurant, so wie ... Würstelstand, auf großem Parkplatz für die Busse mit Chinesen! Aber super!" Das Wort „Würstelstand" hatte Gasperlmaier zunächst wirklich nicht verstanden, aber während der James weitergesprochen hatte, war der Groschen gefallen. „Chow Mein, Gong Bao Chicken, Ma Po Tofu! Alles großartig! Sie müssen probieren!" „Ja, ja!" Die Frau Doktor winkte ab. Entweder hatte sie der James davon überzeugt, dass er nichts zu verbergen hatte, oder er ging ihr schlicht auf die Nerven.

„Sie beide halten sich zur Verfügung! Es kann durchaus sein, dass wir noch einmal auf Sie zurückkommen!" Dabei zeigte sie auf den Simon. Sie stand auf und bedeutete Gasperlmaier und der Manuela, ihr zu folgen. Draußen an der Kasse saß immer noch die Susanne. „Wo waren Sie eigentlich gestern Abend, nachdem Ihr Dienst hier geendet hat?" Die Susanne sah sie überrascht, fast ertappt an. „Wieso? Ich war fort, wie halt jeden ... fast jeden Samstag." „Wo?" „Im Union Jack. Das ist ein Pub in Mitterndorf. Wir sind fast immer dort." „Wer ist wir?", fragte die Frau Doktor, schärfer als nötig, wie Gasperlmaier fand. „Ja, ein paar. Der Simon war auch dabei." „Gut." Die Frau Doktor schritt auf den Ausgang zu. Sie schien es eilig zu haben. „Wollen wir nicht vielleicht ... willst du ... hast du keinen Hunger?", fragte Gasperlmaier. „Doch!", nickte die Frau Doktor. „Sogar sehr!"

Draußen allerdings streckte ihnen jemand ein Mikrophon entgegen. „Hallo, Gasperlmaier! Guten Tag, Frau Chefinspektor! Können Sie mir schon eine Stellungnahme zum aktuellen Mordfall geben?" Es war die Maggie Schablinger, die das Mikrophon in der Hand hielt. Gasperlmaier hätte sie fast nicht erkannt, denn früher war sie immer dunkelhaarig gewesen, heute dagegen erstrahlte sie in Blond. Noch dazu hatte sie ihr üblicherweise schwarzes Outfit gegen ein pinkes Top und eine schwarze Lederhose ausgetauscht. Natürlich keine Trachtenlederhose, sondern so eine enganliegende, glänzende. Was sich aber nicht geändert hatte, war, dass die beiden Kleidungsstücke üppig mit Rüschen, Fransen und anderem Firlefanz ausgestattet waren. Das konnte allerdings auch nicht über ihre Falten hinwegtäuschen, die sicherlich vom Rauchen kamen. Gasperlmaier war der Maggie früher schon öfter begegnet, und weil sie so lästig und hartnäckig war, war es zwischen ihnen auch schon zu unschönen Szenen gekommen. Beim letzten Mordfall, so erinnerte sich Gasperlmaier, hatten sie die Maggie aus dem Verkehr gezogen, indem sie sie beim Schneiderwirt tüchtig abgefüllt hatten. Beim Heringsschmaus war das gewesen. Seither behauptete die Maggie, sie wären per Du.

Die Frau Doktor reagierte zunächst nicht, sodass die Maggie neuerlich das Wort ergriff. „Maggie Schablinger von Schilling-TV! Sie erinnern sich doch! Man hat also die blutbedeckte Kleidung eines Mordopfers gefunden, hören wir? Das Opfer auch schon? Um wen handelt es sich?" Gasperlmaier war überrascht. Schilling-TV? Die Maggie hatte doch immer für die Schillingzeitung gearbeitet. Ein übles Sensationsblättchen, auf dessen Titelseite sich auch Gasperlmaier schon einmal wiedergefunden hatte. Seit diesem Tag kam das Blatt bei ihnen nicht mehr ins Haus, denn freundlich war die Schlagzeile nicht gewesen. Man hatte ihm und dem Friedrich mehr oder weniger unterstellt, sich nicht um eine anstehende Mordermittlung zu kümmern und stattdessen beim Kirtag ordentlich dem Bier zuzusprechen. Dabei war das damals nur eine ganz normale und noch dazu kurze Mittagspause gewesen.

„Ich kann zum derzeitigen Stand der Ermittlungen gar nichts sagen. Da müssen Sie wie immer auf die übliche Pressekonferenz warten." Die Frau Doktor versuchte, der Maggie auszuweichen, um zu ihrem Auto zu gelangen, doch die versperrte ihr mehr oder weniger den Weg. „Aber es handelt sich doch um einen Mord, nicht wahr? Im Salzbergwerk? Hat das womöglich was mit dem sagenhaften Nazigold zu tun? Waren da Schatzgräber unterwegs?" Die Frau Doktor stemmte die Arme in die Hüften. „Sehr geehrte Frau Schablinger. Ich kann Sie nicht daran hindern, unsinnige Spekulationen über Ihr Netzwerk zu verbreiten. Solange Sie nicht behaupten, Sie hätten sie von der Polizei. Schreiben Sie, was Sie wollen. Oder, vielmehr, erzählen Sie Ihren Seherinnen und Sehern, was Sie wollen. Sie werden es Ihnen glauben, da bin ich mir sicher." Die Frau Doktor schob die Maggie energisch zur Seite, um sich den Weg frei zu machen. Gasperlmaier versuchte ihr zu folgen und nahm aus den Augenwinkeln einen großen, silberfarbigen Bus wahr, mit einer großen Aufschrift darauf. „Schilling-TV". Er hatte nicht gewusst, dass das Skandalblättchen jetzt auch einen Fernsehsender besaß. Und eigentlich interessierte es ihn auch nicht. „Gasperlmaier, Franz, ein Statement! Wir haben uns doch immer gut verstanden!" Sie kam auf ihn zu, das Mikrophon vorgestreckt, hinter ihr her ein junger Mann mit einer Kamera auf der Schulter. Hinter der

Maggie sah er die Frau Doktor, die einen Finger an die Lippen legte und energisch mit der anderen Hand wedelte, um ihm zu verstehen zu geben, dass er nichts sagen solle. Gasperlmaier sah zu Boden, um zu verhindern, dass der Mann sein Gesicht filmte. „Nichts, ich sag gar nichts. Kein Kommentar!" Er drängte sich an den beiden vorbei. „Dann müssen wir halt auf unsichere Informationen zurückgreifen, wenn die Polizei uns nichts sagt! Dann sind wir gezwungen, zu spekulieren!", schrie ihnen die Maggie noch nach. Gasperlmaier machte, dass er zum Wagen der Frau Doktor kam. Er riss die Tür auf und ließ sich neben sie in den Beifahrersitz fallen. „So eine Hyäne!", keuchte er. „Fährst du nicht mit deinem Auto?" „Nein!", fiel Gasperlmaier ein. „Das nimmt dann die Manuela, die muss ja auch ..."

5

Die Frau Doktor nickte und startete den Motor. „Wie du meinst." Etwas zu forsch, wie Gasperlmaier fand, zischte sie die stellenweise doch sehr schmale Straße vom Salzberg hinunter. „Wohin?", fragte sie. „Am nähesten ... da wär die Blaa-Alm, die kennst du schon, weißt eh, damals im Fasching!" Die Frau Doktor nickte. „Aber wir achten darauf, dass es schnell geht, Franz. Und danach kümmern wir uns um die Trupps, die auf der Suche nach dem Opfer sind." Sie seufzte. „Von dem wir weder wissen, ob es verletzt oder tot ist, auch nicht, wer er sein könnte, weil niemand vermisst wird. Schwieriger Fall. Wir brauchen möglichst bald Ergebnisse. Damit nicht ..." Sie wies mit dem Daumen zurück zum Steinberghaus. „... diese Idioten alles Mögliche zusammenphantasieren. Was war das übrigens mit dem Nazigold? Was sollte das? Weißt du da Näheres darüber?" Gasperlmaier nickte. Geschichten, die man sich erzählte, gab es genug. Und sein Großvater war damals, als der Zweite Weltkrieg zu Ende ging, Gendarm in Altaussee gewesen. Das meiste wusste Gasperlmaier von seiner Mutter, der Großvater und auch der Vater hatten nie viel darüber geredet. Zumindest nicht mit ihm.

„Was geht denn schnell?", fragte Gasperlmaier die Kellnerin auf der Blaa-Alm. „Bei uns geht alles schnell", antwortete die lächelnd. „Das Gamsgulasch könnt ich euch empfehlen. Ist grad fertig geworden." Gasperlmaier nickte, klappte die Speisekarte zu und schob sie über den Tisch. „Und ein Bier bringst mir dazu!" „Ist das nicht zu schwer? Um diese Tageszeit?" Die Frau Doktor runzelte die Stirn. „Ich kann Ihnen auch eine kleine Portion richten." Die Kellnerin nahm die beiden Speisekarten an sich. „Na gut! Und ein ... ach was. Ein kleines Bier, bitte." Die Frau Doktor lächelte, als sich die Kellnerin entfernte. „So, und jetzt erzählst du mir etwas über das Nazigold!", flüsterte die Frau Doktor. „Ich brenne vor Neugierde!"

Gasperlmaier seufzte. „Sind aber alles nur Geschichten, vergiss das nicht." „Ich will diese Geschichten aber hören. Es wäre nicht das erste Mal, bei weitem nicht, dass Feindschaften, die auf uralten Gerüchten basieren, plötzlich zu Gewaltausbrüchen führen ... ich könnte dir da Sachen erzählen!" Gasperlmaier nickte, während die Kellnerin ein großes und ein kleines Bier auf den Tisch stellte. Hübsch war sie. Er sah ihr versonnen nach. Der Rock ihres Dirndls schwang munter von einer Seite zur anderen, der Pferdeschwanz wippte. „Du sollst jetzt nicht Kellnerinnen nachgaffen, sondern mir vom Nazigold erzählen!", erinnerte ihn die Frau Doktor.

Gasperlmaier nahm einen Schluck. „Damals, bei der Rettungsaktion für die Kunstwerke, da waren ja viele Bergleute beteiligt. Und kurz danach, also in den nächsten Jahren, da haben einige Familien angeblich Gründe gekauft und Häuser gebaut. Und da hat es natürlich Neider gegeben, die gesagt haben, so viel Geld haben sich die niemals zusammensparen können. Und die sind dann auf die Idee mit dem Nazigold gekommen." „Und woher hätten die Leute das Gold haben sollen?" „Na, unter den Leuten, die da gekauft und gebaut haben, waren halt auch ein paar Bergleute. Und da haben wieder ein paar gesagt, die haben aus dem Bergwerk nicht nur die Kunstschätze gerettet, sondern da war auch jede Menge Gold gelagert. Oder auch englische Pfund, Banknoten, was weiß ich. Und da sollen halt ein paar angeblich Goldbarren oder Banknotenbündel eingesteckt haben. Sagt man. Ich glaub das alles nicht." Gasperlmaiers letzter Satz hatte ein wenig unsicher geklungen. Er konnte sich gut erinnern, wie die Mutter immer wieder von dieser oder jener Familie erzählt hatte, die angeblich nach dem Ende des Krieges plötzlich im Geld geschwommen war. Namen hatten die Runde gemacht, und auch er selber war manchmal unter jenen gewesen, die diese Namen weitergetragen, geflüstert und geraunt hatten.

Das Gamsgulasch kam. „Und? Weiter?", fragte die Frau Doktor. Gasperlmaier nahm Messer und Gabel zur Hand und wedelte abwehrend mit dem Besteck in der Luft herum. „Nein, nein. Namen erfährst du von mir keine. Aber da gibt es genügend Ratschweiber in Altaussee, die dir damit dienen können, wenn du's wirklich wissen willst!" Er schnitt ein Stück Gamsfleisch entzwei, schaufelte mit dem Messer ein wenig Soße darüber und führte es zum Mund. Ausgezeichnet. Vielleicht noch ein wenig zu heiß. „Und das sind alles Weiber, die ratschen? Männer verbreiten bei euch keine Gerüchte?" Gasperlmaier spürte, wie ihm ein wenig Hitze ins Gesicht stieg. Schnell versuchte er, sich mit einem Schluck Bier zu kühlen. So konnte er auch sein Gesicht hinter dem Glas verstecken, falls es sich tatsächlich röten würde. „So kann man das nicht sagen", verteidigte er sich zwischen zwei Bissen. „Natürlich sind auch Männer dabei, bei denen, die Gerüchte herumerzählen. Ich wollt jetzt nicht den Frauen irgendwas in die Schuhe ..." Er hatte sich verschluckt, hielt die Hand vor den Mund und hustete etwas Gulaschsaft in seine Handfläche. „Geht's?" Die Frau Doktor klopfte ihm beruhigend auf den Rücken. Gasperlmaier nickte. Ruhe trat ein, die Gasperlmaier dazu nützte, sich ganz dem Gulasch zu widmen.

Als er das letzte Stück Semmelknödel aufspießte, fiel ihm noch etwas ein, das die Frau Doktor möglicherweise interessieren konnte. „Es hat da noch ein Gerücht gegeben. Nämlich, dass bei der Bergung ein paar von den Kunstschätzen verschwunden sind. Es hat ja niemand wirklich genau gewusst, was alles drinnen war. Anscheinend ist in den letzten Kriegswochen vieles überstürzt passiert, es hat wohl keine genauen Listen mehr gegeben. Und im Krieg sind ja sowieso allerhand Kunstschätze spurlos verschwunden, verbrannt, unter den Trümmern verschimmelt und so." Gasperlmaier nahm einen weiteren Schluck Bier, um den Knödel hinunterzuspülen. „Und da gibt es nun natürlich das Gerücht, dass sich die Bergleute auch Kunstschätze unter den Nagel gerissen haben könnten?" Die Frau Doktor hatte selbst die richtige Schlussfolgerung gezogen, und Gasperlmaier brauchte nur zu nicken. „Ist aber nie etwas gefunden worden. Und eigentlich, soweit ich weiß, auch nie gesucht. Ich meine, es hat hier nie Ermittlungen gegeben wegen verschwundener Bilder oder so, und auch keine Anklagen, nichts. Ein Gerücht halt." „Aber jetzt", warf die Frau Doktor ein, „könnte einer gekommen sein, der den Gerüchten nachgeht. So Kunstwerke, die verlieren ja nicht an Wert. Da ist es wurscht, ob man zehn, dreißig oder siebzig Jahre wartet. Und den einen, den hat jetzt jemand weggeräumt, der was zu verbergen hat. Wie findest du meine Theorie?" Gasperlmaier schüttelte den Kopf. „Wir haben ja nicht einmal einen Vermissten oder eine Leiche, da kann man doch nicht ... da sollten wir ..." Die Frau Doktor nickte. „War ja eigentlich nur eine reine Spekulation. Aber vergiss die Schablinger nicht. Die nimmt genau solche Spekulationen her, dreht einen schamlos übertriebenen Fernsehbericht, und schon müssen wir uns wehren und uns rechtfertigen. Deswegen ist es gar nicht so schlecht, einmal selbst so zu denken wie so ein Schmierfink. Oder, in unserem Fall, eine Schmierfinkin."

Gasperlmaiers Handy klingelte. Es war die Manuela. „Du, Gasperlmaier", sagte sie, „ich bin gerade zurück auf dem Posten, und wir haben da einen interessanten Anruf bekommen. Von der Chefin der Villa Kirnberger. Die hat einen Gast, der ist heute nicht zum Frühstück gekommen. Und sein Auto ist da, auf dem Parkplatz. Sie könnte aber schwören, dass er gestern damit unterwegs war. Sie hat schon geklopft an seinem Zimmer, aber es rührt sich nichts." „Wir kommen!" Die Frau Doktor hatte mitgehört, raffte ihre Handtasche an sich und hatte schon den Autoschlüssel in der Hand, bevor es Gasperlmaier noch gelungen war, seinen letzten Schluck Bier hinunterzuwürgen. „Komm jetzt!", drängte sie. „Wir müssen auch noch zahlen ..." „Ja, mach du das. Aber schnell!" Sie war schon draußen. Gasperlmaier zückte seine Geldbörse. Die Kellnerin, die den hastigen Aufbruch der Frau Doktor mitbekommen hatte, stand schon mit dem Kassenbon in der Hand vor ihm. „Ist schon wieder einer umgebracht worden?", fragte sie. Er schüttelte nur den Kopf, während er nach passenden Banknoten suchte. Ihr Lächeln kam Gasperlmaier ein wenig schnippisch vor. Als er ihr einen Geldschein aushändigte, musste er daran denken, wie mühsam es werden würde, die Kosten für dieses Mittagessen vom Staat wieder zurückerstattet zu bekommen. Seit einiger Zeit waren dafür umfangreiche Online-Formulare auszufüllen, und in der Regel verabschiedete sich das Programm kurz vor Vollendung des Werks. Er war sich sicher, dass dahinter eine großangelegte Strategie zur Kostenminderung steckte. Während er noch überlegte, ob er zu viel oder zu wenig Trinkgeld gegeben hatte, hupte die Frau Doktor draußen schon.

„Wo ist denn diese Villa Kirnberger?", fragte sie, während sie so heftig beschleunigte, dass der Schotter unter den Reifen spritzte. „Mitten im Ort", erläuterte Gasperlmaier. „Dort, wo wir die Schablinger damals abgeliefert haben, nach dem Heringsschmaus, bei dem sie ein bisschen zu viel erwischt hat." „Ah, dort!" Die Frau Doktor gab so kräftig Gas, dass Gasperlmaier sich fragte, wie ein Überschlag mit einem solchen Cabrio wohl enden würde, wenn das Dach offen war.

Die Chefin der Villa Kirnberger, die Mali, empfing sie schon an der Haustür. Sie war eine ganz fesche Dunkelhaarige, etwa in Gasperlmaiers Alter. Er konnte sich gut daran erinnern, wie alle Dorfcasanovas früher hinter ihr her gewesen waren, während er in schlaflosen Nächten davon geträumt hatte, ihr nur einmal durch die langen, seidigen Haare streichen zu dürfen. Für ihn, so erinnerte er sich, hatte sie nichts als abschätzige Blicke übriggehabt. Jetzt, so fand er, sah sie schon ein wenig verbraucht aus. Vor allem um die Augen, um den Mund und am Hals hatte sie viele tiefe Falten. Man musste halt für die schlanke Figur auch einen Preis zahlen.

„Kommt's schnell herein!", wisperte sie. „Ich brauch kein Aufsehen in meinem Haus. Die Leute sind eh so empfindlich, wenn sie eine Uniform nur von weitem sehen." „Wir tun Ihren Gästen ja nichts. Kohlross, übrigens. Chefinspektorin Kohlross", erwiderte die Frau Doktor und schüttelte der Wirtin die Hand. „Wer war denn Ihr Gast? Und woher?" „Mali. Mali Kirnberger. Grüß dich, Gasperlmaier!" Die Mali legte ihm die Hand auf die Schulter und hauchte ihm einen Kuss an der Wange vorbei. Gasperlmaier wurde warm. So intim war die Mali früher nicht gewesen. Sie wandte sich mit einem unergründlichen Lächeln von ihm ab und ging voraus zur Rezeption, die nur aus einer schmalen antiken Kommode bestand, auf der ein Computerbildschirm und eine Tastatur thronten. Sie nahm die Maus zur Hand und klickte ein paarmal. „Der Mann heißt, zumindest laut Meldezettel, Arthur Köster. Einen Wohnort hat er nicht angegeben." Die Frau Doktor runzelte die Stirn. „Aber müsste er nicht auf dem Anmeldeformular ...?" Die Mali zuckte mit den Schultern. „Muss ich übersehen haben. Ich hätte ihn schon noch gefragt. Sein Auto hat eine Salzburger Nummer. Er ist aber eindeutig ein Deutscher gewesen, ganz sicher. Sollen wir zuerst zum Zimmer?" „Schauen wir uns erst einmal das Auto an." Sie verließen die Villa durch eine Hintertür. Auf dem Parkplatz zeigte die Mali auf einen grauen 3er-BMW, der tatsächlich ein Salzburger Kennzeichen trug. Die Frau Doktor zückte sofort ihr Handy und gab das Kennzeichen des Wagens an das Bezirkspolizeikommando durch. „Wenn sich herausstellt, dass es ein Leihwagen ist, bitte gleich die Firma kontaktieren und den Leihvertrag zuschicken lassen. Wenn möglich treibt ihr dann dort auch einen Zeugen auf, der dem Mann das Auto übergeben hat." Sie steckte ihr Handy wieder weg.

„So, und jetzt zum Zimmer." Gasperlmaier hatte schwere Bedenken. „Aber ... der Mann könnte doch zum Beispiel auch nur eine Runde um den See gegangen sein. Oder baden, oder vielleicht ist er auf den Loser gestiegen. Können wir da wirklich gleich ..." Die Mali mischte sich ein. „Lieber Gasperlmaier, wenn einer mein Frühstück verschmäht, glaub mir, dann stimmt was nicht!" Sie schenkte ihm erneut ein Lächeln, das ihn, trotz der Falten, sehr an die junge Mali erinnerte und irgendwas in ihm schmelzen ließ. Er fragte sich, was wohl aus ihm geworden wäre, wenn sie ihn damals erhört hätte. Was das Frühstück betraf, hatte sie allerdings recht. Die Christine hatte ihn schon einmal anlässlich eines Geburtstags in die Villa Kirnberger zum Frühstücken eingeladen, und er war wirklich überwältigt gewesen. Bis zum Abend hatte er nichts mehr gebraucht. Sogar Kaviar hatte es gegeben. Obwohl er sich da zum Probieren überwinden hatte müssen, aber das war eine ganz andere Geschichte.

„Da drinnen hat er gewohnt. Augstseestube." Die Zimmer, so fiel Gasperlmaier bei einem Rundblick auf, hatten alle Namen statt Nummern. Die Mali klopfte. „Herr Köster! Können Sie kurz aufmachen?" Nichts rührte sich. „Soll ich aufsperren?", fragte die Mali. Die Frau Doktor nickte. Die Mali hielt eine Chipkarte gegen ein Schloss an der Tür und drückte die Türschnalle hinunter, nachdem ein grünes Licht aufgeleuchtet hatte. „Im Bett hat er offenbar nicht geschlafen!" Die Mail deutete auf ein makellos gemachtes Bett, das mitten in einem geräumigen Zimmer stand. Es war aus hellem Holz, hatte an den Pfosten allerlei Schnitzereien und eine Sonne in einem Halbkreis auf dem Betthaupt. Gasperlmaier kam es sehr wuchtig vor.

Es gab auch einen Schreibtisch, auf dem ein kleiner, zugeklappter Laptop stand. „Wenn Sie uns jetzt bitte allein lassen würden?" Die Frau Doktor stellte sich der Mali in den Weg, die sich gerade darangemacht hatte, das Zimmer zu erkunden. „Ist aber schon mein Hotel, oder?", entgegnete die schnippisch, strich sich durch die Haare und wandte sich kopfschüttelnd der Tür zu. Es war halt nicht immer leicht, dachte Gasperlmaier bei sich, den Leuten klarzumachen, dass es bei polizeilichen Ermittlungen oft keine große Rolle spielte, wem etwas gehörte. Die Frau Doktor klappte den Laptop auf und drückte eine Taste. Der Bildschirm schaltete sich ein und zeigte irgendeine tropische Strandlandschaft.

Die Frau Doktor drückte ein paar Tasten. „Natürlich passwortgesichert. Oder mit einem Fingerabdruck. Das müssen wir unseren Spezialisten überlassen."

Sie ging zum Kleiderschrank und öffnete die Türen, aber er war leer. „Männer lassen ihre Sachen meistens im Koffer", sagte Gasperlmaier und wies auf einen silbernen Hartschalenkoffer, der nächst der Balkontür auf dem Boden lag. „Was du alles weißt!", staunte die Frau Doktor und klappte den Koffer auf. Er enthielt das Übliche – Kleidung, Unterwäsche, ein paar Kabel ragten heraus, ein Plastiksack, der offensichtlich Schuhe enthielt. Gasperlmaier öffnete die Schubladen des Nachtkästchens. Auch die waren leer, wie nicht anders zu erwarten. Auf einem Lehnstuhl lagen schwarze Jeans, die gebraucht aussahen. Während die Frau Doktor im Koffer herumwühlte, griff Gasperlmaier in die Taschen der Hose. In der linken hinteren steckten ein paar Kassenbelege. Gasperlmaier faltete einen auseinander, auf dem der Aufdruck schon etwas verblasst war. „Paulaner Pfefferstube", stand drauf. Weiter unten fand Gasperlmaier auch die Adresse des Lokals. Es befand sich in Nürnberg. „Unser Vermisster könnte ein Nürnberger sein", sagte er und hielt den Kassenbon hoch. „Zeig mal!" Die Frau Doktor richtete sich auf und griff nach dem Kassenbon. „Aha!", sagte sie, holte einen kleinen Plastikbeutel aus ihrer Handtasche und ließ den Bon hineinfallen. „Da ist aber noch einer!" Gasperlmaier faltete den zweiten Zettel auseinander. „Sauna-Club Vestalina", stand drauf. Gasperlmaier pfiff durch die Zähne. „Wie kann man denn in einer Sauna über 300 Euro ausgeben?", fragte er. „Lass mich das anschauen!" Die Frau Doktor schnappte sich den Bon. „Das ist keine Sauna, das ist ein Bordell!" Die Frau Doktor zeigte ihm den Bon noch einmal und deutete auf einen stilisierten nackten Frauenkörper unter dem Namen des Etablissements. „Aber auch in Nürnberg. Gibt uns ja schon einmal einen Hinweis darauf, mit wem wir es hier zu tun haben. Männlich, Bordellbesucher, Nürnberger. Und einen Namen haben wir auch." Die Frau Doktor ließ den Bon ebenfalls in den Plastikbeutel gleiten, steckte ihn in ihre Handtasche und fischte ihr Handy heraus. „Ich geb das gleich alles einmal ans Bezirkskommando durch!" Sie verließ das Zimmer, um am Balkon zu telefonieren. Gasperlmaier sah sich um. Vielleicht gab es noch etwas zu finden, das die Frau Doktor übersehen hatte. Er trat ins Bad. Auf dem Bord über dem Waschbecken stand ein Toilettentäschchen aus braunem Leder, ein wenig abgewetzt. Gasperlmaier zog einen Handschuh über seine rechte Hand und drückte das offene Täschchen mit zwei Fingern auseinander. Neben den üblichen Kleinigkeiten wie einer Zahnpastatube, Tabletten und verschiedenen Probefläschchen aus Hotels steckte ein silbernes Etui in einem Seitenfach. Gasperlmaier nahm es heraus, öffnete es und fand Visitenkarten. Auf grauem Untergrund stand da in schlichter Schrift nicht etwa „Arthur Köster", sondern „Bernhard Abelein". Darunter stand „Kunsthandel". Sonst gab es nur eine Handynummer und eine E-Mail-Adresse. Jetzt, so dachte Gasperlmaier bei sich, konnte er einmal Eigeninitiative beweisen. Er wählte die Nummer auf der Visitenkarte. Leider erreichte er nur die Mailbox, die nicht einmal eine persönliche Nachricht des Besitzers enthielt.

Er stieß fast mit der Frau Doktor zusammen, als diese wieder vom Balkon hereinkam. „Schau mal. Die Nummer hab ich schon angerufen. Mailbox." Er hielt ihr das Visitenkartenetui unter die Nase. „Wo hast du denn das her?" „War im Bad, im Toilettentäschchen."

„Jetzt", sagte die Frau Doktor, „wird's spannend!" Dabei tippte sie Gasperlmaier mit dem Zeigefinger gegen die Brust. Sie setzte sich in den Lehnstuhl, über dessen Armlehne immer noch die schwarzen Jeans hingen. „Fassen wir zusammen: Ein Kunsthändler namens Bernhard Abelein, offensichtlich aus Nürnberg, fliegt nach Salzburg, mietet sich dort ein Auto und fährt nach Altaussee. Dort mietet er sich unter einem falschen Namen in einem Hotel ein und verschwindet spurlos. Sein Mietauto allerdings bleibt auf dem Parkplatz des Hotels zurück. Oder aber jemand anderer bringt es dorthin zurück. Das werden wir bald haben – der Wagen wird von der Kriminaltechnik abgeholt und untersucht." Sie schlug die Beine übereinander. Erst jetzt fiel Gasperlmaier auf, dass die Frau Doktor ihrem Faible für helle Kostüme treu geblieben war. Das heutige war rosa, aber nicht so ein aufdringliches Pink, wie kleine Mädchen es gern trugen, sondern mehr blassrosa. Elegant. Der Rock war vielleicht ein bisschen kurz, aber, so entschied Gasperlmaier, sie konnte sich das leisten. Im Zimmer war es, so fiel ihm jetzt erst auf, heiß. Die Frau Doktor nahm eine Zeitschrift vom Beistelltischchen neben dem Lehnstuhl und fächelte sich Luft zu. „Gleichzeitig haben wir einen blutigen Schutzanzug aus dem Salzbergwerk, in dem ein Mann gesteckt ist, der schwer verletzt oder tot sein muss. Die Frage ist: Stellen wir einen Zusammenhang her?"

Gasperlmaier überlegte. Zu lange, denn die Frau Doktor sprach weiter. „Wenn wir einen herstellen, handelt es sich um eine reine Mutmaßung. Der Abelein kann ebenso gut eine Spritztour unternommen haben, um irgendeine Frau zu treffen, um fremdzugehen oder sonst was. Wir wissen es nicht. Aber wir sollten es so schnell wie möglich herausfinden." „Dagegen spricht", warf Gasperlmaier ein, „dass sein Auto da unten steht." „Natürlich." Die Frau Doktor kramte in ihrer Handtasche und zog ein erstaunlich großes Etui daraus hervor. Gasperlmaier fragte sich, wie das darin Platz gehabt hatte. Im Etui steckte ein Tablet. „Wollen wir doch einmal schauen, ob der Herr Köster, vulgo Abelein, auch eine Homepage hat!" Sie tippte auf dem Tablet herum. „Tatsächlich! Kunsthandel Abelein. Antik und modern. Willst du mitschauen? Komm rüber!" Sie winkte ihn zu sich heran. Er ging neben dem Lehnsessel in die Hocke, um genauer sehen zu können, was der Bildschirm zeigte. „Warte, ich muss zuerst meine Brille ..."

„Wir haben sogar ein Foto vom Herrn Abelein!" Die Frau Doktor hielt ihm das Tablet kurz vor die Augen. „Unser Team", stand da als Überschrift auf der Seite. Darunter drei Fotos. Eines zeigte einen Mann, der Gasperlmaier an irgendjemanden erinnerte. Daneben prangte das Foto einer unglaublich schönen Frau mit schmalem Gesicht und langem, dunklem Haar, das sie über die rechte Schulter gelegt hatte, sodass es über ihre Brust fiel. Wie lang es war, konnte man auf dem Bild nicht erkennen. Die Frau Doktor drehte das Tablet wieder zu sich und deutete mit dem Finger auf das linke Foto. „Das also ist unser Herr Abelein. Am besten fragen wir gleich die Frau Kirnberger, ob das ihr Gast gewesen ist." „Und die anderen zwei ...?", fragte Gasperlmaier nach. „Ja, das kann ich mir vorstellen, dass dir die gefällt!" Die Frau Doktor lächelte verschmitzt. „Dr. Gabriele Abelein, die Tochter. Steht zumindest da." Gasperlmaier konnte noch einen Blick auf die Fotos erhaschen. Ganz rechts war noch ein Mann abgebildet, doch gelang es ihm nicht, den Namen zu entziffern, denn die Frau Doktor hatte schon einen Link angetippt, worauf die Seite mit den Fotos verschwand. „Wollen wir doch einmal sehen, was der Herr Abelein so verkauft. Ob da auch Kunst dabei ist, die einmal Nazi-Raubkunst gewesen sein könnte. Dann hätten wir nämlich einen Bezug zu Altaussee, namentlich zum Bergwerk." Die Frau Doktor tippte mehrmals auf ihr Tablet, und einige Kunstgegenstände erschienen. Lampen, Kerzenleuchter und Porzellanfiguren. „Na Mahlzeit!" Gasperlmaier konnte sich nicht zurückhalten. Unter den Kunstgegenständen waren fast nur fünfstellige Summen angeführt. „Zwölftausend Euro für zwei so hässliche Lampen! Da kann man sich ja dumm und dämlich verdienen!" Die Frau Doktor stand auf. „Ja, gute Kunst hat halt ihren Wert. Da musst du ja als Händler auch im Einkauf einiges hinlegen." Sie klappte die Hülle ihres Tablet zu. „Wir fragen jetzt die Frau Kirnberger!" Als sie die Zimmertür öffneten, stand die Mali direkt davor und trug einen etwas peinlich berührten Gesichtsausdruck zur Schau. „Ich hab da nur ein wenig ..." „Ist schon gut!" Die Frau Doktor klappte die Hülle ihres Tablets wieder auf, tippte auf den Bildschirm und hielt es der Mali hin. „Ist das Ihr Gast? Der angebliche Herr Köster?" Die Mali rieb sich die Augen. „Ich hab jetzt nicht ... ich kann ..." Gasperlmaier reichte ihr seine Brille. Die Mali setzte sie unter mehreren Entschuldigungen auf, betrachtete das Bild und nickte. „Ja, ja! Wie der Putin, nicht! Ist mir gleich aufgefallen, wie er angekommen ist!" Jetzt fiel natürlich auch Gasperlmaier ein, an wen ihn der Herr Abelein erinnerte. Fast hatte er schon gedacht, er kenne den Mann, der dem russischen Präsidenten so ähnlich sah. „Nur größer war er!" Die Mali reichte das Tablet zurück. „Woher wissen Sie, wie groß Putin ist?", fragte die Frau Doktor mit einem etwas ironischen Unterton.

„Was? Ich ..." „Schon gut." Die Frau Doktor grinste. „Auf jeden Fall handelt es sich mit großer Wahrscheinlichkeit um einen Herrn Abelein aus Nürnberg und nicht um einen Herrn Köster. Ist Ihnen an Ihrem Gast irgendwas aufgefallen? Hat er sich seltsam benommen?"

Die Mali überlegte. „Das ist mir ja überhaupt noch nie passiert, dass einer sich mit einem falschen Namen ..." „Überprüfst du denn bei allen Gästen die Dokumente?", fragte Gasperlmaier unvermittelt. „Ja, also ... wenn ... bei Österreichern ... und so ..." „Also nicht?", grinste die Frau Doktor. „Dann könnten Sie Ihr Hotel voller Leute haben, die unter falschen Namen eingecheckt haben, ohne dass Sie es merken?" Die Mali zog die Stirn in Falten. „Geht's jetzt darum? Geht's jetzt um mich? Muss ich mich rechtfertigen, bloß weil mich so ein Schlawiner anlügt?" „Nein, nein!", beeilte sich Gasperlmaier zu beschwichtigen. „Was hat er denn so geredet, der Herr Abelein?" Die Mali legte einen Finger an die Lippen. „Lasst mich einmal überlegen. Einsilbig war er. Ich hab ihn halt das Übliche gefragt, ob er sich erholen möchte, ob er schon öfter hier war und so." „Und?" „Er hat nicht viel gesagt, dass es sehr schön ist hier, hat er gesagt, und dass er seinen Aufenthalt zweifellos genießen wird. Dann ist er schon auf sein Zimmer verschwunden, und seither hab ich gar nicht mehr mit ihm geredet." „Wann ist er denn angekommen?" „Vorgestern! Es hat gerade fürchterlich geregnet, und ich hab natürlich, jetzt fällt's mir ein!" „Was denn?", fragte Gasperlmaier interessiert nach. „Ich hab natürlich gesagt, dass der Regen bald aufhört und dass es schön wird, und er hat gesagt, das ist für ihn nicht so wichtig."

In diesem Moment läutete das Handy der Frau Doktor. Gasperlmaier kannte die Melodie, wusste aber im Moment nicht so recht, wo er sie einordnen sollte. „Ja?", sagte die Frau Doktor. Dann: „Nein! Na, wenigstens geht etwas weiter. Wir kommen!" Sie steckte ihr Handy wieder in die Tasche. „Komm, Gasperlmaier! Es gibt Arbeit! Auf Wiedersehen, Frau Kirnberger!" Sie streckte der Mali die Hand hin. „Was gibt's denn? Was ist denn passiert?" „Nichts, Frau Kirnberger. Wir müssen nur weiter." Die Mali zuckte mit den Schultern, während die Frau Doktor im Eilschritt der Haustür zustrebte. Die Mali lächelte Gasperlmaier zu. „Kommst wieder einmal zu uns frühstücken? Dich sieht man ja gar nie mehr!" Wieder hatte Gasperlmaier dieses schmelzende Gefühl. Er machte, dass er davonkam.

„Jetzt geh schon weiter!", mahnte die Frau Doktor, die schon in der geöffneten Autotür stand. „Wir haben keine Zeit zum Schäkern!" „Schäkern!" Gasperlmaier schüttelte den Kopf, schwang sich ins Auto und setzte schon zu einer Rechtfertigung an. „Sie haben eine Leiche gefunden. Eine männliche. Und die schauen wir uns jetzt an." „Oh Gott!", antwortete Gasperlmaier.

6

„Da muss es sein!" An einer Brücke stand ein uniformierter Polizist, der den Arm ausstreckte. „Hier können Sie nicht weiter! Die Straße ist vorübergehend gesperrt!" Die Frau Doktor holte ihren Ausweis aus der Tasche, doch der Beamte hatte sie schon erkannt. „Fahren S' weiter, Frau Chefinspektor!" Er winkte sie durch. Kurze Zeit später mussten sie abermals anhalten, denn die schmale Straße war durch mehrere parkende Polizeifahrzeuge versperrt. Gasperlmaier erblickte seinen Streifenwagen, die Manuela stand daneben.

„Da drüben!" Die Manuela deutete auf eine Stelle jenseits des Bachs, hinter einer dichten Baumgruppe. Man konnte sehen, dass dort die Tatortgruppe am Werk war, weiße Overalls blitzten gelegentlich zwischen den Ästen durch. Gasperlmaier betrachtete die Schuhe der Frau Doktor, die an sich hinuntersah. Die Stöckelschuhe hatten durch den Staub der Schotterstraße schon ein wenig an Glanz verloren. Die Manuela folgte ihren Blicken. „Ich hätt Gummistiefel im Auto. Haben wir immer dabei!" Die Frau Doktor grinste, öffnete den Kofferraumdeckel ihres Cabrios und zog ein Paar Bergschuhe hervor, die, so mutmaßte Gasperlmaier, frisch aus dem Sportgeschäft kamen und noch nie getragen worden waren. „Ich bin vorbereitet! Passiert mir nicht mehr, dass ich einen Tatort nicht erreiche!"

Trotz der Bergschuhe war es mühsam, zum Fundort der Leiche zu gelangen. Gasperlmaier reichte der Frau Doktor die Hand, als sie den Abhang zum Bachbett hinunterkletterten, und es stellte sich heraus, dass Bergschuhe zwar nützlich waren, ein kurzer, enger Rock aber eher hinderlich. Die Frau Doktor zog ihn ein wenig hoch, um größere Schritte machen zu können, und Gasperlmaier sah dezent weg. Das nächste Hindernis stellte der Bach dar, doch Gasperlmaier fand ein paar Steine, die aus dem Wasser hervorragten. Die allerdings waren ein wenig glitschig, denn es hatten ja schon viele andere vor ihnen den Bach mit ihren dreckigen Bergschuhen überquert. „Sakra!" Gasperlmaier war allerdings der Einzige, der beim Überqueren von einem Stein abrutschte und nun bis zum Hosenbein im Wasser stand. „Komm schon!" Die Manuela und die Frau Doktor hatten das andere Ufer erreicht. In Gasperlmaiers Schuh quietschte und gurgelte es ordentlich. Hoffentlich hatte er bald Gelegenheit, Schuhe und Socken zu wechseln.

Am anderen Ufer mussten sie noch einen recht steilen Abhang hinauf, konnten aber die Leiche schon sehen. Gasperlmaier drehte sich um und sah zurück zur Straße. Ob der Mörder hier erst zugeschlagen hatte oder die Leiche verstecken wollte? Dafür war es eigentlich ein guter Platz. Der Anblick des Toten allerdings lenkte ihn gründlich von seinen Gedanken ab. Dem Tod direkt ins Auge blicken zu müssen, das war seine Sache nicht, deswegen hielt er sich im Rücken der Frau Doktor und der Manuela, als sie sich dem Leichnam näherten. „Man sieht gar nichts!", sagte die Manuela. Mühsam richtete sich neben der Leiche die Frau Doktor Wurm auf, die Gerichtsmedizinerin, die Gasperlmaier schon mehrmals bei ähnlichen Gelegenheiten angetroffen hatte. Wie immer drückte sie mit schmerzverzerrtem Gesicht ihre rechte Hand gegen den Rücken. „Immer noch nicht besser mit Ihren Bandscheiben?" Gasperlmaier hoffte, genügend Mitgefühl in seine Frage gelegt zu haben. Die Frau Doktor Wurm nickte dankbar. „Leider nicht, nein. Und jetzt muss ich auch noch eine Klettertour mitmachen, damit ich eure

Leiche begutachten kann." Etwas vorwurfsvoll hörte sich das an. So, als ob die Altausseer Polizei Leichen absichtlich in unwegsamem Gelände deponieren ließ. Gasperlmaier warf nun doch einen Blick auf den Toten. Es war der Herr Abelein, kein Zweifel. Obwohl das Gesicht schlammverkrustet und darunter kreidebleich war, konnte man ihn eindeutig erkennen. Er lag auf dem Rücken, Beine und Arme leicht von sich gestreckt, als wäre er hier unversehens eingeschlafen. „Zunächst hab ich geglaubt, ihr habt hier den russischen Präsidenten umbringen lassen!", lächelte die Frau Doktor Wurm. Die Frau Doktor zückte ihr Handy und suchte nach der Homepage des Herrn Abelein, um das Gesicht mit dem Foto zu vergleichen. „Mist, hier hab ich keinen Empfang! Ich hätte einen Screenshot machen sollen!" „Das kannst du dir sparen", sagte Gasperlmaier. „Er ist es. Kein Zweifel."

Die Frau Doktor seufzte und steckte ihr Handy wieder ein. „Woran ist er denn gestorben?" Die Frau Doktor Wurm seufzte. „Eigentlich zwei tödliche Verletzungen. Welche davon die erste war, kann ich euch nicht zweifelsfrei sagen. So einen Fall hab ich bisher noch nie gehabt. Gasperlmaier, drehen Sie mir die Leiche einmal um, dann kann ich Ihnen zeigen, was ich meine!" „Ich?", fragte Gasperlmaier überrascht. Die Frau Doktor Wurm vollführte eine raumgreifende Geste über das gesamte Waldstück. „Sehen Sie hier noch jemanden, den ich meinen könnte?" „Jetzt stell dich halt nicht so an!", mahnte die Frau Doktor. Gasperlmaier seufzte, streifte ein Paar Handschuhe über und bückte sich. Dabei versuchte er, der Leiche möglichst nicht in die starren Augen zu blicken. Die Manuela hatte sich bereits gebückt und unterstützte ihn. „Vorsichtig!", ermahnte sie die Frau Doktor Wurm. Gasperlmaier musste, gegen erheblichen Widerstand, noch den linken Arm der Leiche näher an den Körper legen, damit das Umdrehen gelang. Auf dem Rücken der Leiche wurde ein Riss im schwarzen Hemd sichtbar, das der Herr Abelein trug. „Seht ihr den Riss? Da ist ein Messerstich eingedrungen. Blut ist nicht so deutlich sichtbar, wegen des schwarzen Stoffs. Aber er hat ordentlich geblutet, kein Zweifel. Darum ist er sicherlich auch nicht hier ermordet worden, es fehlen die Blutspuren."

Gasperlmaier fiel etwas ein. „Aber die Schutzkleidung aus dem Bergwerk ... Da war doch Blut darauf, das vom Kopf stammen muss? Da um den Kragen herum war alles voller Blut!" Die Frau Doktor Wurm nickte. „Gut beobachtet." Sie zeigte auf den Hinterkopf der Leiche, den Gasperlmaier zunächst gar nicht beachtet hatte. Er war eingedrückt, das wenige Haar blutverkrustet, ein paar tiefe Wunden ... Gasperlmaier schluckte. „Er ist erschlagen und erstochen worden. Auf den ersten Blick würde ich sagen, zuerst erstochen, dann, als er auf dem Boden lag, hat ihm der Täter noch einen Salzstein über den Schädel geschlagen. Ich habe in der Wunde Reste davon gefunden. Aber genau festlegen werde ich mich erst, wenn ich ihn auf dem Tisch gehabt habe."

„Ein Salzstein, sagen Sie? Das würde ja bedeuten, dass er im Bergwerk erschlagen worden ist?" „Nicht unbedingt", sagte Gasperlmaier. „Ich hab als Kind, wenn ich bei einer Führung war, immer Steine mitgenommen, und dann hab ich zu Hause selber Salz daraus gekocht." „Kann man da wirklich so einfach Steine mit raus nehmen?", wunderte sich die Frau Doktor. Gasperlmaier nickte. „Braucht ihr mich noch?", fragte die Frau Doktor Wurm. „Danke!" Die Frau Doktor schüttelte den Kopf. „Na, dann schauen wir mal, ob ich den Rückweg überlebe!" Die Frau Doktor Wurm nickte ihnen zu und machte sich an den Abstieg über den steilen, bewaldeten Abhang. Die Frau Doktor sah sich um, während Gasperlmaier noch einmal den Leichnam betrachtete, der nun so liegen geblieben war, dass man beide möglichen Todesursachen sehen konnte. Wer hatte wohl dem Herrn Abelein ans Leben gewollt? Und warum? Was machte ein Kunsthändler aus Nürnberg inkognito in Altaussee? Gasperlmaier kratzte sich am Kopf. Das war ein rätselhafter Fall. „Rathmayr!" Der Ruf der Frau Doktor riss ihn aus seinen Gedanken. Eine der Gestalten in weißem Overall näherte sich ihnen. „Frau Chefinspektor?" „Habt ihr an der Leiche irgendwas gefunden, was die Identität klärt? Tascheninhalt?" Der Mann schüttelte den Kopf. „Die Hosentaschen waren ausgeräumt. Sonst hat er ja nichts getragen, wo Taschen drinnen gewesen wären. Auch kein Rucksack oder sonst was." Die Frau Doktor seufzte. „Dann müssen wir auf das Labor warten. Die müssen uns zunächst einmal bestätigen, dass das Blut an dem Schutzanzug sein Blut war." Sie deutete auf die Leiche. „Wer hat den Toten eigentlich gefunden?" Der Kollege im weißen Overall deutete nach unten zur Straße. „Die zwei Schwammerlsucher da, die bei unserem Bus stehen." Die Frau Doktor nickte. „Mit denen muss ich auch noch sprechen."

Auf dem Rückweg achtete Gasperlmaier besonders darauf, nicht von den Trittsteinen im Bach abzurutschen. Es musste ja nicht unbedingt auch noch der zweite Socken unter Wasser gesetzt werden. Die beiden Schwammerlsucher hatten Pappbecher mit irgendeinem Getränk bekommen, waren aber sichtlich voller Ungeduld. Der Mann sah auf die Uhr, als er sie kommen sah. „Können wir jetzt endlich gehen?", fragte er

Gasperlmaier. „Schauen wir mal", antwortete der. Die Wanderer, das konnte man am Akzent hören, kamen aus Deutschland, trugen Teleskopstöcke und moderne Wanderkleidung in bunten Farben. Sicher waren sie schon Pensionisten. „Chefinspektorin Kohlross", stellte sich die Frau Doktor vor und schüttelte beiden die Hände. „Sie beide haben die Leiche gefunden?" Der Mann nickte, während die Frau unsicher zu ihm hinüberblickte. „Wir waren auf der Suche nach Pfifferlingen!" „Was?", fragte Gasperlmaier. „Eierschwammerl!", erklärte die Manuela. „Haben allerdings bisher nur sehr wenig gefunden!" Der Mann öffnete einen Baumwollbeutel, den er bei sich trug, und ließ sie hineinsehen. Drei, vier winzige Knollen kullerten darin herum. „Woher sind Sie gekommen?", wollte die Frau Doktor wissen. „Wir waren an der Blaa-Alm essen", erklärte der Mann, „und dann sind wir bis hier nach vorn gekommen, meistens abseits des Wanderwegs. Wegen der Pilze." „Haben Sie irgendjemanden gesehen? Angetroffen? Etwas Auffälliges bemerkt?" Die Frau schüttelte den Kopf. „Ist eine Leiche vielleicht nicht auffällig genug? Ich bin zu Tode erschrocken! Was ist denn mit dem armen Mann passiert?" Die Frau schien den Tränen nahe. „Jetzt mach doch nicht so ein Theater, Hilde!", wies sie ihr Mann zurecht, als sie ein Taschentuch hervorzog, um sich die Augen zu trocknen. „Na ja, man findet eben nicht jeden Tag einen Toten. Da kann ich schon verstehen, dass man sich aufregt. Soll ich Sie zu Ihrem Quartier bringen lassen? Die Frau Inspektor Reitmair könnte Sie ..." „Kommt ja gar nicht in Frage! Heute kommen Pfifferlinge in die Pfanne, und wir müssen uns ranhalten!" Die Frau schüttelte den Kopf. „Ach, Erwin! Ich hab heute keine Lust mehr! Glaubst du, ich will noch einmal so einen Schock erleben? Mich bringen keine zehn Pferde mehr in den Wald!" Die beiden waren auf dem besten Weg zu einem handfesten Streit und hatten die drei Polizisten offenbar völlig vergessen. „Hilde!", dozierte der Mann, indem er Daumen und Zeigefinger zu einem Ring formte, „darf ich dich daran erinnern, dass wir einen Plan hatten? Wir wollten durch den Wald bis nach Altaussee hinunter und danach die Pilze in unserer Ferienwohnung brutzeln. Ich sehe nicht ein, warum ..." Die Frau stieß einen ihrer Stöcke wütend gegen den Boden. „Und ich sehe nicht ein, warum ich immer nach deiner Pfeife tanzen soll!" Sie wandte sich ab und begann, in schnellem Schritt die Straße entlang Richtung Altaussee zu marschieren. Ihre Stöcke klackten dazu im Takt. Gasperlmaier sah ihr erstaunt hinterher. „Also ...", begann die Frau Doktor etwas ratlos. „Ich fahr ihr hinterher und bring sie nach Hause!", mischte sich die Manuela ein, zückte ihren Autoschlüssel und war schon weg. Sekunden später fuhr der Streifenwagen an ihnen vorbei, hielt neben der Hilde an, die nach einem kurzen Gespräch durch das Wagenfenster um das Auto herumging und einstieg. Ihr Mann starrte ihr fassungslos nach. „Ja, dann ... viel Glück beim Pilzesuchen." Die Frau Doktor wandte sich ebenfalls ab. „Komm!", forderte sie Gasperlmaier auf. „Wir haben zu tun!"

„So ein Kotzbrocken!", meinte die Frau Doktor, als sie eingestiegen waren. Irgendwie, fand Gasperlmaier, nahm die Frau Doktor die Szene ein bisschen zu persönlich. Er zum Beispiel war beim Schwammerlsuchen selten so motiviert wie die Christine und verlor viel früher als sie die Lust, vor allem, wenn sie nichts fanden. Da war es dann eher die Christine, die ihn antrieb. Aber er beschloss, lieber den Mund zu halten, und rieb sich das Kinn. Ihm war etwas eingefallen. „Also ...

wenn wir einmal annehmen, dass der hier", er deutete mit dem Daumen in den Wald jenseits des Bachs, „den Schutzanzug getragen hat ... dann könnten wir uns doch die Fotos noch einmal durchsehen, von gestern, ob ..." „Du bist ein Genie, Franz. Daran hatte ich noch gar nicht gedacht!" Sie strich Gasperlmaier sanft mit dem Handrücken über die Wange, der von dieser Geste völlig überrascht war und ein wenig zurückzuckte, was die Frau Doktor aber anscheinend nicht bemerkte. „Sollten wir nicht auch die Tochter anrufen, ich meine, die Frau, die da auf der Internetseite ..." Die Frau Doktor war gerade dabei, ihren Audi im Rückwärtsgang zur nächsten Umkehrmöglichkeit zu steuern. Ein wenig zu rasant, wie Gasperlmaier fand. Mit im Schotter scharrenden Reifen und in einer Staubwolke gelang es ihr schließlich. „Die geht dir nicht aus dem Kopf, was, die schöne Gabriele?" Sie sah zu ihm herüber und lächelte. Gasperlmaier fand ihre Bemerkung unpassend, es war ihm nicht recht, wenn sie immer wieder so anzügliche Bemerkungen fallen ließ, die nur darauf hinausliefen, ihn bloßzustellen. „Damit warten wir lieber, bis die Identität eindeutig und zweifelsfrei feststeht. Und bis wir wissen, ob er im Bergwerk war und diesen verdammten Anzug getragen hat." „Wir könnten uns ja ... hast du den Stick noch mit den Fotos von gestern ... die Leute auf der Rutsche?" Die Frau Doktor nickte. „Aber ich schau mir das alles lieber vor Ort an. Da können wir die Verantwortlichen auch gleich befragen."

Im Steinberghaus saß die Susanne Hilgert am Kartenschalter. Sie steckte wieder in ihrem etwas zu großen, steifen Bergmannsrock und sah ihnen skeptisch entgegen. Fast ein bisschen ängstlich, wollte es Gasperlmaier scheinen. „Guten Tag, Frau Hilgert. Wir sind gekommen, um die Fotos von gestern noch einmal durchzusehen. Sie wissen schon, die Besucher auf der Rutsche." „Warum denn?", fragte die Susanne und stand auf. Die Frau Doktor zog die Augenbrauen hoch. „Das braucht Sie eigentlich nicht zu kümmern – aber ich kann es Ihnen ruhig sagen. Wir haben eine Leiche gefunden. Und jetzt möchten wir natürlich wissen, ob sie im Bergwerk war. Nicht die Leiche natürlich, sondern die Person, um die es geht. Und vielleicht finden wir auf den Fotos ja auch den Mörder." Die Susanne machte große Augen. „Ja, ich weiß nicht ... die Ausdrucke schmeißen wir ja weg, wenn sie nicht gekauft werden ... und die Fotos müssen wir dann ... löschen. Datenschutz." „Oh!" Die Frau Doktor schien enttäuscht. „Aber wir haben ja noch ...", warf Gasperlmaier ein. „Den Stick!" Die Frau Doktor zog den schwarzen USB-Stick mit der Werbeaufschrift der Salzwelten aus ihrer Tasche. „Und Sie können uns sicher einen Computer zur Verfügung stellen, auf dem wir uns die Dateien ansehen können." Die Susanne zögerte. „Ich weiß nicht ... ich muss da zuerst unseren Geschäftsführer informieren." „Tun Sie das!" Die Frau Doktor schritt entschlossen um den Tresen herum. „Aber wir haben nicht ewig Zeit! Da hinten im Büro gibt es sicher einen PC für uns." Gasperlmaier folgte ihr und fragte sich, warum sich die Susanne so seltsam anstellte. Womöglich hatte sie etwas zu verbergen.

Schließlich hatten sie doch vor einem PC Platz genommen, Gasperlmaier hatte sich einen zweiten Stuhl herangezogen, während die Frau Doktor den Stick in einen Anschluss steckte und den Ordner mit den Fotos öffnete. Gasperlmaier saß nahe bei ihr und konnte ihr Parfum deutlich riechen, was ihn etwas beunruhigte. Er bemühte sich, seine Augen auf den Schirm anstatt auf das Kostüm der Frau Doktor zu konzentrieren.

Kühl war es hier herinnen. Und ein wenig fröstelte es ihn in seinem verschwitzten Hemd. Hoffentlich stank er nicht.

Die Fotos waren fein säuberlich nach Führungszeit geordnet, ein Ordner für jede Führung. Im ersten befanden sich bloß siebzehn Fotos, darunter acht Kinder und nur vier erwachsene Männer. Die Frau Doktor klickte schnell, sodass Gasperlmaier Mühe hatte, zu folgen. Vor allem, da im nächsten und übernächsten Ordner auch keine Spur ihres Opfers zu finden war. Gasperlmaier fielen schon fast die Augen zu. Es war ja schließlich ein langer und anstrengender Tag gewesen.

„Da!" Die Frau Doktor zeigte mit dem Finger auf den Schirm. Tatsächlich war Gasperlmaier ein klein wenig eingenickt und schreckte nun hoch. „Das ist er! In der letzten Führung!" Sie klopfte mit einem ihrer Fingernägel auf den Schirm. Gasperlmaier fiel auf, dass er im gleichen Farbton wie das Kostüm lackiert war. Das musste ja ganz schön aufwändig sein, die Nägel jeden Morgen nach der Farbe der Kleidung zu bemalen. „Jetzt schau endlich hin, Franz! Das ist unser Mann!" Er rieb sich die Augen, richtete seine Brille und musterte das Foto. Da war tatsächlich der Mann zu sehen, der Putin so ähnlich sah. Eindeutig. Es war das letzte Foto des gestrigen Tages, das allerletzte. „Er ist in der letzten Führung als Letzter hinuntergerutscht?", fragte Gasperlmaier verwundert. Die Frau Doktor nickte. „Vielleicht ist hinter ihm nur mehr der Mörder gekommen. Ohne dass wir ein Bild von ihm haben, weil er die Stiege heruntergegangen ist."

„Schauen wir uns doch einmal die Männer an, die da in der Führung waren", schlug Gasperlmaier vor. Die Frau Doktor nickte. Sie holte ein Foto nach dem anderen auf den Bildschirm, die Gesichter der Männer darunter vergrößerte sie, soweit es möglich war. Es war kein Gesicht dabei, das Gasperlmaier verdächtig vorkam. Einer der Männer hatte ein kleines Mädchen vor sich auf dem Schoß, war also offenbar mit seiner Tochter gerutscht. Ein anderer lugte hinter einer attraktiven Dunkelhaarigen mit Kurzhaarschnitt hervor. „Bleiben nur fünf", sagte die Frau Doktor. „Fünf Männer, die alleine hinuntergerutscht sind. Außer unserem Opfer. Die zwei mit Frau und Kind, die schließe ich einmal aus. Einer von den fünf ist unser Mörder." „Könnte unser Mörder sein! Er kann ja auch die Stiege ...", besserte Gasperlmaier aus. Normalerweise war es die Frau Doktor, die alles so genau nahm, doch diesmal musterte sie ihn mit hochgezogenen Augenbrauen, ohne etwas zu sagen. Gasperlmaier wandte seinen Blick ab. Anscheinend hatte es die Frau Doktor nicht gern, wenn man sie korrigierte. „Schauen wir uns die Burschen noch einmal an." Sie klickte nochmals durch die fünf Gesichter. Ein Glatzkopf war dabei, ein älterer Mann mit grauem Haarkranz. Er sah harmlos und schwächlich aus. Der Nächste hatte dunkles Haar, das in etwas fettigen Strähnen vor das Gesicht fiel. Kinn und Wangen waren von einem etwas struppigen Vollbart verborgen. Dann kam ein ziemlich junger, blonder Mann mit modern geschnittenen Haaren, ganz kurz an den Seiten. Fast noch ein Kind. Der kam nicht in Frage, fand Gasperlmaier. Dann noch einer, der eher nach Manager aussah, graumeliert, tadelloser Haarschnitt, kantiges Gesicht. Der Letzte schaute ein wenig aus wie der Kahlß Friedrich, als er noch starkes Übergewicht gehabt hatte. Auch er trug einen Bart. „Wenn du mich fragst, dann war's der mit den fetten Haaren", meinte Gasperlmaier. „Der schaut irgendwie ..." „Verschlagen", ergänzte die Frau Doktor. „Verschlagen meinst du. Find ich auch. Wir dürfen uns aber nicht von Vorurteilen leiten lassen. Jedenfalls behalten wir die fünf im Auge. Die Frage ist – kommen wir an ihre Identität heran?" Gasperlmaier zuckte mit den Schultern. „Und wir müssen fragen, ob einer vielleicht zu Fuß hinuntergestiegen ist."

„Leider ist keiner von unseren Führern auf den Fotos zu sehen!" Die Frau Doktor zog den Stick vom PC ab und stand auf. Draußen saß immer noch die Susanne Hilgert. Sie hatte ihren Bergmannsrock abgelegt und trug nur noch ein dünnes Top mit Spaghettiträgern. Gerade war sie dabei, ihren Arbeitsplatz aufzuräumen und den PC für den Kartenverkauf herunterzufahren. „Sie machen Schluss?", fragte die Frau Doktor. Die Susanne nickte. „Eigentlich schon vor einer halben Stunde. Aber es ist noch Arbeit liegen geblieben." Gasperlmaier sah auf die Uhr. Tatsächlich, es war schon halb sieben. Da draußen immer noch die Sonne schien, war ihm gar nicht aufgefallen, dass eigentlich schon Essenszeit war. Jetzt, wo sein Magen das wusste, meldete er sich aber auch mit einem lauten Knurren zu Wort.

„Wer hat denn gestern die letzte Führung gemacht?", fragte die Frau Doktor. „Keine Ahnung!" Die Susanne zuckte mit den Schultern, während die Frau Doktor verärgert die Augenbrauen hochzog. „Frau Hilgert, jetzt einmal im Ernst. Und wenn Sie zehnmal Feierabend haben, ich geh hier heute nicht weg, bevor ich weiß, wer gestern die letzte Führung gemacht hat. Da waren nämlich unser Opfer und vermutlich auch der Täter dabei!" Die Susanne wich etwas zurück. „Hm!", sagte sie und legte einen Finger an die Lippen. „Ich war's nicht, da bin ich mir sicher." Gasperlmaier erinnerte sich an die Aussage des jungen blonden Führers, Simon Klemencic. „Der Simon hat ausgesagt, dass er um halb sechs gegangen ist. Könnte der die letzte Führung gemacht haben?" Nun nickte die Susanne. „Wenn er bis um halb sechs da war, bestimmt. Der ist nämlich nach seiner letzten Führung immer sofort weg. Der kümmert sich nicht um ..." Sie wies mit einer Geste auf den Schreibtisch, den sie gerade in Ordnung gebracht hatte. Irgendwas gefiel Gasperlmaier nicht an der Susanne. Sie wirkte unsicher, fast eingeschüchtert. Dabei hatten sie doch weder peinliche Fragen gestellt noch sie irgendwie unter Druck gesetzt.

„Frau Hilgert, ich möchte Sie morgen alle drei hier noch einmal sprechen. Den Simon, den James und Sie. Ganz egal, ob Sie Dienst haben oder nicht. Um acht Uhr. Pünktlich. Und jetzt machen wir für heute Schluss. Auf Wiedersehen." Ohne sich nach Gasperlmaier umzusehen, steuerte sie schnellen Schritts auf den Ausgang zu. „Wiedersehen!", sagte Gasperlmaier noch und machte, dass er ihr nachkam. Zuzutrauen wäre es ihr gewesen, dass sie auf ihn vergaß und einfach losfuhr.

„Du hast sie ein bisschen hart angepackt", sagte Gasperlmaier, während er sich anschnallte. „Glaubst du ihr nicht?" Die Frau Doktor fuhr los. „Zuerst drückt sie herum, und dann lügt sie. Hast du das nicht an ihren Augen gesehen? Irgendwas gibt es da, das sie vor uns verbirgt. Und ich kann mir momentan nicht vorstellen, was das ist. Mal sehen. Morgen Früh kommen wir schon drauf. Die wird heute Nacht sicher schlecht schlafen." Gasperlmaier dachte noch ein wenig über die Susanne nach, als ihm eine Einzelheit aus dem ersten Gespräch einfiel. „Die hat doch schon ein bisschen komisch reagiert, als wir das erste Mal mit ihr gesprochen haben. Und ich komm nicht drauf, welche Frage das war, die du ihr da gestellt hast." „Aber ich!", rief die Frau Doktor triumphierend aus. „Ich hab sie gefragt, ob sie später, nach ihrer letzten Führung, noch einmal im Bergwerk war. Und da hat sie ein bisschen unsicher reagiert. Da fragen wir morgen noch einmal nach."

Inzwischen waren sie vor Gasperlmaiers Haus angekommen. „Morgen, sieben Uhr, pünktlich am Posten? Bis dahin haben wir sicher auch schon Ergebnisse der Spurensicherung, ich werde denen Beine machen!" Gasperlmaier sah auf seine Uhr und nickte. Das bedeutete, dass er gerade einmal zwölf Stunden Zeit hatte, bis er wieder zum Dienst erscheinen musste.

Im Haus schien es ruhig, als er zur Haustür hineinkam. Erst einmal, so sagte er sich, würde er sich umziehen. Das verschwitzte Hemd loswerden, die Uniform und nicht zuletzt den durchgeweichten Socken. Im Schlafzimmer stellte er fest, dass auf der Terrasse allerhand los war, und beeilte sich, wieder hinunterzukommen. Zumal ihm nun schon ordentlich der Magen knurrte.

„Hallo, Papa!" Als Erste begegnete ihm die Katharina. Gasperlmaier riss die Augen auf. „Solltest du nicht ... ich hab mir gedacht, du fährst wieder nach Straßburg!" Sie lachte. „Hab ich mir auch gedacht. Aber die Prüfung, die ich als Nächstes hab, ist auf Donnerstag verschoben worden. Und da hab ich mir gedacht, ich lern noch zwei Tage hier. Da hab ich's ruhiger! Es gibt übrigens Pizza!" Sie deutete auf die Terrasse. „Grüß euch!" Beim Tisch saßen die Christine und die Richelle und kauten an Pizzastücken, während der Christoph am Grill beschäftigt war. Eigenartig sah sein Kugelgrill aus, fand Gasperlmaier. „Was hast du denn da gemacht?" Er deutete mit der Hand auf die seltsame Konstruktion, bei der der Christoph mithilfe mehrerer Schraubzwingen einen Abstand von einigen Zentimetern zwischen den beiden Kugelhälften hergestellt hatte. „Die Pizza braucht mehr Luft. Sonst kommen wir nicht auf die 300 Grad, die wir brauchen!" Er hob den Deckel des Grills. „Ist gerade wieder eine fertig! Magst du?" Gasperlmaier nickte und holte einen Teller. „Die wird aber geteilt, hörst du!", meinte die Christine, als er sich ans Werk machen wollte. „Die Richelle hat auch erst ein Viertel gehabt, glaub ich. Oder?" Die wehrte mit den Händen ab. „Ich aber habe schon genug. Ist fantastic, diese Pizza, much better als zu Hause. Aber genug." Gasperlmaier schnitt vorsichtshalber seine Pizza in vier Teile und begann mit einem davon. „Das Bier ist da in der Kühlbox!" Der Christoph deutete auf eine Kiste mit grellrotem Deckel. Das fand Gasperlmaier praktisch. So musste man nicht zum Kühlschrank gehen. Während er kaute, sah er der Christine zu, die auf einem Brett eine weitere Pizza vorbereitete. „Ich hab an Pizzas gedacht", sagte sie, „weil da jeder was nach seinem Geschmack haben kann. Die Katharina isst ja kein Fleisch. Und die Richelle mag zum Beispiel keine Paprika drauf." „Keine Paprika?", fragte Gasperlmaier. „Wieso denn nicht?" Die Richelle zuckte mit den Schultern. „Weiß nicht. Vielleicht ich sollte mal probieren?" Sie lächelte.

Es dauerte eine gute halbe Stunde, bis die Holzkohlen abgekühlt und alle satt waren. Gasperlmaier hatte ganz auf seinen Toten vergessen und fühlte sich rechtschaffen müde. „Was ist denn eigentlich mit dem Mann, der im Bergwerk verschwunden ist?", wollte der Christoph schließlich wissen. Gasperlmaier seufzte. „Wir haben ihn gefunden. Genauer gesagt, zwei Schwammerlsucher haben ihn entdeckt. Im Wald. Tot." Die Richelle schlug die Hand vor den Mund. „Woran ist er denn gestorben?", fragte die Christine. „Ermordet", sagte Gasperlmaier. „Erschlagen. Mit einem Salzstein." Den Messerstich, so hatte er spontan entschieden, den wollte er der Familie ersparen. „Oh my God!", rief die Richelle.

„Und ich habe gedacht, hier on the country, in Austria, da gibt es überhaupt kein crime. Kein murder." Der Christoph legte ihr den Arm um die Schultern. „Kommt auch ganz selten vor. Und für uns besteht keine Gefahr, nicht, Papa?" Gasperlmaier schüttelte den Kopf. „Keine Gefahr!" „Und wer hat getotet diesen Mann?", fragte die Richelle, die immer noch ein wenig verängstigt schien. Mit schreckgeweiteten Augen sah sie Gasperlmaier an. Der zuckte mit den Schultern. „Wissen wir noch nicht. Dauert noch." „Dann läuft hier ein Killer frei herum? Da ich habe Angst!" Die Richelle drückte sich an Christoph. Gasperlmaier fand die Hysterie etwas übertrieben, wusste aber nicht, wie er die Richelle beruhigen konnte.

Zu seinem Glück kam ihm diesmal die Katharina zu Hilfe, die soeben mit einem Saftkarton wieder auf die Terrasse trat und für einen Themenwechsel sorgte. „Bekommt man in Kanada eigentlich auch alles bio?", fragte sie und zeigte auf das Etikett des Kartons, das den Inhalt als biologisch und sogar Fair Trade auswies. „Organic?", fügte sie noch hinzu. Die Richelle nickte. „Ja, es gibt sogar supermarkets nur für Sachen, die organic sind. Ist aber ziemlich teuer. Und meine mum arbeitet für eine company, die macht Kleider aus organic cotton, und hemp und bamboo. Was ist das auf Deutsch?", wandte sie sich an den Christoph. Der sah sie zunächst etwas ratlos an. „Ja, cotton, das ist Baumwolle. Und bamboo ist sicher Bambus, oder? Ich habe gar nicht gewusst, dass man daraus Kleider machen kann. Aber hemp ..." „Hanf, natürlich. Hanffasern. Wenn du die nicht rauchen würdest, dann hättest du dir das vielleicht aus dem Englischunterricht gemerkt!"

Gasperlmaier konnte nicht ganz folgen. Aber dass der Christoph irgendwelche Gesten vollführte, um die Katharina zum Schweigen zu bringen, das begriff er. Die Richelle kicherte, während die Christine ihre Stirn in steile Falten legte. „Wer raucht Hanf?", fragte sie. „Raucht ihr Gras? Cannabis?" Der Christoph, so schien es Gasperlmaier, wurde ein wenig rot. „Ich hab's einmal probiert, ich geb's zu!" „Das kommt davon, wenn die Kinder in die Großstadt gehen!", murmelte Gasperlmaier. „Nein, Papa. Hier, in Altaussee. Ich hab's hier probiert. Aber nur einmal, echt. Und mir ist fast schlecht geworden davon." „Schlecht geworden ist dir wahrscheinlich vom Schnaps!", ätzte die Katharina. Gasperlmaier hatte das Gefühl, dass sich der gemütliche Abend womöglich ganz schnell in Streit und Missgunst auflösen würde, wenn man nicht aufpasste. „Teilen wir uns noch ein Bier?", fragte er deswegen die Christine. „Und reden wir über was anderes." Die Christine nickte, immer noch mit recht skeptischem Blick, während Gasperlmaier eine Flasche aus der Kühlbox holte und sich und der Christine einschenkte.

„Ja", sagte die Katharina, „reden wir zum Beispiel über biologische Baumwolle. Ich hab dir ja schon oft genug vorgeschlagen, Papa, dass du einmal die Initiative ergreifst und vorschlägst, dass die Polizeiuniformen aus biologischer Baumwolle gemacht werden!" Gasperlmaier seufzte. Die Katharina hatte natürlich in einer gewissen Weise recht. Er hatte sich schon, sogar mehrmals, Dokumentationen ansehen müssen, in denen bis ins Detail erklärt wurde, wie Boden und Bewohner durch Baumwoll-Monokulturen ausgebeutet wurden. Was die Katharina halt nicht verstand, war, dass er nicht der geeignete Mann dafür war, sich an vorderster Front für irgendeine Neuerung zu engagieren. Das bedeutete nämlich in der Regel Aufregung, Debatten und Anfeindungen, und dafür war er einfach nicht gemacht.

„Ich geh jetzt dann einmal hinein", sagte er und nahm sein Bierglas. Die Katharina hob belehrend den Zeigefinger und atmete ein, doch die Christine stoppte sie. „Kathi, lass den Papa jetzt in Ruhe. Weißt, es ist nicht der richtige Zeitpunkt. Er hat heute einen Toten gehabt, und du weißt, wie ihm das zu schaffen macht." Gasperlmaier nickte, nahm die Fernbedienung zur Hand und schaltete den Fernseher ein. „Aber ...", hörte er die Katharina noch durch die offene Terrassentür. Dann aber bekam er nicht mehr viel mit, bis ihn jemand sanft am Arm rüttelte.

„Papa, das musst du dir anschauen! Unbedingt! Das ist wichtig!" Es war der Christoph, der so einen kleinen Tablet-Computer in der Hand hielt, wie ihn auch die Frau Doktor besaß. „Da gibt's ein Video von Schilling-TV, über euren Mord, und das ist ganz schlimm! Echt schlimm!" Gasperlmaier brauchte eine Weile, bis er wieder gänzlich wach war. Der Christoph hatte ihm schon das Tablet in die Hand gedrückt. Auf dem Bildschirm konnte er die Maggie Schablinger sehen, in dem pinkfarbenen Outfit, das sie heute Morgen getragen hatte. Sie stand auf dem Bootssteg vor dem Seehotel, im Hintergrund konnte man den Altausseersee und die Trisselwand erkennen. Am unteren Rand des Bildschirms war Text eingeblendet. Gasperlmaier griff nach einer der Lesebrillen, die immer auf dem Couchtisch herumlagen. Als er die Schlagzeile gelesen hatte, richtete er sich wie von der Tarantel gestochen auf. Danach rieb er sich noch einmal die Augen. Hatte er richtig gelesen? „Terroranschlag in Altaussee?", stand da in großen Lettern vor dem pinkfarbenen Top der Maggie Schablinger.

„Du musst auf ,Play' drücken, Papa", sagte der Christoph. Und Gasperlmaier drückte. Mit jedem Satz, den die Maggie da von sich gab, schlug sein Herz schneller, und es hielt ihn schließlich nicht mehr auf dem Sofa. „Haben die anderen das schon gesehen?", fragte er den Christoph. Der nickte. „Was willst du denn jetzt machen?" Gasperlmaier zuckte mit den Schultern. „Mir das noch einmal genauer ansehen. In Ruhe." Mit der Ruhe aber war es nicht weit her, als er noch einmal den „Play"-Knopf drückte. Die Maggie stellte allen Ernstes die Frage in den Raum, ob womöglich ein Mordanschlag von islamistischen Terroristen verübt worden sei. Dabei erwähnte sie in ihrem Bericht nicht einmal, dass eine Leiche gefunden worden war, der Bericht musste schon vor dem Leichenfund fertiggestellt worden sein. „Nach dem Fund blutüberströmter Schutzkleidung aus dem Bergwerk", sagte die Maggie, „die der Täter übrigens unbemerkt im Streifenwagen der örtlichen Polizei abgelegt hat ..." Sie grinste süffisant in die Kamera. Das, so nahm sich Gasperlmaier vor, würde die Maggie büßen. Irgendwie musste man sie doch für ihre Lügengeschichten drankriegen können. „... fällt der Verdacht auf eine Gruppe syrischer Asylanten, die sich am gleichen Tag im Bergwerk aufgehalten haben." Im Bild sah man nun drei Fotos, die Bergwerksbesucher auf der Rutsche zeigten. Die musste die Maggie im Bergwerk abgefilmt haben. Oder man hatte ihr, ebenso wie ihnen, Fotos zur Verfügung gestellt. Auf den Fotos waren die Gesichter der Besucher verpixelt, sodass man beim besten Willen nicht feststellen konnte, wer sich hinter den farbigen Quadraten verbarg. „Wie wir ebenfalls recherchieren konnten", setzte die Maggie fort, „haben die Asylanten das Bergwerk gratis besucht. Nicht wie jeder andere 18 Euro bezahlt." Dann hatte die Maggie sogar noch jemanden aufgetrieben, der sich lauthals darüber empörte, dass Ausländer gratis ins Bergwerk durften, während tüchtige und fleißige Einheimische zahlen mussten, um ihr eigenes Bergwerk besichtigen zu dürfen. Gasperlmaier kannte den Mann nicht, und man konnte auch nicht eindeutig erkennen, ob das Interview in Altaussee oder anderswo aufgenommen worden war.

Gasperlmaier bebte vor Zorn. Die Maggie hatte sich schon viel geleistet, aber das schlug wirklich alles. „In der Schillingzeitung ist es auch schon eine große Schlagzeile. ‚Islamistenterror in Altaussee?‘, steht da. Willst du's lesen?" Mit einer ärgerlichen Handbewegung wehrte Gasperlmaier ab.

Er musste jetzt erst einmal mit der Christine sprechen. Die würde wissen, was zu tun war. „Hast du den Schmarren da, hast du den auch gesehen?" Er setzte sich an den Küchentisch. Die Christine füllte sich ein Glas mit Wasser und kam zu ihm an den Tisch. „Du könntest derweil den Geschirrspüler einräumen", sagte sie zum Christoph, der Anstalten machte, sich ebenfalls zu setzen. Er murrte zwar, machte sich aber an die Arbeit. „Magst einen Schnaps?", fragte die Christine. Gasperlmaier nickte. „Aber einen großen!" Beim ersten Schluck fuhr ihm die Wärme des Alkohols gleich bis in den Bauch hinunter, und er merkte, wie sein heftiger Herzschlag etwas nachließ. Er ließ einen weiteren Schluck folgen. „Ja", sagte die Christine, „ich hab diesen Schmarren auch gesehen. Und es tut mir weh, eine so hetzerische Berichterstattung miterleben zu müssen. Und gar nichts dagegen tun zu können." Gasperlmaier leerte seinen Schnaps. „Gar nichts?", wiederholte er. „Schau, wenn du die Frau Doktor jetzt anrufst, was bringt das? Sie hat mit ihrer Tochter genug zu tun, hat sie wahrscheinlich gerade ins Bett gebracht und kann jetzt sowieso nicht mehr weg. Wenn sie den Bericht gesehen hat, dann wird sie sich genauso aufregen wie du, und wenn nicht, hat sie wenigstens eine ruhige Nacht."

Gasperlmaier seufzte. Die Christine hatte natürlich recht. Wenn man jetzt herumtelefonierte oder wütende Kommentare verfasste, war niemandem geholfen. „Und morgen", fuhr die Christine fort, „da muss sich halt die Presseabteilung von der Polizei darum kümmern. Verzerrte, hetzerische Berichterstattung, da müssen die was dagegen tun." Gasperlmaier nickte. Es war ihm ganz recht, wenn die Christine meinte, um das Problem müsse sich jemand anderer kümmern. Aber er, so erinnerte er sich, stand ja womöglich der Schablinger schon morgen wieder gegenüber, und dann würde er sich beherrschen müssen, ihr nichts anzutun. Sehr beherrschen.

7

„Für unsere Ermittlungen", sagte die Frau Doktor, „ist eine solche Berichterstattung natürlich eine Katastrophe." „Wir müssen sofort für eine Richtigstellung sorgen!", empörte sich die Manuela. „Und dieser Person auf keinen Fall mehr irgendwelche Informationen zur Verfügung stellen." Gasperlmaier schüttelte den Kopf. „Ihr seht ja, was dann passiert: Dann phantasiert sie sich einfach etwas zusammen. Wäre ja nicht das erste Mal." „Heute Nachmittag", sagte die Frau Doktor, „gibt es ohnehin eine Pressekonferenz zum Fall. Und davor müssen wir noch klären, was es mit den Asylanten tatsächlich auf sich hat. Wenn ich richtigstellen soll, muss ich auch die Fakten kennen." „Nur bringt uns das in unserem Mordfall nicht weiter, wenn wir uns jetzt auch noch um die Lügen in den Krawallmedien kümmern müssen!", protestierte die Manuela. Die Frau Doktor zuckte mit den Schultern. „Schicksal!" Sie trug heute, so fiel Gasperlmaier auf, das gleiche Kostüm wie gestern. Anscheinend hatte sie jetzt als Mutter auch nicht mehr so viel Zeit, sich um ihre Garderobe zu kümmern. Ganz abgesehen davon, dass ja auch die Fingernägel neu hätten lackiert werden müssen.

Sie öffnete ihre Tasche und zog einen Schnellhefter daraus hervor. „Ich möchte euch zunächst zu unserem Fall updaten." Gasperlmaier stolperte zwar über das ungewohnte englische Wort, war aber ganz Ohr. „Zunächst das Interessanteste: Das Opfer ist in seinem eigenen Mietwagen transportiert worden. Im Kofferraum waren Blutspuren, die zu Abelein gehören. Der Täter muss sich die Schlüssel angeeignet, dann die Leiche an den Fundort geschafft und das Auto beim Hotel abgestellt haben. Was ihm dabei geholfen haben könnte, ist ein Zimmerschlüssel der Villa Kirnberger. Auf dem Schlüsselanhänger steht nämlich der Name des Hotels. Sein Zimmerschlüssel ist allerdings nach wie vor verschwunden, genauso wie die übrigen persönlichen Gegenstände, die ein Mann normalerweise in den Hosentaschen mit sich trägt."

Sie blätterte in ihren Unterlagen ein paar Seiten weiter. „Weitere Ergebnisse der kriminaltechnischen Untersuchungen: Der Anzug ist zweifelsfrei von unserem Opfer getragen worden, das Blut ist seins. Er ist in diesem Anzug getötet worden, die Blutspuren lassen keine andere Erklärung zu." „Heißt das jetzt, dass wir den Tatort im Bergwerk suchen müssen?", fragte die Manuela. „Wahrscheinlich schon", sagte die Frau Doktor. „Ansonsten müsste er das Bergwerk verlassen haben, ohne die Schutzkleidung zurückzugeben, und draußen seinem Mörder in die Hände gefallen sein. Weiters: das Handy. Es gibt ein auf unseren Herrn Abelein registriertes Handy, es ist aber weder bei ihm noch in seinem Mietauto noch in seinem Zimmer in der Villa Kirnberger gefunden worden. Die letzten Gespräche stammen vom Samstag, also vorgestern. Er hat in der Villa Kirnberger angerufen, um seine Ankunft anzukündigen. Wie schon bekannt, unter falschem Namen. Dann hat er mit seiner Tochter telefoniert, der Gabriele. Sie ist von den Kollegen in Bayern verständigt worden und wird heute nach Altaussee kommen." Gasperlmaier erinnerte sich an das schmale Gesicht und die langen, seidig glänzenden schwarzen Haare auf dem Foto auf der Webseite des Herrn Abelein.

„Dann hat er noch mit dem Saunaclub Vestalina telefoniert und mit einer gewissen Isolde Schwarzkopf in Nürnberg. Wir haben sie schon erreicht, sie scheint ein eher loses Verhältnis mit dem Verstorbenen unterhalten zu haben und war, sagen wir es einmal vorsichtig, nicht gerade in tiefer Trauer, als wir sie über das Ableben des Herrn Abelein informiert haben. Er habe sie für kommende Woche zum Essen einladen wollen, sie habe aber absagen müssen. Im Saunaclub haben wir noch niemanden erreicht. Seit Samstagmittag ist das Handy ausgeschaltet, es wurden keine Gespräche mehr geführt. Es war zuletzt bei einem Sendemast im Ortszentrum in Altaussee eingeloggt." „Was ist denn mit seinem Computer?", fragte Gasperlmaier, der sich an den Laptop im Zimmer des Herrn Abelein erinnerte. Die Frau Doktor zuckte mit den Schultern. „Da hab ich noch keine Nachricht. Entweder haben sie ihn noch nicht geknackt, oder sie haben vergessen, mir Bescheid zu geben. Jetzt, würde ich sagen, fahren wir erst einmal ins Bergwerk."

„Heute bis 13:00 geschlossen." An der Eingangstür des Steinberghauses hing ein hastig handgeschriebenes Schild. „Warum das denn?" Gasperlmaier deutete darauf. „Ja, wir müssen natürlich nach dem Tatort suchen. Und ich glaube kaum, dass sich das mit dem Führungsbetrieb harmonisch vereinbaren lassen würde. Deswegen haben wir gestern bereits darum gebeten, das Bergwerk heute zu schließen, damit wir uns ungestört umsehen können."

Die Frau Roither war mit ihnen ins Büro hinter dem Kassenschalter gegangen. Noch einmal hatten sie sich die Fotos von den Besuchern am Samstag auf den Bildschirm geholt. „Ja", sagte die Frau Roither, „da war eine Flüchtlingsbetreuerin mit drei Syrern da. Die arbeitet in einer Unterkunft, in der unbegleitete Minderjährige untergebracht sind. Die sind aus Bad Goisern gekommen." „Die waren aber bei einer Führung am Vormittag dabei", fiel Gasperlmaier auf. „Und der Abelein war in der letzten Führung." „Richtig. Die sind sich also mit hoher Wahrscheinlichkeit nicht einmal begegnet. Vor allem, wenn wir bedenken, dass der Abelein am Samstagmittag mit seinem Handy im Ortszentrum eingeloggt war und die drei Syrer mit ihrer Betreuerin am Vormittag im Bergwerk waren." Die Frau Doktor schüttelte verärgert den Kopf. „Dass wir uns mit so einem Blödsinn abgeben müssen! Wie könnte denn die Schablinger an die Fotos herangekommen sein?" Die Frau Roither saß etwas zusammengesunken auf ihrem Drehsessel. „Ja, ich hab ... da hab ich mir doch nichts gedacht dabei! Ich hab ihr extra noch gesagt, dass sie die Fotos nicht in der Zeitung bringen darf, oder im Fernsehen! Und dass sie sie löschen muss!" Ihre Stimme klang weinerlich, und tatsächlich musste sie sich nun mit dem Ärmel eine Träne aus dem Augenwinkel wischen. „Jetzt beruhigen Sie sich einmal." Die Frau Doktor legte ihr eine Hand auf den Arm. „Aber überlegen hätten Sie schon können – wozu wird die wohl um die Fotos gebeten haben? Und uns erzählen Sie was von Datenschutz!" Die Frau Roither holte ein Taschentuch aus ihrer Jackentasche und tupfte an den Augen herum.

„Stimmt das übrigens, dass die Flüchtlinge keinen Eintritt zahlen mussten?", mischte sich die Manuela ein. Die Frau Roither nickte. „Ein kleines Kontingent an Eintrittskarten geht an Sozialprojekte. Das haben wir einmal beschlossen, vor ein paar Jahren. Ist ja auch gut fürs Image. Da kann man sich bewerben, und ich such dann die Projekte aus, die unterstützt werden. Und am Samstag waren halt auch einmal die Flüchtlinge dran, nur eines unter vielen sozialen Projekten. Nicht dass Sie glauben, wir unterstützen nur Ausländer." „So war's nicht gemeint", verteidigte sich die Manuela. „Nur, Sie müssen damit rechnen, dass das Thema noch weiter ausgeschlachtet wird. Da kommt womöglich irgendeine rechte Partei daher, und ihr Obmann postet das auf Facebook, dass hier die Flüchtlinge gratis reindürfen, und schon haben Sie einen riesigen Shitstorm am Hals."

„Oh Gott!" Die Frau Roither wischte wieder an ihren Augen herum. „So weit habe ich nicht gedacht. Das wäre ja furchtbar!" „So weit muss man heutzutage aber leider denken!", meinte die Frau Doktor, nicht ganz ohne Vorwurf in ihrer Stimme. „Was glauben Sie, was heute Nachmittag bei meiner Pressekonferenz passiert! Da werde ich alle Hände voll zu tun haben, der Krawallreporter Herr zu werden." Gasperlmaier stand auf. Das war eine üble Sache. Jetzt mussten sie Zeit damit vergeuden, sich gegen unlautere Berichterstattung zur Wehr zu setzen, anstatt den Mörder ausfindig zu machen. Er musste an den Mann mit den dunklen Haarsträhnen im Gesicht denken, der bei der Führung des Herrn Abelein dabei gewesen war. Irgendwie hatte er ständig das Bild dieses Mannes vor Augen, wenn er an den Mörder dachte. Draußen hörte man Autos vorfahren. Die Frau Doktor erhob sich. Gasperlmaier fragte sich unwillkürlich, wie sie auf die Idee gekommen war, heute ein Kostüm anzuziehen, wenn sie gewusst hatte, dass sie ins Bergwerk musste. „Das müssen meine Leute sein", sagte sie. „Frau Roither, kann ich mich hier irgendwo umziehen?" Das, so dachte Gasperlmaier bei sich, war jetzt auch wieder ein wenig umständlich.

Wenig später standen alle vor dem Mundloch des Stollens versammelt. Etwa zwanzig Uniformierte, dazu die drei Führer, die am Tag der Tat Besucher ins Bergwerk geführt hatten. Dann natürlich noch Gasperlmaier und die Manuela.

„Die drei Herrschaften", erklärte die Frau Doktor gerade, indem sie auf die Susanne Hilgert, den James und den Simon deutete, „werden mit uns und Ihnen jetzt genau die Strecke abgehen, die bei Führungen besichtigt wird. Unsere Aufgabe: genau darauf zu achten, wo jemand abgebogen sein könnte, wo sich jemand auf eigene Faust von der Gruppe entfernt haben könnte, wo man eine Leiche verstecken könnte. Bitte wie üblich darauf achten, keine Spuren zu zerstören, wenn Sie fündig werden. Glück auf!" Die Frau Doktor zog den Simon am Arm zu sich. „Sie gehen voran, in Ihrer Führung war ja unser Mordopfer. Vielleicht brauche ich Sie noch." Der Simon, fand Gasperlmaier, sah etwas blass aus, als er als Erster durchs Mundloch schritt.

Für Gasperlmaier waren all die Orte, an die sie gelangten, nun bei Gott nichts Neues mehr. Die Frau Doktor verlangte, dass sich der Simon genau wie bei einer Führung verhielt, an allen interessanten Stellen genau das sagte, was er auch sonst immer sagte, sich genauso lang aufhielt, wie es eine normale Führung verlangte. Ebenso musste er alle Lichtschalter und Türschlösser bedienen wie immer. Die Polizisten und Polizistinnen allerdings hatten währenddessen mehr oder weniger freie Hand, sie konnten sich von der Gruppe entfernen und nach möglichen Tatorten suchen.

Gerade, als Gasperlmaier, neben der Manuela sitzend, das Video betrachtete, in dem über die Lagerung der Kunstschätze im Salzberg berichtet wurde, hörte man einen Aufschrei. „Ich glaub, ich hab was!" Alle, die auf den Bänken saßen, sprangen unwillkürlich auf. „Bitte Licht! Das Video aus!", rief die Frau Doktor. Die Projektionen erloschen, und das Deckenlicht flammte auf. „Und jetzt?" Der Simon war vor ihnen aufgetaucht, womöglich noch blasser als zuvor. „Sie bleiben hier, wir schauen uns das an! Komm, Gasperlmaier!" Jetzt, so fürchtete Gasperlmaier, würde er selber ein wenig blass aussehen. Immerhin hatte er diese Tour mit der

Manuela schon einmal gemacht, und sie hatten nichts gefunden. Eine junge Polizistin mit kurzen roten Haaren und Sommersprossen führte sie etwa hundert Meter in einen seitlichen Stollen hinein. Gasperlmaier schritt im Staub zwischen den Geleisen der Grubenbahn hinter der Frau Doktor her. „Da!" Die junge Beamtin leuchtete in die Nische. Zunächst konnte man darin nichts wahrnehmen, rein gar nichts. „Sehen Sie die Steine?" Sie leuchtete auf eine Ansammlung von vielleicht fünf, sechs Salzsteinen, die verstreut auf dem Boden lagen. Dahinter befand sich, wenn man ganz genau hinsah, ein dunkler Fleck. „Ich geh mal rein!", sagte die Frau Doktor und zog sich ein Paar Latexhandschuhe über. „Allein!" Vorsichtig drückte sie sich am Rand der Nische entlang. „Mehrere Fußabdrücke. Kommt mir vor, als wären da auch Schleifspuren." Die Rothaarige nickte. „Hab ich mir auch gedacht. Natürlich sind da auch Trittspuren von meinen Schuhen dabei. Leuchten Sie mal auf den Stein, der, von Ihnen aus gesehen, ganz links liegt. Am weitesten von Ihnen entfernt." Die Frau Doktor folgte den Anweisungen. „Da vermute ich Blutspuren", sagte die junge Polizistin. Die Frau Doktor leuchtete zuerst den Stein an, dann den dunklen Fleck dahinter. „Das kann Blut sein. Müssen wir auf jeden Fall die Tatortgruppe reinschicken. Gut möglich, dass das unser Tatort ist." Gasperlmaier fragte sich, wie es dem Mörder gelungen sein konnte, die Leiche von hier nach draußen zu schaffen, ohne gesehen zu werden. Und überhaupt, das musste ein sehr kräftiger Mann gewesen sein. Seine Zweifel, ob es sich hier um den Tatort handelte, waren bei weitem nicht zerstreut.

Im Büro war es nun ein wenig eng. Die Frau Doktor, Gasperlmaier und die Frau Roither saßen auf den drei vorhandenen Stühlen, die drei Führer mussten stehen.

Die Manuela war überhaupt gleich draußen geblieben, um auf die Tatortgruppe zu warten und die Leute einzuweisen. „Ich möchte jetzt nicht vorgreifen", sagte die Frau Doktor. „Aber wenn die Nische dort der Tatort ist, dann stellt sich natürlich eine sehr wesentliche und schwierige Frage: Wie hat der Täter die Leiche ungesehen aus dem Bergwerk bringen können? Das muss ja überaus mühsam gewesen sein. Und gewiss nicht unauffällig." Gasperlmaier nickte zustimmend. Gott sei Dank war das der Frau Doktor auch aufgefallen.

„Na ja", sagte die Frau Roither, „nach der letzten Führung ist ja niemand mehr im Schaubergwerk. Und die Bergmänner, die in der Schicht arbeiten, die sind viel tiefer drunter. Mehrere Ebenen. Der Täter wäre also allein gewesen. Und hätte viel Zeit gehabt." Die Frau Doktor wandte sich an den Simon. „Und? Ist Ihnen was aufgefallen? Haben Sie gezählt? Es müssten ja, wenn ich das richtig sehe, zwei Leute gefehlt haben? Täter und Opfer?" Der Simon druckste herum. „Normal schon ... müssen wir ja ... also, normal zähl ich schon immer!" Plötzlich fiel Gasperlmaier auf, dass die Susanne dem Simon immer wieder Blicke zuwarf und ganz nasse Augen hatte. Gasperlmaier stand auf. „Kommen Sie einmal mit hinaus!" Er nahm die Susanne sanft am Oberarm und zog sie mit sich durch die Tür hinaus, am Kassenschalter vorbei ins Freie. Wahrscheinlich, so dachte er bei sich, würde sich die Frau Doktor jetzt wundern, warum er so ohne Ankündigung die Initiative ergriff, was ja sonst gar nicht seine Art war. Aber er spürte, dass da irgendwas nicht stimmte.

Draußen schien die Sonne, es war warm, fast schon heiß, und Gasperlmaier zog seine Uniformjacke aus. Die Susanne stand neben ihm wie ein Häufchen Elend. „Was ist denn los, hm? Gehen wir ein Stück?" Er deutete den Berg hinauf, und tatsächlich folgte ihm die Susanne langsam. „Es ist ... weil ich nicht die Wahrheit gesagt hab." „Na ja", meinte Gasperlmaier, „das passiert uns allen immer wieder. Und schließlich haben Sie ja den Herrn Abelein nicht umgebracht, was soll also so schlimm sein?" Die Susanne begann zu schluchzen. „Setzen wir uns da hin!" Gasperlmaier deutete auf eine Bank am Straßenrand. Die kam wie gerufen. Die Susanne wurde geradezu von einem Heulkrampf geschüttelt. Das war, so fand Gasperlmaier, kein guter Moment für Fragen. Er legte ihr begütigend seinen Arm um die Schultern und hoffte, sie würde es als väterliche Geste akzeptieren. „Ich weiß ja, warum er nach der letzten Führung nicht so genau aufgepasst hat, ob alle da sind!", platzte es aus der Susanne heraus. „Ich hab schon auf ihn gewartet, hinter dem Umkleideraum, in unserem Aufenthaltsraum, wo die Waschmaschinen stehen!" Gasperlmaier hatte das Gefühl, schon zu wissen, worauf das Geständnis hinauslief. Er brauchte jetzt eigentlich nur noch abzuwarten. „Er ist schon hereingekommen, während sich die Leute umgezogen haben. Und wir sind, wir haben ..." Jetzt hatte Gasperlmaier das Gefühl, helfend eingreifen zu müssen. „Und ihr habt da ein wenig ... herumgeschmust?" Die Susanne sah ihn aus verheulten Augen an. Wimperntusche rann ihre Wangen hinunter und verlieh ihrem Gesicht etwas Gespenstisches. Sie nickte. „Er ist aber dann eh wieder gegangen. Damit es nicht auffällt. Und ich habe im Aufenthaltsraum gewartet, bis alle weg waren." Gasperlmaier schwieg. Er konnte sich denken, warum die Susanne auf den Simon gewartet hatte und was dann auf dem Programm stand, als alle Besucher das Bergwerk verlassen hatten.

„Ja", nickte Gasperlmaier. „Ich glaube, es ist gescheiter, wenn wir die Details ... also, wenn du alles der

Frau Chefinspektor erzählst. Irgendwann kommt die Wahrheit ja doch heraus, nicht?" Die Susanne wischte sich die Augen. „Wir gehen jetzt zurück, und dann ..." Er ließ seinen Satz unvollendet. Die Susanne nickte. Vorsichtshalber klopfte er an die Bürotür, als sie wieder im Haus waren. Die Frau Doktor sah erstaunt zu ihm auf, als er die Tür öffnete. „Ja ... Renate ... die Susanne ... ich glaube, die möchte ... muss ..." Er drückte diesmal ausnahmsweise nicht deshalb herum, weil ihm kein vernünftiger Satz einfiel, sondern weil er verhindern wollte, dass die Susanne Einzelheiten vor allen, vor allem vor dem Simon erzählen musste. „Vier Augen!", fiel ihm schließlich noch ein. Die Frau Doktor zog zwar die Brauen hoch, folgte ihm aber zum Kassenschalter hinaus. Von einem Vieraugengespräch konnte allerdings auch dort keine Rede sein, denn die Tatortgruppe war gerade eingetroffen und wurde von der Manuela begrüßt. „Die Susanne hat dir was zu sagen!", flüsterte er der Frau Doktor zu, während sich die Susanne hinter dem Ticketschalter ganz klein machte. Die Frau Doktor nickte. „Ich bin ohnehin mehr oder weniger fertig. Die Frau Roither wird die Manuela und die Tatortgruppe begleiten, es braucht ja schließlich jemanden, der sich mit der Technik da drinnen auskennt. Und die beiden Burschen lassen wir einfach draußen warten."

Wenige Minuten später saßen Gasperlmaier und die Frau Doktor der Susanne allein gegenüber, auch draußen war es wieder ruhig geworden. Gasperlmaier sah noch einmal rasch nach, ob der James und der Simon nicht etwa an der Tür horchten, fand die Luft rein vor, schloss die Tür wieder und nickte. „Also ...", begann die Susanne. „Ich würde lieber ... also, es ist mir peinlich ..." Sie warf Gasperlmaier beunruhigte Blicke zu. „Sie wollen, dass der Kollege auch hinausgeht?" Die Susanne nickte erleichtert. Damit hatte Gasperlmaier jetzt nicht gerechnet. Um die Befragung nicht weiter zu verzögern, stand er aber auf und begab sich nach draußen. Irgendwie war das schon eine Unverschämtheit. Da hatte er, als Erster und Einziger, erkannt, dass die Susanne etwas zu sagen hatte, und dann wurde er einfach weggeschickt, wenn es um die Einzelheiten ging. Als ob er nicht in der Lage wäre, Berufliches streng von Privatem zu trennen, kühl zu analysieren und diskret zu sein.

Hunger hatte er. Die Tür zum Buffet war zwar offen, aber natürlich war kein Personal da, um Gäste zu bedienen. Es war ja geschlossen. Aber der Zugang zur Schank war frei. Wenn er nun im Kühlschrank schaute, ob da vielleicht ein Bier drinnen war? Er konnte auf der Speisekarte nachschauen, was es kostete, und das Geld einfach da liegen lassen. Zu seiner Überraschung war nicht nur reichlich Bier im Kühlschrank, sondern es fand sich sogar ein Ständer, an dem einige Brezeln hingen. Wohl gestern übriggeblieben, aber das machte ihm nichts aus.

Fast wie eine Erlösung fühlten sich der erste Schluck und der erste Bissen an. Doch noch bevor er sein Bier leeren konnte, kam die Frau Doktor aus dem Büro. „Wir müssen zum Posten zurück. Die Frau Abelein ist eingetroffen, sie wartet bereits auf uns. Und die Manuela ist ja noch im Bergwerk." „Und ... die Susanne?", fragte er etwas undeutlich, weil es ihm noch nicht gelungen war, den letzten Rest Brezel hinunterzuschlucken. Sie war doch schon ein wenig altbacken und dementsprechend schwer zu kauen gewesen. „Die können wir ruhig hierlassen, vorderhand bin ich mit ihr fertig. Komm jetzt!" Sie stürmte auf den Parkplatz hinaus.

„Erzählst du mir jetzt etwas von der Vernehmung?", fragte er, sobald sie sich angeschnallt hatten. „Oder bleibt das geheim?" „Natürlich nicht!", grinste die Frau Doktor. „Du könntest ja spätestens alles lesen, wenn ein Protokoll vorliegt. Aber ich erzähl's dir natürlich gleich." Gasperlmaier war gespannt. Er konnte sich denken, worauf es hinauslief. Die Susanne hatte gelogen, als sie angegeben hatte, nach dem Dienst gleich weggefahren zu sein. Ebenso wie der Simon. „Du wirst es nicht glauben, aber die beiden sind auf ein Schäferstündchen noch einmal ins Bergwerk hinein. Sie haben's in der Barbarakapelle miteinander getrieben!" Das allerdings überraschte Gasperlmaier einigermaßen. Er hatte eher an den Aufenthaltsraum gedacht. „Aber ... da ist es doch viel zu kalt?", fragte er nach. Die Frau Doktor zuckte mit den Schultern. „Sie hat erzählt, dass der Simon sie dazu überredet hat. Weil er das geil findet, an verbotenen Orten. Und man muss sich ja nicht ganz ausziehen, nicht." Gasperlmaier spürte, wie etwas Hitze zu seinen Ohren aufstieg. So genau musste er das alles gar nicht wissen.

„Das Entscheidende ist aber", sagte die Frau Doktor, während sie nach rechts Richtung Altaussee abbog, „dass sie sich nicht sicher ist, ob sie alles abgesperrt haben. Dass sich also durch ihre Eskapade für den Mörder eine Möglichkeit ergeben haben könnte, die Leiche ungesehen aus dem Bergwerk zu schaffen." „Haben sie denn etwas gehört?" Die Frau Doktor warf ihm einen spöttischen Blick zu. „Glaubst du, dass man beim Sex viel hört? Viel wahrscheinlicher ist, dass der Mörder sie belauscht hat und das, was er gehört hat, für seine Zwecke genutzt hat." „Wie jetzt?", fragte Gasperlmaier nach. „Verdammt, Franz, sei doch nicht so begriffsstutzig! Wenn er gehört hat, dass die beiden da drinnen gebumst haben, dann hat er sich ungefähr einteilen können, wie viel Zeit er hat, die Leiche rauszubringen!" Gasperlmaier war sich sicher, dass seine Ohren bereits zu glühen begonnen hatten. Irgendwie war ihm das Thema Sex unangenehm, wenn er mit der Frau Doktor zusammen war. Er hatte keine Ahnung, warum. Allerdings, das musste er sich eingestehen, das Reden über Sex, das war überhaupt nicht seins. Weder mit der Christine noch mit sonst irgendjemandem. Und schon gar nicht mit einer Vorgesetzten. „Aber wenn es jemand von der Belegschaft war, dann ist der ja gar nicht darauf angewiesen gewesen, dass jemand einen Zugang offen lässt", fiel ihm ein. Die Frau Doktor nickte. „Du meinst also, dass uns das Geständnis von der Susanne gar nicht viel weiterhilft?" Er zuckte mit den Schultern.

Die Frau Doktor parkte vor dem Polizeiposten ein. Auf dem Stellplatz, der eigentlich dem Einsatzfahrzeug vorbehalten war, stand ein weißes Mercedes-Cabrio, sogar mit weißem Verdeck. Die Frau Doktor pfiff anerkennend durch die Zähne. „Edles Teil!", sagte sie, bevor sie ausstieg. Im Auto, merkte Gasperlmaier, saß jemand. Als er die Tür auf seiner Seite zuschlug, öffnete sich die auf der Fahrerseite des Cabrios, und was ihm entstieg, erschien Gasperlmaier eher wie eine Erscheinung als eine Frau. Im leichten Wind wehte ihr schwarzes Haar, und die gesamte langbeinige und schmale Gestalt wurde von seidigem, halb durchscheinendem Stoff in Weiß und Rosa umflattert. Die Erscheinung strich sich mit einer langfingrigen Hand eine Haarsträhne aus dem Gesicht. „Bin ich hier richtig bei der Polizei?" Gasperlmaier war sprachlos. Das musste die Gabriele Abelein sein. Und dieses Wesen sollte die Tochter des Kunsthändlers sein, der wie

Wladimir Putin aussah? Kaum zu glauben. Vor lauter Bewunderung vergaß er zu antworten. Die Frau Doktor drängte sich an ihm vorbei und schüttelte der Frau die Hand. „Mein aufrichtiges Beileid, Frau Abelein. Und bitte entschuldigen Sie, dass Sie warten mussten." Die Frau Abelein lächelte. Mit vollen, dunkelrosa Lippen und perlweißen, ebenmäßigen Zähnen. Gasperlmaier war fasziniert. Dass es so jemanden überhaupt gab. So eine Frau, dachte er bei sich, konnte doch nur einem Werbespot entstiegen sein, vielfach bearbeitet mit allerlei Filmtricks und komplizierter Software. Die Frau Doktor drehte sich um, griff nach seinem Arm und zog ihn nach vor. „Bezirksinspektor Gasperlmaier." Gerade noch rechtzeitig fasste er sich, streckte die Hand aus und sprach der Frau Abelein ebenfalls sein Beileid aus. Zu seinem Glück gelang ihm das, ohne zu stottern. Die Hand der Frau Abelein war gleichzeitig weich und fest, ihr Händedruck umschmeichelte seine Hand auf eine Weise, wie er sie noch nie ... Gasperlmaier schüttelte energisch den Kopf und kniff die Augen zusammen. Jetzt war nicht der Zeitpunkt, um in Schwärmerei zu verfallen.

Er ging voraus, die Stiege hinauf, und bot der Frau Abelein den Besucherstuhl gegenüber von seinem Schreibtisch an. Als sie sich setzte und die Beine übereinanderschlug, zwang er sich, wegzusehen, nachdem seine Blicke ihre unglaublich schlanken, langen Beine, die in lachsfarbenen Stöckelschuhen steckten, kurz gestreift hatten.

„Frau Abelein", begann die Frau Doktor, „ich möchte noch einmal wiederholen, wie leid es uns tut, was Ihrem Vater hier zugestoßen ist. Wir tun alles Menschenmögliche, um den Fall möglichst rasch aufzuklären und den oder die Täter zu überführen. Möglicherweise können Sie uns dabei helfen." Die Frau Abelein nickte, und ein paar dünne Strähnen ihres kohlschwarzen Haars fielen über ihr Gesicht. „Vor allem wäre wichtig", fuhr die Frau Doktor fort, „herauszufinden, zu welchem Zweck sich Ihr Vater in Altaussee aufgehalten hat. Offenbar war er nicht auf Urlaub, sondern hat andere Interessen verfolgt." Die Frau Abelein schüttelte den Kopf, wieder flog Haar. „Mein Vater war Experte für verschollene Kunst, vor allem für Kunstgegenstände, die in den Wirren des Zweiten Weltkriegs verschwunden sind. Er hat schon einiges wiedergefunden und damit auch gutes Geld verdient." Das konnte sich Gasperlmaier vorstellen. Der weiße Mercedes und die Kleider der Frau Abelein kamen ja sicher nicht von ungefähr. „Er hat natürlich auch über die Lagerung von Raubkunst im hiesigen Salzbergwerk Bescheid gewusst, hat alles dazu gelesen. Ich glaube, er hat vermutet, dass das eine oder andere Stück auch hier im Bergwerk, kurz nach Kriegsende, verschwunden ist. Und eine Recherche beginnt eben immer am Anfang." Sie lächelte.

Die Frau Doktor warf Gasperlmaier einen bedeutsamen Blick zu. Er musste an die Legenden über das Nazigold denken. Vielleicht war es kein Gold gewesen, vielleicht hatten ein paar Altausseer einfach Bilder, die sie im Bergwerk gefunden hatten, zu Geld gemacht. Das war ja zumindest vorstellbar, wenn er es allerdings im tiefsten Innersten gar nicht glauben mochte. Aber, so erinnerte er sich an Erzählungen seiner Mutter, nach dem Krieg hatte große Not geherrscht. Da konnte man schon in Versuchung geraten.

„Haben Sie Kenntnis von bestimmten Kunstwerken, nach denen Ihr Vater hier in Aussee gesucht haben könnte?" „Das nicht!", sagte die Frau Abelein, „aber es hat Bilder gegeben, von denen er immer wieder erzählt hat. Die ihn teilweise schon jahrzehntelang beschäftigen und die auf unbekannte Weise verschwunden und nie mehr aufgetaucht sind." „Und so ein Bild könnte er auch hier gesucht haben?", fragte die Frau Doktor nach. Erst jetzt fiel Gasperlmaier auf, dass die Frau Abelein betörend duftete. Nach etwas, das das Parfum der Frau Doktor, an das er sich schon gewöhnt hatte, bei weitem in den Schatten stellte.

„Er hat mit keinem Wort verraten, was er hier gesucht hat. Er hat mir ja nicht einmal gesagt, wohin er fliegt. Und sein Handy hat er anscheinend schon seit zwei Tagen ausgeschaltet. Das war irgendwie typisch für ihn, diese Geheimniskrämerei, wenn er eine heiße Spur gewittert hat. Aus Angst, dass ihm jemand zuvorkommt, nehme ich an." „Könnte das auch erklären, warum er hier unter falschem Namen eingecheckt hat?" Die Frau Abelein nickte. „Sein Name war ja in Kunstkreisen sehr bekannt. Da war es ihm oft lieber, die Aufmerksamkeit nicht auf sich zu ziehen, um ungestört arbeiten zu können. Und, natürlich, um seine Nachforschungen auch vor Konkurrenten geheim zu halten." Sie verzog den Mund, und in ihren Augenwinkeln sammelten sich Tränen. „Entschuldigung!", schluchzte sie und holte ein Taschentuch aus ihrer blütenweißen Handtasche. Die Frau Doktor und Gasperlmaier wechselten einen raschen Blick. „Gut möglich, dass er es gar nicht selbst war, der das Handy ausgeschaltet hat. Am frühen Nachmittag war er zuletzt in einer Funkzelle hier eingeloggt. Danach gibt es keine Daten mehr. Er ist allerdings dann zum Bergwerk gefahren und hat sich einer Führung angeschlossen." Die Frau Abelein nickte. Gasperlmaier schien es, als füllten sich ihre Augen erneut mit Tränen. Die Frau Doktor reichte ihr ein Taschentuch, nachdem sie etwas hilflos ihr zerknülltes in die Höhe gehalten hatte. „Hat er über ein bestimmtes Bild in letzter Zeit oft gesprochen?" Die Frau Abelein nickte. „Sie kennen sicher die beiden Bilder von Vermeer, ‚Der Geograph' und ‚Der Astronom'. Eines davon war in der Raubkunstsammlung, die in Altaussee versteckt war. Das war ‚Der Astronom'. Zu diesen beiden gibt es ein drittes Bild mit einem Naturwissenschaftler, das heißt ‚Der Alchimist'. Und die Spur dieses Gemäldes verliert sich während des Zweiten Weltkriegs. Gut möglich, dass Papa gehofft hat, es hier zu finden. Oder zumindest die Spur aufnehmen zu können." Sie schluchzte und schniefte in ihr Taschentuch. Gasperlmaier konnte es nur schwer ertragen, diese Frau weinen zu sehen.

Die Frau Doktor wischte scheinbar ungerührt auf ihrem Tablet herum, während die Gabriele Abelein versuchte, ihre Tränen zu trocknen. Gasperlmaier musste den dringenden Impuls unterdrücken, seinen Arm um ihre Schultern zu legen. Sie erschien so zerbrechlich, so schutzbedürftig. Mehrere Haarsträhnen waren ihr vors Gesicht gefallen. „Ist es das hier?" Die Frau Doktor hielt der Gabriele das Tablet entgegen. Die warf einen kurzen Blick darauf und nickte. „Ja. Das ist ‚Der Astronom'. Das Gemälde, das im Salzberg versteckt war." Die Frau Doktor ließ Gasperlmaier einen Blick auf das Bild werfen. „Kennst du das?" Er schüttelte den Kopf. Die Frau Doktor atmete tief ein. Vorwurfsvoll, wie ihm erschien. Musste er dieses Bild kennen, bloß weil er Altausseer war? Er war noch lange nicht geboren gewesen, als es wieder aus Altaussee weggebracht worden war. „Es stammt aus der Sammlung Rothschild", fuhr die Gabriele fort. Ihre Stimme klang verheult, und sie musste sich immer wieder die Nase putzen. „Und 1940 wurde es den Rothschilds von den Nazis gestohlen. Gott sei Dank hat man es 1945 wieder

hier gefunden und den Besitzern zurückgeben können. Die haben es dem Louvre geschenkt. Dort hängt
es heute noch." Die Frau Doktor reichte Gasperlmaier
das Tablet. Das Bild zeigte einen langhaarigen Mann in
graublauem Mantel, der von Tageslicht, das durch ein
Fenster links fiel, beleuchtet wurde. Vor ihm stand ein
Globus, der, so konnte Gasperlmaier nur mit zusam-
mengekniffenen Augen erkennen, allerdings nicht die
Kontinente und Ozeane zeigte. „Was für ein Globus ist
das?" Er sah zur Gabriele auf. Die strich sich eine Haarsträhne aus dem Gesicht und lächelte mit feuchten Augen. Wiederum breitete sich in Gasperlmaiers Mitte so
ein warmes, schmelzendes Gefühl aus. Was war bloß
mit ihm los? Schon bei der Mali in der Villa Kirnberger
war ihm das passiert. Hatte der fünfzigste Geburtstag
irgendwas mit diesen seltsamen Gefühlen zu tun?

„Das ist ein Himmelsglobus", sagte die Gabriele. „Der
Mann ist ja schließlich ein Astronom. Auf dem Himmelsglobus sind die Sternbilder verzeichnet." Gasperlmaier kratzte sich am Kopf. Ein Astronom, so hatten
ihm seine Kinder immer wieder erklärt, wenn im Radio
eine dieser unsäglichen Astrologiesendungen lief, beschäftigte sich nicht mit Sternbildern. „Aber das wäre
doch Astrologie, oder?", fragte er nach. Die Gabriele
schnäuzte sich. „Damals hat man das noch nicht so
genau getrennt. Das Bild stammt aus dem siebzehn-
ten Jahrhundert. Da wurden erst die Grundlagen der
Naturwissenschaften gelegt." Gasperlmaier nickte.
Warum der Mann auf dem Bild allerdings einen Teppich auf seinem Schreibtisch liegen hatte, das war ihm
nach wie vor ein Rätsel. Aber er wollte sich die Frage
und die nachträgliche Belehrung lieber ersparen. „Wie
heißt das zweite Bild?", fragte die Frau Doktor. „„Der
Geograph"", sagte die Gabriele, immer noch ein wenig

durch die Nase. Das zusammengeknüllte feuchte Taschentuch, fiel Gasperlmaier auf, hatte sie irgendwo verschwinden lassen. Die Frau Doktor wischte ein wenig auf dem Tablet herum. „Das?" Die Gabriele nickte. „Das hängt in Frankfurt, im Städelmuseum, und zwar schon seit dem neunzehnten Jahrhundert. Die Bilder gehören zwar zusammen, sind aber irgendwann einmal getrennt versteigert worden." Gasperlmaier bekam wieder das Tablet gereicht. Das Bild ähnelte dem ersten stark, wiederum trug ein langhaariger junger Mann einen blauen Mantel, wiederum lag ein Teppich auf dem Schreibtisch unter aufgeschlagenen Büchern, doch diesmal hatte er einen Zirkel in der Hand, während der Globus hinter ihm auf dem Kasten stand. Obwohl das Licht wieder von links durch ein Fenster fiel, erkannte Gasperlmaier an Form und Farbe des Fensters, dass es sich um ein anderes Zimmer handeln musste.

„Und das dritte?", fragte die Frau Doktor nun, „Das, um das es eigentlich geht? ‚Der Alchimist'?" Sie tippte und wischte wieder ein wenig. „Ist es das?" Sie hielt der Gabriele das Display entgegen, und die nickte. „Ja. Das ist ‚Der Alchimist'. Das dritte Bild aus der Gruppe. Es hat ebenfalls den Rothschilds gehört, taucht aber in den Dokumenten der Nazis nicht auf. Man hat zunächst vermutet, dass es irgendein hochrangiger Nazi einfach unterschlagen und bei sich zu Hause an die Wand gehängt hat. Mein Vater war nicht dieser Meinung. Dass die Spur allerdings hierher nach Altaussee führt, darüber hat er nie ein Wort verloren. Aber vielleicht liege ich auch ganz falsch mit meiner Vermutung." Die Gabriele wechselte die Seite, auf der sie ihre Beine übergeschlagen hatte. Ihre Kleidung raschelte und knisterte dabei auf eine Weise, die Gasperlmaier Schauer über den Rücken jagte. Er fragte sich, ob er am Ende krank war. Schließlich begegnete er jeden Tag Frauen, und keine davon hatte ihn in den letzten zwanzig Jahren so aus dem Konzept gebracht wie die Gabriele, nicht einmal die Frau Doktor.

Die Frau Doktor gab ihm das Tablet. Es überraschte ihn wenig, dass wiederum ein Mann mit langen Haaren und blauem Mantel zu sehen war und ein wiederum anderes Fenster das Sonnenlicht von links hereinfallen ließ. Diesmal hatte der Mann allerlei Glaskolben mit verschiedenfarbigen Flüssigkeiten vor sich stehen, und auf dem Kasten stand statt eines Globus allerhand leeres, etwas verstaubtes Glasgerät. „Warum sind die Farben viel blasser als bei den anderen Bildern? Und sie sehen auch irgendwie künstlich aus." Die Gabriele beugte sich vor und streckte einen ihrer langen Finger vor. Gasperlmaier erschrak, als sie auf das Display klopfte. „Das muss ein sehr frühes Farbfoto sein, von vor 1940. Damals war die Fotografie noch nicht so entwickelt. Die anderen Aufnahmen sind lang nach dem Krieg entstanden, als die Gemälde noch dazu aufwendig restauriert waren. Ich kann mir vorstellen, dass Papa auf der Suche nach diesem Bild war. Es wäre eine absolute Sensation, wenn es gefunden würde, es ist praktisch unbezahlbar. Ich glaube allerdings nicht, dass es noch existiert. Wahrscheinlich ist es einfach verloren gegangen, verbrannt, verschimmelt, wie so viele Kunstwerke in den Kriegswirren. Aber wenn jemand Papa deswegen umgebracht hat ..." Sie begann wieder zu schluchzen. Gasperlmaier starrte auf das Display vor sich, um der Gabriele nicht beim Weinen zusehen zu müssen. Das Geschluchze allein war schon herzzerreißend.

„Was wäre denn", fragte Gasperlmaier, um die peinliche Stille zu überbrücken, „so ein Gemälde wert? Rein theoretisch?" Die Gabriele schien sich wieder zu fangen.

„Ganz schwer zu sagen. Von Vermeer sind nur 37 Werke bekannt, und die letzte Versteigerung war 2004. Da ist die ‚Junge Frau am Virginal' versteigert worden. Für circa 24 Millionen Euro." Gasperlmaier riss die Augen auf. „24 Millionen!", wiederholte er andächtig. Die Gabriele konnte schon wieder lächeln. „Das war ein sehr kleines Gemälde, und es gab Gerüchte, dass er es gar nicht selbst gemalt hat. ‚Der Alchimist' könnte auf einer Auktion heute mindestens so viel erzielen, vielleicht doppelt so viel, vielleicht aber auch nur fünf Millionen. Der Kunstmarkt ist unberechenbar." Gasperlmaier schüttelte den Kopf. Wie jemand derartig viel Geld für ein Bild ausgeben konnte, war ihm ein Rätsel.

„Bleiben Sie hier, Frau Abelein, oder möchten Sie so schnell wie möglich wieder nach Nürnberg zurück?" Die Frau Doktor verstaute ihr Tablet in ihrer Handtasche. Die Frau Abelein stand auf. Gasperlmaier erhob sich ebenfalls, rein aus Höflichkeit. Wieder raschelten und knisterten die Kleider der Gabriele. Sie zuckte mit den Schultern. „Ich weiß nicht. Sollte ich nicht ... bis mein Vater ... ich muss mich ja um die Beerdigung kümmern, nicht?" Schon blickte Gasperlmaier wieder in feuchte Augen. Die Frau Doktor nickte. „Haben Sie schon ein Hotel?" Die Gabriele schüttelte den Kopf, die Haare flogen. Im selben Moment kam die Manuela auf den Posten, mit rotem Kopf und verschwitzt. „Die Tatortgruppe ist jetzt abgezogen. Vor morgen dürfen wir mit keinen Resultaten rechnen, sagen sie." „Frau Gruppeninspektor Reitmair, Frau Abelein", stellte die Frau Doktor die beiden einander vor. Eigentlich, so dachte Gasperlmaier bei sich, wäre das ja seine Aufgabe gewesen, aber die Frauen kamen ihm bei solchen Gelegenheiten immer zuvor, er zauderte und grübelte zu lange, bevor er etwas tat.

„Ja", sagte die Frau Doktor. „Dann bring bitte die Frau Abelein in ein Hotel, Franz, ich fahre zur Pressekonferenz nach Liezen, und wir können nicht viel mehr tun als auf die Ergebnisse der Tatortgruppe warten. Vielleicht haben wir bis nach der Konferenz auch die Identität der erwachsenen Männer, die in der Führungsgruppe mit Herrn Abelein waren, unsere Leute arbeiten daran." Wie immer machte die Frau Doktor keine großen Umstände. „Auf Wiedersehen. Bis morgen." Und schon war sie zur Tür draußen. Gasperlmaier stand verunsichert der Gabriele gegenüber, die offenbar auch nicht wusste, wie es weitergehen sollte.

„Kann ich Ihnen ein Hotel empfehlen? Was hätten Sie denn gern?" Gasperlmaier überlegte, welche Unterkunft er der Gabriele Abelein empfehlen sollte. Ein einfaches Pensionszimmer, das war klar, kam für die Gabriele nicht in Frage. Allein schon, wenn man ihre Kleider und das Auto sah. Ob er ihr die Villa Kirnberger empfehlen sollte? Aber da, so erinnerte er sich, war ja ihr Vater abgestiegen. Sie konnte doch nicht im Zimmer ihres verstorbenen Vaters wohnen. „Da gäb's in Bad Aussee ein tolles Hotel", mischte sich die Manuela ein. „Mit einem wunderbaren Wellnessbereich. Und fantastischem Essen." Gasperlmaier wusste, welches Hotel sie meinte. Er war erst einmal dort gewesen, als sie einen Geschäftsmann zu befragen hatten. Aber das, was die Manuela gesagt hatte, erzählte man sich halt im ganzen Ausseerland. „Wenn das dann aber nicht zu teuer ...?" Die Gabriele winkte ab. „Da machen Sie sich einmal keine Sorgen. Begleiten Sie mich dorthin?"

Schon saß Gasperlmaier neben der Gabriele im weißen Mercedes Cabrio und hoffte, dass seine Uniformhose keine Flecken vom mittäglichen Gamsgulasch hatte, die womöglich die Sitze der Gabriele ruinieren konnten. „Sagen Sie mir, wo ...?" Die Frau Abelein fuhr gleichzeitig sanft und schwungvoll, der Motor schnurrte kaum hörbar, und Gasperlmaier bewunderte das edle Interieur des Wagens, schwieg aber sonst. Obwohl ihm bewusst war, dass ein wenig Konversation freundlich gewesen wäre und die Gabriele ein wenig von ihrem Schmerz hätte ablenken können. Aber es wollte ihm kein passendes Thema in den Sinn kommen. Bis ihm einfiel, dass das Hotel einen großzügigen Pool hatte. „Haben Sie eigentlich einen Badeanzug mit ... wegen dem Hotel?", fragte er. „Die haben einen ganz tollen Pool. Mit Sprudelliegen." Im selben Moment wurde ihm bewusst, dass man mit einer Dame nicht über Badeanzüge sprach. Aber die Gabriele hatte ihn völlig verwirrt, der Duft, ihre Haare, die Geräusche, die ihre Kleider verursachten, das war alles ein wenig zu viel für ihn. Doch sie lachte sogar. „Nein, daran habe ich wirklich nicht gedacht. Aber vielleicht kann man dort einen kaufen, oder?" Gasperlmaier begann trotz offenen Dachs und beträchtlichen Fahrtwinds zu schwitzen. „Vielleicht", kommentierte er. Zu seinem Glück musste er sich kein weiteres Konversationsthema ausdenken, denn sie waren beim Hotel angekommen. Als die Gabriele den Kofferraum öffnete, kam ein silberner Hartschalenkoffer zum Vorschein, genau der gleiche, den auch ihr Vater im Zimmer zurückgelassen hatte, nur ein, zwei Nummern größer. Als Gasperlmaier das Gepäckstück aus dem engen Kofferraum hievte, fragte er sich, wie die Gabriele es hineingebracht hatte.

Ein wenig dumm kam er sich schon vor, als er hinter ihr hermarschierte und den Koffer zog, als sie das Hotel betraten. Gott sei Dank lächelte ihm von der Rezeption ein bekanntes Gesicht entgegen. Es war die Julia Grieshofer, eine Schulkollegin seiner Tochter

Katharina, die früher oft bei ihnen auf der Terrasse gesessen war. „Grüß dich, Julia", sagte er. „Habt's ihr vielleicht ein Zimmer frei für die Frau Abelein, die hat nämlich überraschend nach Aussee kommen müssen, wegen ... also, wegen ..." Gott sei Dank war ihm noch rechtzeitig eingefallen, dass er hier nichts über den Mordfall erzählen durfte. „Also, in einer geschäftlichen Angelegenheit", schloss er. „Hm!", sagte die Julia und zog ein etwas skeptisches Gesicht. „Eigentlich sind wir ziemlich voll ... ah!" Ihr Gesicht hellte sich auf. „Da ist ein Paar abgereist ... da haben wohl die Wehen zu früh eingesetzt, die wollten vor der Geburt noch ein gemütliches Wochenende ... ja, da hab ich ein Loser-Zimmer für euch!" „Ja, nicht für uns!", erläuterte Gasperlmaier. „Für die Frau Abelein!" Er deutete auf die neben ihm stehende Gabriele, die samt ihren Absätzen, so stellte er fest, ein ganzes Stück größer war als er selbst. „Natürlich!" Die Julia nickte. „Ja, dann!", sagte Gasperlmaier. Er war sich unsicher, ob er jetzt hier warten sollte, bis die Frau Abelein in ihr Zimmer gebracht wurde, doch die erleichterte ihm die Entscheidung. „Hier meine Karte. Sie brauchen ja sicher meine Telefonnummer, falls ..." Gasperlmaier nickte, schüttelte der Gabriele die Hand und stand plötzlich vor dem Eingang des Hotels, ohne sich darüber Gedanken gemacht zu haben, wie er wieder nach Altaussee kommen sollte.

Er stand eine geraume Weile schwitzend in der Sonne, bis die Manuela mit dem Streifenwagen aufkreuzte. „Du wirst es nicht gerne hören, was inzwischen passiert ist", sagte sie, nachdem er sich angeschnallt hatte. „Noch eine Leiche?" Die Manuela fuhr los. „Nicht immer gleich das Allerschlimmste annehmen", grinste sie. „Aber es ist schlimm genug. Ein Shitstorm ist losgebrochen. Wegen des angeblichen islamistischen Attentats.

Und wie es scheint, nützt es überhaupt nichts, dass der Großteil der Presse sachlich berichtet." Die Manuela seufzte. „Du kannst dir's ja gleich am Handy anschauen, wenn's dich interessiert." „Äh ...", sagte Gasperlmaier. Er besaß zwar ein Smartphone, aber dass man damit ins Internet konnte, das war für ihn mehr theoretisch. Seine Finger, fand er, waren nicht für diese Miniatur-Tastatur geeignet, die es da zu bedienen galt. Und seine Augen schon gar nicht dafür, das Gefundene auch zu lesen.

„Ich wart lieber, bis wir auf dem Posten sind", suchte er nach einer Ausrede. „Wenn ich im Auto lese, wird mir immer gleich schlecht." Als sie im Büro ankamen, stellte sich heraus, dass die Manuela keineswegs übertrieben hatte. Auf Facebook war das Video der Maggie Schablinger unzählige Male geteilt worden, sogar von Politikern, die in Bund und Land Ämter innehatten und einige Verantwortung trugen. Die Kommentare darunter waren teils unerträglich. Gasperlmaier hatte solche Hasstiraden noch nie gelesen und war so geschockt, dass er nach der Notfallflasche Obstler greifen musste, die auf einem Regal in der Besenkammer stand. Er hatte schon lang nicht mehr davon getrunken, sicherlich niemals, seit der Friedrich in Pension gegangen war, aber das war wirklich zu viel des Guten. Er schenkte sich ein Stamperl ein, bis an den Rand. Er würde nach dieser unangenehmen Lektüre ohnehin heimgehen, das war ja unglaublich bösartig, was die Leute da an Hass und Gemeinheiten absonderten. Er leerte sein Stamperl, setzte sich noch einmal hin und drehte am Mausrad. Aufrufe, Flüchtlinge niederzuschießen, wo immer man auf sie traf, gehörten noch zu den harmloseren Beiträgen. „Kann man da nichts machen?", fragte er die Manuela. Die zuckte mit den Schultern. „Eigentlich müssten hetzerische Kommentare gelöscht werden, aber das dauert meist sehr lang. Bis dahin haben das alles wieder ein paar hundert Narren gelesen und werden dadurch weiter aufgeheizt, immer noch hässlichere Beschimpfungen abzusondern." „Die Politzisten", las Gasperlmaier, „die gehöhren gleich mittaufghängt. Die schüzen die Verbrecher und nicht die Einhaimischn." Da waren, so sah er auf den ersten Blick, zahlreiche Rechtschreibfehler passiert. Wahrscheinlich in der Erregung, da konnte man wohl weder klar denken noch richtig schreiben. Er schloss das Programmfenster. „Und alles wegen der blöden Schablinger", knurrte er. „Ich geh jetzt heim. Zeitausgleich für den Sonntag. Und du?" „Bereitschaft!", antwortete die Manuela. „Ich tipp noch ein paar Berichte." Das, so dachte Gasperlmaier bei sich, sollte er natürlich auch tun, aber er war von den Hasskommentaren zu aufgewühlt und vom Schnaps zu erhitzt, um Ruhe fürs Tippen aufzubringen.

Die Uniformjacke ließ er am Haken hängen, draußen war es ohnehin zu warm dafür. Er musste das gleich seiner Christine erzählen, was sich da tat. Vielleicht wusste sie Rat. Oder, vielleicht, besser noch dem Friedrich. Ja, genau. Mit dem musste er reden. Vielleicht hatte er sogar Zeit, mit ihm zum Schneiderwirt zu gehen. Sie hatten sich schon lange nicht mehr dort getroffen, das fehlte ihm.

„Ich komm mit dem Radl", beschied ihm der Friedrich, nachdem Gasperlmaier sein Anliegen telefonisch vorgetragen hatte. „Dauert nur fünf Minuten. Ich muss nur meine Holde ... ich muss halt sagen, es ist dringend." Der Friedrich klang ein bisschen beunruhigt, so, als mache es ihm Schwierigkeiten, von zu Hause wegzukommen. Das, so dachte Gasperlmaier bei sich, hatte es früher nicht gegeben. Er setzte sich an einen freien Tisch im Gastgarten des Schneiderwirts, obwohl er an ein paar anderen Tischen Bekannte erspähte. „Warum setzt dich denn nicht zu uns, Gasperlmaier?", rief ihm einer zu. „Dienstlich!", beschied Gasperlmaier ihm. Der machte nur eine wegwerfende Handbewegung. „Gewässert oder pur?", fragte ihn die Jasmin, denn in der letzten Zeit hatte Gasperlmaier öfter einen Sauren Radler, ein Bier mit Mineralwasser, bestellt. Wegen der Kalorien. Und der Leberwerte. Aber heute waren ihm der Schnaps und der Ärger schon ein bisschen zu Kopf gestiegen. „Pur!", beschied er der Jasmin.

Tatsächlich traf der Friedrich ein, kurz nachdem Gasperlmaier seinen ersten Schluck getan hatte. Er hatte sich wirklich gewaltig verändert, jedes Mal, wenn Gasperlmaier ihn traf, fiel ihm das auf. Der Friedrich steckte in einem bunten Sportdress und schob ein offensichtlich nagelneues Mountainbike in den Radständer. Und obwohl sein Bauch immer noch stattlich war, mutmaßte Gasperlmaier, dass er seit damals, seit der Herzattacke, die letztendlich zur Pensionierung geführt hatte, mindestens zwanzig Kilo verloren hatte. „Gell, da schaust!" Der Friedrich schüttelte Gasperlmaier die Hand und deutete auf sein neues Rad. „Ein E-Bike! Da fahren wir überall hinauf, meine Holde und ich!" Gasperlmaier nickte. Hoffentlich, so dachte er bei sich, hatte das Rad gute Bremsen, damit der Friedrich von dort, wo er hinaufgefahren war, auch wieder heil herunterkam.

Am Ende des ersten Biers hatte Gasperlmaier den Friedrich über alle Details des aktuellen Falls ins Bild gesetzt. Und auch über die höchst unangenehme Geschichte mit dem Video von Schilling-TV und den Reaktionen im Netz darauf.

„Hm!", machte der Friedrich und hob sein leeres Bierglas an, um die Jasmin dazu zu veranlassen, eine neues, gefülltes auf den Tisch zu stellen. „Da habt's ihr entweder einen komplett Verrückten. Dann wird's schwierig. Ich mein, so einen Narrischen, der sich vielleicht verfolgt fühlt. Oder es ist ein Konkurrent von dem Häferlein, oder wie er heißt ..." „Abelein", korrigierte Gasperlmaier. „Seine Tochter ist schon da. Die müsstest du sehen!" „So?", sagte der Friedrich. „Du strahlst ja übers ganze Gesicht. Hat sie dir so gefallen?" Gasperlmaier spürte ein wenig Hitze zu seinen Ohren aufsteigen, aber dem Friedrich gegenüber war ihm so schnell nichts peinlich, und so beruhigte er sich schnell wieder. „Ein Konkurrent, der auch an das Bild will? Und der ihm gefolgt ist?" Gasperlmaier musste an den Dunkelhaarigen mit dem wirren Bart denken, der auf den Fotos aus dem Salzberg zu sehen gewesen war. Der, so dachte er bei sich, war sicherlich kein Kunsthändler. Der Friedrich nickte. „Oder", sagte er und seufzte, „es ist tatsächlich einer von uns hier herinnen, der das Bild hat. Dann müsst es aber der Großvater gewesen sein, der es aus dem Salzberg hat mitgehen lassen." Die Jasmin stellte zwei weitere Halbe Bier vor sie hin. „Wohl bekömms!"

„Wie viel, sagst du, ist das Bild wert?", fragte der Friedrich, nachdem er einen kräftigen Schluck genommen hatte. „Eines von dem Maler ist vor ein paar Jahren versteigert worden, für 24 Millionen Euro!" Gasperlmaier hatte seine Stimme gesenkt, um nicht Gäste an anderen Tischen unnötig auf ihre Unterhaltung aufmerksam zu machen. Der Friedrich pfiff durch die Zähne. „Da sind schon Leute für weniger ermordet worden. Für viel weniger!" Gasperlmaier spürte die Wirkung des Biers und des Schnapses bereits, ihm war wohl und ein gewisses Gefühl der Gleichgültigkeit stellte sich ein.

Obwohl er, trotz Schatten, schwitzte. Er öffnete einen weiteren Hemdknopf. „Aber glaubst du denn, dass dem das Bild dann gehört, wenn er es findet?", fragte Gasperlmaier. „Ich denk, es muss dem ursprünglichen Eigentümer zurückerstattet werden", meinte der Friedrich. „Aber denk an den Finderlohn! Und die Publicity, die der Finder bekommt! Da geht's mit dem Kunsthandel dann gleich aufwärts!" Gasperlmaier nickte.

„Geh, Jasmin, bring uns eine Essigwurst. Dem Gasperlmaier und mir. Und noch zwei Halbe!" Eigentlich hatte Gasperlmaier sich vorgenommen, nichts mehr zu bestellen. Aber andererseits war es wunderschön, wieder einmal mit dem Friedrich im schattigen Gastgarten zusammenzusitzen.

„Habt's ihr eigentlich den Simon Klemencic schon ordentlich auseinandergenommen? Und die Gäste, die bei der Führung dabei waren?" Gasperlmaier schüttelte den Kopf, erklärte dem Friedrich, dass man zu viel Zeit darauf verschwenden habe müssen, die Falschmeldung bezüglich des islamistischen Attentats richtigzustellen, und stach mit der Gabel nach einem Blatt Wurst auf dem Teller, den die Jasmin soeben vor ihn hingestellt hatte. „Magst ein Kernöl?", fragte sie. Gasperlmaier nickte, worauf die Jasmin eine schwarze Flasche mit grünem Etikett vor ihm abstellte. Das nussige Kürbiskernöl, fand Gasperlmaier, gehörte unbedingt auf eine Essigwurst. Nur musste man es auch kräftig salzen, damit es sein ganzes Aroma entfaltete. „Und die ganzen Gäste", erklärte er kauend, „da sind die Liezener dran, da haben wir ja nur Fotos, also wird's schwierig, herauszufinden, wer die sind. Aber so nach und nach werden die sicher auch vernommen werden." „Was wäre", fragte der Friedrich, „wenn wir uns den Klemencic gleich vorknöpfen. Ich hätt ehrlich wieder einmal Lust darauf, ein bisschen zu ermitteln. Was meinst?" Gasperlmaier dachte an den Zeitausgleich, den er sich eigentlich vorgenommen hatte, an sein Sofa und die Liege auf seiner Terrasse. Aber der Friedrich hatte schon sein Telefon aus einer Reißverschlusstasche seines Sportdress geholt und nach einer Nummer gesucht.

„Aha!", sagte der Friedrich ins Telefon. „Hat heute Nachmittag frei. Und ihr wisst's nicht, wohin ...? Ah, die Freundin. Ja, ich wart." Der Friedrich hielt eine Hand über das Mikrophon. „Sie sucht die Freundin. Die weiß, wo der Klemencic ist. Hoffentlich. Ja?" Er nahm die Finger wieder vom Mikrophon. „Ja? Danke! Alles klar!" Das Telefon verschwand wieder hinter dem Zippverschluss. „Seine Freundin hat mit ihm ausgemacht, dass sie nach dem Dienst noch baden gehen." „Ist das Wasser nicht noch viel zu kalt?", fragte Gasperlmaier. Der Friedrich zuckte mit den Schultern. „Nicht unser Problem. Komm, Gasperlmaier, trink aus, wir müssen zum Kahlseneck." Das Kahlseneck war der einzige größere öffentliche Badeplatz in der Nähe des Ortes. Die Wahrscheinlichkeit, dass jemand, der vorhatte, schwimmen zu gehen, sich dort aufhielt, war hoch, das war auch Gasperlmaier klar.

„Hast kein Radl?", fragte der Friedrich, als er sich auf sein grünmetallisch glänzendes Gefährt schwang. Gasperlmaier schüttelte den Kopf. „Aber mit dem Streifenwagen solltest heute nicht mehr fahren!", mahnte der Friedrich. Etwas verdrossen machte sich Gasperlmaier neben dem Friedrich her auf den Weg. Es musste wohl trotz der Hitze zu Fuß gegangen werden. Die zwanzig Minuten wurden ihm lang, doch dafür sahen sie den Simon gleich, nachdem sie auf der Wiese angekommen waren. Er lag auf einem Badetuch, hatte einen Rucksack unter den Kopf gestopft, sein Handy vor den Augen und drückte darauf herum.

„Jetzt tu einmal das Handy weg!" Der Friedrich hatte sich neben dem Simon ins Gras fallen lassen, ohne dass der auch nur aufsah. Gasperlmaier ließ sich ebenfalls ins Gras sinken, er war müde. Überrascht sah der Simon sie an. „Ja, was ...?" „Ich bin der Friedrich Kahlß, Postenkommandant. Im Ruhestand, deswegen in Zivil. Und der Herr Inspektor hat ein paar Fragen an dich!" Gasperlmaier schrak auf. Er hatte eigentlich gedacht, der Friedrich würde die Fragen stellen. Schließlich war es seine Idee gewesen, hierherzukommen und den Simon zu befragen. Gasperlmaier räusperte sich. „Also ... noch einmal zu der Führung. Erinnerst du dich an das Opfer, den Herrn Abelein?" Der Simon zuckte mit den Schultern. Als er noch einmal einen kurzen Blick auf sein Handy warf, schlug der Friedrich es ihm aus der Hand. „Red!", herrschte er ihn an. Der Simon war ebenso verblüfft wie Gasperlmaier. „Der ist immer eher am Rand der Gruppe gestanden. Hat aber aufgepasst. Genau zugehört. Und kein Wort mit jemandem gesprochen." „Du erinnerst dich aber genau an ihn!" Jetzt mischte sich der Friedrich doch ein. Der Simon nickte. „Ältere Männer sind selten, wir haben fast nur Familien mit Kindern und Paare. Da ist der schon aufgefallen." Gasperlmaier fiel noch eine Frage ein. „Hat er irgendwas getan, sich irgendwie seltsam verhalten?" „Ich glaub ... er hat so um sich herumgeblickt. Neugierig, irgendwie." „Und trotzdem ist dir nicht aufgefallen, dass er plötzlich weg war!" Da, so fand Gasperlmaier, hatte der Friedrich einen wunden Punkt getroffen. Der Simon schielte nach seinem Handy, das am Rand seines Badetuches zu liegen gekommen war, mit dem Display nach unten. „Denk gar nicht daran!", warnte ihn der Friedrich. Plötzlich hatte Gasperlmaier eine Idee. „Waren da vielleicht ein paar hübsche Mädchen dabei, die dich abgelenkt haben?" Dass er ins Schwarze getroffen hatte, erkannte er daran, dass der Simon zu stottern begann und heftig den Kopf schüttelte. „Nein ... also, ich ... Da kann ich doch nichts dafür, dass der verschwunden ist!" Der Friedrich wiegte den Kopf. „Na ja, bei grober Fahrlässigkeit ... da ist es dann ganz schnell vorbei mit dem einträglichen Ferienjob!"

Der Simon rang die Hände. „Ja, da waren zwei Holländerinnen, mit denen hab ich ein bisschen geflirtet, aber das gehört ja ... das ist ja ... man muss sich ja auch um die Kunden kümmern, nicht? Freundlich sein? Und ich bemühe mich ja auch besonders um die Kinder ... alles kindgerecht und so! Nicht nur um hübsche Mädchen!" Gasperlmaier winkte ab. „Ist sonst noch irgendwas ungewöhnlich gewesen? Etwas, das nicht bei jeder Führung passiert?" Irgendwie hatte Gasperlmaier das Gefühl, dass er sich auf eine feuchte Stelle in der Wiese gesetzt hatte. „Nichts. Nur, einmal haben wir warten müssen, weil eine Lok in die Grube eingefahren ist." „Kommt das oft vor?", fragte der Friedrich scharf. Der Simon schüttelte den Kopf. „Bei meinen Führungen war's das erste Mal, dass Arbeiter auf der Führungsstrecke waren." „Und wer war auf der Lok?", fragte Gasperlmaier. „Hast du wen erkannt?" Der Simon schüttelte den Kopf. „Einer war eine Grüne Mamba", fügte er noch hinzu. „Was?", fragte Gasperlmaier. Wie sollten denn Schlangen in ein Bergwerk kommen? Der Friedrich aber grinste. „Eine Grüne Mamba ist ein Vorgesetzter, der einen grünen Overall anhat. Die anderen Bergleute sind in Blau." Der Simon nickte. „Aber gekannt habe ich keinen von den beiden. Oder, besser, nicht erkannt. Ich hab sie mehr oder weniger nur von hinten gesehen, als ich mit meiner Gruppe wieder hinaus in den Stollen bin." „Und wo wart ihr da gerade?", fragte Gasperlmaier. „In dem Nebenstollen, wo wir die Reproduktionen der Kunstwerke haben, die im Stollen versteckt waren. Da gibt's auch eine Projektion vom Genter Altar auf eine Leinwand. Und durch die hindurch geht's wieder zur Führungsstrecke mit den Bahngeleisen." Gasperlmaier nickte. Er konnte sich an die Stelle erinnern, die er in den vergangenen Tagen zweimal passiert hatte. Die Leinwand war, aus der Nähe betrachtet, ein zweiteiliger Vorhang, durch den man schlüpfen konnte.

„Ja, und dann!", meldete sich der Friedrich zu Wort. „Dann warst du ja mit deiner kleinen Freundin noch einmal illegal im Berg drin. Wenn das deine Chefs erfahren, dann ..." Der Simon wurde nun ein wenig rot. „Sie erzählen's aber niemandem, oder?" Gasperlmaier hob warnend den Finger. „Wir nicht. Aber wenn Sie vor Gericht als Zeuge auftreten müssen, dann ..." „Oh Gott!" Der Simon schlug die Hände vors Gesicht. „Das überleb ich nicht!" „Na, na!", beschwichtigte der Friedrich. „So schlimm wird's schon nicht werden." „Was uns interessiert", setzte Gasperlmaier nach, „das ist, wie ihr da mit dem Auf- und Zusperren verfahren seid. Ob ihr alle Schlösser ordnungsgemäß versperrt habt, ob die Eingangstür im Steinberghaus, ob das Mundloch, ob da alles abgesperrt war!" Der Simon zuckte mit den Schultern und schüttelte den Kopf. „Ich weiß es nicht mehr. Ich weiß es wirklich nicht mehr!" Er schien den Tränen nahe. „Wer denkt denn daran, dass da in der Nacht ein Mörder herumschleicht! Da gibt es doch auch nichts zu stehlen für irgendwelche Verbrecher!" „Es könnte also", sagte der Friedrich, „alles offen gestanden sein?" Der Simon nickte. „Vielleicht. Ich weiß es nicht mehr." „Denk nach!", half Gasperlmaier aus. Doch der Simon legte nur den Kopf in die Hände und schüttelte ihn. „Habt ihr irgendwas gehört oder gesehen, als ihr da in der Nacht allein drinnen gewesen seid?", fragte Gasperlmaier, doch der Simon hörte nicht auf, den Kopf zu schütteln. „Das ist mir alles so peinlich!", stöhnte er.

Der Friedrich erhob sich, und als Gasperlmaier es ihm nachtat, gewahrte er tatsächlich einen feuchten Fleck auf dem Hinterteil seiner Hose. Das war jetzt unbedingt notwendig gewesen, dass er sich hier hingesetzt hatte. Doch auch der Friedrich wischte über einen großen dunklen Fleck auf dem Hinterteil seiner Hose. „Kommst morgen auf den Posten, wir brauchen alles noch einmal fürs Protokoll!", beschied Gasperlmaier dem Simon, der noch einmal kurz aufstöhnte und dann nach seinem Handy griff. „Kannst ruhig weiterspielen", sagte der Friedrich, „aber über das, was wir jetzt besprochen haben, darüber würd ich nichts im Internet verbreiten!" Der Simon nickte. „Schon klar! Danke!"

Weil Gasperlmaier wieder zu Fuß gehen musste, schob der Friedrich sein Rad neben ihm her. „Der Spur", sagte er, „solltet ihr folgen. Es waren also Bergleute unterwegs, während die letzte Führung gelaufen ist. Ich hab ja schon gesagt, vielleicht war der Abelein jemandem aus Altaussee auf der Spur, der was über das Gemälde weiß. Und die Großväter der heutigen Bergmänner, die waren meistens auch im Salzberg. Da könnte das Bild über Generationen hinweg weitergegeben worden sein." Gasperlmaier schüttelte den Kopf. „Aber unsere Bergleute, die bringen doch niemanden um! Da glaub ich schon eher, dass ihm ein Konkurrent auf den Fersen war! Hast du doch selber gesagt!" Der Friedrich nickte. „Oder es war eben doch ein Wahnsinniger. Wer weiß, da gibt es ja diese Leute mit den Verschwörungstheorien. Ich hab da grad was gelesen, über einen Paranoiden, der seinen Vater erschlagen hat. Weil er ihn für den Chef einer Weltverschwörung von Nazis und Satanisten gehalten hat. Ehrlich!" Gasperlmaier machte große Augen. „Ein Wahnsinniger, meinst du?" Der Friedrich grinste. „Brauchst dich nur im Internet umschauen – da wimmelt es geradezu von solchen Irren!"

„Du bist schon zu Hause?" Die Christine klang überrascht. Gasperlmaier nickte. „Die Frau Doktor ist zu ihrer Pressekonferenz nach Liezen. Und ich nehme mir Zeitausgleich, für den Sonntag." „Da wird sie einiges zu tun haben, bei dieser Pressekonferenz", sagte die Christine. Gasperlmaier seufzte. „Ich hab das ganze Zeug schon gelesen", erklärte er. „Ich mag gar nicht darüber reden. Sind die Kinder noch da?" Die Christine nickte. „Der Christoph und die Richelle packen gerade zusammen. Sie haben eine Mitfahrgelegenheit bis Attnang, da kommen sie schneller nach Wien." „Schade", sagte Gasperlmaier. „Wäre schön gewesen, wenn sie noch einen Abend geblieben wären." „Setz dich nach draußen. Ich hab gerade Kaffee gemacht."

Die Kinder saßen schon auf der Terrasse, die Katharina mit einem Buch und einem Stift in der Hand, der Christoph mit seinem Laptop auf den Knien. Gasperlmaier bereute die drei Bier, die er beim Schneiderwirt getrunken hatte. Er fühlte sich benommen, verschwitzt, ausgelaugt. Und die Katharina würde ihn gewiss nicht in Ruhe lassen. Schon ließ sie ihr Buch sinken. „Papa, was macht ihr gegen diese Hetzkampagne? Gegen Schilling-TV? Und gegen die ganzen Arschlöcher, die dieses Video geteilt haben?" Zorn sprühte aus ihren Augen, doch Gasperlmaier zuckte mit den Schultern. „Das ist ... also ich ... hier geht es um den Mord an dem Kunsthändler, mit dem Geschmiere im Internet habe ich ja nichts zu tun, da müssen sich andere darum kümmern!", verteidigte er sich. „Typisch!", konterte die Katharina. „Wenn immer alle nichts mit allem zu tun haben wollen, dann haben diese Dreckschweine freie Bahn!" Die Richelle, so war Gasperlmaier aufgefallen, war zuerst bei den „Arschlöchern" und dann bei den „Dreckschweinen" nochmals zusammengezuckt. „Ich dachte niemals, dass in Österreich noch so viele Nazis sind", sagte sie. „In Canada wir versuchen, dass die immigrants ganz schnell werden Canadians." „Wieso Nazis?", fragte Gasperlmaier etwas irritiert. „Na, diese ganzen Leute, die gegen die Ausländer hetzen! Alles Nazis!", ereiferte sich die Katharina. Nun musste sich auch der Christoph einmischen. „Aber das Problem ist, verstehst du, die zu euch kommen, die wollen Kanadier werden. Ich glaub nicht, dass die ganzen Einwanderer bei uns wirklich Österreicher werden wollen." Die Katharina schlug ihr Buch krachend auf den Tisch. „Jetzt fängst du auch noch damit an!"

Eigentlich hatte sich Gasperlmaier an diesem späten Nachmittag ein wenig Ruhe und Beschaulichkeit erwartet. Stattdessen wurde er in politische Diskussionen hineingezogen, in denen er womöglich auch noch die eine oder andere Seite unterstützen sollte. Gott sei Dank kam die Christine mit Kaffee und Kuchen. „Lasst den Papa ein wenig in Ruhe", meinte sie. „Er schaut eh schon so gestresst aus." „Ja, ja, seine Ruhe und sein Bier. Das ist das Einzige, was ihn interessiert!", ätzte die Katharina. So gern er sie hatte, so froh war Gasperlmaier, dass sie morgen wieder abreisen würde. Er konnte in diesem verzwickten Fall nicht auch noch eine Front im eigenen Heim gebrauchen, an der er sich verteidigen musste. Dankbar griff er nach einem Stück Kuchen und nahm einen Schluck Kaffee.

„Hast du den Killer schon gefunden?", fragte die Richelle. Gasperlmaier schüttelte den Kopf. „Ich glaub ...", begann er, bevor ihm einfiel, dass er seine Theorien über den Täter besser nicht vor der ganzen Familie ausbreiten sollte. Der Christoph blickte von seiner Tastatur auf. „Ich hab vor einiger Zeit was gelesen, da ist ein Ehepaar ermordet worden, die waren auch Kunsthändler. Und denen sind ein paar wertvolle Kunstwerke aus der Wohnung gestohlen worden. Vielleicht hat euer Kunsthändler auch was dabeigehabt, das ihm jemand rauben wollte?" Gasperlmaier schüttelte den Kopf. Schon wieder eine neue Theorie. Ihm schwirrte noch der Kopf von den drei Versionen, die ihm der Friedrich aufgetischt hatte. Aber insgeheim beschloss er, sich die Idee zu merken – vielleicht konnte man die Gabriele Abelein dazu befragen. Auch zu der Idee mit dem Konkurrenten, möglicherweise hatte sie etwas dazu zu sagen. Am Ende wäre es am gescheitesten, sich gleich auf den Weg zu ihr zu machen. Die Frau Doktor würde vor morgen keine Zeit dafür haben. Der Gedanke an die Gabriele entführte ihn wieder einmal in weiter entfernte Gefilde, sodass die Christine ihn anstoßen musste. „Magst noch einen Kuchen?" Gasperlmaier schrak auf und nickte.

Plötzlich hatte er eine Idee. „Sag einmal, meinst du, meine Mutter, die kann sich an die Ereignisse am Ende des Kriegs noch erinnern?" Die Christine runzelte die Stirn. „Wie alt war sie damals? Zwölf? Na, weißt du!" „Aber die Erwachsenen haben doch geredet über diese ganzen Geschichten, jahrelang noch. Vielleicht hat sie von den Eltern oder Bekannten was mitbekommen, was uns ein bisschen weiterhilft!" Plötzlich war Gasperlmaier munter und wild entschlossen, noch heute zu seiner Mutter hinüberzugehen und sie über das Kriegsende zu interviewen. Er biss in seinen Kuchen. Oh, war der weich und süß und köstlich!

„So fantastische Kuchen wir haben nicht in Canada. Wo du hast diesen gekauft?" Die Christine lachte auf. „Kuchen mach ich immer noch selber! Da weiß ich wenigstens, was drinnen ist!" „Really?", staunte die Richelle. „Wenn du zur Oma gehst, komm ich mit!", sagte die Katharina und schlug ihr Buch zu. Gasperlmaier seufzte.

Gretl Gasperlmaier saß auf der Bank vor dem Haus und genoss die wärmenden Sonnenstrahlen. „Grüß dich, Mama!" Die Mutter blinzelte in die tief stehende Sonne. „Dass du dich auch wieder einmal blicken lässt! Und die Katharina! Das freut mich aber!" Erst als sie die Katharina erblickt hatte, war in ihrem Gesicht ein Lächeln aufgeblitzt. Na ja. Er selbst war offenbar nicht so gerne gesehen, aber in dieses Problem wollte er sich jetzt nicht vertiefen. „Setzt's euch halt her!" Die Mama klopfte mit beiden Händen auf die freien Plätze zu ihrer Linken und Rechten. „Wann fahrst denn wieder nach Frankreich, Kinderl?" Die Mama strich der Katharina mit dem Zeigefinger übers Kinn. Gasperlmaier wusste, dass sie das nicht mochte. Und „Kinderl" ließ sie sich nur von der Oma nennen, wenn auch widerwillig. „Morgen", sagte die Katharina. „Aber es dauert eh nur mehr ein paar Wochen, dann hab ich Ferien." „Ja", sagte die Mama. „Deswegen seid's aber nicht gekommen, oder?" Die Mama, so dachte Gasperlmaier bei sich, hatte ein untrügliches Gespür dafür, wenn er was von ihr wollte. „Ja", begann er. „Ich hätte da tatsächlich ein paar Fragen. Wegen unserem Mord da, an dem Kunsthändler aus Deutschland." „Mich haben auch schon ein paar so Deppen angerufen!" Die Mama hob dozierend den Zeigefinger. „Ob da was dran ist an dem islamistischen Anschlag. Ich hab ihnen gleich gesagt, dass sie denen vom Schilling-TV nichts glauben dürfen. Und auch den anderen Idioten nicht, die sich da gleich drangehängt haben. So was!" Sie hatte sich direkt in Rage geredet und wild zu gestikulieren begonnen.

„Mama, ich will was wissen über die Zeit, als das alles passiert ist, mit den Kunstwerken. Der Friedrich glaubt nämlich, dass es sein könnt, dass ... ja, also, du darfst aber kein Sterbenswörtchen von dem verraten, was ich dir erzähl! Und du auch nicht!", fuhr er fort, zur Katharina gewandt. Die nickte. „Was glaubt er denn, dein Friedrich?" „Ja, was wir wissen, ist, dass der Mann wahrscheinlich nach einem verschwundenen Kunstwerk gesucht hat. Und dass er geglaubt hat, dass es hier in Altaussee irgendwo ist." Die Mama nickte. „Die Gerüchte, die gibt's seit siebzig Jahren. Und sie werden nicht wahrer, weil sie älter werden." „Der Friedrich sagt aber, dass es doch möglich sein könnte, dass wirklich wer das Bild hier versteckt. Und dass der natürlich fuchsteufelswild wird, wenn da jetzt ein Deutscher kommt und nachforscht. Und dass das der Mörder sein könnte, meint er." „Und was meinst du?", fragte die Mama. Gasperlmaier zuckte mit den Schultern. „Der Papa hat, wie üblich, keine Meinung!", lästerte die Katharina. „Wisst ihr", sagte die Mama, „das ist eine ernste Sache, was da herumerzählt wird, über das Nazigold, über die Kunstwerke und das Gold im Toplitzsee und so weiter. Auch wenn es das alles gar nicht gibt, sind sich ein paar Familien bis heute nicht grün, weil die einen die anderen im Verdacht haben, dass sie irgendwas von den eingebildeten Nazischätzen erbeutet haben. Ich glaub, das ist alles ein Blödsinn. Das hätt schon längst einer herausgefunden, wenn an den Gerüchten was dran wär." „Aber kannst du mir nicht wenigstens ... du warst ja fast dabei, damals. Um wen ist es denn da gegangen, bei den Gerüchten?"

„War der Uropa eigentlich ein Nazi?", wollte die Katharina wissen. Warum musste sie ausgerechnet jetzt das Thema wechseln, wo er die Mutter fast so weit gehabt hatte, dass sie etwas erzählt hätte. Die Mama lachte kurz auf und schüttelte den Kopf. „Bevor ich da was darüber erzähle, hol ich uns einen Schnaps." Sie stand auf und verschwand im Haus, so schnell, dass Gasperlmaier überrascht war, wie beweglich sie noch sein konnte, wenn sie wollte.

„Einen Himbeer. Den mag vielleicht das Mädel auch!" Sie deutete mit dem Kinn auf die Katharina, während sie drei Stamperl und eine Flasche ohne Etikett auf dem Tischchen vor der Bank abstellte. Während sie einschenkte, begann sie zu reden. „Dein Uropa, mein Vater, der war kein Nazi, bei Gott nicht. Deshalb hätten ihn die Nazis achtunddreißig auch fast eingesperrt. Prost!" Sie nippte an ihrem Stamperl. „Ah! Der ist gut!" Gasperlmaier und die Katharina taten es ihr gleich. Er setzte schon an, sie zu unterbrechen und wieder zum Thema zurückzuführen, doch er überlegte es sich anders. „Der Vater, der war so ein ähnlicher Mensch wie dein Papa." Sie deutete auf Gasperlmaier. „Unpolitisch. Fast uninteressiert. Er war bei den Sozialdemokraten, und als sie vierunddreißig verboten worden sind, ist er gleich ausgetreten. Aber nirgends mehr eingetreten. Er wollt halt von der ganzen Sache nichts wissen. Vielleicht hat er sich auch bloß um seine Familie gesorgt. Da waren immerhin zwei Kinder durchzubringen, und die Zeiten waren nicht leicht damals. Jeder, der Arbeit gehabt hat, war glücklich." „Und dann? Achtunddreißig?" Die Mama seufzte und nahm einen weiteren Schluck. „Es waren ja viele in der Gendarmerie Nazis, sogar illegale.

Und achtunddreißig ist ausgeräumt worden. Ein Kollege vom Vater aus Bad Aussee ist sogar nach Dachau gekommen. Und der Vater hat gesagt, gut, gehe ich zur Ordnungspolizei, so haben die Nazis das damals genannt. Und damit er dort hat bleiben dürfen, ist er auch in die Partei eingetreten." Sie wandte sich der Katharina zu. „Wenn du also willst, war er ein Nazi. Mit Parteibuch. Aber ich hab von ihm nie ein böses Wort über Juden, Zigeuner oder Homosexuelle gehört. Er war ein lieber Mensch und ist einfach den Weg des geringsten Widerstands gegangen. Ein Held war er nicht, das nicht. Aber hätt er einer sein sollen?" Gasperlmaier verstand das gut. Fast schämte er sich nun, dass er nicht einmal in der Lage war, engagiert für Bio-Uniformen zu kämpfen, wo er doch nichts riskiert hätte dabei. Die Mama trank ihren Schnaps aus und stellte das Stamperl mit einem Knall auf dem Tisch ab, der Gasperlmaier hochfahren ließ. Hieß das, dass sie sonst nichts mehr sagen wollte?

„Mama, jetzt, wegen dem Fünfundvierziger-Jahr?", wagte er noch einmal einen Vorstoß. Die Mutter seufzte. „Wenn du unbedingt einen Namen wissen willst, dann sag ich dir einen. Aber unter dem Siegel höchster Verschwiegenheit! Ihr zwei", sie deutete auf Gasperlmaier und die Katharina, „dürft mit keinem Ausseer über diesen Namen reden, du überhaupt nicht, Kathi, und der Franzl nur für die polizeilichen Ermittlungen. Und wenn mich jemals wer fragt, ich hab nie darüber geredet. Da könnt's mich einsperren, ich sag nichts! Nur damit ihr's gleich wisst!" Gasperlmaier wartete gespannt, während sich die Mutter noch ein halbes Stamperl einschenkte, am Glas schnupperte und den Inhalt hinunterstürzte. „Ah, das tut gut! Jetzt ist aber Schluss für heute mit der Trinkerei! Und, Franzl: Hierlinger. Hierlinger ist das Einzige, was ich dir zu der Sache sage."

8

Schweißgebadet wachte Gasperlmaier auf. Obwohl die ganze Nacht das Fenster offen gewesen war und die Nächte in Altaussee im Juni generell eher kühl ausfielen. Im unteren Stockwerk hörte er schon jemanden herumrumoren, und aufs Dachfenster prasselte der Regen. Auch das noch. Der Wetterbericht hatte wieder einmal nichts dergleichen angekündigt. Er sah auf die Uhr. Früh war es, erst dreiviertel sechs. Sonst stand doch die Christine auch nicht vor Viertel nach sechs auf?

Schlecht hatte er geschlafen. Die ganze Zeit hatte er geträumt oder im Halbschlaf vor sich hin phantasiert. Vom Bergwerk, von den Kunstwerken, vom Krieg und von den Nazis. All das hatte ihn mehr aufgewühlt, als er zugeben wollte. Und er hatte gestern Abend nicht mehr mit der Christine reden können, einerseits, weil er der Mutter versprochen hatte, den Mund zu halten, andererseits, weil er sie nirgends allein erwischte, immer waren die Kinder um sie herum.

Und natürlich hatte er auch vom Hierlinger geträumt. Wieso die Mutter ausgerechnet diesen Namen genannt hatte? Der Hierlinger, den er kannte, das war ein regelmäßiger Kunde. Wenn er sich recht erinnerte, hatte er ihm schon zweimal den Führerschein abgenommen, beide Male war er im Rausch mit seinem uralten Kübel irgendwo angefahren, an einer Hausmauer oder gegen ein parkendes Auto. Dann hatte er sich, führerscheinlos, aufs Mopedfahren verlegt und war Gasperlmaier einmal des Nachts auf der falschen Fahrbahnseite entgegengekommen, weil er vor lauter Rausch nicht mehr gewusst hatte, wo links und wo rechts war. Und schließlich hatten er und der Friedrich sogar einmal gegen den Hierlinger einschreiten müssen, weil er in seinem Haus getobt, Möbel aus den Fenstern geschmissen und gedroht hatte, Frau und Kinder umzubringen. Alles in allem, so dachte Gasperlmaier bei sich, ein durchaus unangenehmer Zeitgenosse, der Hierlinger. Alois hieß er, wenn Gasperlmaier sich recht erinnerte. Aber die ganzen Vorfälle, die waren alle schon ein paar Jahre her. Am Ende hatte sich der Hierlinger beruhigt und durfte sogar wieder Auto fahren.

Aber wer der Großvater des Hierlinger gewesen war und was für eine Rolle er damals im Jahr fünfundvierzig gespielt hatte, davon hatte Gasperlmaier keine Ahnung. Wenn die Mutter nicht darüber reden wollte, musste er halt den Friedrich fragen. Der wusste sicherlich mehr als er selbst.

Noch etwas war da, das ihm keine Ruhe ließ. Der Simon hatte doch gestern erzählt, dass während der letzten Führung eine Lokomotive in den Berg eingefahren war. Und dass das ungewöhnlich war. Auf der anderen Seite wusste er aber, dass die Bergleute eigentlich auf einer viel tieferen Ebene, weit unter dem Schaubergwerk, ihrer Arbeit nachgingen. Er musste noch einmal ins Bergwerk hinein. Am besten mit der Frau Doktor. Sie würden dem Mörder schon auf die Spur kommen, zusammen.

Mühsam wuchtete Gasperlmaier seine Beine aus dem Bett. Ob es schon Frühstück gab? Unten in der Küche traf er auf die Katharina und die Christine. Richtig. Der Christoph und seine Richelle, die waren ja schon gestern Abend aufgebrochen. Und heute würde wohl auch die Katharina wieder nach Frankreich fahren. „Kannst mich bis nach Ischl bringen, Papa? Sonst dauert das ewig!" Gasperlmaier schüttelte den Kopf. „Muss zum Dienst. Leider." „Scheiße!", sagte die

Katharina und knallte ihr Marmeladeweckerl auf den Teller. Gasperlmaier erschrak. Solche Wörter waren an sich beim Frühstückstisch nicht üblich. „Reiß dich ein bisserl zusammen, Kathi!", sagte die Christine und schenkte ihm einen Kaffee ein. „So ist das halt, wenn man berufstätig ist. Man kann nicht jederzeit Taxi spielen." Die Katharina sagte nichts mehr und aß schmollend ihr Frühstück auf.

„Du hast übrigens einen Anruf auf deinem Handy", sagte die Christine und setzte sich zu ihnen an den Tisch. „Ich hab's gerade ans Ladegerät angesteckt, als es geläutet hat. Ich hab aber nicht abgehoben. Die Renate war's." Es dauerte einen Moment, bis Gasperlmaier begriff. Die Frau Doktor Kohlross hieß Renate, und sie waren schon lange per Du, aber innerlich war sie für ihn immer noch die Frau Doktor. Ein wenig Respektabstand zur Vorgesetzten, auch in Gedanken, war nicht so schlecht. Er stand auf und holte sein Handy von der Vorzimmerkommode, wo es am Kabel hing. Eine Nachricht hatte sie ihm nicht geschickt. Ob er zurückrufen sollte? Irgendwann musste es sein, da konnte er es auch gleich tun. Er wischte seine Finger ab und tippte die Nummer der Frau Doktor ein.

„Hallo Franz", meldete sie sich. „Ich hab eine gute und eine schlechte Nachricht für dich. Welche zuerst?" Gasperlmaier zögerte, entschied sich aber dann doch, bevor sie von sich aus weiterredete. „Die schlechte." „Ich bin krank. Dienstunfähig. Du musst heute allein zurechtkommen, aber es gibt vor Ort eh nicht mehr viel zu tun. Meine Leute versuchen jetzt, die Identität aller Besucher der letzten Führung festzustellen und mit ihnen Kontakt aufzunehmen. Vor allem natürlich mit den erwachsenen Männern, die allein auf den Fotos abgebildet sind." „Aha!", sagte Gasperlmaier, um nicht den

Eindruck zu erwecken, er höre nicht aufmerksam zu. „Ich kann natürlich daheim vom Computer aus ein bisschen was tun." Gasperlmaier wiederholte sein „Aha!" und kam sich dabei ziemlich einsilbig vor. „Ist das alles, was du dazu sagst?" Die Stimme der Frau Doktor klang ein wenig beleidigt. „Gute Besserung!", fiel ihm gerade noch ein. Gott sei Dank. „Was hast du denn eigentlich?" „Mir geht's einfach nicht gut. Und der Sophie auch nicht." Gerade noch konnte sich Gasperlmaier ein neuerliches „Aha!" verkneifen, als ihm einfiel, dass es ja auch noch eine gute Nachricht gab. „Und die gute Nachricht?", fragte er. „Ich hab schon gedacht, du fragst überhaupt nicht mehr!" Ihre Stimme klang schon wieder beleidigt. Oder immer noch. „Wir haben den Computer geknackt. Und er hat tatsächlich Dokumente mit Bezug zu Altaussee gespeichert. Was uns die Gabriele Abelein erzählt hat, war richtig. Er war auf der Suche nach dem ‚Alchimisten'."

Die Gabriele Abelein. Auf die hatte Gasperlmaier ja völlig vergessen. Irgendwie musste er sich um die heute auch noch kümmern, die wollte ja sicher wissen, ob sie etwas Neues herausgefunden hatten. Vielleicht konnte er die Manuela schicken. Wenn er an die Gabriele im Wellnessbereich dachte, wurde ihm irgendwie weich in den Knien. Ja, das sollte besser die Manuela übernehmen.

„Die schlechte Nachricht wiederum ist, dass er seinen Kontakt in Altaussee immer mit ‚XXX' bezeichnet, der wirkliche Name ist überall gelöscht. Nicht besonders phantasievoll, wenn du mich fragst. Aber unsere Leute suchen weiter." Gasperlmaier überlegte, ob er der Frau Doktor den Namen Hierlinger nennen sollte. Die Mutter hatte ja erlaubt, ihn für polizeiliche Ermittlungen weiterzugeben. „Franz? Bist du noch dran?" „Ja!", beeilte sich Gasperlmaier zu erwidern. „Das Handy des Toten ist noch nicht wiederaufgetaucht, da gibt's also keine neuen Erkenntnisse. Halt, ja, doch. Wir haben die Nummern, die er zuletzt angerufen hat. Da ist aber außer der Villa Kirnberger niemand im näheren Umfeld dabei. Da muss er wohl persönlich Kontakt gesucht haben."

„Danke. Danke für die ganzen Informationen. Und noch einmal gute Besserung!" Gasperlmaier war jetzt fast heiß darauf, dem Hierlinger einen Besuch abzustatten. Und dem Salzbergwerk. Vielleicht gab es jemanden, der ihn in den bewirtschafteten Teil des Berges führen konnte, dorthin, wo die Bergleute arbeiteten. Die Lokomotive und der Hierlinger, das mussten jetzt seine vordringlichen Ziele sein. Ob er den Friedrich schon anrufen konnte? Am besten, er redete zuerst mit der Manuela. Sie konnte ihn begleiten oder ihm etwas abnehmen.

„Ich geh jetzt!", rief er noch hastig in die Küche hinein, schlüpfte in seine Uniformjacke und stand kurz darauf im strömenden Regen vor der Haustür. Irgendwo musste da drinnen noch ein Schirm herumstehen. Da! Es war zwar ein Trachtenschirm mit Blumenmuster, aber darauf konnte er jetzt keine Rücksicht nehmen.

Die Manuela war schon da, als er auf dem Posten eintraf. „So früh?", fragte er und stellte seinen tropfenden Schirm in den Ständer. Der Regen war so heftig gewesen, dass Schuhe und Hose trotz des Schirms einiges abbekommen hatten. Die Manuela nickte. „Gibt ja genug zu tun!" Gasperlmaier wunderte sich zwar, konnte aber dennoch mit seinen Neuigkeiten nicht hinter dem Berg halten. „Und", flüsterte er der Manuela zu, nachdem er sie auf den neuesten Stand gebracht hatte, „ich habe einen Namen. Einen Namen von einem, der in die Kunstsache verwickelt sein könnte. Von einer zuverlässigen Informantin." Er zwinkerte verschwörerisch. „Von deiner Mutter?", fragte die Manuela. Gasperlmaiers Mundwinkel sanken. Wie hatte sie da bloß draufkommen können? „Woher weißt du ...?", fragte er. Die Manuela grinste. „Wenn du was über die Gegenwart wissen willst, fragst du den Friedrich. Und wenn's um Sachen geht, für die sogar der Friedrich zu jung ist, fragst du deine Mama. Da braucht man kein detektivisches Gespür, um da draufzukommen!" Gasperlmaiers Laune verschlechterte sich rapide. Irgendwie hatte er jetzt gar keine Lust mehr darauf, der Manuela den Namen zu verraten. „Na, was ist jetzt? Wie heißt unser Mörder?" „Mörder!" Gasperlmaier warf es spöttisch hin. „Hierlinger heißt er. Und ich habe mir gedacht, dass wir erst einmal den Friedrich ..." Die Manuela grinste schon wieder. Sie hatte ihn, man musste es zugeben, gründlich durchschaut. „Na, jetzt schau nicht so waidwund! Bloß, weil ich mitdenke! Du hast ja recht, wenn du nichts über ihn weißt, dann ist es eine gute Idee, sich ein Bild zu verschaffen, bevor wir tatsächlich den Hierlinger in die Mangel nehmen. Du und ich, wir zwei!" Ob die Manuela froh darüber war, dass sie einmal ohne die Frau Doktor loslegen konnten? Fast schien es so.

Der Friedrich schnaufte, als er sein Telefon abnahm. „Was ist denn los?", fragte Gasperlmaier. „Stör ich?" „Ach was!", entgegnete der Friedrich. „Ich schnauf ja nicht, weil du mich bei der Morgenliebe störst, sondern weil ich schon der Traun entlang unterwegs bin. Steckenwandern." „Bei dem Regen?" „Es gibt kein schlechtes Wetter, nur schlechte Kleidung", antwortete der Friedrich mit einem alten Gemeinplatz. „Was willst, Gasperlmaier, mein Handy wird drecknass!" „Ich wollt dich um Informationen fragen, wegen dem Hierlinger ..." „Hierlinger, sagst du? Da kommst am besten zu mir herunter, da gibt's nämlich eine ganze Menge zu erzählen. In einer halben Stund bin ich wieder daheim!"

„In einer halben Stunde, sagt der Friedrich", gab Gasperlmaier die Information weiter. „Na, da trinken wir jetzt einen Kaffee, und danach fahren wir los!", kommentierte die Manuela. Während sie sich an der Kaffeemaschine beschäftigte, erzählte Gasperlmaier ihr, was er selber über den Hierlinger wusste.

„Grüß euch!" Die Heidi öffnete ihnen, mit einer Miene, die nicht gerade Begeisterung verhieß. „Er ist noch unter der Dusche!" Die Heidi Hierzegger war seit ein paar Monaten nicht mehr nur die ständige Begleiterin des Friedrich, sondern seine Ehefrau. Still und heimlich hatten sie sich in einem noblen Hotel irgendwo in der Südsteiermark das Ja-Wort gegeben. Wahrscheinlich hatte sie dem Friedrich die Hölle heiß gemacht, so dachte Gasperlmaier bei sich, weil sie nicht in wilder Ehe mit ihm zusammenleben wollte. Sie nahm es da anscheinend recht genau. Was man hörte, ging sie sogar jeden Sonntag in die Kirche. Wie üblich war die Heidi viel zu stark geschminkt und trug einen für eine Frau ihres Alters viel zu tiefen Ausschnitt.

Der Friedrich kam soeben die Stiege heruntergepoltert. „Grüß euch! Bin gespannt, ob es heute noch zu regnen aufhört! So was! Nach den schönen Tagen! Und keiner hat's vorhergesagt." Gasperlmaier nickte, die Manuela und er schüttelten dem Friedrich die Hand, wobei Gasperlmaiers Rechte fast in der riesenhaften Pranke des Friedrich verschwand. Seine Hände waren, obwohl er abgenommen hatte, offenbar nicht geschrumpft. „Setzt's euch da her! Heidi, machst uns einen Kaffee? Bitte?" Sofort wurde das Gesicht der

Heidi freundlicher, fast hingebungsvoll, fand Gasperlmaier. Geradezu unglaublich, was sich da zwischen den beiden entwickelt hatte. Die Heidi war Inhaberin eines Trachtengeschäfts, hatte aber die Leitung der Firma erst kürzlich an ihre Tochter übergeben und ging nur mehr gelegentlich ins Geschäft, um die nachfolgende Generation von ihrer Unentbehrlichkeit zu überzeugen.

Der Friedrich fuhr sich mit beiden Händen über die Glatze. „Du glaubst ja gar nicht, was für ein Jungbrunnen dieses Steckenwandern ist! Das mach ich jetzt jeden Tag! Aber ihr wolltet's ja was über den Hierlinger wissen. Warum denn?" Gasperlmaier warf einen vorsichtigen Blick in Richtung Küche, wo er die Heidi mit den Kaffeetassen klappern hörte. „Es ist so", begann er. „Ich hab ... na ja, das tut nichts zur Sache. Jemand hat den Namen Hierlinger erwähnt. In Zusammenhang mit einem Kunstwerk, einem Bild, das möglicherweise im fünfundvierziger Jahr verschwunden ist. Und da wollt ich dich fragen, ob du da irgendwas drüber weißt."

„Der Hierlinger!", sagte der Friedrich und atmete tief und langsam aus. „Da kann sich's ja wohl nur um den ganz alten handeln. Den Großvater von dem Deppen, dem wir schon ein paarmal den Führerschein haben nehmen müssen." „Aber an den jungen müssen wir uns halten, der alte kann uns ja nichts mehr erzählen", warf Gasperlmaier ein. „Also der junge, so viel kann ich dir sagen, der arbeitet genauso wie sein Großvater und sein Vater im Salzbergwerk. Und soviel ich weiß, sitzt er da auf der Vortriebsmaschine, die die Stollen in den Berg hineinfräst." „Da gilt ja wohl strenges Alkoholverbot?", meinte die Manuela. Der Friedrich nickte. „Natürlich! Aber anscheinend hält er wenigstens die Schicht durch, da drinnen ist ja auch nirgends Alkohol verfügbar. Und hinausgeworfen haben sie ihn meines Wissens noch nicht." „Dafür säuft er dann am Abend", meinte Gasperlmaier.

„So, der Kaffee!" Die Heidi stellte ein Tablett mit drei Tassen Kaffee, Milch, Zucker und ein paar Lebkuchen auf dem Tisch ab. „Trinkst keinen mit uns?" Die Heidi schüttelte den Kopf. „Ich muss ins Geschäft. Geht halt doch nicht ohne mich. Und ihr räumt bitte das schmutzige Geschirr in den Spüler, gell? Nicht dass alles mit eingetrockneten Rändern herumsteht!"

Gasperlmaier schwieg und kam sich irgendwie gemaßregelt vor. Fast wäre ihm die Lust auf den Kaffee vergangen, so streng hatte die Heidi gewirkt. Gott sei Dank schlüpfte sie gleich in ihren Spenzer und griff nach dem Schirm. „Pfüat euch! Und denk dran!" Schon war sie zur Tür draußen. Gasperlmaier war etwas verblüfft. „An was sollst du denn denken?" Der Friedrich stand auf. „Dass ich euch keinen Schnaps geb, zum Kaffee! Das ist nämlich verboten! Vor allem nach den drei Bier gestern!" Er trat vor die Kommode, die neben dem Esstisch stand, öffnete eine Glastür und holte eine klare Flasche ohne Etikett heraus. Drei Stamperl folgten. „Für mich nicht!", sagte die Manuela. Gasperlmaier war verwundert. Einerseits machte die Heidi dem Friedrich Vorschriften, auf der anderen Seite schien der sie völlig gelassen zu ignorieren. „Warum ...?", begann Gasperlmaier eine Frage. Der Friedrich lächelte. „Warum ich mir das gefallen lasse?", fragte er. „Weil mir die paar Kleinigkeiten, die ihr nicht passen, vielfach vergolten werden, Gasperlmaier. Vielfach! Wenn die junge Kollegin", er deutete mit dem Kinn auf die Manuela, „nicht da wäre, könnt ich dir Sachen erzählen ... jedenfalls ist mein derzeitiges Leben im Vergleich zur Einsamkeit des Junggesellen paradiesisch!" Das letzte

Wort hatte der Friedrich Silbe für Silbe ausgesprochen und dazu mit zum Ring geformtem Daumen und Zeigefinger gestikuliert. Die Manuela grinste, während Gasperlmaier ein wenig errötete. „Wegen dem Hierlinger, jetzt!", lenkte er ab.

Der Friedrich setzte sich wieder, schenkte zwei Stamperl ein und prostete Gasperlmaier zu. Der nippte nur kurz an seinem Schnaps. Scharf war der. „Ein Zwetschgerner!", erklärte der Friedrich. „Vom Gaiswinkler. Kennst sicher! Ja, der Hierlinger!" Endlich widmete sich der Friedrich dem Thema, dessentwegen sie hierhergekommen waren. „Ich kenn's ja auch nur aus Erzählungen, Geschichten, Redereien im Wirtshaus. Aber der alte Hierlinger, der Großvater vom jetzigen, der hat tatsächlich nach dem Krieg eingekauft. Eine Alm in der Ramsau drinnen und ein paar andere Gründe. Und da haben sich natürlich die Leute gefragt, woher hat der Hierlinger das Geld? Weil, mit der kleinen Landwirtschaft und dem Lohn aus dem Bergwerk, da hat sich niemand vorstellen können, dass der Hierlinger so groß einkaufen kann." „Weißt du, was er selber damals dazu gesagt hat?", fragte Gasperlmaier. „Nur aus zweiter oder dritter Hand halt. Von einer Erbschaft war die Rede, die er oder seine Frau gemacht haben. Über die Frau hat niemand viel gewusst, die ist irgendwo aus dem Bayerischen gekommen. Und ob die dort wirklich was geerbt hat und von wem, das weiß heute kein Mensch." „Aber wenn er, nur einmal angenommen, das Bild gestohlen und danach Geld ausgegeben hat, dann hieße das ja, dass er das Bild verkauft hat, oder?" Da hatte die Manuela recht. Gasperlmaier nickte. Der Friedrich dagegen zuckte mit den Schultern. „Er könnt ja mehr als eines gestohlen haben. Oder, sagen wir nicht gestohlen, sagen wir, es ist halt zufällig bei ihm liegen geblieben, nachdem er es gefunden hat. Außerdem soll ja angeblich auch Gold weggekommen sein. Wer hat dir denn eigentlich den Hierlinger genannt, Gasperlmaier?" „Das ... das tut nichts zur Sache. Ich hab ja Stillschweigen ... versprochen!" Der Friedrich nickte und leerte sein Schnapsstamperl. „Ah, das tut gut. Aber mehr als eins genehmigen wir uns jetzt nicht, gell, Gasperlmaier, dafür ist es noch zu früh!" Gasperlmaier nickte und leerte sein Glas ebenfalls. „Deine Mutter hat's dir erzählt, nicht? Das war sicher die Erste, die du gefragt hast!" Der Friedrich lachte, und Gasperlmaier fragte sich abermals, warum er so leicht zu durchschauen war.

„Der Vater von dem jetzigen Hierlinger, der hat dann die Alm in der Ramsau verkauft, als sie die Skilifte gebaut haben. Dürft ein ganz gutes Geschäft gewesen sein. Aber einen Teil hat er anscheinend versoffen und verspielt, und den Rest, so hört man, hat sein feiner Sohn an der Börse verspekuliert. Der hat nämlich geglaubt, er kennt sich da aus, der Trottel, und hat das Geld vom Sparbuch geholt und in Aktien investiert, die nach ein paar Jahren nicht einmal mehr das Papier wert waren, auf dem sie gedruckt gewesen sind. So geht's! Der Vater, der ist vor ein paar Jahren gestorben. War übrigens ein sechsundvierziger Jahrgang, muss also kurz nach Kriegsende gemacht worden sein."

„Von wem hat denn der alte Hierlinger damals die Alm gekauft? Und die Gründe? Denn die Verkäufer müssten ja wissen, womit und wie er bezahlt hat?" Der Friedrich wandte sich der Manuela zu, die ihren letzten Schluck Kaffee nahm. „Gute Frage. Aber ich hab keine Ahnung. Da müsste man wohl im Grundbuch nachschauen." „Das werden wir tun", sagte Gasperlmaier und stand auf. „Aber zuerst schauen wir uns noch einmal im Salzberg um. Weil ich hab da so eine Idee ..." Der Friedrich erhob sich ebenfalls und legte Gasperlmaier die Hand auf die Schulter. „So, so? Ideen hast? Dass du dich halt nicht verrennst!"

Gasperlmaier hastete die paar Schritte zum Auto und war dennoch ziemlich nass, als er im Fahrersitz saß. Der Regen trommelte ohne Unterlass aufs Autodach. „Da wird's ja im Bergwerk vergleichsweise gemütlich!", sagte die Manuela. „Darf ich was über deine Idee erfahren?" Gasperlmaier nickte und erklärte ihr die Sache mit der Lokomotive und den beiden Bergleuten, die der Simon Klemencic während der Führung mit dem Mordopfer im Stollen gesehen hatte. „Vielleicht war der Kunsthändler hinter dem Hierlinger her. Und wenn der Angst gekriegt hat, dass alles auffliegt, was da nach dem Krieg geschehen ist, und vielleicht geschaut hat, dass er den Kunsthändler loswird? Es könnte ja sein, dass der Hierlinger einer von den beiden auf der Lokomotive war, oder?" Die Manuela wiegte den Kopf skeptisch hin und her. „Aber das Verbrechen hat ja der Großvater begangen, und der ist lange tot. Und das Geld, falls sie wirklich etwas verkauft haben, das ist auch längst weg. Also ..." Gasperlmaier klopfte energisch aufs Lenkrad. Die Manuela konnte ihm doch nicht so mir nichts, dir nichts seine schöne Theorie kaputtschlagen. „Nein, nein! Das kann ich mir schon vorstellen, dass der massiv etwas dagegen gehabt hat, dass da wer in der Vergangenheit herumstöbert. Und ein Kind von Traurigkeit war der Hierlinger nie, da kann ich mir auch vorstellen, sehr gut sogar, dass der ausrastet und jemanden erschlägt." „Und ersticht?", fragte die Manuela. „Sowieso!", konterte Gasperlmaier trotzig.

Mittlerweile waren sie vor dem Steinberghaus angekommen. Der Parkplatz war voll, und es hatte nicht aufgehört zu schütten. Drinnen an der Kasse fanden sie hinter mehreren am Tresen wartenden Kunden wieder die Frau Roither vor. „Sag aber nichts über den Hierlinger!", instruierte Gasperlmaier die Manuela. „Morgen, Frau Roither!" Die Frau Roither schien im Stress zu sein, tippte auf ihrem Computer herum und druckte eine Eintrittskarte nach der anderen aus. „Ich hab jetzt keine Zeit für euch!", jammerte sie. „Ihr seht's ja, was da los ist!" Sie deutete auf die wartenden Besucher. „Ist aber dringend!" Die Frau Roither stöhnte und stand auf. „Meine Herrschaften!", wandte sie sich mit lauter Stimme an die Warteschlange. „Die nächsten beiden Führungen sind eh schon voll. Ich muss Sie um ein bisschen Geduld bitten!" Unter dem Murren der Gäste ging sie voran ins Büro und schloss die Tür.

„Habt's den Mörder schon?", fragte die Frau Roither. Gasperlmaier schüttelte den Kopf. „Uns wär's nämlich schon recht, wenn da einmal Ruhe ist. Bei uns geben sich ja inzwischen die Reporter die Klinke in die Hand, wie man so sagt." „Jetzt ist aber grad keiner da. Und das können Sie uns glauben, wir wären auch froh, wenn der Fall so schnell wie möglich gelöst wird." Die Manuela, fand Gasperlmaier, war schon wieder etwas vorlaut. Gerade jetzt, wo sie auf die Hilfe der Frau Roither angewiesen waren. „Wir müssen hinein ins Bergwerk. Etwas überprüfen. Wir müssen uns in dem Teil umschauen, in dem gearbeitet wird. Nicht im Schaubergwerk. Können Sie uns da hineinbringen?" „Was wollt's denn da drinnen?" „Darüber ... da können wir jetzt nichts sagen. Ermittlungen." „Ja, ich kann jetzt nicht weg. Ich weiß nicht, was wir da machen können." „Haben S' nicht einen von den Führern, der uns hineinbringen könnt?" Die Frau Roither lachte schrill. „Was glaubt ihr denn, was heute los ist?" Sie deutete auf ein Fenster, vor dem immer noch ein dichter Regenschleier zu Boden fiel. „Bei Regen sind wir voll! Da gibt's sogar Wartezeiten!" Sie deutete hinaus in Richtung Buffet, in dem, das war auch Gasperlmaier vorhin aufgefallen, kaum mehr ein Stuhl frei war. Es dampfte richtig aus dem Raum heraus, und zahlreiche Regenschirme hingen tropfend auf den Rückenlehnen der Bänke und Sessel.

In diesem Moment öffnete sich die Tür, und zwei Bergmänner betraten den Raum. „Glück auf!", grüßten sie. „Was macht denn die Polizei da?", fragte der eine, der einen grünen Overall und darüber eine neongelbe Warnweste trug. Gasperlmaier erinnerte sich daran, dass der Simon einen solchen als „Grüne Mamba" bezeichnet hatte. Ein Höherrangiger also. „Euch schickt der Himmel!" Die Frau Roither faltete die Hände wie zum Gebet. „Die zwei müssen in den Berg, und ich hab überhaupt niemanden da, und draußen", sie wies mit einer Geste zur Tür, „ihr seht ja, was da los ist. Ich lass euch dann allein." Sie hastete hinaus.

„Was wollt ihr?", fragte der Grüne. „Wir hätten nämlich eine ganze Menge ... also, ich mein, Zeit haben wir eigentlich nicht." „Ja, es ist wegen dem Mord", sagte Gasperlmaier. „Da müssen wir uns drinnen alles noch einmal genau anschauen." „Und was genau?", fragte der blau Gekleidete. „Das behalten wir für uns. Laufende Ermittlungen." Die Manuela war Gasperlmaier wieder einmal zuvorgekommen. Gott sei Dank. Ihm wäre so schnell keine brauchbare Erklärung eingefallen.

„Wir müssen hinunter, da, wo tatsächlich gearbeitet wird", erklärte Gasperlmaier. „So? Na ja, dann kommt's halt." Der Grüne seufzte und deutete ihnen, ihm zu folgen. Er führte sie in einen Raum, in dem allerhand Ausrüstungsgegenstände und eine riesige Waschmaschine standen, die Gasperlmaier erstaunt beäugte.

„Wir waschen die Besucherkleidung selber", erklärte einer der Männer. „Also, ich bin der Bertl, und das da", er deutete auf den blau Gekleideten, „das ist der Alfons. Und hier habt's jeder einen Helm, euer Polizisten-kapperl müsst's dalassen. Und das da umhängen." Er reichte ihnen jeweils einen schweren, silbrig glänzen-den Apparat mit Umhängeriemen. „Das Rettungsgerät. Falls wir verschüttet werden. Ist aber noch nicht so oft vorgekommen." Der Bertl grinste. „Und jetzt Glück auf!"

Gasperlmaier fand sich zunächst im Inneren des Berges ganz gut zurecht, den Teil, in dem Führungen abgehalten wurden, kannte er mittlerweile ja zur Ge-nüge. Ohne dass er es wirklich merkte, bogen sie aber im Labyrinth der Gänge mehrmals ab und kamen an einer Art Bahnhof vorbei, wo sich der Stollen weitete und drei, vier Geleisen nebeneinander Platz gab. Kurz danach standen sie vor einem gelb vergitterten Aufzug.

„Da geht's jetzt hinunter!", sagte der Bertl. Der Alfons wiederholte: „Ganz hinunter!" Gasperlmaier wurde etwas mulmig. In den zu beiden Seiten hin of-fenen Stollen ging es ja noch, aber vor der engen Auf-zugkabine hatte er doch ein wenig Angst. „Du zuerst!", sagte er zur Manuela. „Angst?", grinste der Bertl. „Du taugst aber nicht zum Knappen, wenn du dich da schon fürchtest!" Gasperlmaier atmete tief durch und betrat die Kabine, worauf ein Gitter herunterrasselte und sie einschloss. Der Bertl drückte auf einen Knopf, der mit „Erbstollen" beschriftet war, und schon ging es ruckar-tig los. Gasperlmaiers Magen verknotete sich.

Eine ganze Weile lang ging es abwärts, und Gasperl-maier schloss die Augen. Ebenso wie im Hochgebirge mit den fürchterlichen Abgründen und Schluchten erging es ihm in engen Räumen, aus denen ein Entkommen schwierig war. Was, wenn der Aufzug jetzt stecken blieb? Um ihn herum roch es nach Schmieröl und Schweiß.

Erst als sich das Gitter wieder öffnete, wagte er aufzuatmen. „Du bist ja ganz käsig im Gesicht, Gasperlmaier? Ist was?" Gasperlmaier schüttelte den Kopf. Vor ihnen erstreckte sich ein langer Gang, der viel breiter war als die engen Stollen oben im Schaubergwerk. Gasperlmaier war erleichtert. Wenn einer von den Bergmännern tatsächlich der Mörder gewesen war, dann musste er diesen Weg benutzt haben, um nach oben und ins Schaubergwerk zu kommen. Sie kamen an einem weiteren Grubenbahnhof vorbei, an dem es sogar eine Anzeigetafel gab. Unter der Überschrift „Mannsfahrzeiten" stand da „Abfahrt Hauptschicht 15:22". Die Männer dieser Schicht mussten sich also gerade im Berg befinden. „Wo kommt man denn da an, wenn man hier hinausfährt?", fragte die Manuela. „Fast direkt im Ort, in Altaussee. Das ist der Eingang, den wir normalerweise zur Fahrt in die Arbeit benutzen." Es gab also, schlussfolgerte Gasperlmaier, für einen eventuellen Missetäter eine einfache Möglichkeit, das Bergwerk zu verlassen, ohne im Steinberghaus gesehen zu werden.

Sie gingen weiter, tiefer in den Gang hinein, und langsam wurde Maschinenlärm hörbar. Der Bertl machte an einer in den Stollen eingebauten Hütte halt. „Ihr kriegt's einen Gehörschutz", meinte er, öffnete die Tür und verschwand in einem Büro zur Rechten, in dem zwei große Computerbildschirme vor sich hin flimmerten. Davor saß ein weiterer Bergmann mit Helm und blauem Overall. Der Bertl kam mit vier großen gelben Dingern zurück, die wie Kopfhörer aussahen. „Aufsetzen!", sagte er. Die Manuela nahm ihren Helm ab, setzte das Ding auf und versuchte vergeblich, den Helm wieder über den massiven Bügel zwischen den Ohrmuscheln zu schieben. „So geht's nicht!", lachte der Alfons und schob ihr den Bügel in den Nacken. Gasperlmaier tat es ihm nach. Er merkte, dass von nun an die Unterhaltung mühsam werden würde – man konnte kaum mehr etwas hören.

Dennoch war ein immer intensiver werdendes dunkles Brummen fühl- und hörbar, als sie weitergingen. Der Staub zu Gasperlmaiers Füßen war fein, feiner als Sand am Meeresstrand, und seine Schuhe und die Hose waren bereits davon bedeckt. Plötzlich öffnete sich der Stollen zu einem riesigen Hohlraum, der eine Anlage enthielt, eine große Maschine, die brummte und rumpelte. Gasperlmaier sah einen Mann an einem Kontrollbildschirm und einen weiteren, der oben auf der Maschine auf einer Leiter herumturnte. „Das ist unsere Natursalzanlage!", brüllte der Bertl. „Da wird grobes Steinsalz gereinigt und zerkleinert, und dann bringen wir es in großen Säcken hinaus, da wird es dann abgefüllt und etikettiert. Verkauft sich gut!" Gasperlmaier nickte, und der Bertl machte ihnen ein Zeichen, ihm weiter zu folgen.

Das Brummen verebbte, doch schien nun ein ähnlicher Ton von vorne zu kommen, aus der Richtung, in der sie marschierten. Es klang unregelmäßiger, gelegentlich meinte Gasperlmaier, so etwas wie Donner zu vernehmen, auch lautes Quietschen. Plötzlich schien die Luft nicht mehr so rein wie zuvor, sondern fast ein wenig neblig. Das musste Staub sein. Nach kurzer Zeit bot sich ihnen ein abenteuerlicher Anblick. Vor ihnen tauchte eine Maschine auf, ein oranges Monstrum, das sich wie eine Raupe durch den Krautkopf in den Berg hineinzufressen schien. Zeitweise konnte man vor lauter Staub kaum etwas sehen, und der Bertl deutete ihnen, in angemessener Entfernung stehen zu bleiben. „Das ist unsere Vortriebsmaschine!", brüllte er Gasperlmaier ins Ohr. „Heute sprengen wir die Stollen nicht mehr, wir graben!" Gasperlmaier konnte sehen, dass auf der Maschine ein Mann saß. Es gab keine Kabine, dafür trug der Mann einen Anzug, der einem Raumanzug ziemlich ähnlich sah. Vom Kopf führte ein dicker Schlauch in den Nebel, dessen Ende man nicht sehen konnte. Der Bertl beugte sich wieder zu ihm herüber. „Der Mann da oben, der hat im Helm eine Be- und Entlüftungsanlage. Sonst könnte man hier nicht arbeiten. Und die Maschine selbst hat eine Staubabsaugung!" Er deutete auf einen noch viel dickeren Schlauch, der sich von der Maschine weg nach hinten schlängelte, dorthin, wo sie hergekommen waren.

„Ich sag dem Hierlinger einmal, dass er kurz abschalten soll!" Der Hierlinger war es, der auf dieser Maschine saß? Das war ein günstiger Zufall, vielleicht ein Wink des Schicksals. Gasperlmaier überlegte sich schon, was er den Hierlinger fragen würde, als der Bertl ein paar Schritte nach vorne tat und dem Hierlinger zuwinkte. Kurz darauf erstarb der Lärm. Langsam, ganz langsam begann auch der Staub sich zu senken. Es dauerte eine Weile, bis sich der Hierlinger von den Schlauchverbindungen und seinem Astronautenhelm befreit hatte, doch sobald er Gasperlmaier und die Manuela erblickt hatte, ging alles ganz schnell. Der Hierlinger warf nur einen kurzen Blick auf ihre Polizeiuniformen, nahm Anlauf, stieß Gasperlmaier in einen Steinhaufen und schoss an ihnen vorbei. Nicht einmal die Manuela war geistesgegenwärtig genug, ihn aufzuhalten. Schon war der Hierlinger hinter einer Biegung des Stollens verschwunden, als sie sich ein Herz fasste und hinterherzuhetzen begann. „Nicht!", schrie der

Bertl. „Du verlaufst dich da! Den erwischst du nicht!"
Mühsam rappelte Gasperlmaier sich auf. Gott sei Dank
hatte die Manuela den Gehörschutz schon abgenommen und war der Empfehlung des Bertl gefolgt. Mit
Gehörschutz und Helm in der Hand kam sie zu ihnen
zurückgetrottet. „Was war das denn jetzt?", fragte sie
kopfschüttelnd. Gasperlmaier verspürte einen stechen-
den Schmerz in der linken Schulter. Er griff mit der
rechten Hand danach, und da war tatsächlich ein breiter Riss in seiner Jacke.

„Lass mal schauen!" Die Manuela zog den Riss in
seiner Jacke auseinander und drückte ein wenig mit
einem Finger darin herum. „Au!", schrie Gasperlmaier.
„Tut's so weh?", fragte sie. „Blut kann ich keines sehen. Wird wohl eine Prellung sein!" „So schlimm ist's
nicht!", riss sich Gasperlmaier zusammen. „Jetzt müssen wir den Hierlinger kriegen!" Er zog sein Handy
aus der Jackentasche. „Das wird nix werden!", meinte
der Bertl. „Da sind ein paar hundert Meter Berg über
uns!" „Können wir von hier aus jemanden draußen erreichen?", fragte die Manuela. Der Bertl nickte. „Übers
Festnetz. Kommt!" Es dauerte eine Weile, ehe sie wieder bei dem Aufenthaltsraum mit dem Leitstand eingetroffen waren. „Machst mir eine Verbindung mit draußen?", fragte der Bertl den Diensthabenden. Der nickte.
„Gib's gleich dem Herrn Inspektor!", sagte er noch, als
der Mann ihm den Hörer hinhielt. „Ja, hallo?", sagte
Gasperlmaier. Es meldete sich eine Frauenstimme, die
ihm unbekannt vorkam. „Ja, rufen Sie bei der Polizei an.
Den Notruf. Und dann erklären Sie denen, dass ein gewisser Hierlinger ..." Gasperlmaier hielt die Hand vor
die Muschel. „Wie heißt denn der mit dem Vornamen?"
„Lois", half der Bertl aus. „Alois halt." „Also Alois Hierlinger. Der ist auf der Flucht aus dem Salzberg. Den

sollen sie beim Ausgang aus dem Erbstollen in Empfang nehmen. Und rufen Sie gleich an! Dringend!" „Und was soll ich denen sagen, warum?" Gasperlmaier vollführte eine verzweifelte Geste. „Sagen S' einfach, auf meinen Befehl. Gasperlmaier, Postenkommandant Altaussee. Aber schnell!" Er drückte den Hörer wieder dem Mann am Computer in die Hand. Der Bertl grinste. „Jetzt werden wir sehen, wer schneller ist. Die Polizei oder ein Altausseer Bergmann." Gasperlmaier schnaubte. „So lustig ist das nicht! Der ist womöglich ein Mörder! Warum sollte er sonst vor uns davonlaufen?" „Der Hierlinger? Geh!" Offenbar mochte der Bertl nicht so recht an die verbrecherischen Fähigkeiten seines Kollegen glauben. „Wir müssen jetzt so schnell wie möglich hinaus zu unserem Auto!" Die Manuela hatte wie immer den Überblick behalten. Im Laufschritt hasteten sie zurück zum Aufzug, und Gasperlmaier vergaß vor lauter Hetzen diesmal darauf, sich zu fürchten. Trotz der Eile dauerte es beinahe eine halbe Stunde, bis sie aus dem Bergwerk draußen waren.

„Fahr du!", rief Gasperlmaier der Manuela zu. Während sie startete, zog er sein Handy hervor. Er musste wenigstens während der Fahrt nach Altaussee die Frau Doktor über die neuesten Entwicklungen informieren. Sieben Anrufe in Abwesenheit hatte er! Vier von der Frau Doktor und drei vom Grill Peter, dem Postenkommandanten von Bad Aussee. Zuerst die Frau Doktor. Sie meldete sich nach dem ersten Läuten. „Tut mir leid, dass ich ... aber wir waren im Bergwerk, und es ... also, wir haben den Verdächtigen, aber er ist auf der Flucht!" „Was für einen Verdächtigen, bitte?" Gasperlmaier wurde klar, dass die Frau Doktor von seinen eigenständigen Ermittlungen nichts wissen konnte. „Ich hab jetzt keine Zeit ...", begann er. „Reg dich einmal ab, Franz!", sagte sie. „Du bist ja ganz außer Atem! Und ich hab auch Neuigkeiten für dich. Einen Namen. Wir haben auf dem Computer von dem Abelein doch noch einen Namen gefunden, einen Kontakt, den er in Altaussee hatte. Hierlinger heißt er, Alois Hierlinger. Und er ...“ „Genau den suchen wir jetzt!“, schnaufte Gasperlmaier. „Weil im Bergwerk drin, da ist er uns entwischt! Wir haben schon eine Fahndung draußen!“ Die Frau Doktor schien kaum beunruhigt. „Na, dann alles Gute. Morgen, glaub ich, bin ich wieder im Einsatz!“ „Okay!“ Gasperlmaier legte auf und rief den Grill Peter an.

„Servus, Gasperlmaier. Du bist ja überhaupt nicht mehr zu erreichen! Besetzt ihr euren Posten überhaupt noch? Weil wenn nicht, dann müssen wir schauen, dass er aufgelöst wird! Dann kommt's zu uns nach Bad Aussee!“ Gasperlmaier hatte jetzt keine Lust, sich müde Scherze anzuhören. „Hör einmal, Peter. Wir haben eine Fahndung. Der Hierlinger Alois aus Altaussee, der ist uns im Bergwerk entwischt. Der ist verdächtig, dass er den Deutschen ermordet hat, im Salzbergwerk. Der ist gefährlich!“ „Ja, ja!“, antwortete der Grill. „Wir haben's schon gehört. Und wir sind auch schon mit einem Wagen unterwegs, mehr haben wir einstweilen nicht, Verstärkung ist bald da.“ „Was wolltest denn sonst noch?“, fragte Gasperlmaier. „Ah, nur eine Kleinigkeit. In der Nacht muss einer gegen den Eingang von der Bäckerei Maislinger gefahren sein. Wahrscheinlich besoffen, und Fahrerflucht. Ganz schöner Schaden, weil es sind auch ein Moped und ein Radl vor der Tür gestanden, von den Bäckern, die schon in der Arbeit waren. Die haben's aber nicht einmal gehört, in ihrer Backstube hinten. Wär eigentlich auch eure Angelegenheit gewesen.“ „Ist schon recht!“, brummte Gasperlmaier und legte auf.

„Wohin?", fragte die Manuela. „Zum Erbstollen. Da rechts hinaus!", deutete er. Es dauerte nicht lang, und sie kamen auf einem größeren, geschotterten Parkplatz an, rechts eine Werkshalle, links offenbar ein Bürogebäude. Aus der Halle führten auch Geleise, hier musste der Hierlinger herauskommen, wenn er durch den Erbstollen geflüchtet war. „Ich rechts, du links, ins Büro. Frag, ob sie was gesehen haben!" Gasperlmaier sprang aus dem Wagen und legte die Hand an das Holster seiner Waffe. Das Herz klopfte ihm bis zum Hals, als er an einer Hallentür vorbeischlich, die einen Spalt breit geöffnet war. Er zog seine Dienstwaffe und drückte sich durch den Spalt. Drinnen war alles ruhig. Und draußen schrie die Manuela: „Er ist schon weg! Hallo, Gasperlmaier! Er ist schon weg!"

„Sakra!" Er schob die Waffe wieder ins Holster und verließ die Werkshalle. Die Manuela saß bei laufendem Motor im Streifenwagen. Er hastete auf die Beifahrerseite. „Eine Frau im Büro hat ihn wegfahren sehen. Mit einem Affenzahn!" „Aber wir wissen ja gar nicht, wohin ...", gab Gasperlmaier zu bedenken. „Fahren wir zunächst einmal hinunter in den Ort. Vielleicht sehen wir ihn ja noch!" Doch auf der Hauptstraße war alles so ruhig, als sei schon lange kein Auto mehr vorbeigekommen. „Weißt du, wo er wohnt?", fragte die Manuela. Gasperlmaier nickte. Es war ja nicht so, dass die Verkehrsdelikte das Einzige waren, weswegen sie gegen den Hierlinger hatten einschreiten müssen. Sie waren von Nachbarn auch gerufen worden, weil im Haus drinnen gelärmt und geschrien wurde. Einmal waren sogar Möbel aus den Fenstern geflogen. Nur leider hatte seine Frau nicht gegen ihren Mann aussagen wollen und sie hatten nach ernsthaften Ermahnungen unverrichteter Dinge abziehen müssen. „Da rechts, und dann

geradeaus. Das kleine Haus links hinter der Hecke, da!"
Gasperlmaier dirigierte die Manuela zum Hierlinger-
Haus. Davor mussten sie direkt auf der schmalen Straße halten, das Gartentor war zu, drinnen stand ein
roter Mazda, sichtlich älteren Baujahres. Sonst war
nichts zu hören oder zu sehen.

„Geht auf!" Die Manuela griff über den Zaun und
öffnete den einfachen Riegel des Gartentors. Wieder
legte Gasperlmaier die Hand an sein Waffenholster.
Man konnte nie wissen. „Pass auf!", ermahnte er die
Manuela. „Der ist gefährlich!" Langsam schlichen sie
an dem Mazda vorbei. „Ist das sein Auto? Warm ist er
nicht!", sagte sie. „Auf dem kurzen Weg vom Erbstollen
hierher kann er auch nicht warm geworden sein", entgegnete Gasperlmaier. Man konnte an der Windschutz-
scheibe sehen, dass der Scheibenwischer vor kurzem
benutzt worden war, die Scheibe war im Bereich der
Wischer weitgehend frei, daneben voller Regentropfen.

„Lass mich!" Gasperlmaier drängte sich an der
Manuela vorbei und läutete an der Haustür. „Schau
einmal!", sagte die Manuela. Er drehte sich um, und sie
deutete auf die Front des Mazda, die sie vorhin nicht
hatten sehen können. Vorne rechts war der Wagen
massiv verbeult, der Scheinwerfer zerbrochen. Tiefe
Furchen zogen sich an der rechten Flanke entlang bis
über die Beifahrertür. Plötzlich hörte Gasperlmaier im
Haus etwas poltern. „Deckung!", rief er der Manuela
zu, die sich hinter dem Fahrzeug duckte, während
er sich an die Hausmauer neben die Tür presste und
wiederum seine Waffe zog. Keine Sekunde zu früh.
Ein Gewehrlauf durchstieß mit einem lauten Klirren
das Glas in der Haustür, sodass Gasperlmaier zusammenzuckte. „Schleicht's euch!", schrie der Hierlinger.
„Schleicht's euch, alle miteinander. Sonst schieß ich

euch nieder! Wie ihr da seid, alle schieß ich nieder!"
Fast im gleichen Moment knallte ein Schuss, der den
zweiten Scheinwerfer des Mazda traf, der mit einem
lauten Krachen zerbarst. Gasperlmaier ließ sich an der
Hauswand hinuntersinken. Jetzt war guter Rat teuer.
Hoffentlich hatte der Hierlinger nicht Frau und Kinder
im Haus, die er als Geiseln nehmen konnte. Gasperlmaier sah auf die Uhr. Die Kinder, die waren wohl noch
in der Schule. Hinter dem Heck des Mazda lugte die
Manuela hervor. Sie deutete ihm, nach rechts zu gehen. Dort standen einige Büsche neben der Hecke, die
die Grundstücksgrenze bildete. Er nickte, erhob sich
langsam und vorsichtig, hastete zu den Büschen hinüber und fand unter ihren Blättern Deckung. Von seiner
jetzigen Position aus konnte er den aus der Haustür
ragenden Gewehrlauf deutlich sehen. Die Manuela
allerdings war aus seinem Blickfeld verschwunden.
Was konnte er tun? Versuchen, auf die Hinterseite des
Hauses zu gelangen, um zu sehen, was man von dort
aus ausrichten konnte? Als er auf Zehenspitzen durchs
nasse Gras schlich, verfluchte er die Entscheidung, Polizist geworden zu sein. Aber wer hatte ahnen können,
dass die Zeiten auch in Altaussee so unruhig werden
würden?

„Pssst!" Gasperlmaier erschrak fast zu Tode. Im
selben Moment erblickte er die Manuela, die von der
anderen Seite her das Haus umrundet hatte und an die
Hauswand gelehnt auf der Terrasse stand. Sie machte
ihm ein Zeichen, zu ihr zu kommen. Als er sich näherte, sah er sofort die offenstehende Terrassentür. Vorne
hörte er immer noch den Hierlinger brüllen. Verstehen konnte man ihn allerdings nicht. „Das muss jetzt
schnell gehen", flüsterte die Manuela. „Bevor da alle
möglichen Schaulustigen antanzen!" „Sollten wir nicht

lieber die Cobra ... das wäre nach Vorschrift!", gab Gasperlmaier zu bedenken. Die Manuela aber schüttelte nur den Kopf und war bereits durch die Terrassentür geschlichen. Gasperlmaier folgte. Jetzt galt es, so leise wie möglich vorzugehen. Obwohl der Hierlinger an der Haustür einen solchen Krawall veranstaltete, dass sie sich da eigentlich keine Sorgen zu machen brauchten. Anscheinend hatte er noch weitere Scheiben aus dem Rahmen in der Haustür gestoßen, denn es war fortwährend Klirren zu hören. Die Manuela zog ihre Waffe, schlich vorsichtig durchs Wohnzimmer und öffnete leise eine Tür, die, so vermutete Gasperlmaier, ins Vorhaus führte. Sie drehte sich zu ihm um und nickte. Das bedeutete wohl, dass sie den Hierlinger schon sehen konnte. „Wo seid's denn? Ihr Feiglinge! Wo versteckt's euch?", brüllte der Hierlinger, was es Gasperlmaier und der Manuela einfach machte, ins Vorhaus zu treten. Erneut donnerte ein Schuss, draußen klirrte es. Wahrscheinlich hatte er wiederum sein Auto getroffen. Oder gar den Streifenwagen. Gasperlmaier wollte den Hierlinger gerade ansprechen, da legte die Manuela den Finger an den Mund und schlich sich von hinten an ihn heran. Gasperlmaier zog seine Waffe. Wenn der sich jetzt umdrehte, dann war es um sie geschehen. Doch sie hatte den Hierlinger schon erreicht, hielt ihm ihre Waffe an den Hinterkopf und rief: „Waffe weg! Waffe weg!" Gasperlmaier fügte noch ein „Hände über den Kopf!" hinzu. Zunächst reagierte der Hierlinger nicht, erst als die Manuela ihm mit der Waffe fester gegen den Kopf stieß, ließ er seine zu Boden poltern und hob beide Hände über den Kopf. Die Manuela zog sich zwei Schritte zurück, während Gasperlmaier weiter seine Dienstwaffe auf den Hierlinger gerichtet hielt. „Umdrehen. Zu uns her. Auf den Boden!", schrie Gasperlmaier, und der Hierlinger besaß wenigstens noch so viel Verstand, seiner Aufforderung Folge zu leisten. Sein Gesicht war rot angelaufen, er schnaufte, als wäre er einen Marathon gerannt. Langsam ließ er sich auf die Knie nieder. „Ganz runter!", befahl die Manuela. Der Hierlinger ließ sich nach vorne fallen, ohne sich mit den Händen abzufangen, die er immer noch hinter dem Kopf verschränkt hielt. Irgendwie hatte Gasperlmaier das Gefühl, als habe es geknackt, als der Kopf des Hierlinger auf dem Boden aufgeschlagen war. Gott sei Dank war wenigstens ein Teppich dort, aber er sah sich schon wieder dem Vorwurf ausgesetzt, Verdächtige zu misshandeln. Da konnte man jetzt aber nichts mehr machen. Die Manuela sprang über den Hierlinger, zog seine Hände nach unten und fixierte die Handgelenke mit ihren Handschellen. Der Hierlinger jammerte, während draußen Polizeisirenen hörbar wurden.

Gasperlmaier war gerade dabei, ihm aufzuhelfen, als jemand an die Haustür klopfte. Die Manuela öffnete, und draußen standen der Grill Peter und eine zweite Beamtin vom Bad Ausseer Posten. „Habt's ihn eh schon!", grinste der Grill Peter. „Aber ein bissl zu fest zugehaut hast, Gasperlmaier!" Er zeigte auf die Wunde über dem rechten Auge, aus der der Hierlinger blutete. Mit seinen wirren Haaren, dem roten Gesicht und dem Blut sah er wirklich zum Fürchten aus. „Euren Streifenwagen hat er auch erwischt. Zwei Löcher, gell!" Gasperlmaier stöhnte. Das würde wieder Umstände machen, bis ein Ersatz beschafft und das Auto repariert war.

„Er ist hingefallen!", verteidigte sich Gasperlmaier, und der Grill Peter nickte so verständnisvoll, dass Gasperlmaier sich sicher war, dass er ihm nicht glaubte. „Ja, ja. Hingefallen. Setzen wir ihn erst einmal in die Küche. Iris, schaust du bitte, dass keiner herein-kommt?" Die Kollegin nickte und entfernte sich wieder aus dem Vorhaus.

Wenig später saß der Hierlinger keuchend auf einem Sessel in seiner Küche. „Was ist dir denn da eingefallen, Hierlinger? Zuerst einen Unfall bauen, besoffen, und dann noch herumballern wie im wilden Westen? Wegen einem Blechschaden?" Der Hierlinger sagte nichts und schnaufte. „Ich hol jetzt einmal ein Pflaster", sagte die Manuela und verschwand.

„Ich war das nicht. Das bei der Bäckerei. Das war ich nicht!" Der Hierlinger musste husten. Heftig. Da er die Hände nicht vor den Mund halten konnte, sprühte er seinen Speichel unter anderem in Gasperlmaiers Gesicht. Er suchte nach einem Taschentuch, fand keines und riss sich ein Stück Küchenrolle von einem Halter ab, um sich abzuwischen. „Woher weißt denn dann, dass was war, bei der Bäckerei?", fragte der Peter. Der Hierlinger zuckte mit den Schultern. „Hab ich gesehen. Beim Vorbeifahren." „Und was ist mit deinem Mazda? Vorne rechts? Was ist da passiert?" Wieder zuckte der Hierlinger mit den Schultern. „Kann ich eine Zigarette haben?", fragte er. Der Peter schüttelte den Kopf. „Wird meine Frau gewesen sein. Die ist zu deppert zum Autofahren", brummte der Hierlinger.

Gasperlmaier wurde wütend. Erstens, weil der Hierlinger so unverschämt log, und zweitens, weil der Peter überhaupt nicht danach fragte, worum es hier ging. „Du hast den Kunsthändler erschlagen, den Deutschen! Und erstochen!", rief er erregt. Der Hierlinger sah mit offenem Mund zu ihm auf. „Ich?" Er begann zu lachen, dass es ihn schüttelte. Mit seinen roten, ein wenig hervorquellenden Augen sah er aus wie ein Irrer in einem Horrorfilm. Aber Gasperlmaier erinnerte sich, dass er noch einen Trumpf in der Hand hatte. „Der Deutsche, der ermordet worden ist, der hat dich gekannt. Wahrscheinlich war er sogar bei dir." „Nix!", schrie der Hierlinger. „Nix! Den kenn ich nicht, und der war auch nicht bei mir, und ich hab ihn nicht umgebracht. Basta!" Die Manuela kam mit einem Pflaster und einem Waschlappen wieder. „Ruhig halten!", kommandierte sie, und der Hierlinger hob tatsächlich den Kopf und gab Ruhe. Die Manuela wischte ihm die Stirn ab und klebte ein Pflaster auf die Wunde. „Wegen dem krieg ich euch eh noch dran!" In Ermangelung seiner Hände versuchte der Hierlinger, die Augen nach oben zu rollen, um auf seine Verletzung hinzuweisen.

„Zuerst kriegen wir dich dran!", sagte der Grill Peter. „Sachbeschädigung, Fahrerflucht, Gefährdung öffentlicher Sicherheit, illegaler Waffengebrauch ... oder hast einen Waffenschein?" Der Hierlinger grinste und schüttelte den Kopf. „Dafür aber ein aufrechtes Waffenverbot, was? Na Mahlzeit!" Der Grill Peter stand auf. „Kann ich euch mit dem da allein lassen?" Gasperlmaier nickte.

Draußen setzten sie den Hierlinger in ihren Streifenwagen und sahen sich den Schaden an, den die beiden Kugeln aus dessen Büchse angerichtet hatten. „Sakra!", fluchte Gasperlmaier, als er feststellte, dass ein Reifen durchschossen worden war. Die andere Kugel hatte im Kotflügel eingeschlagen, ob dahinter noch größerer Schaden entstanden war, würde sich weisen, von außen konnte man nichts sehen. „Jetzt kann ich den Reifen wechseln!" Die Manuela schüttelte den Kopf. „Weißt was? Erstens, von der Straße müssen wir sowieso weg." Sie deutete auf Autos, die in beiden Richtungen warteten oder zurücksetzten, weil der Streifenwagen die schmale Fahrbahn blockierte. „Und wegen der 500 Meter bis zum Posten ..." „Ich soll mit einem Patschen durch den Ort fahren?" Gasperlmaier fühlte sich bei dem Gedanken mehr als unwohl. Aber andererseits ... man musste den Hierlinger vernehmen, die Frau Doktor verständigen, es gab allerhand zu tun. Wenn man den Reifen erst danach wechselte ...

„Also gut!", brummte er und stieg ein. Der Wagen rumpelte und zog fürchterlich nach links, dorthin, wo der zerschossene Reifen montiert war. Natürlich erregte der Streifenwagen auf der Hauptstraße Aufmerksamkeit, als er vorbeipolterte, und vor der Bank und der Bäckerei drehten sich die Leute um, um zu sehen, was da so geräuschvoll daherlahmte. Gasperlmaier bemühte sich, nicht nach links und rechts zu blicken, bis sie endlich vor dem Posten angekommen waren. Wenn ihn jemand gesehen hatte, der ihn kannte, würde er mit dieser Szene auf jeden Fall wieder im Faschingsbrief landen, so viel war sicher.

„Ich muss aufs Klo", sagte der Hierlinger, als sie ihn die Stiege hinauf in ihre Amtsräume schoben. Die Manuela seufzte, zeigte dem Hierlinger, wo sich das WC befand, und schloss ihm die Handschellen auf. Dann trat sie zwei Schritte zurück, während Gasperlmaier den Hierlinger skeptisch beobachtete. Der aber sah sich nicht einmal um, sein Widerstand schien gebrochen. „Das Fenster ist zu klein zum Rausspringen!", erklärte die Manuela noch und legte die Hand an ihre Waffe. „Probier erst gar nicht irgendeinen Blödsinn! Und nicht absperren!" Ein wenig übertrieben fand Gasperlmaier, dass sie an der Klotür lauschte und nickte, als sie sich sicher war, dass der Hierlinger tatsächlich nur seine Notdurft verrichtete. „Umdrehen!", herrschte sie ihn an, als er wieder herauskam. Erneut klickten die Handschellen. Gasperlmaier hätte es lieber gesehen, wenn man sich mit dem Hierlinger zivilisiert, sozusagen von Mensch zu Mensch, ohne Handschellen unterhalten hätte können. So war es doch eher Polizist und Gefangener, da redete es sich seiner Meinung nach schon schwerer.

„Kann ich ein Wasser haben?", fragte der Hierlinger. Bevor er jetzt der peinlichen Prozedur beiwohnen musste, wie der gefesselte Hierlinger sein Wasser von der Manuela eingeflößt bekam, wollte er lieber die Frau Doktor anrufen. Die meldete sich nach dem ersten Läuten. „Wir haben ihn. Auf dem Posten", sagte Gasperlmaier. Die Frau Doktor atmete auf. „Sehr gut! Ich schick euch einen Wagen und schau, dass ich einen Untersuchungsrichter auftreibe, dass wir ihn in Haft nehmen können. Kommt ihr inzwischen mit ihm zurecht?" So hatte Gasperlmaier sich das nicht vorgestellt. Sie hatten die Arbeit mit dem Hierlinger gehabt, und jetzt sollte er ihnen quasi weggenommen und in Liezen verhört und eingesperrt werden. „Wir können das schon selber!", erklärte er deswegen. „Wir vernehmen ihn. Wir haben ja schließlich auch ..." „Franz, das ist meine Sache! Ich bin deine Vorgesetzte, und ich entscheide, wie mit dem Beschuldigten verfahren wird!" So heftig und entschlossen war sie ihm noch nie gegenübergetreten. Allerdings war es auch das erste Mal, dass er ihr widersprochen hatte. Anscheinend hatte sie das nicht so gern. Er seufzte. „Von mir aus. Nach Liezen also." „Ja", antwortete die Frau Doktor. „Und keine Eigenmächtigkeiten!"

Ärgerlich war das schon. Da zeigte man einmal Eigeninitiative, und schon wurde man grob zurückgepfiffen. Aber so war das halt in so einem streng hierarchischen System wie der Polizei. Wenn die Frau Doktor befahl, dann hatten er und die Manuela nichts zu melden. Aber mit dem Hierlinger zu reden, das hatte sie ja nicht ausdrücklich untersagt.

„Also, Hierlinger", sagte er deswegen, als er wieder ins Dienstzimmer zurückkam. Vor dem Hierlinger stand ein Glas Wasser mit einem Strohhalm drinnen. Die Manuela hatte sich also das Einflößen durch diese kluge Idee erspart. „Am Samstag, so zwischen drei und fünf, wo die letzte Führung im Bergwerk gelaufen ist, wo warst du denn da?" „Ich war's nicht!", beteuerte der Hierlinger, fast weinerlich nun. „Wozu wollt's das überhaupt wissen?" „Ich stelle hier die Fragen, und du antwortest." Ein wenig blöd kam sich Gasperlmaier bei diesem Satz schon vor. Wie im Fernsehkrimi, dachte er bei sich. Aber, andererseits, spannend war es auch. „Im Dienst. In der Schicht. In der Grube." Die Manuela und er wechselten einen raschen Blick. „Auf deiner Vortriebsmaschine?" Der Hierlinger schüttelte den Kopf. „Da waren wir für diesen Tag schon fertig. Überhaupt waren die meisten von der Schicht schon draußen. Aber da hat's einen Schaden gegeben, in einer Hydraulikleitung, und ich hab geholfen, dass das noch gerichtet wird." „Und da gibt's Zeugen dafür?" Der Hierlinger nickte. „Schon. Den Obersteiger, und ein paar andere noch. Die haben mich gesehen." „Das werden wir überprüfen", sagte Gasperlmaier, der sich allerdings nicht ganz so sicher war, ob das wirklich seine Aufgabe werden würde.

„Und dann wegen dem Deutschen", fuhr er fort. „Der hat deinen Namen in seinen Akten gehabt. Der Ermordete." Der Hierlinger zuckte mit den Schultern. „Weißt du, Hierlinger, dem sein Handy ist zwar verschwunden. Aber wenn er mit dir telefoniert hat, dann finden wir das heraus. Und wenn er bei dir war, oder du bei ihm ... weißt eh, wir haben seinen Leihwagen.

Und deinen Mazda kennen wir auch ..." Der Hierlinger blickte ein wenig irritiert zwischen ihnen hin und her. „Warum soll ich's nicht sagen?", meinte er schließlich. „Angerufen hat er nicht, aber bei der Haustür geläutet." Gasperlmaier machte große Augen. Ob jetzt das Geständnis kam? Das würde ihm bei der Frau Doktor ordentlich Punkte bringen. „Und was wollte er?", fragte die Manuela. Der Hierlinger hob die Schultern. „Die Handschellen tun weh. Und ich bin ja kein Verbrecher!" „Das wird sich noch herausstellen", sagte Gasperlmaier. Ein Blick auf die Uhr zeigte ihm, dass es bereits lange nach Mittag war. Kein Wunder, dass sein Magen knurrte. „Also, was wollte der Abelein?" „Abelein hat der geheißen?" „Jetzt red schon!" Der Hunger machte Gasperlmaier ein wenig ungeduldig. Der Hierlinger zuckte mit den Schultern. „Er hat behauptet, dass er nach einem Kunstwerk sucht. Einem, das in der Nazizeit bei uns oben versteckt war." Er deutete mit dem Kinn in Richtung Salzberg und lachte. „Und er hat gemeint, der Großvater hätte es gestohlen. Da hätte er klare Hinweise drauf." Wieder wechselten Gasperlmaier und die Manuela Blicke. So weit hatte ihre Theorie gestimmt. Der Abelein war tatsächlich hinter dem „Alchimisten" her gewesen.

„Und er hat gedroht, dass er dich auffliegen lässt. Dass die ganze Existenz deiner Familie ihre Grundlage verliert, wenn herauskommt, dass euer Besitz von dem kommt, was ihr aus dem Salzberg gestohlen habt!" Der Hierlinger lachte wiederum. „Ganz im Gegenteil, Gasperlmaier, ganz im Gegenteil! Er hat mir Geld geboten! Ich hätt also gar keinen Grund gehabt, ihn umzubringen!" Einen Moment lang war Gasperlmaier verunsichert. „Das kannst du jetzt leicht behaupten!", entgegnete er dann. „Jetzt, wo der Abelein tot ist! Und du hast ihn umgebracht! Wir werden schon noch beweisen, dass dein Alibi nichts wert ist!"

„Wofür hat er dir Geld angeboten?", fragte die Manuela nachdenklich. „Dass ich nachdenke. Wo das Bild hingekommen ist. Weil mein Großvater hat's nicht mehr gehabt. Hat zumindest der Vater geglaubt." „Was heißt geglaubt?", wollte Gasperlmaier wissen. „Ich red erst weiter, wenn ihr mir die Handschellen abnehmt. Und einen Schnaps will ich auch." Gasperlmaier war dafür, es dem Hierlinger ein bisschen bequemer zu machen. Einen gefährlichen Eindruck machte er jetzt nicht mehr. Und ein Schnaps konnte ihn durchaus gesprächiger machen.

„Nimm's ihm halt ab!", sagte er zur Manuela und holte den Obstler. „So!", sagte er zum Hierlinger, knallte ein Stamperl vor ihm auf den Tisch hin und füllte es an. „Und jetzt red!" Der Hierlinger rieb sich die Handgelenke. „Ah!", sagte er. „Das hat wehgetan. Muss ich mir noch überlegen, ob ich euch wegen Misshandlung anzeig!" Er deutete auf das Pflaster über seiner Augenbraue. „Nimm ihm den Schnaps wieder weg!", zischte die Manuela. Der Hierlinger hob abwehrend beide Handflächen. „Schon gut! Schon gut! Passt ja schon!" Er nahm das Stamperl und leerte es in einem Zug. „Ah! Das hat gutgetan!"

„Und wenn'st jetzt nicht erzählst, dann leg ich dir die Handschellen wieder an! Und schick dich nach Liezen, zum Bezirkspolizeikommando! Dort wartet schon der Untersuchungsrichter!" „Ja, ja!" Der Hierlinger machte eine beruhigende Geste mit den Händen. „Der Abelein hat also behauptet, der Großvater hätt ein Gemälde gestohlen. Der Astrologe, oder so. Von einem Herrn Meer." „Alchimist", korrigierte die Manuela. „Von Vermeer." „Kann schon sein", sagte der Hierlinger.

„Ich hab's mir ja schließlich nicht aufgeschrieben. Und mein Gedächtnis", er klopfte sich an die Stirn, „das ist auch nicht mehr, was es einmal war." Gasperlmaier verfluchte die Manuela für die Unterbrechung. Jetzt fing der Hierlinger womöglich wieder zu schwafeln an, und in Kürze würde der Wagen aus Liezen kommen und ihnen den Verdächtigen wegnehmen.

„Der Vater hat geglaubt, dass der Großvater etwas aus dem Salzberg mitgehen lassen und dann verkauft hat. Gerede hat's ja genug gegeben, und anscheinend hat der Vater irgendwann einmal den Großvater belauscht, wie der was ausgeplaudert hat. Wahrscheinlich im Rausch. Hast noch einen Schnaps, Gasperlmaier?" Der schüttelte den Kopf. „Red zuerst fertig!" „Mir hat's ja irgendwann einmal die Mutter erzählt. Allerdings anders herum: Sie hat gesagt, ich soll nichts glauben, wenn jemand erzählt, dass der Großvater ein Dieb gewesen ist. Und dass die Großmutter was geerbt hat, draußen in Bayern. Als Kind hab ich ihr ja auch geglaubt, aber später ... Die Großmutter ist eine Dienstmagd gewesen, die es irgendwie ins Ausseerland verschlagen hat. Und ich hab dann ihre Geburtsurkunde gefunden, in dem ganzen Glumpert, das der Großvater hinterlassen hat. Die war gar nicht aus Bayern, sondern aus Kärnten. Das hätt der Großvater schon an der Aussprach kennen müssen." Er lachte, holte den Strohhalm aus dem Wasserglas und tat einen großen Schluck. „Wenn ihr mir sonst nichts gebt ..."

„Dein Großvater muss das Bild aber verkauft haben, sonst hätte die Familie ja kein Geld gehabt", stellte die Manuela nüchtern fest. Der Hierlinger nickte. „So hab ich's mir auch zusammengereimt, und so hab ich's auch dem Abelein erzählt. Und er wollt mir zehntausend Euro geben dafür, dass ich ihm verrat, wo das Bild hingekommen ist." „Hast du's ihm gesagt?", fragte Gasperlmaier. Der Hierlinger hob die Arme. „Ich hab ihm nur gesagt, dass es Gerüchte gibt. Dass ich da nichts Genaues weiß. Und dass ich mir sein Angebot überlegen muss. Einmal drüber schlafen. Weil er dann vielleicht noch nachbessern kann." Er grinste. „Einen Namen, Hierlinger. Einen Namen!" Gasperlmaiers Magen krachte nun bereits so laut, dass er meinte, auch die Manuela und der Hierlinger müssten es hören. „Nur wenn du mir noch einen Schnaps gibst!", grinste der Hierlinger. Gasperlmaier hatte endgültig genug von dem Kerl. Der Hierlinger zuckte zusammen, als Gasperlmaier sich ihm näherte, der aber ging an ihm vorbei zum Schrank, holte die Flasche heraus und stellte sie vor den Hierlinger hin. „Ich lass die Flasche erst aus, wenn du den Namen gesagt hast!", zischte er. „Hollnsteiner", sagte der Hierlinger. „Gerüchteweis hört man, dass es der Hollnsteiner gewesen ist, dem der Großvater die Alm abgekauft hat." „Und das hast du dem Abelein auch gesagt?" Der Hierlinger schüttelte den Kopf. Unten vor dem Posten parkte gerade ein Streifenwagen ein. „So, Hierlinger, jetzt geht's nach Liezen!" Gasperlmaier stand auf.

9

„Einen solchen Hunger hab ich!", sagte Gasperlmaier, als der Wagen abgefahren war. Natürlich war der Hierlinger noch weinerlich geworden und hatte lauthals gegen seine Verhaftung protestiert, aber genützt hatte ihm das alles nichts. „Reicht eine Leberkäsesemmel von der Bäckerei?", fragte die Manuela. Gasperlmaier schüttelte den Kopf. „Die Christine hat für heute ein Gulasch vorgekocht, ich hab mich gestern Abend schon so beherrschen müssen, dass ich nicht noch was davon ess. Und heute ist es gleich noch einmal so gut wie frisch gekocht." „Na ja", sagte die Manuela. „Dann hol ich mir halt einen Salat aus dem Supermarkt." Gasperlmaier schüttelte den Kopf. „Du bist natürlich eingeladen."

„Ich hab schon geglaubt, ihr kommt's gar nicht mehr. Normalerweise ist der Franz ja recht pünktlich, wenn's ums Essen geht." Als die Christine sie im Vorhaus empfing, konnte Gasperlmaier das Gulasch schon riechen. Ihm lief das Wasser im Mund zusammen. „Magst auch ein Bier dazu?" Er rieb sich vor lauter Vorfreude die Hände. Die Manuela schüttelte den Kopf. „Normalerweise trink ich ja zu Mittag auch nichts, aber zu einem Gulasch, da mach ich eine Ausnahme!", sagte Gasperlmaier.

„Wie schaut's denn aus mit eurem Fall?", fragte die Christine während des Essens. Gasperlmaier warf ein paar Semmelbröckchen in seinen Teller, denn er liebte es, wenn der Gulaschsaft von der zarten Semmel aufgesaugt wurde. „Wir dürfen eigentlich nichts sagen", schmatzte er. „Aber viel Arbeit werden wir nicht mehr haben. Der Verdächtige ist schon verhaftet und unterwegs nach Liezen." „Aber er behauptet natürlich, unschuldig zu sein", ergänzte die Manuela. Gasperlmaier nickte und warf der Manuela einen Blick zu. „Ich glaub, wir können offen reden. Die Christine hat noch nie was weitererzählt, oder?" Die Christine fuhr sich durch die Haare. „Könnt ich mir auch nie leisten." „Also", sagte Gasperlmaier. „Wir haben den Hierlinger verhaftet. Er hat mehr oder weniger gestanden, dass sein Großvater ein Bild aus dem Salzberg gestohlen hat, ein sehr wertvolles. Und der Abelein war bei ihm und hat danach gefragt. Jetzt behauptet der Hierlinger aber, der Großvater hätt das Bild an den Hollnsteiner weitergegeben, sozusagen im Tausch gegen eine Alm in der Ramsau hinten." Die Christine wischte mit einem Stück Semmel ihren Teller sauber und nickte. „Solche Geschichten hört man ja immer wieder." Sie wandte sich der Manuela zu. „Es gibt ja fast keine Familie hier herinnen, der man nicht schon unterstellt hat, sich irgendwie an Nazischätzen bereichert zu haben. Du weißt es ja selber, Franzl. Es hat sogar welche gegeben, die deinen Großvater beschuldigt haben, dass er sich am Kriegsende mit den Nazis zusammengetan und Geld beiseitegeschafft hat." Gasperlmaier seufzte. „Ich frag mich die ganze Zeit, warum der Hollnsteiner für ein altes Bild ein paar wertvolle Gründe hergeben hätt sollen. Er muss sich doch was dabei gedacht haben." „Da kann man nur Vermutungen anstellen", sagte die Christine. „Wahrscheinlich hat er gehofft, dass er es teuer verkaufen kann, wenn Gras über die Sache gewachsen ist. Und der Hierlinger wird froh gewesen sein, dass er es losgeworden ist." „Aber ein so bekanntes Gemälde kannst du nicht verkaufen, nicht einmal auf dem Schwarzmarkt!", meinte die Manuela.

Gasperlmaier sah auf seine Uhr. „Jetzt werden sie bald in Liezen sein. Wenn wir noch was ausrichten wollen, bevor uns die von da unten wieder dreinpfuschen, dann müssen wir uns auf die Socken machen." Er hatte Mühe, einen Rülpser zu unterdrücken. Die Kohlensäure des Biers wollte eben wieder heraus. „Wo wollt's denn hin?", fragte die Christine. „Zum Hollnsteiner", sagte Gasperlmaier. „Kann ja nicht schaden, dass man den einmal befragt, nicht?" „Aber der Hierlinger sagt doch, dass er dem Abelein den Namen gar nicht genannt hat. Und er hat ja nichts davon, wenn er uns in diesem Punkt anlügt." Gasperlmaier zuckte mit den Schultern. Eine bei ihm ganz seltene Jagdlust hatte ihn erfasst. Und seit ihn die Frau Doktor so unfreundlich zurückgepfiffen hatte, wollte er ihr unbedingt zeigen, dass die Manuela und er auch ohne Unterstützung aus Liezen etwas zustande brachten.

Obwohl ihn der Magen drückte und er sich eigentlich lieber ein wenig zum Verdauen aufs Sofa gelegt hätte, erhob er sich und schlüpfte in Schuhe und Uniformjacke. Wenig später standen sie vor dem Haus des Hollnsteiner, das gar nicht weit von dem des Hierlinger entfernt war. Es war ein kleines, aber umso typischeres Altausseer Haus. Aus Holz gebaut, grau verwittert durch Regen, Schnee und Wind. Der Eingang führte in eine zweistöckige Veranda, deren Giebel reichlich mit Schnitzereien verziert war. Der Garten war gepflegt, zur Linken befanden sich einige Gemüsebeete, die von der Ordnungsliebe der Gärtnerin Zeugnis ablegten. Die Frau, die auf ihr Läuten hin öffnete, hatte ein Baby auf der Hüfte sitzen und lächelte freundlich. Gasperlmaier kam sie irgendwie bekannt vor, doch er konnte sich nicht erinnern, wo er sie schon einmal gesehen hatte. Doch, ja! War das nicht die Barbara, die als Verkäuferin in der Bäckerei Maislinger gearbeitet hatte? Jetzt stieg die Erinnerung in allen Einzelheiten in ihm hoch. Vor ein, zwei Jahren, im Fasching, da hatte sie ihn vor der Bäckerei mehr oder weniger zu einem Tanz gezwungen, bevor der Faschingszug dahergekommen war, und jemand hatte sie gefilmt und die Aufnahmen gleich darauf ins Internet gestellt. Peinlich war das gewesen. „Servus, Gasperlmaier", lächelte sie. „Grüß Gott, Frau Inspektor. Kommt's herein. Was wollt's denn?"

Das war jetzt eine peinliche Situation. Die Barbara war so freundlich, und da war das Baby, und sie hatten eigentlich nichts in der Hand und wollten ermitteln, mehr oder weniger ins Blaue hinein. „Ist dein Mann zu Hause?", fragte Gasperlmaier. „Wir täten ihn gern etwas fragen." Die Barbara schüttelte den Kopf. „Er ist noch nicht von der Schicht daheim." Sie blickte auf ihre Armbanduhr. „Müsste aber eigentlich jeden Augenblick kommen." Die Manuela holte ihr Handy heraus. „Frau Hollnsteiner, kennen Sie diesen Mann?" Die Barbara kniff die Augen zusammen. „Das ist doch der, der im Salzberg ermordet worden ist, oder?" Gasperlmaier nickte, während das Baby begann, die Barbara an den Haaren zu reißen. „Nicht, Niki!", wehrte sie ärgerlich ab. „Kommt's einmal herein!" Sie ging voran und setzte den Niki in einer Gehschule ab, in der allerlei Spielzeug herumlag. „Setzt's euch her. Worum geht's denn eigentlich?" „Das wollten wir lieber deinen Mann fragen", sagte Gasperlmaier, bevor ihm die Manuela wieder zuvorkommen konnte.

„Wollt's einen Schnaps?", fragte die Barbara. Sie schwang ihre langen schwarzen Haare hinter die Schultern und fasste sie mit einer Hand zusammen. Gasperlmaier schüttelte den Kopf. Er brachte einfach den Mut nicht auf, der Barbara unangenehme Fragen zu stellen. Noch dazu vor dem Baby. „War der einmal hier bei euch, dieser Mann?", fragte er dennoch. Die

Barbara war ehrlich erstaunt. „Nicht, dass ich wüsst. Und ich bin eigentlich fast immer daheim!" Sie zeigte auf den Niki, der einen blauen Plastikbaustein im Mund hatte und darauf herumkaute. Der Speichel formte sich am Kinn bereits zu einem Tropfen. „Einen Kaffee?"

Gerade in diesem Moment hörte man draußen das Knattern eines Mopeds, das kurz darauf erstarb. „Das muss der Martin sein!", sagte die Barbara und stand auf. „Lass!" Gasperlmaier deutete ihr, sich wieder zu setzen, und ging ins Vorhaus, wo er dem Martin Hollnsteiner begegnete. Der maß ihn mit finsterer Miene. „Was will denn die Polizei in meinem Haus? Ich bin müde von der Schicht!" „Geh mit mir noch einmal kurz hinaus, deine Frau muss es ja nicht hören, worüber wir sprechen." Der Martin zuckte mit den Schultern. „Wenn'st meinst." Sie traten vor die Haustür. Es hatte gerade wieder zu regnen begonnen. Dicke Tropfen hinterließen dunkle Flecken auf der rostrot gepflasterten Einfahrt des Hauses.

„Ist bei dir ein Herr Abelein aufgetaucht, ein Kunsthändler aus Deutschland?" Das Gesicht des Martin verfinsterte sich weiter. „Geht dich eigentlich nichts an, Gasperlmaier!", entgegnete der Martin und kickte mit dem Fuß einen Stein weg, der auf dem Pflaster lag. „Geht mich schon was an", entgegnete Gasperlmaier. „Weil, der war sogar in der Zeitung abgebildet, und du, wo du doch im Salzberg arbeitest, musst doch wissen, dass der da drin ermordet worden ist. Und wenn der bei dir war, dann geht mich das ... ich würd sagen, einen ganzen Haufen geht mich das an." Der Martin fischte eine Zigarettenpackung aus seiner Brusttasche und zündete sich eine an. „Drinnen darf ich eh nicht mehr rauchen, seit ..." Er deutete in die Richtung, wo er Frau und Kind vermutete. „Ich hab den nie gesehen!", sagte er, doch irgendwas in seiner Stimme verriet Gasperlmaier, dass das eine Lüge war. „Er war zuerst beim Hierlinger", sondierte Gasperlmaier vorsichtig weiter. „Und der hat ihm möglicherweise deinen Namen genannt. Obwohl er es abstreitet. Im Zusammenhang mit einem Kunstdiebstahl. Aus dem Bergwerk. Im fünfundvierziger Jahr." Der Martin lachte auf, hustete. „Da war ich noch lang nicht geboren, Gasperlmaier. Da weiß ich nichts drüber." Gasperlmaier wartete ab. „Ich nicht, du nicht, und der Hierlinger auch nicht." „Und trotzdem könnte der Mord mit einer alten Geschichte von damals zu tun haben." „Weißt was, Gasperlmaier?" Der Regen war stärker geworden, sodass sich Gasperlmaier näher an die Haustür stellen musste, um nicht nass zu werden. „Wenn dir nicht mehr einfällt, dann gehst einfach wieder nach Hause und lässt uns in Ruhe."

Der Martin rauchte, Gasperlmaier schwieg, in seinem Hirn aber formte sich eine Idee. Natürlich wieder einmal eine, die er aus einem Fernsehkrimi hatte. Man konnte ja zumindest probieren, ob sie funktionierte. „Weißt was, Martin", sagte er. „Wir schauen uns jetzt einfach einmal ein bisschen in deinem Haus um. Ohne Durchsuchungsbefehl. Weil, wenn du einen Durchsuchungsbefehl willst, dann kriegen wir den mit der Aussage vom Hierlinger leicht. Und noch dazu haben wir dann einen Grundbuchauszug, der uns genau sagt, was dein Großvater alles an den Hierlinger verkauft hat und wie viel das wert war." Der Martin tat einen tiefen Zug aus seiner Zigarette und blies den Rauch gegen den Himmel. „Aber da kommt dann ein ganzer Trupp, die dir dein Haus auseinandernehmen. Und das fällt dann natürlich auch den Nachbarn auf." „Geh hinein!", sagte der Martin nur.

„Wir ... der Martin hat nichts dagegen, dass wir uns ein bisschen umschauen", sagte Gasperlmaier in betretenem Tonfall zur Barbara, die den Niki wieder auf den Arm genommen hatte. „Aber warum denn? Was ist denn hier eigentlich los?" Ein bisschen Panik schwang in ihrer Stimme mit. „Eh nix!", versuchte Gasperlmaier hilflos zu beschwichtigen. „Kommst mit?", fragte er die Manuela, die mit verzücktem Gesicht auf dem Sofa saß und den Niki anhimmelte. Die Manuela stand auf, während sich Gasperlmaier im Wohnzimmer umsah. Es gab keinen Kasten, der so groß war, dass man ein altes Gemälde drinnen verstecken hätte können. Und nicht einmal der Hollnsteiner konnte so dumm sein, das Bild an einer dermaßen offensichtlichen Stelle zu verstecken. Und er dachte gar nicht daran, hier vor den Augen der Barbara in den Kästen herumzuwühlen.

Im Erdgeschoß gab es außer der Küche und dem Wohnzimmer noch so eine Art Arbeitszimmer, in dem ein Schreibtisch mit Computer und ein Bügelbrett standen. Ein paar Körbe mit frisch gewaschener, aber noch nicht gebügelter Wäsche standen herum. Sonst nur offene Regale. Gasperlmaier sah unter und hinter dem Schreibtisch nach. „Was suchen wir eigentlich?", fragte die Manuela. „Das Bild. Das Bild, mit dem der alte Hierlinger die ganzen Gründe bezahlt hat, die er dem alten Hollnsteiner abgekauft hat." Die Manuela zischte verächtlich. „Du glaubst doch nicht, dass wir das hier finden! So blöd kann doch keiner sein, dass er das bei sich zu Hause versteckt." „Wo sonst?", fragte Gasperlmaier zurück. Die Manuela stutzte kurz und begann, ebenfalls Möbel und Wände zu mustern. „Gehen wir hinauf!", entschied Gasperlmaier. Oben gab es ein Schlafzimmer, ein noch nicht fertig eingerichtetes

Kinderzimmer und einen Abstellraum, in dem allerlei altes Gerümpel herumstand. Gasperlmaier erinnerte sich daran, wie unangenehm es ihm gewesen war, bei Durchsuchungen in Frauenwäsche herumzuwühlen. „Du machst das Schlafzimmer", sagte er zur Manuela und nahm sich den Abstellraum vor. Ein verstaubtes Fitnessgerät stand da, einige Pappschachteln mit Zeitschriften, Teile von einem Bett, das nicht mehr gebraucht wurde. Gasperlmaier sah hinter ein altes Bettgestell, hob ein paar Zeitschriftenstapel an und beendete seine Suche relativ ratlos.

Danach fiel ihm ein Schrank auf, der im Stiegenhaus stand. Er enthielt Winterkleidung, Skijacken, Pelzstiefel und so weiter. Er hörte ein Rascheln aus dem Schlafzimmer und sah kurz zur Tür hinein. Die Manuela war gerade dabei, eine Schublade zuzuschieben. Sie schüttelte den Kopf. „Nix!"

Als sie die Stiege wieder hinunterstiegen, war ihm, als habe er etwas übersehen. Etwas, wo sie nicht nachgesehen hatten und wo man noch viel mehr als ein mittelgroßes Gemälde verstecken konnte. Er drehte um und begab sich noch einmal ins Schlafzimmer. Hinter dem Bett befand sich ein eigenartiger, kastenförmiger Verbau. Er war etwa zwanzig Zentimeter tief, breiter als das Bett und nur wenig höher als das Betthaupt, vielleicht achtzig Zentimeter. Oben drauf standen ein paar Trockenblumensträuße, und der Verbau war in der gleichen Farbe gestrichen wie das Schlafzimmer. Deswegen war er ihm nicht gleich aufgefallen. Hellgrün. Gasperlmaier fand nirgendwo eine Tür oder eine Klappe, die es erlaubt hätte, den Verbau zu öffnen. „Was, glaubst du, könnte da was drin sein?", fragte er die Manuela, die in der Schlafzimmertür stehen geblieben war. Sie deutete auf die beiden Lampen, die vorne an dem

Verbau angeschraubt waren, an jeder Seite des Bettes eine. „Wahrscheinlich nur, dass man keinen Kabelsalat hinter dem Bett hat. Schaut eleganter aus."

„Ich frag den Hollnsteiner", sagte Gasperlmaier und kletterte die recht steile Stiege wieder hinunter. Der Hollnsteiner war inzwischen ins Haus zurückgekehrt, hatte sich aufs Sofa gesetzt und den Fernseher eingeschaltet. „Komm einmal mit, Hollnsteiner!" Wieder war es ihm peinlich, dass die Barbara mit einem Polizeieinsatz belästigt wurde. Die konnte sicher nichts dafür. „Himmelherrgottsakrament! Kann man denn nicht einmal nach einer anstrengenden Schicht seine Ruhe haben!", schimpfte der Hollnsteiner, sodass der Niki zusammenzuckte und zu plärren begann. „Beherrsch dich doch!", sagte die Barbara und versuchte, das Baby durch Schaukeln auf ihren Knien zu beruhigen. „Komm einmal mit hinauf." „Was ist denn?", fragte der Hollnsteiner ärgerlich, als Gasperlmaier ihn ins Schlafzimmer führte.

„Ich hätt gern gewusst, was da drinnen ist", sagte Gasperlmaier und klopfte auf den Verbau hinter dem Bett. Es klang hohl. Auch ein wenig begabter Beobachter, wie er einer war, konnte unschwer feststellen, dass der Hollnsteiner nach Atem rang. Es drückte ihm fast die Augen aus dem Kopf heraus. „Das ist ...", krächzte er, „... nur so ein Verbau, wegen der Kabel und als Ablage ..." Er war ein schlechter Lügner. Gasperlmaier wusste nicht recht, wie es weitergehen sollte. „Wir würden da gern einmal reinschauen!", sprang ihm die Manuela zur Seite. Der Adamsapfel des Hollnsteiner wanderte hektisch auf und ab. „Das geht nicht, das ist ja ... zugeschraubt!" Die Manuela lächelte. So abgründig, fand Gasperlmaier, wie die Hexe vor dem Knusperhaus, als Hänsel und Gretel dort ankommen. „Dann holst halt einen Schraubenzieher!", half Gasperlmaier aus. „Einen Schraubenzieher", wiederholte der Hollnsteiner tonlos.

Er drehte sich um, schlurfte aus dem Schlafzimmer und sagte: „Jetzt ist eh schon alles wurst!" „Ich geh ihm nach!", zischte Gasperlmaier. „Damit er keinen Blödsinn macht!" Sein Herz klopfte zum Zerspringen. Was war jetzt wurst? Und was hatte der Hollnsteiner vor? Gasperlmaier folgte ihm über die Stiege, aus der Haustür hinaus und in die Garage, die im rechten Winkel zum Haus angebaut war. Das Tor stand offen, und der Hollnsteiner verschwand im Dunkeln, um kurz darauf mit einer Schachtel aus rotem Plastik wiederzukommen, in der allerlei Werkzeug kunterbunt durcheinanderlag. „Da hast. Ich geh nicht mit hinauf." Der Hollnsteiner klang, als würde er jeden Moment in Tränen ausbrechen. Gasperlmaier trat hinter ihm ins Haus, der Hollnsteiner schlich ins Wohnzimmer, und Gasperlmaier trug die Werkzeugschachtel die Stiege hinauf. Neben dem Bett setzte er sie ab. „Wo ist er denn?", fragte die Manuela besorgt. „Im Wohnzimmer, glaub ich", sagte Gasperlmaier. „Den kannst doch jetzt nicht allein lassen!", zischte die Manuela ärgerlich und verschwand. Gasperlmaier suchte sich einen Kreuzschraubenzieher, schob das Bett zur Seite und drehte die Schrauben heraus, die die vordere Platte mit den Seitenteilen verbanden. Allerdings rührte sich auch nichts, als er die letzte Schraube herausgedreht hatte. Die mussten auch noch verleimt sein. Oder er hatte Schraubverbindungen übersehen. Nein, da waren keine mehr. Er suchte nach einem Meißel und stieß ihn in den Spalt zwischen den Platten. Nach mehreren mühseligen Versuchen gab die Deckplatte nach, und er konnte den Verbau einen Spalt weit öffnen. Drinnen jedoch war es dunkel, man konnte rein gar nichts sehen. Er versuchte, den Spalt zu erweitern. Plötzlich krachte es, sodass er erschrak. Die Platte war gebrochen, gab aber etwas frei, das dahintergelegen hatte. Ein Paket, eingepackt in braunes Packpapier und verschnürt. Es sah alt aus. Gasperlmaiers Finger zitterten, als er die Schnur an mehreren Stellen durchschnitt und vorsichtig das ausgebleichte Packpapier zur Seite schob. Schließlich hielt er ein Bild in Händen. Es zeigte einen Mann mit langen Haaren im blauen Mantel. Auf dem Tisch vor ihm standen allerlei Glaskolben, die mit bunten Flüssigkeiten gefüllt waren. Es war der „Alchimist".

10

Gasperlmaier hatte es sich gerade auf dem Sofa bequem gemacht. Der Hollnsteiner war – als neuer Hauptverdächtiger – nach Liezen gebracht worden, das Gemälde lag, wieder in seinem Originalpackpapier verschnürt, vorübergehend im Tresor der Raiffeisenkasse. Die Damen vom Bundesdenkmalamt, die er angerufen hatte, hatten diese Zwischenlösung vorgeschlagen. Der Tresor müsse klimatisiert und trocken sein. Man werde morgen Personal schicken, um das Gemälde in Empfang zu nehmen. Die Dame am Telefon hatte sich äußerst skeptisch zu der Frage geäußert, ob es sich um das echte Gemälde handelte. Überhaupt war sie recht arrogant und von oben herab mit Gasperlmaier umgegangen, der ohnehin nervös genug gewesen war, als er beim Bundesdenkmalamt anrufen hatte müssen.

Die Barbara hatte natürlich Rotz und Wasser geheult, als man ihren Mann verhaftet und abgeführt hatte, und Gasperlmaier hatte sie trösten müssen. Ein paar ihrer Tränen hatte sie in seine Schulter geweint, während er stocksteif dagesessen war und nicht recht gewusst hatte, wie er mit der Situation umgehen sollte. Die Manuela hatte währenddessen anscheinend Wichtigeres zu tun gehabt. Ein ausführliches Telefonat mit der Frau Doktor hatte den Arbeitstag abgerundet. Sie hatte versprochen, sich, trotz Krankenstand, heute noch um die Vernehmung der beiden nach Liezen gelieferten Altausseer zu kümmern.

Nun war Gasperlmaier von den Aufregungen des Tages völlig erschöpft. Neben ihm auf dem Couchtisch stand eine Flasche Bier, die er sich, wie er fand, redlich verdient hatte. Als er den Fernseher einschaltete, war es mit der Ruhe und Gemütlichkeit schlagartig vorbei.

Schon zu Beginn der Sendung starrte er sich selber ins Gesicht. „Steirischer Polizist findet verschollenes Gemälde", stand in der Schlagzeile. Dazu zeigte man den „Alchimisten" und in einem kleinen Kasten rechts oben sein Porträt. Woher die vom Fernsehen das hatten, war ihm ein Rätsel. „Christine!", schrie er, nachdem er wie von der Tarantel gestochen vom Sofa hochgeschossen war, „Christine! Schau dir das an!" „Was ist denn?", rief sie. „Du weißt doch, dass ich diese Schreierei ..." Aber als sie im Wohnzimmer auftauchte, zeigte Gasperlmaier nur auf den Bildschirm, und sie wusste sofort, was los war. Der Sprecher berichtete in sachlichem Ton über die Auffindung des „Alchimisten", dazu wurden in rascher Folge Bilder aus dem Salzberg eingeblendet, die zeigten, wo die Kunstwerke während des Weltkriegs untergebracht gewesen waren. Dann gab es auch noch Bilder vom Haus des Hollnsteiner. „In diesem idyllischen Haus", sagte der Sprecher, „war vermutlich über Jahrzehnte hinweg ein lang gesuchtes Gemälde versteckt, der ‚Alchimist' von Vermeer. Dem Vernehmen nach ist es mehrere Millionen Euro wert." In diesem Moment wurde Gasperlmaiers Portrait groß eingeblendet. „Der Postenkommandant des Polizeipostens Altaussee, Franz Gasperlmaier, hat heute das Gemälde sicherstellen können. Zudem gilt der Besitzer des Hauses, in dem es versteckt war, als Hauptverdächtiger im Mordfall an einem deutschen Kunsthändler, ebenfalls in Altaussee."

Gasperlmaier schlug die Hände vor die Augen. Sein Herz klopfte, als wollte es zerspringen. Von Stolz keine Spur. Er hasste es, so vor die Öffentlichkeit gezerrt zu werden. Man konnte nur hoffen, dass nicht allzu viele Leute die Nachrichten gesehen hatten und man sie bald wieder vergaß. „Na Mahlzeit!", sagte die Christine.

„Franz, du wirst berühmt!" „Ich geh jetzt ins Bett", sagte Gasperlmaier. „Ich mag von dem allem gar nichts mehr hören." Er stapfte die Stiege hinauf und ließ sich in sein Bett fallen. Was sollte denn das ganze Theater? Er hatte ein Bild gefunden, na und? Recht schwer war es nicht gewesen. Und abgegangen war es auch niemandem, denn er hatte vor diesem Fall noch nie davon gehört gehabt. Und außerdem hingen in den ganzen Museen eh genug Bilder herum, tausende, die sich ohnehin keiner anschaute. Wie man dann ein solches Theater um ein Bild machen konnte. Noch dazu eines, das so dunkel und düster war und gar nichts Schönes darstellte.

„Franz, dein Handy! Soll ich's dir bringen?" Am liebsten hätte er sich die Tuchent über die Ohren gezogen. „Die Katharina!" „Gib's halt her!", brummte er, als die Christine in der Tür auftauchte. „Papa, ich hab's schon gelesen! Im Internet! Du wirst berühmt!" Sie schien irgendwie begeistert, was Gasperlmaier nicht nachvollziehen konnte. Seine Ruhe wollte er, und er hatte große Sorge, ob man ihm die in den nächsten Tagen lassen würde. Die Katharina erzählte noch so allerhand, und zum Schluss warnte sie ihn. „Pass auf, mit wem du redest und was du erzählst. Das wird auf der ganzen Welt berichtet, Papa! Kannst du dir das vorstellen! Du kommst in die New York Times!" Das fehlte gerade noch. Aber die Warnung, so nahm er sich vor, würde er beherzigen. Er würde genau gar niemandem genau gar nichts erzählen. Kein Wort. Mit Schaudern dachte er daran, dass wahrscheinlich spätestens morgen Früh die Schablinger samt ihrem Bus von Schilling-TV vor dem Polizeiposten stehen und versuchen würde, ihn auszuquetschen. Als die Katharina aufgelegt hatte, schaltete er sein Handy ab.

Doch schon wenige Minuten später stand die Christine wieder in der Tür. Sie grinste. „Der Christoph lässt dir ausrichten, du sollst deine Exklusivgeschichte nicht unter 5000 Euro verkaufen. Womöglich, meint er, sind sogar 10.000 drinnen. Du sollst auf Angebote aus Deutschland warten." „So weit kommt's noch!", seufzte Gasperlmaier und drehte sich auf die andere Seite. Er schaute aus dem Fenster, hinter dem der Loser im Licht der letzten Sonnenstrahlen leuchtete. Dort oben, dachte er sich, sollte man sein. Abseits von dem ganzen Trubel, und hinunterschauen aufs Ausseerland.

Gasperlmaier schlief schlecht. Sehr schlecht. Ununterbrochen wachte er schweißgebadet aus unruhigen Träumen auf, ständig kamen ihm das Bergwerk und das Gemälde unter. Auch die Schablinger tauchte immer wieder auf, höhnisch lachend wie eine Hexe. Als es hell wurde, so um dreiviertel fünf herum, hielt es ihn nicht mehr. Er schwang seine Füße aus dem Bett und drückte sich hoch. Es knarrte ein wenig, und die Christine drehte sich zu ihm um. „Geh, gib noch ein bisschen Ruh!", murmelte sie und zog die Decke über den Kopf. Gasperlmaier tappte nach unten ins Wohnzimmer, legte sich aufs Sofa und schaltete den Fernseher ein. Im Teletext war sein Fund eine der ersten Schlagzeilen, aber die Nachricht an sich enthielt nicht mehr Einzelheiten als die, die gestern schon bekanntgegeben worden waren. Irgendwie musste er beim Lesen der Teletextnachrichten dann doch wieder eingenickt sein, denn das Nächste, was er wahrnahm, war die Christine, die in der Küche die Kaffeemaschine in Betrieb nahm. Sie lugte kurz ins Wohnzimmer und lächelte. „Na, wie geht's?" Gasperlmaier schrak hoch. Sie war schon geduscht und angezogen. „Wie spät ist es denn?", fragte er. „Halb sieben. Und die Sonne scheint. Magst einen

Kaffee?" Gasperlmaier nickte und schlurfte in die Küche. Er fühlte sich wie gerädert. Der Kaffee half auch nicht viel, und er beschloss, sich zu duschen und anzuziehen, bevor er ernsthaft frühstückte.

Während das Wasser auf ihn herunterprasselte, musste jemand an der Tür geläutet haben. Als er sich abtrocknete, hörte er von unten Stimmen. Dann das Schließen der Haustür. Was war denn da los? Er schlüpfte in eine frische Unterhose und schlich hinüber ins Zimmer der Katharina, von dessen Fenster man Blick auf den Hauseingang und die Straße hatte. Was er dort sah, ließ ihm das Herz in die Hose sinken. Draußen stand ein großer Lieferwagen mit der Aufschrift „Schilling-TV", und die Schablinger und ein Mann, der eine Kamera geschultert hatte, lauerten am Gartenzaun und unterhielten sich miteinander. Es war offensichtlich, dass sie auf Gasperlmaier warteten, um ihn zu interviewen. Während er sich anzog, konnte er deutlich spüren, wie sich sein Magen verknotete. Mit einem Frühstück würde es nichts werden, so viel war klar.

Auf leisen Sohlen schlich er hinunter, so als müsse er sich in seinem eigenen Haus vor der Schablinger verstecken. „Was wollte sie denn?", fragte er. Die Christine kaute auf ihrem Marmeladebrot herum. „Interviewen will sie dich. Den Helden von Altaussee." Sie grinste. „Was?" „Ja, sie hat gesagt, du bist ein Held. Und da braucht sie natürlich ein Interview mit dir. Für ihr Magazin im Schilling-TV." Gasperlmaier schüttelte den Kopf. „Ich denk ja gar nicht dran! Hast du ihr wenigstens gesagt, dass das eine Schweinerei war, mit den Flüchtlingen?" Die Christine nickte. „Ich hab ihr klar und deutlich gesagt, dass du nach dieser Falschmeldung sicherlich nicht gerne mit ihr reden wirst." Sie biss noch einmal von ihrem Brot ab, während Gasperlmaier rasch einen Schluck Kaffee nahm. Der war nicht einmal mehr lauwarm. „Aber", fuhr die Christine fort, „was bleibt dir anderes übrig? Die wird auf der Straße lauern, bis du rausgehst. Und da überlegst du dir am besten jetzt gleich, wie du reagierst." „Ich denk ja gar nicht dran!" Gasperlmaier schüttelte den Kopf. „Wenn's sein muss, geh ich über die Terrasse und kletter über den Zaun!" Die Christine lachte. „Na, dann viel Spaß! Aber vergiss nicht, von der Straße kann man auch auf unsere Terrasse schauen, wenn man aufmerksam ist. Da musst du flink sein!"

Gasperlmaier hielt es nicht mehr auf seinem Stuhl. Er ging noch einmal in den ersten Stock hinauf und warf einen vorsichtigen Blick aus dem Fenster. Die Schablinger und ihr Kameramann standen nach wie vor direkt vor dem Gartentor. Leider hatten sich inzwischen auch andere Schaulustige angesammelt. Schulkinder standen mit umgehängten Schulrucksäcken direkt hinter dem Kameramann, und auch ein paar Erwachsene waren zwar offenbar früh aufgestanden, hatten es nun aber überhaupt nicht mehr eilig.

„Ich klettere jetzt beim Küchenfenster hinaus. Und dann geh ich zum Friedrich. Der soll mich auf den Posten bringen, dem sein Auto kennt die Schablinger nicht." Die Christine kicherte. „Übertreibst du da nicht ein wenig?" Gasperlmaier schüttelte den Kopf und zog seine Schuhe aus. „Schmeiß mir die einfach nach!", sagte er zur Christine. „Pfüat di!" Er kletterte auf die Küchenanrichte und öffnete das Fenster. Es war gar nicht so leicht, da hinauszukommen. Er musste zuerst seine Beine aus dem Fenster schwingen und dann hinunterhüpfen. So hoch war es ja nicht. Als er allerdings unten stand, stellte er fest, dass das Gras doch noch recht nass vom Tau war und seine Socken sofort durchfeuchtete. Die Christine sah aus dem Fenster. „Schnell!", flüsterte Gasperlmaier. „Die Schuhe!" Schon polterten seine schwarzen Halbschuhe neben ihm zu Boden. Hoffentlich hatte die Schablinger nichts gehört. Das Gefühl von nassen Socken in den Schuhen war zwar höchst unangenehm, aber da konnte man nichts machen. Er schwang sich über den Lattenzaun auf das Nachbargrundstück. Das ging noch leicht, fast wie in seiner Jugendzeit. Damals war er oft hinübergestiegen, um mit dem Werner und der Maresi, den Nachbarskindern, zu spielen. Jetzt wohnte die Maresi mit ihrer Familie im Haus. Hoffentlich sah sie ihn nicht, wenn er durch ihren Garten schlich.

„Grüß dich, Gasperlmaier!" Er zuckte zusammen. „Was machst denn in meinem Garten? Einen Einbrecher verfolgen?" Die Maresi stand auf dem Balkon, im Nachthemd. Und weil sie sich weit vornüberbeugte, um mit ihm zu reden, gewährte sie tiefe Einblicke, die Gasperlmaier im Moment aber nicht gebrauchen konnte. Er legte einen Finger an die Lippen. „Psst! Da sind welche vom Fernsehen vor meinem Haus! Und ich will nicht ..." Die Maresi nickte verständnisvoll. „Schau nur, dass du weiterkommst. Und ich sag's der Sabrina, die will eh immer ins Fernsehen. Ein Star werden." Gasperlmaier winkte noch zum Abschied und machte, dass er durch die Einfahrt die Straße erreichte. Dort begegnete er niemandem. Das würde jetzt eine Zeitlang dauern, bis er zum Friedrich kam, und er hoffte inständig, dass er bis dahin unentdeckt bleiben würde. Und die Frau Doktor, die musste er anrufen. Unbedingt. Sie klang, als habe er sie bei irgendwas Wichtigem unterbrochen, als sie sich meldete. „Ja?" Gasperlmaier erklärte ihr die Situation in Altaussee. „Und es wär schön", sagte er, „wenn du so schnell wie möglich kommst, damit du das mit den Fernsehheinis in die Hand nehmen kannst." Die Frau Doktor aber, so stellte sich heraus, hatte überhaupt nicht die Absicht gehabt, heute nach Altaussee zu kommen. Der Fall sei praktisch gelöst, der Hollnsteiner werde sich kaum herauswinden können, man rechne mit einem Geständnis. Dass er zum Zeitpunkt des Mordes im Bergwerk gewesen sei, sei bestätigt. Er sei sogar einer der beiden gewesen, die während der letzten Führung mit der Grubenlok durch das Schaubergwerk gefahren seien. Den Hierlinger habe man schon laufen lassen. „Und im Übrigen, unsere Pressesprecherin kümmert sich um den Rest." Etwas genervt legte Gasperlmaier auf. Jetzt sollten er und die Manuela mit dem Presserummel plötzlich allein klarkommen. Aber, auf der anderen Seite, die Aufgabe der Frau Doktor war, den Mord am Abelein zu klären. Und dafür musste sie nun wirklich nicht wieder nach Altaussee reisen, nachdem er ihr den Schuldigen praktisch auf dem Tablett serviert hatte.

Es dauerte eine gute halbe Stunde, bis er beim Friedrich vor der Tür stand. „Servus, Gasperlmaier", sagte der, als er öffnete. In dem Moment läutete auch Gasperlmaiers Handy, und er hob ab, bevor er sich überlegt hatte, ob es eine gute Idee war, den Anruf einer unbekannten Nummer anzunehmen. „Ja, grüß Sie, guten Morgen, sehr verehrter Herr Inspektor!" Er kannte die Anruferin nicht, folgte aber dem Friedrich in die Stube hinein. Draußen war es noch empfindlich kalt für einen Junimorgen. „Mit wem sprech ich denn, bitte?" Der Friedrich bedeutete Gasperlmaier, sich am Esstisch niederzusetzen. Eine Frau war am Apparat. „Hier ist Spreizner, vom Fernsehen. Sie kennen mich doch sicher von den Nachrichten, nicht? Herr Inspektor, zuerst einmal gratuliere ich Ihnen zu Ihrem fabelhaften Gespür. Sie haben der Welt ein Kunstwerk wiedergegeben, das fast ein Jahrhundert lang verschollen war." Gasperlmaier hielt das Handy ein wenig weg von seinem Ohr, damit der Friedrich mithören konnte. „Und was wollen S' jetzt von mir?", fragte Gasperlmaier. „Ja, Sie kommen natürlich in unsere Sendung. Ich bin schon auf dem Weg nach Altaussee, ich hoffe, Sie werden uns für ein Interview zur Verfügung stehen?" Gasperlmaier geriet ins Stottern. „Ich ... da haben wir ... also, da gibt es eine Pressesprecherin. In Liezen, beim Bezirkspolizeikommando. Wenn Sie vielleicht die ... und Sie können auch das Bundesdenkmalamt, die kommen heute das Bild holen, die ..." Die Frau Spreizner unterbrach ihn. „Hören Sie, das ist ja alles gut und schön, aber mich interessiert keine Pressesprecherin, und die Bürokraten vom Bundesdenkmalamt schon gar nicht! Ich will den Helden des Tages, den will ich! Sie sind ein Vorbild! Ganz auf sich allein gestellt haben Sie ..." Jetzt unterbrach Gasperlmaier den Redefluss der Frau Spreizner. „Wenn S' dann in Altaussee sind, können Sie sich ja wieder melden." Er legte auf.

Der Friedrich brummte und wiegte den Kopf. „Na", sagte er, „das wird ein Spaß. Die werden keine Ruhe geben, bis sie dich durch alle Zeitungen und Fernsehsender durchhaben. Denen entgehst du nicht. Magst einen Schnaps?" Gasperlmaier schüttelte den Kopf. „So früh am Morgen, das ist nicht ..." In diesem Moment trat die Heidi in die Stube und machte ein viel freundlicheres Gesicht, als Gasperlmaier es jemals an ihr gesehen hatte. „Ja, da ist ja unser Held! Großartig, was du geleistet hast! Du wirst ein richtiger Star, wirst du!" Sie setzte sich neben ihn hin, drückte ihn an sich und schmatzte ihm zwei Küsse auf die Wangen. So viel Herzlichkeit war er von der Heidi nicht gewohnt. Als sie ihn wieder losgelassen hatte, bekam er kaum Luft wegen des betörenden Parfums, das sie verwendete. „Und wenn'st einen Spenzer brauchst, oder ein Gilet, gell, Gasperlmaier, dann kommst bei mir vorbei. Das wäre mir eine Ehre, unseren Helden von Kopf bis Fuß auszustatten. So, Bärli, und ich muss jetzt. Die Gabi kommt ohne mich nicht zurecht." So schnell konnte Gasperlmaier gar nicht schauen, hatte sie ihre Handtasche gepackt und war zur Tür hinausgerauscht. „Bärli?", fragte Gasperlmaier amüsiert. „Tu nicht so!", brummte der Friedrich. „Frag ich, wie dich deine Frau nennt, wenn ihr im Schlafzimmer der Zweisamkeit frönt?" Gasperlmaier hatte keine Lust, das Thema weiter zu vertiefen.

Während der Friedrich ihn auf den Posten chauffierte, hielt Gasperlmaier vorsichtig Ausschau nach Mitgliedern der schreibenden oder eventuell auch filmenden Zunft. „Brauchst nicht glauben, dass die Heidi dir aus reiner Nächstenliebe ein Trachtengewand schenken will", erklärte er mit lauter Stimme, um das tiefe Brummen seines alten Mercedes zu übertönen. „Die will dich dann fotografieren und mit dir Werbung machen. Das hat sie mir schon verraten." Gasperlmaier begrub die Aussicht auf einen neuen Spenzer schlagartig. „Das kommt auf keinen Fall in Frage. Ich mach mich doch nicht zum Deppen."

Wider Erwarten erreichten sie den Posten ohne Zwischenfälle, und auch vor dem Gebäude stand nur einsam und allein ihr Streifenwagen. Gasperlmaier fiel ein, dass immer noch das Notrad montiert war, weil gestern keine Zeit mehr gewesen war, eine Werkstätte aufzusuchen. Hoffentlich kam er heute Vormittag endlich dazu.

Im Büro allerdings saß außer der Manuela ein fremder Mann, der aus Gasperlmaiers Stuhl aufsprang, als

der durch die Tür kam. Die Manuela grinste. „Sorger",
stellte er sich vor, „Viktor Sorger. Journalist. Ich komme vom Tagesspiegel. Wie Sie wissen, ein seriöses Me-
dium. Qualitätsjournalismus." Als Gasperlmaier Luft
holte, um etwas zu sagen, hielt ihm der Herr Sorger
eine Handfläche entgegen. „Sagen Sie nichts. Wir sind
nur an Tatsachen interessiert. Nicht an Sensationen.
Sie mögen vielleicht denken, die könnten wir auch aus
den Agenturmeldungen und den Pressemitteilungen
der Polizei entnehmen, aber in diesem Fall war mir der
persönliche Kontakt wichtig. Sehr wichtig." Der Herr
Sorger war groß und ziemlich mager. Er trug einen
etwas verschlissenen grauen Anzug, ein gelbes Hemd
und eine rot gemusterte Krawatte. An seinen Füßen
saßen spitze Schuhe, die unter der Staubschicht wohl
grau sein mochten. Gasperlmaier musterte ihn verunsichert. Bevor der Herr Sorger sich wieder seinen Stuhl
schnappen konnte, setzte Gasperlmaier sich.

„Was ist denn Ihr persönliches Verhältnis zur bil-
denden Kunst?", fragte der Herr Sorger, nachdem er es
sich auf dem Besucherstuhl Gasperlmaier gegenüber
bequem gemacht hatte. „Ich ... äh ..." Die Manuela kicherte hinter vorgehaltener Hand. Was hatte denn das
mit dem Mord zu tun? Oder mit dem Bild? Er fasste
sich ein Herz. „Da weiß ich ... da kann ich Ihnen nichts
dazu sagen. Weil es auch mit meiner Arbeit nichts zu
tun hat. Oder?" Der Herr Sorger sah sehr sorgenvoll
drein und schlug die Beine übereinander. „Ich brauche Hintergründe. Hintergründe!" Er erhob belehrend
seinen Zeigefinger. „Was haben Sie denn in dem Moment gefühlt, als Sie das Gemälde ausgepackt haben?
Das muss ja ein ... ein erhebender Augenblick gewesen
sein!" Der Herr Sorger stand wieder auf und fuchtelte
mit den Händen in der Luft herum. Gasperlmaier über-

legte, wie man diesen Zeitgenossen möglichst schnell wieder loswerden konnte. Die Manuela sprang ihm bei. „Ich dachte, Sie wären nur an Tatsachen interessiert?" „Schon – aber eben auch hintergründige!", wand sich der Herr Sorger heraus. Gasperlmaier erhob sich. „Ich geh jetzt einmal aufs Klo", sagte er. Dort stellte er fest, dass er zwar nicht musste, aber einen Riesenhunger hatte. Am Frühstücken war er ja durch das Auftauchen der Schablinger gehindert worden. Aber er legte sich eine Strategie für den unerwünschten Besucher zurecht. Bevor er die Toilette verließ, wusch und trocknete er sorgfältig seine Hände und fuhr sich durch die Haare.

„Wir müssen arbeiten. Wenn Sie Informationen brauchen, dann rufen Sie im Bezirkspolizeikommando Liezen an." Gasperlmaier atmete tief durch. Die Manuela grinste praktisch unaufhörlich, stand aber auf und öffnete die Tür. „Bitte!" Sie unterstrich ihre Aufforderung mit einer weitausladenden Geste. „Sehr kooperativ finde ich das nicht!", beschwerte sich der Herr Sorger. Die Manuela verbeugte sich wie ein Lakai, als er an ihr vorbei aus der Tür huschte. Als sie sie schloss, wand sie sich in einem Lachanfall.

Wieder klingelte Gasperlmaiers Handy, abermals eine unbekannte Nummer. Er wies den Anruf zurück und schaltete das Gerät aus. Wahrscheinlich war es ohnehin nur irgendein neugieriger Journalist gewesen. Oder eine Journalistin. Apropos Journalistin – auf die Schablinger hatte er völlig vergessen. Vorsichtig lugte er zum Fenster hinaus. Tatsächlich parkte gerade der Bus von Schilling-TV vor dem Gebäude ein. Direkt neben ihrem Streifenwagen. Somit war der Weg nach draußen abgeschnitten, und auch, fiel Gasperlmaier schlagartig ein, der Zugang zu Nahrungsversorgung.

„Hast du etwas zu essen dabei?", fragte er die Manuela. Die nickte. „Zwei Müsliriegel. Kannst einen haben!" Noch bevor er dankend ablehnen konnte, hatte sie ihm schon einen leuchtend grün verpackten Riegel zugeworfen. Mit knapper Not konnte er ihn auffangen und legte ihn auf den Tisch. „Ich mach mir mal einen Kaffee", sagte er, als es an der Tür läutete. Die Manuela war vor ihm am Fenster. „Ein Auto vom ORF", sagte sie. „Was machen wir?" Gasperlmaier zuckte mit den Schultern und füllte zunächst einmal den Wassertank der Kaffeemaschine. Jemand drückte draußen neuerlich den Klingelknopf, mehrmals und langandauernd.

„Weißt du, was ich glaub? Wir sollten die vom ORF hereinlassen. Die berichten wenigstens halbwegs objektiv. Hoffe ich", sagte die Manuela. Gasperlmaier fühlte sich überhaupt nicht wohl. Sein Magen rebellierte – zum Hunger kam die Nervosität. Die Manuela aber war schon die Stiege hinunter und hatte die Tür geöffnet, worauf er lautes Stimmengewirr von unten hörte. Anscheinend war ein Streit im Gange, die Stimme der Schablinger hob sich kreischend von anderen ab. Schließlich kam die Manuela wieder herauf, mit einer etwas fülligen, aber hübschen Frau mit kurzen, dunklen Haaren. Sie trug einen Hosenanzug, der Gasperlmaier ein wenig an die deutsche Bundeskanzlerin erinnerte. Lächelnd kam sie auf Gasperlmaier zu. „Spreizner. Wir haben telefoniert. Zuerst einmal herzliche Gratulation!" Sie schüttelte Gasperlmaier kräftig die Hand und strahlte ihn an, als hätte sie einen Millionengewinn zu verkünden. „Darf ich mich setzen?" Gasperlmaier nickte und wies auf den Besucherstuhl, blieb aber selbst stehen. „Ich kann Ihnen eh nichts sagen. Wenn Sie sich bitte an unsere Pressesprecherin ..." Die Frau Spreizner unterbrach ihn mit einer wegwerfenden Geste, ohne ihr Strahlen abzuschalten. „Unsere Zuseher wollen Sie schon ein wenig kennenlernen, Ihre Sicht der Geschehnisse miterleben. So etwas passiert ja nicht alle Tage, dass ein gewöhnlicher Polizist einen Millionenfund macht." Irgendwie kam sich Gasperlmaier nun doch geehrt vor. Die Frau Spreizner war freundlich und hielt ihn offenbar wirklich für etwas Besonderes. „Wir filmen natürlich nicht hier herinnen!" Sie wies mit deutlich missbilligender Miene auf die nüchternen Möbel und Wände ihrer Amtsstube. „Ich habe eher an einen Hintergrund gedacht mit See und Bergen, so, wie die Zuschauer sich das Ausseerland vorstellen." Gasperlmaier seufzte.

Es dauerte weniger als eine Viertelstunde, bis Gasperlmaier auf dem Bootssteg unterhalb des Seehotels stand und in eine Kameralinse blinzelte. Es war nicht einfach gewesen, an den Streifenwagen zu gelangen, die Schablinger hatte an seiner Uniform gezerrt, der Kameramann war hinter ihr hergelaufen und hatte sowohl sie als auch Gasperlmaier fast umgestoßen, als der gerade ins Auto steigen wollte. Wahrscheinlich hatte er trotzdem gefilmt, obwohl Gasperlmaier fest die Lippen aufeinandergepresst hatte, um nur ja nichts zu sagen.

Natürlich war ihnen der Wagen von Schilling-TV gefolgt, als die Schablinger gemerkt hatte, dass auch der Wagen des ORF dem Streifenwagen nachfuhr. Bis jetzt war es der Manuela allerdings gelungen, die Schablinger fernzuhalten. Sie stand oben bei der Kirche und wartete auf ihn. Wie die Katze vor dem Mauseloch, dachte Gasperlmaier bei sich.

Warum ihn der Kameramann des ORF immer wieder auf und ab gehen ließ, einmal auf den Steg hinaus und dann wieder zurück, ohne dass er eine einzige Frage gestellt bekam, war Gasperlmaier schleierhaft.

Dann stellte ihm die Frau Spreizner auf dem Bootssteg mehrere Fragen, manche davon mehrmals, weil er sich in der Antwort verheddert hatte. Bei den Wiederholungen wurde es aber nicht besser, weil gelegentlich ein Windstoß dreinfuhr, der die Tonaufnahme unbrauchbar machte. Und er musste ganz vorsichtig sein, um nicht Einzelheiten über die laufende Ermittlung zu verraten, was ihn natürlich noch befangener machte. „Wie fühlt man sich, wenn man einen so bedeutenden Fund gemacht hat?" Gasperlmaier ging so viel durch den Kopf, und wäre er ehrlich gewesen, hätte er sagen müssen, dass er sich ganz miserabel fühlte, weil er seine Ruhe haben wollte und einen Mordshunger vor sich herschob. Aber das konnte man im Fernsehen natürlich nicht sagen. „Es ist schon ein großartiges Gefühl", sagte er schließlich. „Wenn man der Welt ein Kunstwerk zurückgeben kann, das fast ein Jahrhundert lang verschollen gewesen ist." Die Frau Spreizner schaute etwas überrascht, und Gasperlmaier fiel ein, dass sie genau diesen Satz ja bei ihrem Telefongespräch zu ihm gesagt hatte. Aber das, fand er, war jetzt eigentlich auch egal. Die Frau Spreizner nickte lächelnd. Anscheinend war das Interview beendet. „Herzlichen Dank!", sagte sie, schüttelte Gasperlmaier die Hand und näherte ihren Kopf dem seinen, so dass er einen Moment lang glaubte, sie habe vor, ihn zum Abschied zu küssen. Dann aber zog sie sich wieder zurück. „Wann kommt denn das Ganze?", fragte er. „Heute noch! Vielleicht sogar in der ‚Zeit im Bild', wenn wir Glück haben." Von Glück, so dachte Gasperlmaier bei sich, konnte da aber keine Rede sein. Während sich die Frau Spreizner samt Kameramann den Berg hinauf entfernte, nahm Gasperlmaier den Spazierweg entlang des Sees, um der Schablinger zu entgehen. Der Manuela musste er rasch noch ein SMS schicken, damit sie wusste, dass sie ihn bei der Bäckerei Maislinger erwarten sollte. Er musste jetzt dringend, ganz dringend etwas in seinen Magen bringen.

Tatsächlich gelang es ihm, bis zur Bäckerei vorzudringen, ohne der Schablinger in die Hände zu fallen. In der Bäckerei wurde er allerdings eisig empfangen. Die Monika maß ihn mit gerunzelter Stirn von oben bis unten. „Dass du dich noch da hertraust!" Erst jetzt fiel Gasperlmaier ein, dass er ja den Mann der Barbara, einer Kollegin der Monika, verhaften hatte lassen. Weil er wohl den Abelein umgebracht hatte. „Aber ich kann doch nichts dafür!", verteidigte er sich und hoffte, dass er trotz des Zorns der Monika wenigstens eine Leberkäsesemmel bekommen würde. „Ich hab ihn doch verhaften müssen! Und die Barbara, die hat ja mit der ganzen Sache nichts zu tun! Wahrscheinlich!", fügte er noch hinzu. „Na ja!", sagte die Monika. „Das glaubst ja wohl selber nicht, dass der Hollnsteiner ein Mörder ist! Wahrscheinlich waren's die Afghanen, die da im Bergwerk waren. Gratis noch dazu! Das sagen alle!" Gasperlmaier war nahe am Verzweifeln. Jetzt musste er auch noch die unsägliche Berichterstattung vom Schilling-TV geraderücken, bevor er etwas zu essen bekam. „Die Flüchtlinge waren Syrer, keine Afghanen. Und die waren vormittags im Bergwerk und längst wieder zu Hause, als der Abelein ermordet worden ist. Das kannst mir schon glauben." Die Monika seufzte. „Ich hab's eh nicht ernst gemeint, weil manche wollen ja alles den Flüchtlingen in die Schuhe schieben. Magst eine Leberkäsesemmel?" Gasperlmaier atmete auf. „Zwei. Eine mit normalem und eine mit scharfem." Dass er in beide Leberkäsesemmeln Senf hineinhaben wollte und ein paar Gurkerlscheiben oben drauf, das musste er der Monika als Stammkunde nicht erklären. „Und bringst mir bitte auch noch ein großes Bier." Er hatte sich entschlossen, sich zum Essen an einen Tisch im Café zu setzen und seine Jause in Ruhe zu genießen. Es war bisher, alles in allem, kein angenehmer Tag gewesen.

„Bitte schön!" Er war froh, dass sich die Monika wieder beruhigt hatte und ihm seine Semmeln und sein Bier mit gewohnter Freundlichkeit hinstellte. Als er gerade unter wohligen Schauern den ersten Bissen kaute, tauchte die Manuela auf. „Ah, da bist du! Und gleich zwei Semmeln!" „Ich hab ja", nuschelte Gasperlmaier mit vollem Mund, „kein Frühstück gehabt, weil ich vor der Schablinger hab flüchten müssen." Die Manuela nickte. „Magst auch was trinken?", fragte die Monika. „Einen großen Braunen. Und ein Wasser, bitte. Ich hab das Auto hinterm Haus abgestellt. Damit uns die Schablinger nicht so schnell findet."

Gasperlmaier nickte. Fast im gleichen Moment allerdings hörten sie die Stimme der Schablinger von draußen aus dem Verkaufsraum der Bäckerei. Ein Pizzaweckerl und ein Cola wollte sie haben. Gasperlmaier duckte sich ein wenig, was aber völlig sinnlos war, denn wenn sie hier hereinkam, waren sie gar nicht zu übersehen. Er kaute weiter an der Semmel mit scharfem Leberkäse, die ihm aber plötzlich schwer im Magen lag. Das Bier drückte ebenso, und so musste er, hinter vorgehaltener Hand, lautstark rülpsen. Die Manuela schüttelte mit vorwurfsvoller Miene den Kopf.

Anscheinend war die Schablinger mit ihren Einkäufen wieder hinausgegangen, denn sie war nicht mehr zu hören. Als die Manuela und Gasperlmaier allerdings den Ausgang aus dem Gastgarten auf die Straße nahmen, liefen sie ihr direkt in die Arme. „Ja, lieber Franz, dass ich dich endlich einmal erwische!" Sie hielt ihn gleich am Arm fest, und Gasperlmaier hütete sich davor, allzu heftige Bewegungen zu machen, denn die Maggie hatte schon einmal Krawall geschlagen, als er sie von einem Tatort abhalten wollte und sie behauptet hatte, er habe Gewalt gegen sie angewendet. So blieb ihm nichts anderes übrig, als der Maggie zu ihrem Bus zu folgen, der auf dem Parkplatz der Bäckerei stand. Und zwar so, dass kein anderes Auto mehr wegfahren konnte. Mit See und Berg hielt sich die Maggie gar nicht erst auf, der Mann mit der Kamera stand schon bereit, und sie zog Gasperlmaier, der sich vor lauter Überraschung nicht wehrte, vor das Logo von Schilling-TV auf der Außenwand des Kastenwagens.

Gasperlmaier war zwischen dem Wagen, dem Kameramann und der Maggie förmlich eingeklemmt, sodass ihm kaum anderes übrigblieb, als verhalten in die Kamera zu grinsen, obwohl ihm das aufdringliche Parfum der Maggie Niesreiz verursachte. „Hier, meine lieben Zuseherinnen und Zuseher, sehen Sie den Helden von Altaussee. Postenkommandant Franz Gasperlmaier. Er war es, der nicht nur einen Millionenschatz gefunden hat, nein, er hat auch noch den Mörder, der das Gemälde bei sich zu Hause versteckt hatte, dingfest gemacht." Sie hielt ihm das Mikrophon hin, da sie Gasperlmaier aber keine Frage gestellt hatte, schwieg und nickte er. Die Maggie grinste ihn an, als habe sie gerade ein meet-and-greet mit ihrem Lieblingspopstar gewonnen. „Wie fühlt man sich nach einem solch aufregenden Einsatz, Herr Inspektor?" „Ja, mei", sagte Gasperlmaier, „aufgeregt halt. Und hungrig und durstig." „Ja, nach einem solchen Tag hat man sich schon ein Bier oder zwei verdient, nicht?" Wieder nickte Gasperlmaier. Die Maggie sagte eigentlich eh alles selber. Plötzlich erinnerte er sich an die Falschmeldung, die die Maggie genüsslich verbreitet hatte. „Aber die Flüchtlinge, die waren's nicht, das sehen Sie doch jetzt selber ein, oder?" Die Maggie wandte sich von ihm ab und gab dem Kameramann ein Zeichen. Gasperlmaier fühlte, wie ihm Schweißtropfen über die Stirn liefen, und er nahm seine Dienstmütze ab.

„Was soll denn jetzt mit dem Gemälde geschehen? Und: Gibt's einen hohen Finderlohn für Sie?" Gasperlmaier zögerte. „Aufsetzen!", raunte ihm die Maggie zu. „Das sieht nicht gut aus, mit der verschwitzten Frisur!" Überrascht gehorchte Gasperlmaier und drückte die Dienstmütze wieder auf seinen schweißnassen Kopf. „Darüber hab ich mir noch keine Gedanken gemacht. Ich glaub es nicht, es war ja schließlich ein normaler Polizeieinsatz. Ich hoffe nur, dass die Familie jetzt nicht leiden muss, unter der ganzen Geschichte. Das täte mir nämlich leid." „Ja, ja", antwortete die Maggie etwas geistesabwesend. „Erzählen Sie doch einmal unseren Zuschauern, wie es Ihnen gelungen ist, auf die Spur des Bildes zu kommen!" Gasperlmaier fand, dass ihm die Maggie mit ihrem Mikrophon viel zu nahe kam, er fühlte sich unwohl. Natürlich wollte er jetzt irgendetwas sagen, das weder einfältig noch langweilig klang, musste aber dabei bedenken, keine Interna aus den Ermittlungen auszuplaudern. Er dachte auch an die Barbara, die jetzt wahrscheinlich heulend zu Hause saß und alles eher brauchen konnte als einen Polizisten, der Details über das Versteck des Bildes bei ihr zu Hause verriet. „Wir sind einfach Hinweisen nachgegangen. Hinweisen … aus der Bevölkerung." Die Maggie schien unzufrieden. „Gab es nicht schon jahrelang Gerüchte, dass damals, bei der Räumung des Kunstlagers im Bergwerk, auch ein bisschen was bei den Bergleuten in Altaussee hängen geblieben ist?" Gasperlmaier schüttelte den Kopf. „Von solchen Gerüchten hab ich nie etwas gehört!" Er unterstrich seine Aussage durch energisches Kopfschütteln und abwehrende Gesten.

„Geh, schalt ab!", sagte die Maggie zum Kameramann. „Aus dir kriegt man ja überhaupt nichts Vernünftiges raus, Franz!" Sie legte ihm vertraulich eine Hand auf den Unterarm, Gasperlmaier starrte die Hand mit den langen, mehrfärbig lackierten Fingernägeln skeptisch an. „Hast du denn nicht irgendeine spannende Story für mich? Etwas, das die Leute wirklich ... verstehst du, wir müssen Gefühle rüberbringen! Gefühle! Und ich will dich ... du sollst halt der Held in dieser Story sein! Der Hero! Das wär auch eine Imagepolitur für die ganze Polizei!"

Gasperlmaier schüttelte abermals den Kopf. „Ich taug nicht zum Helden. Und ich hab schon alles gesagt, was ich weiß. Und mehr darf ich auch gar nicht sagen!" Er trat einen Schritt zurück und entzog der Maggie damit seinen Arm. „Frau Inspektor!", rief die Maggie plötzlich und lief der Manuela hinterher, die gerade hinter der Bäckerei verschwinden wollte, wo ihr Auto stand. Gasperlmaier nutzte die Gelegenheit zur Flucht. Er würde zu Fuß zum Posten gehen und der Manuela ein SMS schreiben. Und dann würde er sich für den Rest des Tages einfach selber krankschreiben. Er fühlte sich auch so. Man musste ja schließlich nicht immer Fieber haben, um krank zu sein.

Kurz bevor er am Posten ankam, überholte ihn die Manuela und parkte vor dem Gebäude ein. Neben einem schwarzen Kombi mit Wiener Kennzeichen standen zwei Damen, von denen eine gerade auf ihrem Handy herumtippte. „Ah, da ist er ja schon!" Die Dame, die das Handy in der Hand hielt, trug ein graues Kostüm und ihr blondes Haar war hochgesteckt. Eine ziemlich auffällige schwarz-silberne Brille umrahmte ihre stark geschminkten Augen. Sie stöckelte auf Gasperlmaier zu. „Zetter-Krogemann. Doktor Zetter-Krogemann", stellte sie sich vor. „Bundesdenkmalamt. Und das ist meine Kollegin, Frau Doktor Heimlich-Schnell, vom Kunsthistorischen Museum. Eine ausgesprochene Expertin für niederländische Malerei des 17. Jahrhunderts." Sie schüttelte Gasperlmaier die Hand und zeigte gleichzeitig auf ihre wesentlich magerere Kollegin, die eine überaus bunte Seidenbluse zu einem schwarzen Rock trug. „Guten Tag", grüßte Gasperlmaier, während die Manuela zu ihnen trat. „Sollen wir gleich zur Bank hinüber? Sie wissen ja, das Bild ist dort im Tresor untergebracht."

Die Frau Doktor Zetter-Krogemann nickte. „Ist es auch nicht zu weit? Sonst fahren wir!" Gasperlmaier schüttelte den Kopf und deutete auf das Gebäude der Raiffeisenbank schräg gegenüber. Vor der Bank stand ein weiteres Auto mit Wiener Kennzeichen, ein Geländewagen mit offenem Verdeck. Als sie sich näherten, stieg ein großgewachsener Mann mit dunkler, lockiger Mähne aus. Er hielt eine Kamera in der Hand und streckte Gasperlmaier schon von weitem die Hand zum Gruß hin. „Mayr", stellte er sich vor. „Rudi Mayr. Sagen Sie einfach Rudi zu mir. Austria Presseagentur. Ich soll ein paar Fotos schießen." Gasperlmaier reichte dem Mann, der auf den ersten Blick nicht unsympathisch wirkte, die Hand.

Es war angenehm kühl im Schalterraum, als sie ihn zu fünft betraten. Anscheinend war ihr Kommen beobachtet worden, denn der Vierthaler, der Leiter der Bank, trat ihnen strahlend entgegen. „Guten Tag, die Damen, servus, Gasperlmaier! Es ist mir eine große Ehre, Sie glauben es ja gar nicht, dass ich wenigstens für einen Tag so ein wertvolles Gemälde bei mir, sozusagen, beherbergen darf." Der Vierthaler hörte gar nicht mehr auf zu reden und hatte anscheinend besonders an der Frau Doktor Zetter-Krogemann einen Narren gefressen, deren Hand er gar nicht mehr loslassen wollte.

„Wollt's vielleicht einen Schnaps?", fragte der Vierthaler. Die beiden Damen sahen einander etwas indigniert an und schüttelten dann unisono ihre Köpfe. „Wir möchten lieber so schnell wie möglich mit dem Bild zurück nach Wien. Und ein Wasser, vielleicht. Still. Und bitte nicht aus dem Kühlschrank."

Während die Damen an ihrem Wasser nippten, verschwand der Vierthaler und kam mit dem in Packpapier verschnürten Bild unter dem Arm zurück. „Ja, wo ...?", fragte er die beiden Damen, die Frau Doktor Heimlich-Schnell schritt hingegen rasch auf ihn zu und nahm ihm das Paket ab. Sie berührte es nur mit den Fingerspitzen. „Äußerste Vorsicht!", zischte sie. „Wir möchten das Bild gerne kurz unter die Lupe nehmen. Wenn Sie einen sauberen Tisch ...?" Der Vierthaler nickte, führte sie in ein verglastes, leeres Besprechungszimmer mit einem ebenso leeren Tisch. Wenig später lag das Bild, von der Packpapierhülle befreit, vor ihnen. Der Rudi zückte seine Kamera. „Kein Blitz, bitte!", warnte die Frau Doktor Heimlich-Schnell. Die beiden Damen runzelten die Stirn und beugten sich über das Gemälde. „Na, dann wollen wir mal!" Die Frau Doktor Heimlich-Schnell zog ein Paar Latexhandschuhe aus ihrer ebenso wie die Bluse überaus bunten Handtasche und über ihre Finger, holte eine Brille hervor, an der anstatt von Gläsern zwei Lupen montiert waren, und beugte sich über das Bild. Gerade halt, dass sie nicht auch noch einen Mundschutz angelegt hatte, dachte Gasperlmaier bei sich. „Mundschutz!", mahnte im gleichen Augenblick die Frau Doktor Zetter-Krogemann und reichte ihrer Kollegin einen solchen, dessen Bänder sie sich über die Ohren zog.

Minutenlang herrschte Schweigen, lediglich unterbrochen vom Klicken der Kamera. Der Rudi schoss Fotos aus jeder Richtung. Gasperlmaier versuchte, sich unauffällig aus der Schusslinie der Kamera zu nehmen, was aber kaum möglich war. Die Frau Doktor Heimlich-Schnell ließ ihre Lupenbrille langsam über das Gemälde wandern, mehrmals leuchtete sie kurz mit einer kleinen Taschenlampe drauf, die sie mit gestrecktem Arm möglichst weit von dem Bild entfernt hielt. Besonders genau untersuchte sie die Signatur des Bildes, die rechts oben wie an die Wand gemalt erschien. Gasperlmaier konnte deutlich den Namen „Ver Meer" und eine römische Zahl erkennen. Schließlich richtete sich die Frau Doktor Heimlich-Schnell auf und nickte. „Nach einer ersten, oberflächlichen Untersuchung gehe ich davon aus, dass das Bild echt ist." Die Frau Doktor Zetter-Krogemann atmete erleichtert aus.

„Jetzt bitte ein paar Fotos!", sagte der Rudi. „Das ist ja sensationell!" „Könnten Sie bitte ..." Der Rudi postierte die beiden Damen direkt hinter dem Gemälde, jede der beiden musste jeweils eine Ecke des „Alchimisten" hochhalten, sodass er gut im Bild zu sehen war. Gasperlmaier und die Manuela wurden links und rechts außen platziert. Der Vierthaler wollte sich neben Gasperlmaier ins Bild drücken. „Sie bitte vorläufig nicht, wir machen dann noch ..." „Ach so!", sagte der Vierthaler, etwas indigniert, und rückte von Gasperlmaier ab. „Etwas näher zusammen, bitte!" Gasperlmaier stellte sich halb hinter die Frau Doktor Zetter-Krogemann und schaute ihr über die Schulter. „Ein bisschen freundlicher!", mahnte der Fotograf und drückte so oft ab, dass Gasperlmaier das Gefühl hatte, sein Lächeln gefriere ein. Schließlich durfte auch der Vierthaler mit auf das Foto, und bald darauf war alles erledigt. Gasperlmaier schwitzte und sah auf die Uhr. Es war fast schon eins. Wenigstens den Nachmittag würde er sich frei nehmen, so viel war sicher.

„Vielleicht können Sie mir helfen, Herr Inspektor?" Die Frau Doktor Zetter-Krogemann zog ihn am Arm aus dem Schalterraum. „Ich habe im Auto eine geeignete Verpackung für das wertvolle Kunstwerk!" Gasperlmaier folgte ihr zu ihrem Auto. Im Kofferraum befand sich ein großer, flacher Metallkoffer. „Wenn Sie den bitte herausnehmen wollen!", sagte die Frau Doktor. Gasperlmaier fand, dass der Koffer eigentlich recht leicht war, die Frau Doktor Zetter-Krogemann hätte den auch selber in die Raiffeisenbank tragen können. Aber vielleicht war sie sich zu fein dazu, oder, mutmaßte er, es gehörte in der besseren Wiener Gesellschaft immer noch zum guten Ton, sich als Dame den Koffer tragen zu lassen.

Das Bild wurde wieder ins Packpapier eingeschlagen und in den Koffer gelegt, der außer Schaumstoffmatten mit Noppen nichts enthielt. „Klimageschützt!", erklärte die Frau Doktor Heimlich-Schnell und lächelte. Sie drehte am Zahlenschloss. „So!", sagte sie. „Wir würden gerne noch etwas essen gehen, vor der langen Fahrt zurück!" „Ach so ... ja!" Gasperlmaier überlegte, welches Restaurant man den beiden Damen empfehlen konnte, als ihn der Vierthaler erlöste. „Es ist mir ein Vergnügen, die beiden Damen einzuladen. Vielleicht auf einen kleinen Business-Lunch ins Hotel ‚Kaiser Franz'?" Gasperlmaier und die Manuela wechselten einen Blick. Ob die Einladung für sie beide auch galt?

Eigentlich wäre er froh gewesen, jetzt nach Hause zu dürfen. „Klingt gut", sagte die Frau Doktor Zetter-Krogemann. „Aber nur, wenn wir in Polizeibegleitung speisen dürfen!" Sie lächelte Gasperlmaier an. Die konnte, so dachte er bei sich, ja direkt freundlich sein. Wahrscheinlich war sie jetzt etwas entspannter, wo das Gemälde sicher in seinem Koffer lag. Der Vierthaler nickte, sichtlich etwas unentspannt. Wahrscheinlich musste er jetzt sein Spesenkonto deutlich überstrapazieren.

Es dauerte nicht lange, bis der Koffer im Auto verstaut und die Fahrt nach Bad Aussee angetreten war. Das Auto des Bundesdenkmalamtes brachten sie – aus Sicherheitsgründen – in die Tiefgarage des „Kaiser Franz" unter, und schließlich saß man bei Tisch. Ein wenig vornehm ging es hier schon zu, und sicherheitshalber bestellte sich Gasperlmaier ein kleines Bier. Ein großes, so mutmaßte er, mochte als unfein gelten. Die beiden Damen begnügten sich mit stillem Mineralwasser und Johannisbeersaft, ebenso wie die Manuela. Der Vierthaler trank Wein, und das weder zu langsam noch zu knapp.

Gasperlmaier kam es entgegen, dass die Portionen wenig üppig ausfielen, die beiden Leberkäsesemmeln lagen ihm noch etwas im Magen. Nach dem Hauptgang wischte sich die Frau Doktor Zetter-Krogemann den Mund ab. „Wie sieht es aus mit einer Polizeieskorte? Angesichts des Werts des Gemäldes ..." Sie ließ den Satz versickern. Der Vierthaler nickte. „Selbstverständlich!" Gasperlmaier fragte sich, was den das anging. „Wir haben aber noch das Notrad ...", gab die Manuela zu bedenken. Gasperlmaier blieb nichts anderes übrig, als aufzustehen und auf den Nachtisch zu verzichten. „Ich mach das!", erklärte er, ging nach draußen zu seinem

Streifenwagen und schaltete Blaulicht und Sirene ein, um möglichst schnell bei der Werkstatt zu sein. „Notfall!", erklärte er der Sekretärin. „Ihr müsst's mir ganz schnell den Reifen wechseln. Einsatz!" Die schaute zwar etwas verdattert, stand aber auf und rief in die Werkstatt nach einem Mechaniker. Tatsächlich dauerte es keine Viertelstunde, und Gasperlmaier stand wieder vor dem „Kaiser Franz". Die Damen hatten gerade ausgetrunken und der Vierthaler seine Kreditkarte gezückt, als er beim Tisch ankam.

„Ich fahr!", erklärte die Manuela. Gasperlmaier schaute sie erstaunt an. „Na ja, ein großes und zwei kleine Bier?" Gasperlmaier seufzte und stieg auf der Beifahrerseite ein. „In Bad Ischl, hab ich ausgemacht, übernehmen die Kollegen aus Oberösterreich!", erklärte sie ihm, als sie den Wagen des Bundesdenkmalamts hinter sich erblickte und losfuhr.

Das hatte er gut gemacht. Gasperlmaier saß in der Badehose am Ufer des Altausseer Sees, unter dem Kopf seinen Rucksack und vor sich einen Kriminalroman, den ihm die Christine schon vor Wochen empfohlen und auf das Nachtkästchen gelegt hatte. Zuerst hatte er sich ja vorgenommen, sich einfach zu Hause auf die Terrasse zu setzen. Da allerdings wäre er für Leute, die von der Straße kamen, möglicherweise sichtbar gewesen. Man konnte ja nicht immer ganz ruhig sitzenbleiben. Auf dem Balkon im ersten Stock war es ihm zu heiß, und weil die Christine ohnehin bis zum Abend mit Abschlussarbeiten für das Schuljahr beschäftigt sein würde, hatte er ein paar Sachen in seinen Rucksack gepackt, die Lederhose angezogen und war unbehelligt ans Ostufer des Altausseersees marschiert, wo er eine ruhige Stelle gefunden hatte, an der ihn niemand störte. Sein Mobiltelefon hatte er vorsorglich zu

Hause gelassen, stattdessen der Christine ganz traditionell einen Zettel hingelegt, dass er sich freigenommen habe und bis zum Abend wieder daheim sein würde.

Er legte das Buch beiseite, stand auf und steckte die Zehen ins Wasser. Wie immer im Juni war es noch kalt. Man musste sich überwinden, einfach hineinspringen und sich kräftig bewegen. Er zögerte nicht lange und stürzte sich ins unbewegte, dunkelblaue Wasser. Es war eiskalt. Aber so viel besser als das ganze Theater, das er die letzten Tage hatte mitmachen müssen! Hundert Tempi hinaus, hundert wieder zurück. Als er ans Ufer zurückkam und aus dem Wasser kletterte, fühlte er sich wie neugeboren. Gasperlmaier legte sich den Rucksack unter den Kopf, die Lederhose unter den Hintern und machte es sich in der Sonne bequem.

Er wurde erst wieder wach, als der Schatten einer großen Tanne auf ihn fiel und er zu frösteln begann. Er setzte sich auf und begann, im Rucksack nach der Uhr zu kramen, bis er sich erinnerte, dass er gar keine mitgenommen hatte. Dem Stand der Sonne nach mochte es fünf, vielleicht halb sechs sein. Er hatte Durst. Und Hunger. Und wenn er noch auf einen Sprung bei der Seewiese vorbeischaute?

Gasperlmaier zog sich an und packte seine Sachen. Als er beim Jagdhaus ankam, war die Sonne nicht mehr weit vom Abhang des Loser entfernt, aber er würde noch eine Zeitlang ihre letzten Strahlen genießen können. Eine Bank auf der Veranda war frei, und es dauerte nicht lang, bis sich der Paul, der Wirt, zu ihm setzte. „Hast schon bestellt, Gasperlmaier?", fragte er. Der nickte, und keiner von beiden musste unbedingt noch etwas sagen, während sie auf den stillen See vor ihrer Nase hinaussahen. „Die Essigwurst!" Die Berta stellte den Teller vor ihm ab, und Gasperlmaier begann zu essen. „Hast schon gehört?", fragte der Paul. „Was?" Eigentlich, so dachte er bei sich, wollte er gar nicht wissen, was der Paul schon gehört hatte. Er wollte am liebsten gar nichts mehr hören von der wirklichen Welt, die am anderen Ende des Sees wahrscheinlich begann, aber nicht nach hier hinten, an diesen paradiesischen Fleck, reichen durfte. Gasperlmaier schob eine Scheibe Wurst mit ein paar Zwiebelstücken in den Mund und tunkte sein Brot in den Essig.

„Im Internet bist. Um und um. Wegen dem Bild." Die Berta stellte ein Bier vor den Paul hin. Er nahm einen Schluck. „Ist mir wurst", sagte Gasperlmaier und schob ein neues Stück Knacker nach. „Ein Held bist!", sagte der Paul. Plötzlich standen zwei Stamperl Schnaps vor ihnen. „Hab ich gar nicht bestellt", wunderte sich Gasperlmaier. „Geht aufs Haus", sagte der Paul. „Weil'st ein Held bist. Prost!" Gasperlmaier hob sein Stamperl, stieß es gegen das des Paul und trank in einem Schluck aus. Der Schnaps brannte ordentlich bis in den Magen hinunter. Na, dann war er halt ein Held. Hier hinten war das eigentlich auch egal. Nach dem zweiten Bier fiel der Schatten des Loser auf die Veranda, und Gasperlmaier begann zu frösteln. „Wird Zeit, dass ich heimgeh!", sagte er zum Paul.

Zu Hause allerdings holte ihn die Wirklichkeit mit einer Wucht ein, die er nur deswegen aushalten konnte, weil er einen geruhsamen Nachmittag verbracht hatte. Sein Handy hatte er wieder abgeschaltet, dafür läutete das Festnetztelefon nahezu ununterbrochen. Bis die Christine die Bedienungsanleitung irgendwo in einer Schublade fand und herausbekam, dass man auch dieses Telefon stummschalten konnte. Jetzt saßen sie beide in der Küche und wagten kaum, den Fernseher oder das Radio einzuschalten.

„Es hilft ja nichts", sagte die Christine schließlich, als die Dämmerung in die Nacht übergegangen war und sie endlich das Licht einschalteten, nachdem sie eine Weile stumm im Dunklen gesessen waren. „Wenn wir den Kopf in den Sand stecken, wird's auch nicht anders!" Gasperlmaier nickte. Er hatte sich auch schon so etwas gedacht. Also schalteten sie ihre Mobiltelefone wieder ein, Gasperlmaier aber wählte gleich die lautlose Einstellung.

„Die Kinder haben ein paar Nachrichten geschickt, alle beide. Mit Links. Wir sollen uns das anschauen. Die Katharina hat recht gehabt. Es steht sogar was in der New York Times. Vielleicht solltest du dich doch damit anfreunden, für ein paar Tage ein Held zu sein. Die Leute vergessen eh furchtbar schnell." Und so setzten sie sich zusammen vor den Computer. Auf fast allen Webseiten der österreichischen Zeitungen war eine der ersten Schlagzeilen die über Gasperlmaiers Fund im Hause Hollnsteiner. Und genauso oft tauchte das Bild auf, das der Rudi Mayr in der Bank geschossen hatte. Die Zeitungen hatten alle das Bild ausgewählt, auf dem der Vierthaler nicht drauf war. Das würde den ganz schön ärgern, wo er doch sogar die Rechnung fürs Mittagessen bezahlt hatte. Die meisten Zeitungen nannten in der Bildunterschrift auch seinen Namen. „Verantwortlich für den Fund: Postenkommandant Franz Gasperlmaier", stand unter einem Bild.

Die Schillingzeitung wollte sich Gasperlmaier nicht ansehen, die Christine aber meinte, es wäre besser, vorbereitet zu sein, falls ihn jemand auf den Artikel ansprach. „Altausseer Polizist ist Held des Tages", stand da in der Schlagzeile. „Obwohl ihm Bildende Kunst sonst kein Anliegen ist, setzte der Postenkommandant im idyllischen Altaussee alles daran, das Gemälde zu finden. Es war seit mehr als 70 Jahren verschollen – eingemauert im Haus eines Bergmanns." Gasperlmaier wiegte den Kopf. „Die übertreiben wieder einmal gewaltig. Und von eingemauert kann überhaupt keine Rede sein."

Die Christine klickte schnell weg und suchte nach den Links, die ihnen die Kinder geschickt hatten. „Sensational find by Austrian policeman", lautete der Titel einer englischen Zeitung, und auch hier konnte man Gasperlmaier auf dem Bild des Rudi Mayr bewundern. Jetzt, so dachte Gasperlmaier bei sich, konnte ihn eigentlich überhaupt nichts mehr überraschen. „Mir reicht's", sagte er. „Ich glaub, ich geh ins Bett und les noch ein wenig." Er gähnte, nahm sein Mobiltelefon zur Hand und verschaffte sich einen Überblick über die Anrufe, die er versäumt hatte. Viele waren unbekannte Nummern, die löschte er gleich, damit die Liste aufgeräumt war. Ein ganzer Haufen waren aber auch Anrufe von Freunden, die ihm wahrscheinlich erzählen wollten, dass sie ihn im Fernsehen gesehen hatten. Ein Anruf von der Mama war auch dabei. Er beschloss sie trotz der späten Stunde zurückzurufen, damit sie sich nicht über ihn ärgern musste.

„Ja, Franzl, dass du mich endlich anrufst! Ich hab dich im Fernsehen gesehen! Fesch warst! Großartig!" Gasperlmaier zuckte mit den Schultern, wohl wissend, dass die Mama das gar nicht sehen konnte. „War nicht so wild", sagte er. „Ich hab ja nur meine Arbeit gemacht!" Die Mama aber war ganz aufgeregt, sodass Gasperlmaier ein wenig in Sorge um ihr Herz war. „Dass ich das noch einmal erleben darf! Dass mein Bub ein richtiger Held ist!", schwärmte sie. Gasperlmaier hatte den Verdacht, dass sie den Beitrag auf Schilling-TV gesehen hatte, obwohl sie sonst ja nur ORF schaute.

„Die Mirl hat mir gesagt, dass ich unbedingt auch Schilling-TV schauen muss!" Da hatte er die Bestätigung. „Mama, reg dich nicht zu viel auf. Das vergessen die Leute bald, und alles ist wie vorher!", versuchte er zu beruhigen. „Am Ende kommen sie auch zu mir, weil ich dir das mit dem Hierlinger erzählt habe!", sagte die Mama. „Du hast mir ja gar nichts erzählt, Mama. Nur den Namen gesagt. Und der Hierlinger war's ja gar nicht. Vielmehr, er war's schon, nur hat er das Bild gegen Gründe getauscht. Der Großvater." Schon hatte Gasperlmaier wieder einmal zu viel verraten. „Ich hab's ja gewusst! Der Hollnsteiner! Man hat eh geredet! Aber der alte Hierlinger, der war auch ein Falott! Da kann ich dir jetzt gern einmal Genaueres erzählen!" Es dauerte noch ein paar Minuten, während denen er gar nicht mehr genau hinhörte, was die Mama alles sagte, bis er sie abwimmeln konnte. „Jetzt gehst aber dann ins Bett, gell, Mama!", empfahl er ihr noch und legte auf.

Der letzte Anruf war vom Friedl Hammerer, dem Obmann des Tourismusverbands, gekommen. Was der wohl von ihm wollte? Gasperlmaier beschloss, trotz der späten Stunde zurückzurufen. „Ja, grüß dich, Gasperlmaier!" Der Friedl freute sich offenbar über den Anruf. „Stell dir vor, die rennen uns die Tür ein. Wir haben Buchungsanfragen aus der ganzen Welt, über Internet und Telefon, du glaubst es nicht. Und ich überleg schon, ob wir nicht spezielles Werbematerial herausbringen, zum Thema Aussee und Vermeer. Da wärst du natürlich als Model sehr gefragt. Was meinst du?" „Spinnst?", sagte Gasperlmaier. „Ich als Model? Für eure Werbung? Da kommt dann aber keiner mehr, das sag ich dir!" „Aber geh!", antwortete der Friedl. „Ist ja nur so eine Idee. Aber rechne damit, dass wir noch einmal auf dich zukommen!"

Irgendwie war es seltsam, aber Gasperlmaier begann, sich mit seiner neuen Rolle anzufreunden. Plötzlich fand man ihn bedeutend und die halbe Welt wollte mit ihm reden. Er bedauerte ein wenig, dass das spontane, freie Sprechen so gar nicht zu seinen Lieblingsbeschäftigungen gehörte, sonst hätte er am Ende noch wenigstens ein paar der Nummern zurückgerufen, die er nun schon gelöscht hatte.

11

Als Gasperlmaier aus unruhigen Träumen aufwachte, schien schon die Morgensonne ins Zimmer. Und plötzlich erinnerte er sich daran, dass er über den Ereignissen des gestrigen Tages völlig auf die Gabriele Abelein vergessen hatte, die wahrscheinlich mutterseelenallein in ihrem Hotelzimmer saß und auf Nachricht über den Mörder ihres Vaters wartete. Aber konnte er jetzt, so früh, in ihr Hotel hinüberfahren? Er beschloss, sich ein wenig Zeit fürs Frühstück zu nehmen und sich dann um die Gabriele zu kümmern.

Die Christine stand schon in Sportkleidung in der Küche und trank gerade einen Kaffee im Stehen. „Gehst du heute nicht in die Schule?", fragte Gasperlmaier. Die Christine schüttelte den Kopf. „Wir gehen heute wandern. Wir lassen uns vom Bus zur Rettenbachalm bringen, und von dort gehen wir zu Fuß wieder nach Altaussee zurück." Gasperlmaier wunderte sich. „Ist das nicht viel zu weit für deine Kleinen?" Die Christine schüttelte abermals den Kopf. „Die gehören eh ein bisschen bewegt. Und jetzt muss ich zum Bus, ich bin schon spät dran!" Sie schnappte sich ihren bereits gepackten Rucksack von einem Küchensessel, umarmte Gasperlmaier und drückte ihm einen Kuss auf die Wange. „Pfüat di!"

Als er sein Käsebrot und danach noch ein Marmeladebrot gegessen hatte, sah Gasperlmaier auf die Uhr. Ein wenig früh war es immer noch, aber er konnte sich wenigstens einmal auf den Weg hinüber ins Hotel machen, vielleicht war die Frau Abelein eine Frühaufsteherin. Gasperlmaier rief die Manuela an, um ihr zu erklären, warum er später kommen würde, nahm sein eigenes Auto und fuhr zum Hotel.

An der Rezeption stand diesmal eine groß gewachsene junge Frau, die Gasperlmaier nicht kannte. Er sah auf die Uhr. Es war knapp acht vorbei, da konnte man einen Anruf im Zimmer schon riskieren. „Ich müsste die Frau Abelein sprechen", sagte Gasperlmaier. „Ich weiß, es ist noch ein bissl früh, aber es wäre dringend." „An einem so schönen Sommermorgen ..." Die Rezeptionistin lächelte und klimperte mit den langen Wimpern, die ganz sicher falsch waren. Sie nahm den Telefonhörer zur Hand und wählte. Nach mehreren Wähltönen verzog sie das Gesicht zu einer enttäuschten Grimasse. „Die Frau Abelein ist anscheinend nicht in ihrem Zimmer ... oder sie schläft doch noch." „Sagen S' mir einfach die Zimmernummer", meinte Gasperlmaier. „Das darf ich doch nicht!" Das Mädchen sah ihn entrüstet an. Da erinnerte sich Gasperlmaier, dass er ja die Telefonnummer von der Gabriele Abelein hatte. Er trat ein paar Schritte zurück, suchte die Karte aus seiner Brieftasche heraus und wählte die Nummer. Es dauerte nur wenige Sekunden, bis die Gabriele sich meldete. Im Hintergrund hörte Gasperlmaier Wasser rauschen. „Ja, bitte?" Gasperlmaier erklärte, ein wenig unbeholfen, sein Anliegen, doch bald unterbrach ihn die Gabriele. „Ich war gerade schwimmen. Ich komm gleich zu Ihnen hinunter. Oder vielleicht in den Frühstücksraum? Ich habe noch nicht ..."

Wenig später saßen Gasperlmaier und die Frau Abelein einander im bereits gut gefüllten Frühstücksraum gegenüber. „Sie haben ja sicher schon ..." Die Gabriele Abelein lächelte, nickte und biss so anmutig in ihr mit Lachs belegtes Toastbrot, dass Gasperlmaier kalte Schauer über den Rücken jagten. Ihr Haar glänzte noch ein wenig feucht und fiel über einen mit Silberperlen bestickten Pullover bis fast an den Hosenbund. „Die

Presse feiert Sie als Helden!", sagte die Gabriele. „Nur ...
meinem Papa ..." Plötzlich sah sie so betrübt drein, dass
Gasperlmaier sich sorgte, sie werde am Ende gleich
wieder zu weinen beginnen. Von anderen Tischen tra-
fen sie verstohlene Blicke. Wahrscheinlich fragten sich
die Gäste, was ein eher älterer Polizist in Uniform von
einer so jungen, schönen Frau wollen konnte. „Herr
Inspektor, es ist uns eine Ehre, Sie zum Frühstück einzuladen!" Anscheinend war es der Oberkellner oder
gar der Chef persönlich, der da auf sie zugekommen
war. Er klopfte Gasperlmaier freundschaftlich auf die
Schulter und warf zwei Tageszeitungen auf den Tisch.
„Sehen Sie nur!", sagte er. Auf beiden Zeitungen prangte
Gasperlmaier samt dem „Alchimisten" auf der Titelseite. „Ja, ja!", sagte Gasperlmaier, etwas peinlich berührt.
„Holen Sie sich doch auch was vom Buffet!" Nur um
der Situation zu entgehen, erhob sich Gasperlmaier
und trat den Weg zum Buffet an. Ganz in Gedanken lud
er allerlei Köstlichkeiten auf seinen Teller, ohne wirklich zu überlegen, ob er das alles auch essen wollte. Er
musste, überlegte er, die Gabriele hier wegbringen, an
einen Ort, wo sie unter vier Augen sprechen konnten.

Als er allerdings wieder am Tisch eintraf, wo der
Kellner gerade zwei Kaffee servierte, begriff er, dass
er zuerst den ganzen Teller würde leerräumen müssen. Denn sich bei einem Buffet zu bedienen, um dann
alles stehen zu lassen, das gehörte sich wirklich nicht.
„Wir gehen danach woanders hin, um zu reden ...", sagte Gasperlmaier und schlang sein zweites Frühstück
hastig hinunter.

Mit übervollem Magen saß er der Gabriele Abelein
schließlich im Kaminzimmer gegenüber und erklärte
ihr, was gestern vorgefallen war. Aus seiner Sicht. „Und
da hat wohl Ihr Vater in ein Wespennest gestochen",

sagte er. „Der Hollnsteiner hat die Panik gekriegt, als Ihr Vater aufgetaucht ist. Und irgendwie, wir wissen noch nicht, wie, ist er dann an Ihren Vater herangekommen, weil er ja in der Schicht war, im Bergwerk, als Ihr Vater an der Führung teilgenommen hat. Und vor lauter Angst, dass das Versteck hinter dem Bett auffliegt, hat er Ihren Vater dann ...“ „Aber ich verstehe nicht“, sagte die Gabriele und schlug ihre langen Beine übereinander, „wenn doch sein Großvater dieses Bild rechtmäßig eingetauscht hat, wovor hat er dann Angst gehabt?“ Gasperlmaier zuckte mit den Schultern. „Immerhin hat er es versteckt und gewusst, wo es ist. Und er hat auch gewusst, dass es gestohlen war. Und er hat eine junge Familie, hatte Angst, dass alles auseinanderbricht, wenn das Bild gefunden wird, vielleicht hatte er Angst, dass da Schadenersatz ... was weiß ich?“

Natürlich wusste Gasperlmaier, dass es oft nur geringfügige, für Außenstehende völlig unerklärliche Motive gab, die dazu führten, dass jemand umgebracht wurde. „Vielleicht sind sie sich ja auch nur zufällig begegnet, im Bergwerk, womöglich hat es einen Streit gegeben, der Hollnsteiner hat versucht, Ihren Vater zum Stillschweigen zu überreden. Da gibt dann oft ein Wort das andere, es kommt zu Handgreiflichkeiten ... es ist ja auch ... also, nicht direkt eine Mordwaffe mitgeführt worden, vom Täter ...“ Gasperlmaier versuchte, sich um Einzelheiten herumzuschwindeln. Die Gabriele Abelein beugte sich vor. Gasperlmaier konnte ihr aufregendes Parfum riechen. „Aber wie geht's jetzt mit mir weiter? Mit meinem Vater? Die ... der ...“ Gasperlmaier nickte. Das Wort „Leiche“ wollte ihr nicht über die Lippen. Aber drum herumreden, das war auch keine Lösung. Er seufzte. „Ihr Vater ... also, da ist die Gerichtsmedizin in Graz. Und die Frau Doktor Kohlross, die Chefinspektorin, die muss ..." „... den Leichnam zur Beerdigung freigeben", beendete die Gabriele den Satz selber. „Ich muss den Tatsachen ins Auge blicken, Herr Inspektor. Es nützt ja nichts, sich selbst zu belügen." Gasperlmaiers Blick traf auf ihre großen, wasserblauen Augen. In solchen Augen konnte man sich verlieren. Er zwinkerte und wandte rasch den Blick ab. „Am besten, ich bringe Sie nach Liezen. Da können wir mit der Frau Doktor Kohlross direkt sprechen. Und das wäre auch auf dem Weg nach Graz ..." Die Gabriele Abelein nickte und stand auf. „Das würde ich gerne machen." Gasperlmaier sah auf die Uhr. „Ich müsste nur schnell noch auf den Posten in Altaussee, dann könnten wir ..." „Ich kann ja auch selber fahren", schlug die Gabriele vor. Gasperlmaier aber war von der Vorstellung, ein paar Stunden mit der Gabriele im Auto verbringen zu können, durchaus angetan. „Nein, nein!", sagte er rasch, unterstützt durch abwehrende Gesten mit den Händen. „Das mach ich schon. Das mach ich doch gerne! Ich bin ... sagen wir, in einer Stunde zurück?" Die Frau Abelein nickte.

Die Manuela war nicht angetan von Gasperlmaiers Idee, die Frau Abelein nach Liezen und sogar weiter nach Graz zu chauffieren. „Und ich soll inzwischen allein die Stellung halten? Während du dich mit einer reizenden Erbin vergnügst?" Gasperlmaier schüttelte den Kopf. „Von Vergnügen kann keine Rede sein. Aber wir haben gestern völlig vergessen auf sie, wir sind ihr das schuldig. Man kann sie doch nicht allein durch die ganze Steiermark ..." Die Manuela zischte verächtlich, Gasperlmaier aber war fest entschlossen, an seinem Plan festzuhalten, als das Telefon läutete.

„Guten Morgen, Herr Bezirksinspektor! Oder sagen wir gleich Abteilungsinspektor?" „Wer spricht, bitte?" Gasperlmaier war ein wenig verwirrt. „Major Schallinger, Landespolizeikommando. Ich habe die angenehme Aufgabe, Ihnen im Namen des Landespolizeidirektors ganz offiziell Dank und Anerkennung auszusprechen!" Gasperlmaier hatte das Gefühl, dass die Stimme des Herrn Major irgendwie herablassend und ironisch klang. Scherzte da jemand mit ihm, oder war das ernst? „Danke!", sagte er vorsichtig. „Ist das eh kein Scherz?" Die Stimme am anderen Ende lachte. „Nein, nein, keinesfalls! Und die in Aussicht gestellte Beförderung natürlich auch nicht! Wir können doch den Helden von Altaussee nicht als Bezirksinspektor verkommen lassen! Das wäre ja noch schöner! Haben S' nicht die Zeitungen gesehen? Fernsehen geschaut?" „Doch, doch!", beeilte sich Gasperlmaier. „Aber das war ja nichts ..." „Natürlich war das was Besonderes! Ohne Sie wäre das Gemälde immer noch im Schlafzimmer dieses ... wie heißt er noch gleich?" „Hollnsteiner", ergänzte Gasperlmaier. „Ja. Natürlich. Hollnsteiner. Machen Sie sich auf was gefasst, Gasperlmaier. Wahrscheinlich gibt's auch eine Ehrung beim Landeshauptmann. Wenn nicht beim Bundespräsidenten. Näheres, vor allem, was die Beförderung betrifft, folgt schriftlich." Der Herr Major legte auf.

Gasperlmaier schüttelte den Kopf. „Ich hab jetzt nicht alles mitgekriegt, aber den Major Schallinger, den kenn ich. Den gibt's wirklich." „Dann meinst du also, dass das kein Jux war, der Anruf?" Die Manuela schüttelte den Kopf. „Glaub ich nicht. Aber du kannst die Nummer kontrollieren. Das Landespolizeikommando haben wir ja eingespeichert." Gasperlmaier nickte und verglich die Nummer des Anrufers mit der des Landespolizeikommandos. Die Manuela hatte Recht. Der Anruf war authentisch gewesen. Es schien so, als ob ihm noch einiges bevorstand.

„So", sagte Gasperlmaier. „Ich fahr jetzt mit der Frau Abelein nach Liezen. Sie möchte halt ihren Vater so schnell wie möglich ... also, sie möchte die Leiche ... die Urne ..." „Ja, ja", grinste die Manuela. „Und du möchtest dir mit der Frau Abelein einen schönen Tag machen!" Entrüstet schüttelte Gasperlmaier den Kopf, setzte seine Dienstmütze auf und lief die Stiege hinunter. Die Gabriele wartete sicher schon auf ihn. Als er sich gerade anschnallte, läutete sein Handy. „Zefix!", fluchte er, weil er es nicht aus der Hosentasche bekam. Er musste den Sicherheitsgurt noch einmal lösen. „Ja", sagte er, ohne nachzusehen, wer dran war. „Bitte halt dich fest, Gasperlmaier, wenn du gerade stehst. Oder setz dich hin", sagte die Frau Doktor. „Bei euch im Bergwerk gibt's noch einen Toten."

Gasperlmaier saß auf einer der Bänke, die normalerweise den Teilnehmern von Bergwerksführungen dazu dienten, die Videoinstallation über die im Berg versteckten Kunstwerke anzusehen. Momentan lief natürlich kein Video, dafür waren alle verfügbaren Leuchtkörper eingeschaltet. Rund um Gasperlmaier herrschte der hektische Betrieb der Tatortgruppe, es wimmelte nur so von weißen Plastikoveralls. Gasperlmaier stützte die Ellenbogen auf die Knie und legte sein Gesicht in die geöffneten Handflächen. Das war alles ein bisschen viel für ihn gewesen. Vor ein paar Minuten noch hatte man ihn zum Abteilungsinspektor befördern wollen und sein Konterfei war auf den Frühstückstischen der Österreicher gelegen, und nun das. Der Hollnsteiner war natürlich kein Hauptverdächtiger mehr, denn als der zweite Mord begangen worden war, da war er im Vernehmungsraum im Bezirkspolizeikommando in Liezen gesessen. Wahrscheinlich, so hatte die Frau Doktor gemeint, war er inzwischen sogar wieder freigelassen worden. Gasperlmaier wollte sich gar nicht ausmalen, was für Abscheulichkeiten über die Polizei sich die Schillingzeitung für morgen ausdenken würde. Und bei den Hollnsteiners würde er sich entschuldigen müssen, vor allem bei der Barbara.

„Das ist eine Katastrophe, eine Katastrophe ist das!" Die Frau Doktor setzte sich neben ihn hin und schlug mit den Handflächen auf ihre von zerrissenen Jeans bedeckten Oberschenkel. Gasperlmaier hielt es für eine mehr als überflüssige Modetorheit, Hosen zu kaufen, die bereits kaputt waren, wenn man sie das erste Mal trug. Überhaupt hatte sich die Frau Doktor heute bisher ziemlich unwirsch verhalten, und Gasperlmaier fragte sich, ob sie am Ende ihm die Schuld dafür gab, dass sie eine falsche Spur verfolgt hatten. Die, so erinnerte er sich, so falsch gar nicht gewesen war – das Gemälde war ja nach wie vor da und, allem Anschein nach, auch echt. „Hol mir einmal den Führer her, ich meine, den Mann, der die Touristengruppe heute durchs Bergwerk geführt hat. Da herrscht so ein Durcheinander, ich weiß gar nicht, wo ich den suchen soll." Der Kommandoton war ungewöhnlich, doch Gasperlmaier verstand den Ärger der Frau Doktor bis zu einem gewissen Grad und erhob sich. Wenn er sich auf die Suche nach dem Führer machte, konnte sie wenigstens ihren Frust nicht an ihm auslassen. Es dauerte geraume Zeit, bis er sich zu den Zeugen durchgefragt hatte, die sich noch im Bergwerk befanden. „Dort drüben", sagte einer aus der Tatortgruppe zu ihm. „Der eine ist der Führer, und der andere war als Erster bei der Leiche!"

Gasperlmaier stellte fest, dass er den einen kannte. Das war der Simon Klemencic, der auch die Gruppe geführt hatte, in der sich der Herr Abelein befunden hatte. Vielleicht würde die Ermittlung doch ganz schnell zu einem brauchbaren Ende führen, der Klemencic war ihm schon während der ersten Vernehmungen unsympathisch gewesen. Und schließlich war er auch am Abend nach der ersten Tat verbotenerweise im Bergwerk gewesen, um sich mit der Susanne Hilgert zu vergnügen. Die zweite Person war, wie Gasperlmaier schnell erkannte, kein Mann, sondern eine Frau mit sehr kurz geschnittenen Haaren. Sie schien zu frieren, zumindest zitterte sie und rieb sich mit den Händen die Oberarme. Gasperlmaier packte den Klemencic am Oberarm. „Mitkommen!", befahl er barsch. „Sie auch!" Im selben Moment wurde ihm klar, dass er den Ärger der Frau Doktor nun auf die beiden ablud. Der Klemencic hatte das wohl verdient, die Frau aber sicher nicht. „Es wird nicht lang dauern!", fügte er versöhnlich, an sie gerichtet, hinzu. „Wir bringen Sie dann bald hinaus, da ist es warm!"

„Ach, Sie schon wieder!" Die Frau Doktor zog die Augenbrauen hoch. „Da haben wir ja gerade den Richtigen erwischt. Wie erklären Sie sich denn, dass während einer Ihrer Führungen schon wieder jemand ermordet wurde?" Die Frau Doktor stand auf und trat nahe an den Simon heran, der mit den Schultern zuckte. Gasperlmaier deutete der jungen Frau, sich neben ihn auf eine der Bänke zu setzen. „Jetzt erzählen Sie mal. Und möglichst genau, Punkt für Punkt!" Wieder zuckte der Simon mit den Schultern und sah an der Frau Doktor vorbei an die Stollenwand. „Da gibt's nicht viel zu erzählen. Ich hab die Präsentation eingeschaltet, und nach ein paar Minuten hör ich einen Schrei, und dann poltert was. Irgendwo hinter mir. Und ich hab dann das Licht eingeschaltet." „Moment mal!", unterbrach die Frau Doktor. „Da war also jemand hinter Ihnen? Wahrscheinlich sogar zwei Personen, oder?" „Keine

Ahnung!" Der Simon zuckte wieder mit den Schultern. Gasperlmaier hoffte, dass er bald damit aufhören würde, um die Frau Doktor nicht noch mehr zu verärgern. „Was heißt keine Ahnung? Welche Erklärung haben Sie denn sonst dafür, dass hinter Ihnen plötzlich Geräusche zu hören waren? Und später dann eine Leiche dort gefunden wird?" Gasperlmaier spürte, dass der Simon eigentlich wieder erklären wollte, keine Ahnung zu haben, sich aber gerade noch zurückhalten konnte. „Also, wenn ich was gehört habe, dann war da wohl jemand." Die Frau Doktor schüttelte den Kopf. „Und es ist Ihnen nicht aufgefallen, dass sich jemand von der Gruppe entfernt hat?" Nun schüttelte der Simon den Kopf.

„Wissen Sie", sagte die Frau Doktor. „Nach dem Vorfall vom Samstag würde ich gerade von Ihnen erhöhte Aufmerksamkeit erwarten. Das darf ja nicht wahr sein, dass Ihnen schon wieder so etwas Wichtiges entgeht und Sie genau gar nichts merken! Das stinkt ja zum Himmel! Wahrscheinlich haben Sie selber den armen Mann erschlagen!" Die Frau Doktor war sehr laut geworden, sodass die Tatortleute kurz innehielten und zu ihnen herübersahen. Für einen Moment war es totenstill im Bergwerk. „Ich war das nicht!", beteuerte dann der Simon. „Ich doch nicht! Ich war Zivildiener! Pazifist! Ich könnte keiner Fliege etwas zuleide tun!" Gasperlmaier schüttelte den Kopf. So würde er die Frau Doktor nicht überzeugen können. So nicht.

Sie atmete ein paarmal tief durch, bis sie sich wieder gefasst hatte. „Weiter. Was war dann? Nachdem Sie das Licht wieder eingeschaltet hatten?" „Also, ich hab mich dann natürlich umgedreht. Da ist sie schon ..." Er deutete auf die zitternd neben ihm stehende Frau. „... von ihrem Sitz aufgesprungen und an mir vorbei in den Stollen geschossen." Die Frau Doktor schien die zweite Zeugin erst jetzt wahrzunehmen. „Oh Gott", sagte sie. „Geht's Ihnen schlecht? Wollen Sie raus?" Die Frau nickte nur. „Geh, Gasperlmaier, beschaff eine Decke. Und dann sieh zu, dass jemand sie rausbringt. Ich warte so lange." Gasperlmaier nickte. Wo er hier herinnen allerdings eine Decke auftreiben sollte, das war ihm völlig schleierhaft. Er suchte am oberen Ende der Rutsche, sah um sich, sah keinen, den er fragen konnte, bis er schließlich einen uniformierten Beamten erblickte, dessen Schulterklappen ihm verrieten, dass er ihm Befehle erteilen konnte. „Bringen S' mir bitte eine Zeugin hinaus!", sprach er den Mann an. „Die erfriert uns sonst noch." Der Beamte nickte und folgte ihm. „Der Herr Inspektor bringt Sie hinaus, ins Warme. Aber dort bitte warten", instruierte Gasperlmaier die Frau, die, ohne zu antworten, aufstand. Der Beamte nahm sie vorsichtig am Oberarm und schien zufrieden, nun ebenfalls aus der Kälte im Berginneren wegzukommen.

Gasperlmaier setzte sich wieder. „Also!", sagte die Frau Doktor. „Da ist die, also, wie schon gesagt, an mir vorbei und hat gleich darauf zu kreischen begonnen. Ich hab mir natürlich schon gedacht, dass irgendwas passiert ist, und hab zuerst versucht, die anderen Führungsteilnehmer zurückzuhalten, aber die haben mich praktisch über den Haufen gerannt. Und dann hat alles durcheinandergeschrien, die Kinder haben geheult und ich bin kaum zu der Leiche durchgekommen. Schließlich habe ich mich durch die Leute gekämpft, gesehen, dass da einer auf dem Boden liegt, und sie zurückgedrängt." „Und Sie haben niemanden gesehen, in der Nähe des Toten? Auch niemanden, der davongerannt wäre?" Der Simon schüttelte den Kopf.

„Komm einmal, Gasperlmaier." Die Frau Doktor zog ihn am Arm mit sich, bis sie außer Hörweite waren.

„Wenn die Zeugen bestätigen, was er sagt, dann kommt er als Täter kaum in Frage. Er kann ja nicht zuerst das Opfer erschlagen haben, dann zum Lichtschalter gelaufen sein, Licht gemacht haben und dann erst nach den Gästen zum Opfer gekommen sein." Gasperlmaier schüttelte den Kopf. „Na ja, wenn der Zeitablauf so war, wie er sagt ..." Die Frau Doktor nickte und fasste ihr Kinn mit Daumen und Zeigefinger. „Und wo ist dann der Mörder hin? Den müsste der Simon doch gesehen haben?" „Hm", sagte Gasperlmaier. „Wenn er sich irgendwo im Dunkeln versteckt hat? Und dann im allgemeinen Chaos wieder zur Gruppe zurückgegangen ist?" „Dann müsste er draußen sein, im Steinberghaus, wo wir die Führungsteilnehmer versammelt haben." „Oder er ist geflüchtet, auf und davon!", gab Gasperlmaier zu bedenken. „Hm!", sagte diesmal die Frau Doktor und kehrte wieder auf die Plattform zurück, wo der Simon wartete.

„Weiter", sagte sie. „Dann hab ich mich hinuntergebeugt, wegen erster Hilfe und so, aber ich hab gesehen, dass da nichts mehr zu machen ist. Der Schädel war ja ..." Er hielt inne. Gasperlmaier wollte sich das Szenario gar nicht vorstellen. „Dann hab ich draußen angerufen, dass die Polizei kommt. Und dann hab ich alle zu den Bänken, hierher, zurückgedrängt. Es war ein ziemliches Chaos, und es hat eine Weile gedauert, bis wer gekommen ist."

„Warten Sie hier", sagte die Frau Doktor. „Wir schauen uns jetzt einmal den Tatort an." Gasperlmaier lief es kalt über den Rücken. „Nein, eine Frage habe ich noch: Wie hat sich die Zeugin, die zuerst beim Toten war, verhalten? Steht sie in irgendeiner Beziehung zum Opfer?" Der Simon schüttelte den Kopf. „Ich weiß nicht, sie war halt die Erste, die mitgekriegt hat, dass etwas nicht stimmt. Ich glaub, sie ist auch mir am nächsten gesessen, da war sie näher am Tatort als die anderen."

„Gut", sagte die Frau Doktor. „Gasperlmaier, komm!"

„Seid ihr fertig?", fragte sie die Leute der Tatortgruppe. Die nickten. „Kannst ihn dir schon anschauen!", meinte einer. „Aber ein schöner Anblick ist es nicht!" Die Frau Doktor führte Gasperlmaier an eine Stelle mitten im Stollen, an der mehrere Scheinwerfer aufgebaut waren, die die Szenerie grell beleuchteten. Auf dem Boden lag eine blaue Plane, die die Frau Doktor an einer Ecke anhob und zurückschlug. Gasperlmaier schluckte. Rund um den Kopf des Mannes hatte sich eine große Blutlache ausgebreitet, die langsam in die Gegenrichtung, also bergab, geflossen war. Der Kopf war nicht viel mehr als eine blutige Masse. Neben den Geleisen lag ein kindskopfgroßer, gezackter Salzstein, der blutverkrustet war. Offensichtlich die Mordwaffe. Die Frau Doktor drehte sich um. „Ist die Frau Doktor Wurm noch da?" „Ja, ja!", erscholl eine Stimme aus dem Hintergrund. Die Frau Doktor Wurm trug einen schwarzen Daunenmantel, und Gasperlmaier fragte sich, wie sie mitten im Sommer so schnell an ein warmes Kleidungsstück gekommen war. „Was schauen S' denn so, Gasperlmaier? Ich hab ja gewusst, was mich hier erwartet. Und ein Wintermantel ist bei mir immer im Auto mit dabei, auch im Sommer!"

Die Frau Doktor zeigte auf den Stein. „Ich nehme an, die Mordwaffe?" Die Frau Doktor Wurm nickte. „Recht viel hab ich euch nicht zu sagen. Der hat den Stein auf den Schädel gekriegt, und aus!" „Über den Tatzeitpunkt brauchen wir uns nicht allzu viele Gedanken machen, der ist ja ausreichend dokumentiert", sagte die Frau Doktor. „Ich wünsch mir als Nächstes bitte eine Leiche, die irgendwo auf Arbeitshöhe in der

Sonne abgelegt wird. Oder, noch besser, unter einem Sonnenschirm. Könnt ihr das für mich arrangieren?" Gasperlmaier bemühte sich um ein anerkennendes Lachen, musste aber feststellen, dass er mit dem Humor der Pathologen, wie überhaupt der Ärzte generell, nicht so zurechtkam. „Ja, danke, Frau Doktor. Sehen Sie zu, dass Sie ans Tageslicht kommen!" Die Frau Doktor Wurm nickte. „Nichts lieber als das!" Sie schüttelte der Frau Doktor und Gasperlmaier die Hände und verschwand in Richtung Ausgang.

Irgendwo im Dunkel wurde es plötzlich unruhig. Aufgeregte Stimmen waren zu hören, und ein weißgekleideter Tatortmensch hastete auf sie zu. „Wir haben was gefunden! Kommen Sie!" Er packte die Frau Doktor am Oberarm. Gasperlmaier folgte. Es ging um mehrere Ecken, sodass er die Orientierung verlor. Inständig wünschte er sich, dass es nicht noch eine Leiche war, die es da zu bestaunen gab. Vor einem Verschlag, der früher einmal gestohlene Kunstwerke verborgen hatte, hielten sie an. Gasperlmaier erinnerte sich, dass hier auch die Touristenführung vorüberkam. Die Kiste, in der die Bombenattrappe lag, war geöffnet, und genau dorthin führte sie der Tatortspezialist. „Schaut euch das an!", sagte er und deutete in die Kiste. Außer der Bombe lag da ein Schutzanzug, wie ihn alle Führungsteilnehmer trugen. Die Frau Doktor legte die Hand ans Kinn. „Das Opfer hat seinen Anzug ja noch an, oder?" Gasperlmaier nickte. „Dann gibt es vielleicht ein zweites Opfer ..." Ihm lief es kalt über den Rücken. „Oder der Täter hat den seinen hier ausgezogen!", fiel ihm plötzlich ein. Die Frau Doktor nickte. „Aber warum nur?" „Na, damit er nicht auffällt, wenn er rauskommt!", meinte der Tatortmensch. „Aber ... wenn er jetzt noch herinnen ist, ist er leicht zu identifizieren!" Die Frau

Doktor hastete zurück, so schnell, dass Gasperlmaier ihr kaum folgen konnte. „Bitte noch einmal eine genaue Suche nach dem möglichen Täter! Es könnte sein, dass er seinen Schutzanzug ausgezogen hat und sich noch in Zivilkleidung hier herinnen aufhält! Macht schnell!" Die Beamten sahen sie zuerst verdutzt an, schalteten aber nach und nach ihre Taschenlampen an und verschwanden in den verschiedenen Gängen.

„Brrr!", meinte die Frau Doktor und rieb sich die Oberarme. „Mir wird auch langsam kalt. Wir sollten schauen, dass wir wieder hinauskommen, was meinst du, Gasperlmaier? Außerdem, vielleicht ist unser Mann ja schon auf dem Weg nach draußen?" „Ja, unbedingt!", stimmte der zu. Bisher war ihm kaum aufgefallen, dass seine Zehen und Finger bereits eiskalt waren, aber jetzt, wo ihn die Frau Doktor daran erinnerte, freute er sich auch auf ein paar Sonnenstrahlen. „Frau Chefinspektor!" Einer aus der Tatortgruppe hielt ihnen einen Plastikbeutel hin. „Der Tascheninhalt des Toten." Die Frau Doktor nahm den Beutel entgegen, reichte ihn an Gasperlmaier weiter und schob ihre Hände in die Jackentaschen. „Schauen wir uns draußen an", sagte sie. Gasperlmaier, der nun den Beutel tragen musste, konnte während des Rückwegs abwechselnd immer nur eine Hand in die Taschen schieben, was dazu führte, dass er recht durchgefroren draußen im Steinberghaus ankam. Dort aber empfing sie angenehme Wärme. „Bitte instruier die Beamten, die sich auf dem Parkplatz aufhalten, dass sie nach einem Verdächtigen Ausschau halten sollen. Erklär ihnen, dass wir möglicherweise seinen Schutzanzug drinnen entdeckt haben und dass er auf der Flucht ist!" Gasperlmaier nickte, fand aber auf dem Parkplatz nur die Besatzung eines einzigen Streifenwagens vor. „Ist womöglich ein Verdächtiger

hier herausgekommen?" Er deutete auf das Steinberghaus. Die zwei Beamten schüttelten die Köpfe, worauf
Gasperlmaier sie auf den neuesten Stand brachte und
sich wieder ins Haus zurückzog.

„Glaubst du, wir können wieder ins Büro? Dort wär
es ruhiger." Gasperlmaier überblickte die Situation.
Das Buffet war voll mit den Teilnehmern der letzten
Führung und den Beamten, die ihre Aussagen aufnahmen. Es herrschte ein ordentlicher Lärmpegel. Er
nickte und ging voraus. Im Büro saß die Frau Roither
vor ihrem Computer und empfing sie mit eisiger Miene.
„Eine solche Katastrophe!", sagte sie. „Ich muss gerade
allen absagen, die für heute noch gebucht haben. Ein
ganzer Bus wäre gekommen! Aus Thüringen!" Gasperlmaier fragte sich verwundert, was denn ausgerechnet
an der Tatsache so betrüblich war, dass der Bus aus
Thüringen kam, verkniff sich aber eine diesbezügliche
Frage.

„Dürfen wir?" Die Frau Doktor zeigte auf den zweiten, freien Schreibtisch, die Frau Roither nickte und
wandte sich wieder ihrem Bildschirm zu. „Was haben
wir denn da?" Gasperlmaier legte den Beutel auf die
Schreibtischplatte, die Frau Doktor zog ihn zu sich
heran und öffnete ihn. „Autoschlüssel, Brieftasche,
Kreditkarten, Handy, Taschentücher. Alles da! Wird
uns keine großen Schwierigkeiten machen, die Iden-
tifizierung!" Sie griff nach dem Kreditkartenetui und
zog eine Karte heraus. „Doktor Alireza Attaya Attem",
las sie vor. „Die Kreditkarte stammt von der Volksbank
in Oldenburg. Das ist in Niedersachsen, ich glaube, in
Ostfriesland. Schauen wir einmal, ob wir herausfinden, was für ein Doktor der Herr Doktor ist. War." Sie
begann, in der Brieftasche zu kramen. „Mitglied in einem Fitnessstudio, Kundenkarte vom Friseur ... nichts,

was auf seinen Beruf schließen lässt. Ich ruf am besten gleich bei der Bank an." Gasperlmaier war gespannt, ob eine deutsche Bank nur auf einen Anruf hin so schnell die Daten eines Kunden herausrücken würde.

Während die Frau Doktor telefonierte und dabei zum Fenster hinaussah, entschloss sich Gasperlmaier, einmal zu versuchen, was er sich bei der Manuela abgeschaut hatte. Er gab den Namen und den Wohnort ins Google-Suchfenster seines Smartphones ein. Wenige Sekunden später hatte er einen Treffer. Der Herr Doktor war Urologe und hatte eine Praxis in der Sonnenkampstraße in Oldenburg. „Sie rufen zurück!", sagte die Frau Doktor und legte ihr Handy beiseite. „Nicht nötig", sagte Gasperlmaier und zeigte ihr sein Handy. „Er ist Urologe. Und hat eine Ordination in Oldenburg." Die Frau Doktor zog die Augenbrauen hoch, während Gasperlmaier ein unangenehmes Ziehen in der Blasengegend verspürte. Die Christine hatte ihn schon mehrmals ermahnt, endlich einmal zu einer Vorsorgeuntersuchung zum Urologen zu gehen, doch er hatte das unter Verwendung verschiedenster schlechter Ausreden immer wieder aufgeschoben. Womöglich war es ein Zeichen, dass ihm jetzt ein toter Urologe mehr oder weniger vor die Füße fiel. „Danke!", sagte die Frau Doktor. Als ihr Handy läutete, hörte er gar nicht richtig hin. Die Frau Doktor sagte mehrmals „Ja" und nickte, bevor sie auflegte. „Bestätigung. Es ist tatsächlich der Urologe. 44 Jahre war er alt." Gasperlmaier hatte inzwischen weiter auf seinem Handy herumgespielt und auf der Webseite der Ordination sogar ein Foto des Herrn Doktor gefunden. Ein stattlicher Mann mit schmalem Gesicht, buschigen Augenbrauen und graumelierten Haaren sah ihnen entgegen. „Fescher Mann", sagte die Frau Doktor und seufzte. „Schade um ihn.

Brauchbare Männer in dem Alter sind selten, weißt du!"
Sie seufzte neuerlich. Gasperlmaier überlegte, ob das
ein vorsichtiger Hinweis darauf war, dass es in ihrer
Beziehung gerade nicht so lief, wie sie sich das vorstell-
te. Obwohl sie ja angekündigt hatte, heiraten zu wollen.

Er sah sich das Foto noch einmal an. „Dieser Arzt ...
der kommt doch sicher aus dem Orient. Bei dem Namen, und wie er aussieht!" „Und?", fragte die Frau
Doktor. „Na, da hat es doch diesen, wie sagt man?"
„Shitstorm!", half ihm die Frau Doktor aus. „Ja, genau,
Shitstorm gegeben. Da haben sich viele furchtbar aufgeregt und gemeint, die drei Syrer hätten den Abelein
auf dem Gewissen. Und alle möglichen Drohungen gegen die Flüchtlinge und so weiter. Und dann wird ein
Moslem ermordet, fast an der gleichen Stelle!"

Die Frau Doktor schüttelte den Kopf. „Wer weiß, ob
der nicht schon längst ausgetreten ist. Ich denk gerade
ganz anders", sagte sie. „Zweimal ein Mann im mittleren Alter. Gut, der Abelein war schon etwas älter. Zweimal ein Mann, der anscheinend alleine, ohne Familie
oder Partnerin, eine Führung mitmacht. Zweimal keine bewusst mitgeführte Mordwaffe, sondern ein Stein,
der zufällig herumliegt. Das sind die Parallelen, die ich
sehe. Wir brauchen jetzt unbedingt die Frau, die den
Toten gefunden hat. Franz?" Er stand auf und nickte.
Hoffentlich würde er die Frau in dem Chaos da draußen auftreiben können. Im Buffet ließ er seine Blicke
über die Anwesenden wandern. Die meisten saßen bei
einem Getränk oder einem Paar Würstel herum, andere
wurden gerade befragt.

Ein älterer Mann stand auf und kam auf ihn zu.
„Sagen Sie mal! Wie lange müssen wir denn hier noch
warten! Das ist ja ein Skandal! Wir haben ja schließlich
bezahlt, nicht?" Dem Akzent nach zu urteilen, musste

der Mann, soweit Gasperlmaier das beurteilen konnte, aus der Berliner Gegend stammen. Er trug einen etwas ungepflegten Haarkranz rund um seine Glatze und roch nach Bier. „Gleich!", beschwichtigte Gasperlmaier. „Dauert nicht mehr lang!" Er sah an dem aufgebrachten Herrn vorbei und suchte nach seiner Zeugin. Plötzlich packte ihn der Glatzkopf am Kragen und kam seinem Gesicht viel zu nahe. „Sie, das kann ich aber gar nicht ab, dass Sie da an mir vorbeikucken und mich dämlich im Regen stehen lassen! Ich werde mich beschweren!" Fast schlagartig wurde es still im Raum, während einer der vernehmenden Polizeibeamten aufsprang, vorschnellte, den Angreifer am Oberarm packte und zurückkriss. So schnell konnte der Mann gar nicht schauen, hatte er schon die Arme auf dem Rücken fixiert. „Ganz ruhig!", sagte der Kollege heftig atmend. „Wir setzen uns jetzt schön brav auf die Bank da! Und keine vorschnelle Bewegung!" Gasperlmaier war so überrascht von dem Angriff gewesen, dass er noch keine Zeit gefunden hatte, darauf zu reagieren. Er nestelte an seinem Kragen herum, als er plötzlich von der Seite angesprochen wurde.

„Suchen Sie nach mir?" Es war tatsächlich die junge Frau, die als Erste bei der Leiche im Bergwerk eingetroffen war. Sie lächelte. Gasperlmaier nickte und lächelte zurück. Wenig später saß sie im Büro der Frau Doktor gegenüber. „Sie sind sofort aufgesprungen, als Sie den Tumult gehört haben? Was genau haben Sie gehört?" Die Frau nickte. „Jemand hat gestöhnt, dann ein kurzer, erstickter Schrei. Dann noch so ein Klappern." „Klappern?", fragte die Frau Doktor. „Ja, so wie ... ich weiß nicht genau. Wie Geröll, das einen Abhang runterrutscht. So Steine." „Das wird der Stein gewesen sein, den der Täter weggeworfen hat", meinte Gasperlmaier. Die Frau Doktor nickte. „Vielleicht. Und dann, warum sind Sie sofort aufgesprungen?" Die Frau zuckte mit den Schultern. „Ich weiß nicht. Es war eine instinktive Reaktion, ich hab gar nicht nachgedacht, nur gefühlt, dass da was passiert ist." „Und als Sie dann die Leiche gesehen haben ..." „Ich wäre fast drübergestolpert, es war so dunkel. Ich hab ja zuerst geglaubt, da ist jemand hingefallen, wer denkt denn gleich ... und dann wollte ich ihm aufhelfen, und da hab ich gesehen ..." Sie schlug die Hände vor ihr Gesicht und begann zu schluchzen. Die Frau Doktor rückte ihr näher und legte eine Hand auf ihre Schulter. „Das muss ein fürchterlicher Schock gewesen sein. Es tut mir sehr leid für Sie, dass ein Urlaubstag so enden muss." Sie reichte ihr ein Taschentuch. „Dennoch möchte ich Ihre Erinnerungen so genau wie möglich hören, solange sie noch frisch sind. Was haben Sie gemacht, als Sie erkannten ..." „Ich hab geschrien. Ich konnte gar nicht wegsehen. Ich bin, glaube ich, auf den Knien gesessen und hab geschrien. Dann ist hinter mir schon der Tumult losgegangen und die Leute haben mich fast über den Haufen gestoßen."

„Haben Sie irgendwas gehört oder gesehen, als Sie bei dem Toten angekommen sind? Jemand, der davongelaufen ist? Irgendein Geräusch, einen Lichtschein vielleicht, von einer Taschenlampe?" Die Frau schüttelte den Kopf. „Ich kann mich an nichts mehr erinnern, an gar nichts mehr!" Sie wischte sich Tränen aus den Augenwinkeln. Die Frau Doktor nickte. „Gasperlmaier, nimm bitte noch die Personalien auf. Ich danke Ihnen, Sie können gehen. Sind Sie in Begleitung?" Die Frau nickte. „Gehen wir nach draußen?", fragte Gasperlmaier. Die Frau stand auf und wirkte so zerbrechlich, dass er sie um die Schulter fasste, während sie durch die Eingangstür hinaus in den Sonnenschein traten. „Schlimm!", sagte er. „Schlimm!" Er drückte die Frau ein wenig an sich, die sich gar nicht dagegen wehrte. Rechtzeitig besann er sich, löste sich von ihr und zückte sein Notizbuch. „Ihre Personalien tät ich jetzt noch brauchen", sagte er. Sie lächelte. „Das ist so witzig!", sagte sie. „Äh, wie?" „Wie Sie das sagen, hier in Österreich. Sie sagen ‚Ich täte was brauchen'. Das ist komisch." Gasperlmaier räusperte sich und hielt seinen Kugelschreiber über eine leere Seite. „Kerstin Westerwald. Sie können ruhig Kerstin sagen. Und ich bin mit zwei Freundinnen unterwegs. Wir wohnen in der Jugendherberge, in Bad Aussee. Und eigentlich wollten wir heute weitertrampen, nach Süden. Kroatien oder Italien." „Ihr Hauptwohnsitz?" Das Mädchen holte einen etwas abgegriffenen Reisepass aus der hinteren Tasche ihrer Jeans. „Fotografieren Sie einfach meinen Reisepass, dann ersparen Sie sich das ganze Geschreibsel!" Sie lächelte neuerlich, und Gasperlmaier war froh, dass der Tränenstrom versiegt war und sie nicht mehr fror. „Natürlich!", sagte er. Immer wieder passierte es ihm, dass er darauf vergaß, dass die moderne Elektronik heutzutage den Kugelschreiber oft überflüssig machte.

„Ja, dann ...", sagte er, als er ihr den Pass zurückreichte. „Wird nicht lange dauern. Aber bis morgen wäre schon gut, wenn ihr noch hier ... Man kann hier wunderbar baden, an so einem Tag wie heute. Oder auf den Loser hinaufsteigen, oder ..." „Danke!", sagte die Kerstin. „Baden ist vielleicht keine so schlechte Idee." Gasperlmaier sah ihr nach, als sie zurück ins Steinberghaus ging. Sie hatte so kurze Haare, dass ihr schlanker, gebräunter Hals bis zu den Ohren hinauf deutlich sichtbar war.

„Was geschieht jetzt?", fragte Gasperlmaier. Die Frau Doktor erhob sich. „Wir müssen mehr über das Opfer herausfinden, wie er hierhergekommen ist, wo er gewohnt hat, ob er wirklich allein war und so weiter." Gasperlmaier griff noch einmal nach dem Etui mit den Kreditkarten. Es war ihm so gewesen, als hätte er dort irgendetwas gesehen, was er kannte. „Wo er wohnt, darüber müssen wir uns keine Gedanken mehr machen." Triumphierend hielt er eine Chipkarte in die Höhe, eine mit dem Aufdruck eines Hotels. Genau des Hotels, wo die Gabriele Abelein womöglich immer noch darauf wartete, von ihm nach Liezen oder auch nach Graz chauffiert zu werden. „Das ist ein Zimmerschlüssel. Vom besten Hotel hier in der Gegend. Der Herr Doktor hat es sich anscheinend recht gut gehen lassen." „Davon kannst du ausgehen!" Die Frau Doktor hielt grinsend einen Autoschlüssel in die Höhe und zeigte auf die Marke. „Mal sehen, was für einen Audi unser Mann gefahren hat." Sie deutete Gasperlmaier, ihr zu folgen. Draußen stand die Sonne hoch am Himmel und hatte die Luft über dem Parkplatz kräftig aufgeheizt. Die Frau Doktor drückte auf einen Knopf am Schlüssel, und ganz in der Nähe zwitscherte es. „Dort drüben!" Gasperlmaier konnte noch nicht sehen, welches das Auto des Toten war. Als er die Frau Doktor einholte, sah er, dass sie auf einen weißen Sportwagen zusteuerte. „Nobel, nobel! Aber fast ein bisschen klein für einen ausgewachsenen Mann!" Sie öffnete die Fahrertür und beugte sich ins Innere des Wagens. „Aufgeräumt!", sagte sie. „Da haben nie Kinder drin gesessen." Sie schlug die Tür wieder zu. „Was ist denn das eigentlich für eine Schüssel?", fragte Gasperlmaier. „Da kann man ja drüberfahren!" „Ts, ts!", tadelte die Frau Doktor. „Das ist ein Audi TT. Ein Traumauto. Für zwei!" Ihre Mundwinkel fielen nach unten. „Der Zweiliter Quattro. 310 PS. Da hat der Herr Doktor tief in die Tasche greifen müssen. Tja, Gasperlmaier, hätten wir beide etwas Gescheites gelernt ..." Gasperlmaier musste daran denken, womit sich ein Urologe seinen Sportwagen verdiente, und war sich sicher, dass ihm seine eigene Arbeit ein ganzes Stück besser gefiel. Da verzichtete er gern auf einen Sportwagen, wenn man dafür ... Er schob diesen Gedanken weit von sich. „Wir lassen den einstweilen einmal hier stehen", sagte die Frau Doktor, „und begeben uns ins Hotel, wo der Herr Doktor abgestiegen ist."

12

„Guten Tag. Sie schon wieder?" An der Rezeption stand immer noch die hochgewachsene junge Frau von heute Morgen. Erfreut schien sie über den neuerlichen Besuch der Polizei nicht. Ganz im Gegenteil. „Die Frau Abelein, ist die noch da?", fragte Gasperlmaier. Die Rezeptionistin schüttelte den Kopf. „Sie hat längere Zeit auf Sie gewartet, hier hinten, in der Sitzgruppe." Sie deutete auf ein paar Lehnstühle und Sofas vor einer Glaswand, hinter der sich ein gepflegter Garten erstreckte. „Dann hat sie ein paarmal telefoniert und ist gegangen." „Ach Gott!" Gasperlmaier holte sein Handy aus der Hosentasche. Tatsächlich gab es mehrere Anrufe und eine Nachricht von der Gabriele Abelein. „Fahre jetzt selber!!!", hatte sie geschrieben. „Konnte Sie nicht erreichen!!!" Die Rufzeichen, so mutmaßte Gasperlmaier, zeigten wohl in etwa den Grad ihrer Erregung, in die sie geraten war, weil er sein Versprechen nicht eingehalten hatte. Er seufzte. Im Bergwerk drinnen, da hatte es natürlich keinen Empfang gegeben. Und später war er zu beschäftigt gewesen, um nach verpassten Anrufen zu sehen.

„Wie auch immer!" Die Frau Doktor hielt die Schlüsselkarte vor das Gesicht der Rezeptionistin. „Wir haben diese Karte bei einem Herrn Doktor Alireza Attaya Attem gefunden. War er hier Gast?" „War?" Das Mädchen riss die Augen auf. „Er ist leider tot aufgefunden worden. Können wir in sein Zimmer?" Das Mädchen begann, nach Luft zu schnappen. „Da … da muss ich erst die Frau Chefin …" Sie machte kehrt und verschwand durch eine Tür hinter dem Tresen. „Na!", meinte die Frau Doktor und klopfte ungeduldig mit den Fingern auf die Theke der Rezeption. Vom Pool her näherten sich zwei füllige Damen im Bademantel und lächelten Gasperlmaier zu. „Na? Was für ein fescher Polizist! Wollen Sie nicht einmal in unserem Zimmer ermitteln?" Die andere kicherte, zog ihre Freundin weiter und tuschelte hinter vorgehaltener Hand. Die Frau Doktor grinste. „Der Zauber der Montur, was?" Gasperlmaier schüttelte den Kopf. Wahrscheinlich, so dachte er bei sich, hatten die Damen schon einen oder zwei Drinks zu viel konsumiert.

Die Rezeptionistin kam wieder aus dem Kämmerchen hinter ihrem Tresen zurück. Mit eisigem Blick. „Die Frau Chefin hat, in Anbetracht der Tatsache, dass der Gast tot ist, nichts dagegen, dass Sie ..." Sie ließ ihren Satz unvollendet und deutete mit einer Hand einladend auf den Lift. „Ich darf Sie begleiten?" Die Frau Doktor nickte. „Bis zur Zimmertür. Danach ist fürs Hotelpersonal vorerst einmal Schluss, so lange, bis die Spurensicherung das Zimmer untersucht hat." Während der Lift sie zwei Stockwerke hinauftrug, legte die Rezeptionistin beide Hände an die Wangen. „Spurensicherung? Da stehen dann Polizeiautos vor dem Hotel? Und lauter weiße Männchen? Da wird die Chefin nicht begeistert sein!" Die Frau Doktor zuckte mit den Schultern. „Wenn wir kommen, ist niemand begeistert. Daran sind wir gewöhnt." Sie wurden einen Gang entlanggeführt, von dem man Blick auf den Pool hatte. Gasperlmaier musterte interessiert die Damen, die es sich auf den Liegen bequem gemacht hatten. So aufmerksam, dass er fast übersah, dass die Rezeptionistin ihnen bereits eine Zimmertür geöffnet hatte. „Danke! Gasperlmaier, hier spielt die Musik!" Die Frau Doktor lächelte, als sie die Latexhandschuhe aus ihrer Handtasche hervorholte. Gasperlmaier schloss die Zimmertür und sah sich um.

Man sah dem Zimmer kaum etwas von der Anwesenheit eines Gastes an. Es war gereinigt und aufgeräumt worden, lediglich ein geschlossener Koffer auf einer Ablage zeugte davon, dass das Zimmer bewohnt war. Die Frau Doktor öffnete den Kleiderschrank, in dem wohlgeordnet auf Kleiderbügeln mehrere Sakkos und ein paar Hosen hingen. Die Frau Doktor prüfte die Etiketten und pfiff durch die Zähne. „Nur beste Markenware", sagte sie. „Womöglich sogar maßgeschneidert. Dem Herrn Doktor ist es wirklich nicht schlecht gegangen, Respekt!" Gasperlmaier dachte daran, dass der Herr Doktor jetzt mit zermatschtem Schädel in einer Zinkwanne lag und die Sachen nie mehr würde tragen können. Er seufzte und öffnete die Tür zum Bad. Dort stand ein lederner Kulturbeutel, zugezippt und rostbraun. Daneben eine elektrische Zahnbürste, deren Kabel mit der Steckdose verbunden war. „Der scheint sehr ordentlich gewesen zu sein", bemerkte Gasperlmaier. Wenn er mit der Christine auf Urlaub war, schaute das Zimmer gleich sehr viel bewohnter aus als hier.

„Unglaublich!" Selbst die Frau Doktor schien überrascht von der Ordnung, die in dem Zimmer herrschte. Sie nahm den Kulturbeutel in die Hand, prüfte das Etikett. „Selbst das ist ein teurer Markenartikel!", staunte sie. Sie stellte den Beutel wieder neben dem Waschbecken ab und öffnete ihn. „Blutdrucksenker!", sagte sie und holte einen Tablettenstreifen heraus. „Man fasst es ja nicht!", sagte sie, als sie eine kleine blaue Dose in Händen hielt. „Der Herr Doktor glaubt an die Wirkung eines Wundermittels gegen Haarausfall!" Sie hielt Gasperlmaier das Präparat entgegen. „Ich frage mich, was er dafür bezahlt hat!" Gasperlmaier hatte keine Brille zur Hand und konnte die Aufschrift nicht lesen. Wenn es sich jemand leisten konnte, war es ja schließlich kein Fehler, alles zu versuchen, was eine Glatze verhinderte. Warum sich die Frau Doktor lustig darüber machte, konnte er nicht verstehen. Sie verschloss den Kulturbeutel wieder und stellte ihn neben dem Waschbecken ab. „Ich schau mir mal die Bettwäsche an", sagte sie. „Vielleicht verrät sie uns, ob er das Bett nicht doch mit jemandem geteilt hat. Ein Sportwagenfahrer, der sich ganz allein und einsam im Luxushotel aufhält? Scheint mir wenig glaubwürdig. Schau du dich einmal auf dem Balkon um, Gasperlmaier!"

Gasperlmaier trat ins Freie, wo ihn die Mittagshitze sogleich ins Schwitzen brachte. Außer zwei zusammengeklappten Liegestühlen war nichts zu sehen. Auch auf dem Boden ... doch, da war etwas. Er bückte sich und hob es auf. Es war ein kleines schwarzes Kunststoffplättchen, etwas abgewetzt auf einer Seite. Er wollte es schon vom Balkon werfen, als die Frau Doktor von drinnen rief: „Ich hab was!" Gasperlmaier trat wieder ins Zimmer, wo ihm die Frau Doktor triumphierend ein schwarzes Haar vor die Nase hielt. „Das könnte aber genauso gut von der Putzfrau sein, oder? Vielleicht kommt's auch vom letzten Gast ... der letzten ... Frau ..." „Gasperlmaier, in so einem Hotel wird bei einem Gästewechsel so exakt geputzt, dass keine Haare zurückbleiben. Außerdem wird ja wohl die Bettwäsche gewechselt. Aber wenn, so wie heute, keine frische Bettwäsche kommt, dann ..." Sie holte einen kleinen Plastikbeutel aus ihrer Handtasche und legte das Haar hinein. „Man sieht sogar, dass es gefärbt war. Der Ansatz ist weiß." „Aber der Doktor wird doch nicht mit einer so alten Frau ..." Die Miene der Frau Doktor versteinerte sich. „Manche Frauen haben schon mit dreißig graue Haare!", zischte sie. Gasperlmaier zuckte zurück. Ob sie am Ende selbst betroffen war? Er versuchte eine beruhigende Geste. „Der Doktor war ja auch nicht mehr der Jüngste!", versuchte er einzulenken, doch die Frau Doktor blieb verschnupft. „Was hast du denn da?" Sie deutete auf das schwarze Plastikteil, das er immer noch zwischen den Fingern hielt. „Das? Weiß nicht. Nichts!", sagte Gasperlmaier. „Zeig mal!" Sie nahm ihm das Plättchen aus den Fingern und hielt es prüfend hoch. „Weißt du, was das ist? Das ist ein Plättchen von einem Absatz. Das hat eine Frau verloren, die hohe Schuhe mit schmalen Absätzen getragen hat!" Sie lächelte triumphierend. „Also zwei Indizien, dass der Herr Doktor hier ein Stelldichein mit einer schwarzhaarigen Schönen gehabt hat! Da wollen wir doch einmal das Hotelpersonal befragen, nicht?" Die Frau Doktor barg das Plättchen in einem weiteren Beutel, den sie in ihrer Handtasche verstaute.

Die Rezeptionistin schüttelte den Kopf. „Also, ich hab den Herrn Doktor nicht mit einer Frau gesehen, sicher nicht! Aber ich bin ja auch nicht immer da!", meinte sie. „Na, dann schauen wir mal!", sagte die Frau Doktor. „Sie haben doch nichts dagegen, wenn wir in der Bar nachfragen? Und vielleicht beim Personal im Wellnessbereich?" Die Rezeptionistin zuckte mit den Schultern. „Da muss ich aber schon die Frau Chefin ..." „Was musst du?" Eine Frau mittleren Alters trat aus der Tür hinter der Rezeption. Sie trug, wie auch die Rezeptionistin, ein Ausseer Dirndl, kurzes blondes Haar und ein Lächeln im Gesicht. „Ich hab schon gehört, dass sich die Polizei bei uns umschaut!" Sie schüttelte der Frau Doktor und Gasperlmaier die Hand. „Wir kennen uns ja schon, Herr Inspektor!" Sie hielt seine Hand länger fest, als er das für nötig hielt. „Ich wüsst nicht ..." Gasperlmaier schüttelte den Kopf. „Aber ja! Erinnern Sie sich nicht? Beim Faschingsbrief in Altaussee, wo Sie selber vorgekommen sind, mit der Geschichte, die in unserem Hotel passiert ist? Mit dem angeblichen Autounfall? Da war ich dabei! Ich hab mich köstlich amüsiert!" Gasperlmaier war die Geschichte unangenehm, die Frau Doktor wusste nichts davon, wie die Manuela und er sich damals blamiert hatten, weil sie eine falsche Todesnachricht überbracht hatten. Das wäre jetzt nicht nötig gewesen, daran zu erinnern. Doch die Frau Doktor erlöste ihn nach einigen neugierigen Blicken. „Wir sind wegen Doktor Alireza Attaya Attem hier." Sie sah sich um und bemerkte Gäste, die sich der Rezeption näherten. „Könnten wir vielleicht irgendwo ungestört reden?" Die Chefin nickte. „Stifter, übrigens. Wie der bekannte Dichter. Marlene Stifter. Ich schreib aber selber nicht. Auch nicht verwandt!" Sie lachte und lud sie mit einer Geste ein, ins Büro hinter der Rezeption zu kommen.

„Bitte!" Das Büro war geräumig und edel eingerichtet. Gar nicht so wie der Polizeiposten. Gasperlmaier sah sich um. An den Wänden hingen Bilder, wie man sie eher in einem Museum erwartete. Also keine billigen Stiche aus der Gegend oder nichtssagende Blumenbilder. Aber sie konnten, so sagte er sich, wohl auch Kopien oder Drucke sein. Die Frau Stifter bot ihnen Platz an. „Sie haben sicher nichts gegen einen Kaffee?" Die Frau Doktor nickte, und die Frau Stifter drückte einen Knopf an einer Telefonanlage. „Drei Melange, bitte, Martin. Ja, ins Büro." „So!", sagte sie und legte ihre Hände ineinander auf die Schreibtischplatte vor sich. „Was kann ich für Sie tun?" „Nun", sagte die Frau Doktor und legte die beiden Plastikbeutel auf den Tisch. „Wir wollen sicherlich niemandem vorwerfen, ungenau geputzt zu haben. Aber diese beiden Säckchen enthalten ein langes schwarzes Haar, am Ansatz weiß, und ein Absatzplättchen. Das Plättchen vom Balkon, da ist es in einer Ritze stecken geblieben. Das Haar aus dem Bett." Die Frau Stifter seufzte. „Bei einem Gästewechsel kommt so etwas nicht vor, dafür verbürge ich mich. Aber da der Herr Doktor nicht ausgecheckt hat ..." Sie streckte die Arme in einer Art resignativer Geste zur Seite. „Ja, natürlich. Ich habe ihn mit einer Frau gesehen. Genau genommen sogar mit zweien. Die eine hat er mit aufs Zimmer genommen. Dunkelhaarig, sehr attraktiv, etwas überschminkt, wie ich fand. Zwischen dreißig und vierzig. Das war am Samstag. Ich habe ihn nicht darauf angesprochen, bei uns ist Diskretion oberstes Gebot. Auf der Rechnung wäre dann selbstverständlich der Betrag für ein Doppelzimmer aufgeschienen. Für diese Nacht."

„Ein bisschen genauer, die Beschreibung? Und vielleicht zusätzliche Informationen?" „Ja, was soll ich sagen? Die Dame hat ein Dirndl getragen, ich kann Ihnen sogar sagen, welches, eine exklusive Marke. Aus der heurigen Frühjahrskollektion. Seide, roter Leib, Rock weiß mit rotem Rosenmuster, schwarze Seidenschürze. Sie hat fabelhaft darin ausgesehen." „In was für einem Verhältnis stand sie zu dem Arzt?", fragte die Frau Doktor. „Wie sie an mir vorbeigegangen sind, eher distanziert, sie hatte sich bei ihm eingehängt, vielleicht war es ihr auch peinlich, gesehen zu werden." „Hat sie irgendetwas gesagt?" Die Frau Stifter schüttelte den Kopf. „Ich würde vermuten, er hat sie über eine Partneragentur kennen gelernt. Und dann haben sie sich hier getroffen, sie wirkten noch nicht so vertraut miteinander. Aber, eben, mein rein persönlicher Eindruck." „Was meinst du, Gasperlmaier? Eine Partneragentur und ein ganz spezielles Dirndl – das sind doch gute Indizien, nicht? Ob wir die schnell finden werden?" Gasperlmaier zuckte mit den Schultern.

„Wollen Sie nicht wissen, warum ich glaube, dass da eine Partneragentur dahintersteckt?", fragte die Frau Stifter. „Ich höre?" Die Frau Doktor beugte sich vor. „Zwei Tage später", flüsterte die Frau Stifter, „also am Montag, da habe ich ihn mit einer anderen Frau gesehen. Im Auto. Das war eine rotblonde, etwas fülliger als die vom Samstag. Ich hab das Gesicht nicht sehen können, sie sind an mir vorbeigefahren, als ich gerade aus der Bank gekommen bin. Und das Auto des Herrn Doktor, das war ja schon auffällig." „Kein Gesicht?", fragte Gasperlmaier nach. „Nein!", schüttelte die Frau Stifter den Kopf. „Der Wagen ist ja so niedrig, da kannst du den Kopf der Insassen gar nicht sehen, wenn du stehst. Aber, wie schon gesagt, das lange rotblonde Haar, eine üppige Figur ... Und wenn sich jemand im Urlaub an zwei Tagen mit zwei verschiedenen Frauen trifft, dann liegt die Vermutung nahe, dass er Rückmeldungen einer Partneragentur abarbeitet. Denk ich mir halt." Die Frau Doktor stand auf. „Da wird uns wohl nichts anderes übrigbleiben, als in Frage kommende Agenturen abzuklappern. Das stell ich mir jetzt schon lustig vor!"

„Wir könnten ja bei den Fotos im Bergwerk noch einmal schauen, ob da eine der beiden Frauen dabei ist. Ich meine, bei den Fotos von der Führung." Die Frau Doktor rümpfte die Nase. „Na, die wäre uns wahrscheinlich schon bei der Vernehmung der Führungteilnehmer aufgefallen, meinst du nicht?" Gasperlmaier nickte. „Stimmt. Aber schauen kostet ja nichts." „Hm ...", sagte die Frau Doktor. „Ich hab da so eine Idee. Kann man ein solches Dirndl auch hier in Aussee kaufen?" Die Frau Stifter nickte. „Ich kauf selber dort ein. Warten Sie, ich hab sicher eine Karte." Sie zog eine Schreibtischschublade auf, kramte eine Zeitlang darin herum und überreichte ihnen schließlich die Karte eines Trachtenge-schäfts in Bad Aussee. „Probieren Sie's einmal dort. Wir haben wirklich viele Gäste, die sich hier mit Trachten einkleiden. Vor allem, wenn sie nicht aus der Gegend sind." „Danke! Gasperlmaier, auf geht's!"

Gasperlmaier sah auf die Uhr. Es beunruhigte ihn, dass er trotz des doppelten Frühstücks, das er heute eingenommen hatte, schon wieder Hunger verspürte, obwohl es erst kurz nach eins war. Irgendwo hatte er einmal gelesen, dass übermäßiges Hungergefühl auch Symptom von allerhand Krankheiten sein konnte. Er musste da noch einmal genauer nachlesen. „Aber wenn die Frau doch gar nicht mit im Bergwerk war, dann kann sie den Doktor Ali ..." Gasperlmaier war der Rest des komplizierten Namens entfallen. „Egal!", antwor-tete die Frau Doktor und zischte quer über die Bun-desstraße, dass Gasperlmaier in seinem Sitz zurück-geworfen wurde. „Wir müssen einfach mehr über das persönliche Umfeld der Opfer erfahren, dann finden wir auch Leute, die Motiv und Gelegenheit hatten. Bis-her wissen wir ja noch rein gar nichts." „Aber wenn es zweimal derselbe Täter war, dann hat ja womöglich der Mord gar nichts mit dem persönlichen Umfeld ..." „Wenn du's besser weißt, dann möchtest vielleicht du die Ermittlungen führen!" Die Frau Doktor hatte ihn in so scharfem Tonfall unterbrochen, dass Gasperl-maier auf eine Entgegnung verzichtete. Wenn Frauen, so wusste er, schlechte Laune hatten, dann war es ge-scheiter, den Mund zu halten. Das Allerschlechteste war, sie zu fragen, warum sie schlechte Laune hatten. Das konnte endgültig zur Explosion führen, davor musste man sich hüten. „Da rechts!" sagte er, als die Frau Doktor suchend an der Kreuzung im Ortszentrum hin und her blickte. „Hätt ich auch gewusst!", erhielt er zur Antwort. Nach einem kurzen Zwischenstopp zum Essen wagte er gar nicht mehr zu fragen.

„Groß, dunkelhaarig, zwischen dreißig und vierzig?" Die Frau Doktor hielt ihre Handfläche waagrecht ein paar Zentimeter über ihren eigenen Scheitel. Die Verkäuferin nickte. „Ja, so einer hab ich genau dieses Dirndl verkauft." Sie hob den Rock eines Dirndls an, das auf einem Kleiderbügel hing und genau der Beschreibung der Frau Stifter entsprach. „War sie allein?" „Nein, ein Herr war dabei. Groß, schlank, dunkel, sehr gut angezogen. Allerdings nicht in Tracht. Die zwei haben trotzdem gut zusammengepasst." „Haben Sie erkannt, woher sie war? Ich meine, an ihrem Deutsch?" Gasperlmaier hatte da wenig Hoffnung. Die Verkäuferin, das konnte man deutlich hören, war selber aus Deutschland. Die zuckte tatsächlich mit den Schultern. „Er war ein Deutscher, sie war aus Österreich, so viel ist auch für mich klar. Aber woher genau ...?"

„Wer hat eigentlich bezahlt?", mischte sich Gasperlmaier ein, nachdem er verstohlen das Preisschild des Dirndls gemustert hatte. Um das Geld, dachte er bei sich, konnte man ja sogar schon eine halbwegs brauchbare Lederhose kriegen. „Sie selber. Mit Bankomatkarte." Die Frau Doktor seufzte. „ „Das bedeutet, Sie haben keinen Beleg, aus dem der Name hervorgeht. Wären Sie denn damit einverstanden, dass wir die Bankomatzahlungen im fraglichen Zeitraum überprüfen lassen? Das würde uns enorm weiterhelfen." Die Verkäuferin sah etwas verzagt drein. „Ich glaube, das muss schon die Frau Chefin ..." Die Frau Doktor nickte. „Schon klar. Ich werde jemanden damit beauftragen, der – oder die – wendet sich dann direkt an Ihre Chefin. Herzlichen Dank für Ihre Mühe." „Was hat die denn eigentlich angestellt?", fragte die Verkäuferin, sichtlich erleichtert, dass sie keine folgenschwere Entscheidung treffen hatte müssen. Die Frau Doktor schüttelte den Kopf. „Darüber kann ich leider nichts sagen. Laufende Ermittlungen."

Als sie das Geschäft verließen, erschrak Gasperlmaier. Ihn blendete zwar die Sonne, dennoch konnte er erkennen, wer ihm da gegenüberstand. „Na, schon wieder auferstanden von der Pleite heute Morgen? Gibt's dazu irgendeinen Kommentar?" Es war die Maggie Schablinger, die ihm ein Aufnahmegerät vor die Nase hielt. Verunsichert sah Gasperlmaier zur Frau Doktor. Die sprach gerade in ihr Telefon, schüttelte aber gleich den Kopf. Nachdem sie aufgelegt hatte, kam sie rasch heran. „Frau Schablinger", sagte sie, „wenn Sie Informationen wollen, dann kommen Sie zu den Pressekonferenzen, die wir anbieten. Wenn es eine gibt, so bin ich sicher, werden Sie in Ihrem Posteingang eine Verständigung vorfinden. Und jetzt lassen Sie uns bitte in Ruhe!" Die Stimme der Frau Doktor war ein wenig schrill und atemlos geworden. Wahrscheinlich ging ihr die Schablinger genauso auf die Nerven wie ihm. „Habt ihr schon eine Spur, oder tappt ihr noch im Dunklen?", schrie ihnen die Schablinger noch nach, als sie sich an ihr vorbeigedrängt hatten. „Hat es was mit dem Geschäft da zu tun?"

Die Frau Doktor hielt an, machte auf dem Absatz kehrt und schoss auf die Schablinger zu, um nahe vor ihr Halt zu machen. Zu nahe, wie Gasperlmaier fand. Er hoffte, die Frau Doktor würde sich nicht zu einer unüberlegten Reaktion hinreißen lassen. Die beiden Frauen funkelten sich an. Plötzlich quietschten Bremsen. „Öha!", entfuhr es Gasperlmaier. Er war, während er die Szene betrachtete, vom Gehsteig gestolpert, und ein Auto war direkt vor seinen Füßen mit quietschenden Reifen zum Stehen gekommen. Ärgerlich trat er wieder auf den Gehsteig und bedeutete der Fahrerin, schnell weiterzufahren. Die starrte ihn erschrocken an, schien aber froh, dass weiter nichts passiert war, und gab Gas. „Komm, Gasperlmaier!" Anscheinend hatte der Vorfall dazu geführt, dass die beiden Damen voneinander abgelassen hatten. Die Schablinger allerdings sah ihnen noch eine Weile nach, als sie die Straße überquerten und ins Auto der Frau Doktor stiegen.

Jetzt, so sagte sich Gasperlmaier, konnte er es wagen. „Sollten wir vielleicht eine kleine Stärkung ... ich meine, Mittag ist lang vorbei." Die Frau Doktor sah ihn an und begann so ansatzlos zu schluchzen, dass Gasperlmaier förmlich zurückschrak. Die Tränen schossen nur so aus ihren Augen und liefen über die Wangen hinunter. Sie hielt sich am Lenkrad fest, ließ sich nach vorn fallen und stützte ihre Stirn darauf ab. Was war nur los? Hatte ihr die Begegnung mit der Schablinger so zugesetzt? Oder steckte da mehr dahinter? Gasperlmaier öffnete das Handschuhfach und fand nach einigem Kramen tatsächlich eine schon etwas abgenutzte Hülle mit Papiertaschentüchern. Er holte eines heraus und hielt es der Frau Doktor hin. Sie nahm es ihm zwar ab, machte aber keine Anstalten, sich Augen oder Nase damit zu wischen. Stattdessen heulte sie unvermindert vor sich hin. War das ein Nervenzusammenbruch oder ein Burnout oder so etwas? Er nahm seinen ganzen Mut zusammen und strich der Frau Doktor beruhigend über den Rücken. Etwa so, wie man eine Katze streicheln würde, um sie zum Schnurren zu veranlassen. Die Frau Doktor machte keine Anstalten zu schnurren, aber immerhin wurde ihr Schluchzen leiser, sie atmete wieder tiefer und ruhiger. Gasperlmaier fuhr mit dem Streicheln fort, da es Wirkung zu zeitigen schien und die Frau Doktor ihn nicht daran hinderte.

Schließlich hob sie den Kopf, trocknete die Tränen und schnäuzte sich. Das Taschentuch entsorgte sie in der Mittelablage. „Du wirst sicher denken ..." Gasperlmaier winkte ab. „Ich denk gar nichts. Außer dass du eine Pause brauchst." Er lächelte, und auch das tat seine Wirkung. Die Frau Doktor lächelte zurück. „Ich muss dir das erklären", sagte sie. Gasperlmaier schüttelte den Kopf. „Gar nichts musst du." „Das tut gut, weißt du das? Das Streicheln, und dass du mir nicht mit Besserwisserei kommst." Gasperlmaier nickte. Es war ihm, vor allem in seiner Jugend, oft passiert, dass Mädchen sich ihm anvertraut und ihm erklärt hatten, wie gut er zuhören konnte und dass sie ihn verstehe. Dabei hatte er gar nichts anderes getan als eben nichts – er hatte nicht mit seinen Saufkünsten geprahlt, keine Motoren aufheulen lassen und nicht im Chor mit den Fußballfans gegrölt. Anscheinend genügte das schon, um als Frauenversteher zu gelten. Das Problem war gewesen, dass die Mädchen ihm dann oft erklärten, er sei eher wie ein Bruder, ein Freund, der nicht hinter schnellem Sex her sei. Doch das war ein Missverständnis gewesen, er hätte gar nichts gegen schnellen Sex gehabt, damals.

„Du hast Recht, ich brauch tatsächlich eine Pause. Wir brauchen eine Pause. Wo?" Gasperlmaier dachte sich, dass es jetzt, wo es so sonnig war, beim Kahlseneck nett sitzen wäre und dass es an einem Wochentag im Juni dort auch nicht überfüllt sein würde. „Fahrst einfach einmal nach Altaussee", sagte er, „dann sag ich dir schon, wo es weitergeht." Während der Fahrt begann die Frau Doktor den Kopf zu schütteln. „Heul ich dir da etwas vor. Eigentlich unmöglich. Völlig unprofessionell." „Ja mei!", fügte Gasperlmaier hinzu.

An der Altausseer Kirche sagte er: „Fahrst einfach weiter da links vom Hotel, da ist zwar Fahrverbot, aber die Polizei ..." Die Frau Doktor nickte. Oberhalb der Jausenstation Kahlseneck deutete Gasperlmaier auf eine Stelle abseits der schmalen Fahrbahn, an der man parken konnte. „Eigentlich eine Verschwendung, an so einem schönen Tag arbeiten zu müssen!" Die Frau Doktor streckte sich, schmiss ihre Autotür zu und sperrte ab. Auf der Terrasse waren zwei, drei Tische besetzt, die restlichen frei. „Ich möchte zuerst mit dir reden, dir was erklären. Wo niemand zuhört. Gehen wir ans Wasser hinunter?" Gasperlmaier hatte zwar schon gewaltigen Hunger und Durst, wagte aber nicht zu widersprechen. Es musste ja schließlich etwas Wichtiges sein, wenn die Frau Doktor unter vier Augen mit ihm reden wollte. „Da!" Sie deutete auf den schmalen Schotterstreifen direkt neben dem Badesteg und setzte sich hin. Gasperlmaier selbst nahm auf dem Steg Platz, das war bequemer, so konnte er halbwegs aufrecht sitzen, ohne dass ihm die Füße einschliefen.

Die Frau Doktor saß auf dem Schotter, warf Kieselsteine ins Wasser und sagte nichts. Gasperlmaier wartete. Sie musste eigentlich seinen Magen knurren hören, sah aber weiter in die Ferne und warf Steine. „Du fragst dich sicherlich, was mit mir los ist", sagte sie. Gasperlmaier nickte. „Schon. Du bist anders als sonst. Gestresst." Die Frau Doktor nickte ebenfalls, nahm einen größeren Stein in die Hand und schleuderte ihn wutentbrannt ins Wasser, sodass es wild aufspritzte. „Zwei Dinge. Ich bin meinem Partner draufgekommen, dass er mich betrügt. Ende Gelände. Die Hochzeit ist abgeblasen." Sie starrte in die Ferne, und erneut lösten sich Tränen aus ihren Augenwinkeln. „Und dabei hab ich gedacht, er ist der Richtige. Ich liebe ihn sogar immer noch. Und er hat sich mit der Sophie verstanden. Es ist so eine Scheiße!" Sie schüttelte den Kopf und warf eine ganze Handvoll Steine ins Wasser. Tränen liefen ihr über das Gesicht. Gasperlmaier fragte sich, ob es wieder Zeit war, ihr den Rücken zu streicheln. Aber hier, wo jederzeit jemand auftauchen konnte, war das keine gute Idee. Es war so schon verdächtig, hier so zweisam einsam herumzusitzen. „Du hast es leicht", sagte die Frau Doktor. „Eine gescheite, tüchtige Frau, zwei brave Kinder, und keiner von euch denkt daran, einmal fremdzugehen." Gasperlmaier fragte sich, woher die Frau Doktor das wissen wollte. Und er dachte an den seltsamen Typen aus der Studenten-WG der Christine, der einmal bei ihnen aufgetaucht war. Wer konnte schon wissen, was im Kopf der Christine vorging? Niemand.

„Na ja!", sagte er. „Da ist auch nicht alles ..." Aber er wusste eigentlich nicht, worüber er sich hätte beklagen können. Die Frau Doktor jedoch widersprach ihm gar nicht. „Du willst sicher wissen, ob es der Vater von der Sophie war." Sie schüttelte den Kopf. „War er nicht. Der war überhaupt die größte Katastrophe meines Lebens. Weißt du, was ich gemacht habe? Ich habe mich mit einem Kriminellen eingelassen. Einem, den ich selber verhaftet habe. Sag mir, wie blöd kann man eigentlich sein?" Jetzt, so fand Gasperlmaier, war es an der Zeit, zu widersprechen. „Ich finde dich nicht blöd, ganz im Gegenteil!" „Dann setz dich da her, neben mich!" Sie klopfte auf den Schotter an ihrer Seite. Er fragte sich, wo das alles hinführen sollte, folgte aber ihrer Aufforderung und ließ sich stöhnend in den Kies fallen. „Doch!", sagte sie. „Ich war blöd. Kannst du mir vielleicht verraten, warum ich auf einen hereingefallen bin, nur weil er charmant lächelt und mir sagt, wie schön ich bin? Kannst du das?" Gasperlmaier entschloss sich, die Frage als rhetorische einzustufen, und schwieg. „Anstatt mir einen soliden Mann auszusuchen, auch wenn er vielleicht auf den ersten Blick nicht der Märchenprinz ist, auf den man immer gewartet hat." Sie ließ ihre rechte Hand unter seinem Oberarm durchschlüpfen, hängte sich bei ihm ein und lehnte sich an seine Schulter. Obwohl ihm auf der einen Seite die körperliche Nähe behagte, fühlte er sich doch auch ziemlich unwohl, ließ seine Blicke unruhig nach rechts und links schweifen, um zu sehen, ob sie jemand beobachtete, und stemmte seinen Fuß in den Boden, um nicht umzufallen.

„Das musst du dir einmal vorstellen", zischte sie. „Draufgekommen bin ich, als ich von deiner Geburtstagsfeier nach Hause gekommen bin. Da war er schon im Bett, und sein Handy hat auf der Ablage im Vorzimmer gebrummt." Sie seufzte. „Und wie ich dann das Handy anschau, sind da verliebte Whatsapp-Nachrichten von dieser blöden Kuh drauf. Samt Fotos! In Unterwäsche! Man fasst es nicht!" Sie wandte sich wieder ihm zu. „Beim Maturatreffen! Und es war ja nur ein Ausrutscher gewesen, und er hat ein wenig zu viel getrunken! Das ist ja lachhaft! So einen Menschen kann man doch nicht heiraten, der ein paar Achtel trinkt und danach mit der Nächstbesten ins Bett hüpft!" Sie löste sich wieder von ihm und warf erneut ein paar Steine ins Wasser. „So etwas würdest du nie tun, oder?" Gasperlmaier schüttelte den Kopf, völlig reinen Gewissens. Er verschickte Bilder und Nachrichten sowieso nur in Notfällen, und auch da misslang ihm der Versuch gelegentlich, da er immer wieder vergaß, wie er dabei vorzugehen hatte.

Gasperlmaier überlegte, ob er jetzt vorschlagen konnte, endlich etwas essen zu gehen. „Das war eins!", sagte die Frau Doktor. „Jetzt kommt zwei!" Aus ihren Augenwinkeln liefen schwarze Striche über die Wangen hinunter. Er würde ihr raten müssen, sich vor dem Essen noch einmal zu schminken. Oder wenigstens die schwarzen Striche wegzuputzen. „Gegen mich wird intrigiert. Ich sollte eigentlich als Chefinspektorin in die Funktionsgruppe 7 kommen, ich habe die besten Bewertungen, aber was glaubst du, was passiert? Erstens ein Mann, zweitens einer mit Parteibuch!" Sie kniff die Augen zu zwei schmalen Schlitzen zusammen und starrte auf das Wasser hinaus. Auf ihrer Stirn hatten sich tiefe Falten gebildet. Schließlich seufzte sie und stand auf. „Weißt du was?" Plötzlich lachte sie wieder. Gasperlmaier kam diesen urplötzlichen Stimmungsumschwüngen nicht leicht hinterher. „Ich möchte jetzt schwimmen gehen. Wo kann man ...?" „Ja, aber", protestierte Gasperlmaier, „wir haben ja gar kein Badezeug mit!" „Deswegen frag ich ja – darf man hier nackt baden?" Gasperlmaier schoss Hitze ins Gesicht. Das war jetzt aber ... wenn jemand sie sah! Matt deutete er nach links, am Ufer entlang. „Da weiter hinten, da sind gelegentlich schon ein paar ..." Er erinnerte sich an zwei, drei Anzeigen erboster Moralapostel, die ihn und den Kahlß Friedrich gelegentlich hierhergeführt hatten, auf eine sinnlose Suche nach Nacktbadern. „Komm!" Die Frau Doktor schien plötzlich wieder voller Energie, aber Gasperlmaier war überzeugt, dass sie im Begriff war, einen schweren Fehler zu begehen, den sie danach bereuen würde.

Sie lief schon voraus, der Kies spritzte um ihre Beine. „Hier?" Sie waren in einer winzigen Bucht angelangt, die durch ein paar grasige Hügel von der Jausenstation versteckt und nicht einsehbar war. Sie wartete seine Antwort gar nicht ab, hatte in Windeseile Jeans und Pullover ausgezogen, während Gasperlmaier erstens zögerte und sich zweitens diskret abwandte. Schließlich musste ja auch einer da sein, der die Frau Doktor warnte, wenn sich jemand näherte. Sekunden später hörte er ein lautes Platschen, drehte sich um und sah die Frau Doktor im Wasser verschwinden. Dass sie eine schlanke, sportliche Figur hatte, konnte er gerade noch wahrnehmen. Mit kräftigen Zügen schwamm sie auf den See hinaus, während Gasperlmaier sich seufzend niederließ und auf den Kleiderhaufen starrte, den die Frau Doktor zurückgelassen hatte.

Das war jetzt ein Dilemma, in dem er steckte, und ihm war klar, dass er sich schnell entscheiden musste. Folgte er der Frau Doktor nicht ins Wasser, würde sich das Verhältnis zwischen ihnen rasch wieder eintrüben, sie würde ihn für einen Feigling halten, womöglich würde sie sich sogar allein gelassen fühlen. Andererseits – wenn jemand sie beobachtete? Zu was für bösen Gerüchten das führen konnte. Und wie mühsam es werden würde, die Sache zurechtzurücken. Und dann erst der Faschingsbrief!

„Feigling!", rief ihm die Frau Doktor aus dem Wasser zu. Gasperlmaier zog rasch seine Hose hinunter und überlegte noch ganz kurz, ob er eventuell in der Unterhose ... nein. Das war ja noch peinlicher. Dann riss er sich einen Hemdknopf ab, weil das Hemd irgendwie über seinem Kopf stecken geblieben war, und stürzte sich ins Wasser. Das Einvernehmen mit der Frau Doktor, so sein spontaner Entschluss, war ihm eindeutig wichtiger als irgendwelche Gerüchte. Und so hoch war das Risiko auch wieder nicht, dass gerade jetzt jemand auftauchte. Es galt, aufmerksam zu sein. Er schwamm der Frau Doktor hinterher, darauf bedacht, ihr nicht zu nahe zu kommen. Einstweilen verdeckte ja das Wasser des Altausseer Sees alle bedenklichen Körperteile, aber was würde werden, wenn man wieder an Land zurückkam? Ohne Badetuch?

Viel Zeit zum Überlegen blieb ihm nicht, denn die Frau Doktor war schon wieder umgekehrt. „Puh, ist das eisig!" Sie lachte und schob sich eine nasse Haarsträhne aus dem Gesicht. „Ist das immer so kalt?" Sie schwamm lächelnd auf Gasperlmaier zu, der sich überlegen musste, in welche Richtung auszuweichen war. „Im Hochsommer meistens nicht!", sagte er und kehrte schließlich in weitem Bogen um, nur um Zeuge davon zu werden, wie die Frau Doktor aus dem Wasser stieg. Es gelang ihm nicht, den Blick abzuwenden, bis er selber in seichtes Wasser geriet und sich überlegen musste, wie er es anstellen sollte, zu seinen Kleidern zu gelangen. Die Frau Doktor stand direkt davor und war gerade dabei, wieder in ihre Unterwäsche zu schlüpfen.

Du tust einfach so, sagte sich Gasperlmaier, als hättest du eine Badehose an, also ganz unschuldig, du kletterst an Land, schnappst dir dein Gewand und gehst ein paar Schritte zur Seite. Die Frau Doktor allerdings durchkreuzte seine Pläne durch ihre mangelhafte Schamhaftigkeit und drehte sich, immer noch barbusig, zu ihm hin. „Das hat doch gutgetan, was, Franz? Das hat Wunder gewirkt!" Gasperlmaier, gerade damit beschäftigt, auf den glitschigen Steinen im seichten Wasser nicht auszurutschen, senkte den Blick und nickte, unsicher, ob es angebracht war, sein Geschlecht mithilfe der Handflächen vor der Frau Doktor zu verbergen. Als er endlich draußen war, sagte er sich, dass nun eigentlich eh schon alles egal war, drückte sich um die Frau Doktor herum, die gerade mit beiden Händen ihr nasses Haar auswand, und schlüpfte so schnell wie möglich in seine Unterhose. Es war alles andere als einfach und angenehm, sich in die Unterwäsche zu quälen, ohne sich vorher abtrocknen zu können. Die Frau Doktor hatte sich inzwischen, in BH und Höschen, auf dem Schotter niedergelassen, streckte die Beine von sich und ihr Gesicht mit geschlossenen Augen der Sonne entgegen. Gasperlmaier tat es ihr gleich, immerhin konnte er so ein wenig trocknen, bevor er in seine Uniform schlüpfte. Entspannt war er allerdings nicht, blickte argwöhnisch nach links und rechts, auch hinter sich, um festzustellen, ob sich irgendjemand näherte. Doch alles blieb ruhig. So ruhig, dass er fast schon begann, sich wohlzufühlen, und versonnen den Rücken der Frau Doktor betrachtete.

Schnell merkte er, dass ihm die Aussicht gar zu gut gefiel. „So!", sagte er mehr zu sich selbst und schlüpfte, immer noch nicht gänzlich getrocknet, in seine Uniform, die unangenehm an der Haut klebte. Schwierig war es, seine feuchten Füße in die Socken zu bekommen. Als sie schließlich den Abhang zur Jausenstation hinaufstiegen, legte ihm die Frau Doktor ihre Hand auf den Rücken. Es traf Gasperlmaier wie ein elektrischer Schlag.

„Das Saiblingsgröstl, das tät ich dir empfehlen, das ist hier wunderbar!" Sie hatten sogar den Sonnenschirm aufspannen müssen, so heftig brannte mittlerweile die Junisonne auf sie herunter. „Saiblingsgröstl. Perfekt." Die Frau Doktor legte die Speisekarte wieder hin und lächelte. „Das hat gutgetan, weißt du?" Gasperlmaier nickte. „Nur gut, dass uns niemand gesehen hat!" Die Frau Doktor grinste schelmisch und legte ihre Hand auf seine. Ein weiterer elektrischer Schlag war die Folge. „Du machst dir große Sorgen darum, was die Leute von dir denken?" Die Frage traf Gasperlmaier unvorbereitet. Tat er das tatsächlich? Gott sei Dank enthob ihn das Bier, das die Kellnerin auf den Tisch stellte, einer Antwort. „Prost!", sagte er.

Das Saiblingsgröstl schmeckte beiden hervorragend. Noch bevor die Frau Doktor aufgegessen hatte, meldete sich ihr Handy. Noch immer kauend, antwortete sie nur kurz. „Ja!", sagte sie, „Passt!" und: „Wir machen das!" Erst nachdem sie ihren Bissen hinuntergeschluckt hatte, informierte sie Gasperlmaier. „Meine Leute haben herausgefunden, wer die Dame war, die mit unserem Doktor im Trachtengeschäft eingekauft hat. Einfach war es nicht, weil eine Konteneinschau über die Staatsanwaltschaft laufen muss. Aber es ist Gott sei Dank schnell gegangen." Ihr Handy brummte. „Ah, da ist schon die Adresse!" Sie wischte ein wenig auf ihrem Handy herum, während Gasperlmaier das letzte Stück Saibling mit einem Schluck Bier hinunterspülte. Die Frau Doktor zog erstaunt die Augenbrauen hoch. „Sie ist auch Urologin? Ich hab gar nicht gewusst, dass es so was gibt!" „Na ja", sagte Gasperlmaier, „es gibt ja auch männliche Frauenärzte, nicht?" Die Frau Doktor maß ihn mit einem abschätzigen Blick, so, als habe er etwas Unpassendes gesagt. „Wir müssen nach Linz, leider!", sagte die Frau Doktor. Gasperlmaier sah auf die Uhr. „Da werden wir aber … spät heimkommen!" Die Frau Doktor zuckte mit den Schultern. „Nichts zu machen. Ich muss mit der Frau persönlich sprechen. Immerhin war sie eine der Letzten, mit denen der Tote Kontakt hatte."

Während sie durch das Salzkammergut in Richtung Traunsee hinausfuhren, braute sich vor ihren Augen ein Gewitter zusammen. In Ebensee war es dann so weit. Zuerst einige wenige dicke Tropfen, schließlich ein Wolkenbruch. „Laut!", meinte Gasperlmaier und deutete auf das Stoffverdeck des Cabrios, das nur knapp über seinem Scheitel lag. „Ich mag das gern!", sagte die Frau Doktor. „Das Prasseln des Regens." Hoffentlich, so dachte Gasperlmaier bei sich, fängt es nicht auch noch zu hageln an. Ob das Dach des Cabrios das aushalten würde? Gott sei Dank hörte es nach den

Tunnels am Traunsee wieder auf zu regnen, die Luft war frisch und klar.

„In Linz kenn ich mich nicht so aus!" Die Frau Doktor hatte auf der Suche nach einem Parkplatz den Block, in dem sich die Wohnung der Frau Doktor Coselli befand, schon zweimal umrundet, bevor sie sich entschloss, auf einem Taxistandplatz anzuhalten. „Dann ist es halt ein Notfall!", seufzte sie und legte ihr Polizeischild auf das Armaturenbrett, das nachwies, dass es sich beim Cabrio um ein Polizeifahrzeug im Einsatz handelte.

Die Frau Doktor Coselli empfing sie lächelnd. Gasperlmaier fand sie mit ihren langen schwarzen Haaren und dem freundlichen Gesicht sehr attraktiv. Große Augen bekam er allerdings, als die Frau Doktor sie ins Wohnzimmer bat. Das sah eher nach einem Museum aus, in dem modernes Design ausgestellt wurde. Gasperlmaier wagte kaum, sich auf einen der filigran aussehenden Stühle am Esstisch zu setzen. Die standen mit einem Fuß auf einer Metallplatte und schwangen sich von dort halbmondförmig auf. Vorsichtig ließ sich Gasperlmaier nieder, was von der Frau Doktor Coselli nicht unbeobachtet blieb. Sie lachte. „Die sind solide. Keine Angst!" Tatsächlich saß man gut in diesen seltsamen Dingern. „Meine Schwäche. Designermöbel." Die Frau Doktor Coselli ließ sich ebenfalls nieder. „Oh! Ich hab ganz vergessen, Ihnen Kaffee ..." Die Frau Doktor winkte ab. „Ich glaube, Sie möchten sicher wissen, was die Polizei von Ihnen will", eröffnete sie das Gespräch. „Allerdings!" Die Ärztin nickte, die Haare fielen vors Gesicht. Sie streifte sie mit einer raschen Bewegung hinter die Ohren zurück. Die Frau Doktor atmete tief aus. „Sie kennen einen Doktor Attaya Attem? Aus Oldenburg in Deutschland?" Die Frau Doktor Coselli nickte. „Ja, ganz gut sogar. Wir haben uns auf einem Kongress kennen gelernt. Und wir haben das vergangene Wochenende zusammen in Bad Aussee verbracht. Irgendein Problem?" Die Frau Doktor seufzte. „Doktor Attaya Attem ist heute Vormittag tot aufgefunden worden. Im Salzbergwerk in Altaussee." Die Frau Doktor Coselli legte sich die Hand vor den Mund und riss die Augen weit auf. Die waren tiefgrün und rundherum sorgfältig geschminkt, ebenfalls grün. Dann bedeckte sie ihr Gesicht mit den Händen und begann lautlos zu schluchzen. Nicht schon wieder, dachte Gasperlmaier bei sich. Er hatte für heute wirklich genug von heulenden Frauen. Überhaupt, die ganzen letzten Tage schon.

Die Frau Doktor Coselli sah wieder auf. Tränen liefen ihr über die Wangen. „Wissen Sie", sagte sie. „In meinem Alter ist es nicht mehr so leicht, jemand Vernünftigen zu finden. Entweder sind sie vergeben oder Spinner." Die Frau Doktor Kohlross nickte verständnisvoll. „Wem sagen Sie das?" Die Frau Doktor Coselli erhob sich. „Ich mach uns jetzt doch einen Kaffee." Die Frau Doktor folgte ihr in die Küche, Gasperlmaier stand zwar ebenfalls auf, hielt sich aber in einiger Entfernung, denn die Küche war eng. „Was können Sie uns denn über ihn erzählen?", fragte die Frau Doktor. Die Ärztin zuckte mit den Schultern. „Es war unser erstes Wochenende. Auf dem Kongress, vor drei Monaten ungefähr, da haben wir nur geplaudert. Später dann geschrieben. Schon ziemlich ... ja, irgendwie vertraulich. Auch telefoniert. Ich habe gespürt, dass das ..." Sie brach erneut in Tränen aus. „Entschuldigung!" Sie riss ein Stück Küchenrolle ab und tupfte sich damit die Augen. „Wissen Sie, wir waren erst am Anfang. Und ich hab mich, gerade erst vor ein paar Tagen, wirklich verliebt. Das ist mir schon Jahre nicht mehr passiert. Und jetzt ..." Sie schluchzte in ihr Stück Küchenrolle, während die Frau Doktor zwei Tassen unter den Auslauf der Kaffeemaschine schob und einen Knopf drückte.

Während der Kaffee in die Tassen lief, lehnte sich die Frau Doktor gegen die Küchenplatte und verschränkte die Arme. „Ich muss Ihnen dennoch ein paar Fragen stellen. In so einem Fall spielt Zeit eine große Rolle, ich hoffe, Sie verstehen das." Die Ärztin nickte und riss sich ein weiteres Blatt von der Küchenrolle, um ihre Tränen zu trocknen. „Was wissen Sie über den Herrn Attaya Attem?" Die Frau Doktor Coselli schüttelte den Kopf. „Eigentlich nicht viel. Seine Eltern kamen aus Syrien, sein Vater war auch Arzt. Er ist hier geboren, hat keinen Bezug zu der Heimat seiner Eltern, kann nicht einmal Arabisch. Oder was die dort auch immer sprechen." „Familie?", fragte die Frau Doktor. Wieder schüttelte die Ärztin den Kopf. „Soviel ich weiß, nein. Er war ein Einzelkind. Hat auch keine Exfrau, keine Kinder. Er wollte noch welche." Sie lächelte. „Da wär ich wohl auch nicht die Richtige gewesen, was?"

„Sie sind doch noch jung!", warf Gasperlmaier ein. „So jung auch wieder nicht!" Die Frau Doktor Coselli öffnete einen Küchenschrank und warf die vollgeschnäuzte Küchenrolle in einen Abfalleimer. „Warum haben Sie sich in Bad Aussee getroffen? Gab's da irgendeinen besonderen Grund?" „Er hat das Hotel gebucht, wahrscheinlich wollte er mich beeindrucken. Oder halt zeigen, dass ich ihm was wert bin. Ich hab dann ..." Sie zögerte ein wenig und warf Gasperlmaier einen zweifelnden Blick zu. „...die Nacht bei ihm verbracht, obwohl ich das gar nicht geplant hatte." Sie seufzte. Die Frau Doktor trug die drei Tassen zum Tisch, und Gasperlmaier nahm vorsichtig wieder auf einem der wirklich besonderen Stühle Platz.

„Hat er irgendetwas gesagt, das erklären könnte, warum er sich ausgerechnet Bad Aussee ausgesucht hat?" Wieder Kopfschütteln. Die Frau Doktor räusperte sich. „Wir haben eine Zeugenaussage, dass der Herr Doktor Attaya Attem, also am Tag nach diesem Wochenende mit Ihnen, dass er da mit einer anderen Frau gesehen wurde. Einer rotblonden. Können Sie dazu etwas sagen?" Die Ärztin ließ die Arme in den Schoß sinken und wurde etwas blass um die Nase. „Was? Das glaube ich nicht. Er hat einfach ... so ehrlich gewirkt. So ohne Vorbehalte, ohne Misstrauen, ohne Argwohn."

Die Frau Doktor holte ihr Handy hervor, wischte darauf herum und hielt es der Ärztin entgegen. „Kennen Sie diesen Mann? Schon einmal gesehen?" Die Frau Doktor Coselli grinste. „Natürlich. Wladimir Putin, oder?" Nun lächelte auch die Frau Doktor. „Eine gewisse Ähnlichkeit ist nicht zu leugnen. Aber es ist natürlich nicht Putin. Kennen Sie ihn?" Die Ärztin schüttelte den Kopf. „Wer soll das sein? Nie gesehen. Oder ... warten Sie mal ... vielleicht in der Zeitung? Oder im Fernsehen?" Die Frau Doktor nickte. „Das ist ebenfalls ein Mordopfer, es ist erst vier Tage her. Ebenfalls im Umfeld des Salzbergwerks. Ein Kunsthändler. Sie haben ihn nicht gekannt?" Wieder schüttelte die Frau Doktor Coselli den Kopf und lehnte sich zurück.

Die Frau Doktor wippte mit dem Fuß, den sie über den anderen geschlagen hatte. „Wir müssen natürlich auch von der Möglichkeit ausgehen, dass Sie aus Eifersucht ..." Sie ließ das Ende ihres Satzes im Raum schweben. Die Augen der Frau Doktor Coselli blitzten. „Ich bitte Sie! Ich war doch gar nicht im Salzbergwerk! Das werden auch die Aussagen der Leute dort ergeben, dass mich niemand dort gesehen hat! Ich war ja zu dem Zeitpunkt auch längst schon wieder hier, in Linz, in der

Ordination!" Gasperlmaier verkniff sich die Frage, wie man als Frau auf die Idee kommen konnte, Urologin zu werden. Die Frau Doktor nickte. „Ich danke Ihnen. Entschuldigen Sie, dass wir Sie mit dieser üblen Nachricht überrumpelt haben." Sie stand auf.

„Ach, noch etwas!" Die Frau Doktor hatte schon die Türklinke in der Hand gehabt, ließ sie aber nun noch einmal los. „Darf ich Sie noch fragen, ob Sie in letzter Zeit Beziehungen zu Männern hatten? Solchen, die eventuell eifersüchtig auf den Doktor Attaya Attem hätten sein können?" Die Frau Doktor Coselli lachte auf, fast ein wenig schrill. „Ich sag's ja ungern in Gegenwart von einem Mann: Aber mir ist in den letzten zwei Jahren keiner begegnet, der auch nur einen Pfifferling wert gewesen wäre." Gasperlmaier wünschte sich, er wäre vorausgegangen. „Und unter den Letzten, an die ich mich erinnere, war keiner, der von dem Treffen in Bad Aussee gewusst hat. Das können Sie getrost vergessen." Die Frau Doktor schüttelte der Ärztin noch einmal die Hand. „Danke, herzlichen Dank. Kann sein, dass wir noch einmal auftauchen."

Als sie wieder auf der Autobahn waren, sah Gasperlmaier auf die Uhr. Es war bereits Abend, und er hatte schon wieder Hunger. Das Saiblingsgröstl war zwar köstlich, aber eine recht überschaubare Portion gewesen. Er hoffte, er würde die Heimfahrt noch überstehen.

„Was meinst du?", fragte die Frau Doktor. „War sie's, oder war sie's nicht?" „Na ja", sagte Gasperlmaier. „Ihr Alibi wird sich leicht überprüfen lassen. Und ein Auftragsmord ... ich weiß nicht. Solche Killer schlagen ja in der Regel niemandem einen Stein über den Schädel." Die Frau Doktor nickte. „Eine Verbindung zu einer Partneragentur oder einem Datingportal lässt sich wohl nicht herstellen, wenn sie ihn auf einem

Kongress kennengelernt hat. Ein Zusammenhang mit dem anderen Mord lässt sich auch nicht herstellen. Ich glaube ihr, dass sie den Abelein nicht kennt. Ich hab da keine Unsicherheit und kein Zögern in ihren Antworten feststellen können. Ich denke, die Fahrt war umsonst. Hätten wir uns sparen können." Die Frau Doktor beschleunigte so heftig, dass sich Gasperlmaier veranlasst sah, nach dem Tacho zu schielen. Die Nadel verschwand etwa bei hundertvierzig aus seinem Blickfeld, und er begann, sich mit den Beinen gegen den Boden zu stemmen.

Gerade, als sie die Autobahn verließen, brummte das Handy der Frau Doktor. „Geh, hol dir bitte meine Handtasche vom Rücksitz. Und schau, was da angekommen ist!" Gasperlmaier tat, wie ihm geheißen, obwohl er sich schmerzhaft verrenken musste, um an die Handtasche heranzukommen. Er folgte den Anweisungen der Frau Doktor, die ihm erklärte, wie das Gerät zu entsperren war, was ihm zu seinem Erstaunen sofort gelang. „Und jetzt schaust du einmal bei den Whatsapp-Nachrichten rein. Das ist der grüne Telefonhörer." Gasperlmaier fand sich auf einer Seite mit zahlreichen Gesichtern und kleinen roten Zahlen wieder. „Schau bitte in der Gruppe ‚BezPol' nach!", erklärte sie. Gasperlmaier tat abermals, was sie empfahl, konnte aber nicht umhin zu bemerken, dass auch ein gewisser Lorenz sieben Nachrichten auf dem Handy der Frau Doktor hinterlassen hatte. „Was steht drin?" Er brauchte eine Weile, bis er die Nachricht geöffnet hatte. „Sie haben auf der Telefonliste von dem Doktor eine Frau gefunden, die die vom Montag aus dem Auto sein könnte", sagte Gasperlmaier, und die Frau Doktor pfiff durch die Zähne. „Die nehmen wir uns heute noch vor. Wo wohnt sie denn?" Gasperlmaier sah sein

Abendessen in weite Ferne gerückt. Wenigstens, so tröstete er sich, wohnte die Dame in Bad Aussee.

Die Frau Stifter aus dem Hotel hatte recht gehabt. Die Dame war wirklich um etliches fülliger als die Frau Doktor Coselli, dafür aber wohl ein paar Jahre jünger. Wenn der Herr Doktor vorgehabt hatte, nach einer Partnerin zu suchen, die ihm noch Nachkommen schenken konnte, so wäre die Frau Neururer, mutmaßte Gasperlmaier, wohl die bessere Wahl gewesen. Obwohl sie bei weitem nicht so elegant und attraktiv war wie die Frau Doktor Coselli. Sie trug ein Ausseer Dirndl, das wenig dazu beitrug, ihre Fülle zu verbergen. Allerdings musterte sie Gasperlmaier mit unverhohlenem Misstrauen, als sie die Tür öffnete. „Ja? Was gibt's?" „Dürften wir kurz zu Ihnen hineinkommen?" „Glauben Sie, ich bin darauf neugierig, dass die Nachbarn die Polizei vor meiner Tür herumstehen sehen?" Sie öffnete die Tür ein Stück weiter. Gasperlmaier erinnerte sich nicht, jemals eine uncharmantere Einladung erhalten zu haben. Die Dame hieß Isabella Neururer und wohnte in einem recht gesichtslosen Wohnblock nahe dem Zentrum. Ihre Wohnung, fand Gasperlmaier, war das genaue Gegenteil von der, aus der sie gerade kamen. Sie war vollgestopft mit sinnlosem Zeug. Überall hingen Regale an der Wand, die Püppchen, kleine Vasen oder sonstige Ziergegenstände enthielten. Oder was manche Leute eben für Ziergegenstände hielten.

Die Frau Neururer bat sie ins Wohnzimmer, das ebenso vollgestopft war wie der Vorraum. Ohne dass sie ihnen Platz anbot, stellte sie sich mit verschränkten Armen vor Gasperlmaier hin, so, als wolle sie ihm den Zugang zum Sofa verwehren. Gasperlmaier hatte sowieso keine Lust, sich zu setzen, er war froh, wenn das hier möglichst schnell vorbeiging, denn er wollte heim zum Abendessen. Dennoch übersah er nicht, dass die verschränkten Arme die Üppigkeit der Frau Neururer noch auffälliger hervortreten ließen. Zudem war sie an einem Oberarm tätowiert, und Gasperlmaier hegte und pflegte sein Vorurteil gegenüber tätowierten Menschen immer noch sorgsam. Die letzte wirklich lautstarke Auseinandersetzung mit der Katharina hatte es gegeben, weil sie angekündigt hatte, sich tätowieren lassen zu wollen. Und es brauchte einiges, bis Gasperlmaier laut wurde.

„Wir haben heute Vormittag einen Toten aufgefunden, den Sie wahrscheinlich gekannt haben", eröffnete die Frau Doktor das Gespräch. „Zumindest hat ein Zeuge Sie in seinem Auto gesehen. Es handelt sich um einen deutschen Arzt, einen gewissen Doktor Attaya Attem." Die Reaktion der Frau Neururer war völlig anders als die der Frau Doktor Coselli, dennoch aber interessant, ja sogar überraschend. „Der ist tot? Schad!", sagte sie und ließ sich aufs Sofa fallen. Recht traurig schien sie über die Nachricht nicht zu sein. „Welcher Art war denn Ihr Verhältnis zu dem Toten?", fragte die Frau Doktor. Die Frau Neururer machte ein Geräusch, das irgendwo zwischen Lachen und Zischen lag. „Ich hab halt jemanden gesucht, über eine Partneragentur. Im Internet. Und da hat sich der gemeldet." Die Frau Doktor warf Gasperlmaier einen wissenden Blick zu. Deshalb also Bad Aussee, schlussfolgerte Gasperlmaier. „Es wär aber sowieso nichts mit dem geworden. Der hat irgendwie andere Vorstellungen gehabt." „Wie meinen Sie das?", fragte die Frau Doktor. Die Frau Neururer beugte sich vor und legte die Ellenbogen auf die Knie. Gasperlmaier bemühte sich, beim Fenster hinauszusehen. „Ich weiß nicht. Ein Püppchen halt, für die Oper und so zum Vorzeigen. Allerdings ..." Die Frau Neururer rieb Daumen und Zeigefinger aneinander. „Da wär schon ein angenehmes Leben drinnen gewesen." „Was machen Sie denn beruflich?", warf Gasperlmaier ein. Die Frau Neururer richtete sich auf und strich mit einer Hand durch die Haare. „Kaufmännische Angestellte!" Verkäuferin also, dachte Gasperlmaier bei sich. Wahrscheinlich hatte der Doktor schon nach etwas mehr Bürgerlichem gesucht. „Im Bett war er nicht besonders. Fast, als ob er nicht interessiert wäre. Ich hab mich direkt bemühen müssen." Die Frau Doktor lachte auf, doch Gasperlmaier war dieser Grad an Offenheit peinlich. So etwas musste er gar nicht wissen.

„Wo waren Sie denn heute am Vormittag?", fragte die Frau Doktor. „Na, im Geschäft! Wo sonst?" „Und welches Geschäft ist das, wenn ich fragen darf?" „Lampen. Pangerl, Lampen. Ich arbeite schon seit ... ja, seit wann? Sicherlich mehr als fünf Jahre." „Und das kann auch jemand bestätigen?" Gasperlmaier hörte nicht mehr zu und sah sich um. Es war wirklich unglaublich, wie viel unnötigen Kitsch man in einer so kleinen Wohnung ansammeln konnte. Von gläsernen Zwergen über Mini-Plüschtiere bis zu Kaffeetassen aus Berchtesgaden war alles dabei. Der ganze Nachmittag heute, der war völlig umsonst gewesen. Keine der beiden Frauen, fand er, kam auch nur annähernd in Frage dafür, den deutschen Arzt umgebracht zu haben.

Die Frau Doktor holte wieder ihr Handy hervor und zeigte der Frau Neururer das Foto des Herrn Abelein. Die schüttelte den Kopf. „Mit einem so hässlichen würde ich mir sowieso nichts anfangen! Dem fallen ja fast die Augen aus dem Kopf!" Das war Gasperlmaier noch nicht aufgefallen, und er fand auch nicht, dass es zutraf. Eine Ähnlichkeit mit Wladimir Putin bemerkte Frau Neururer nicht. „Haben Sie in letzter Zeit irgendeine

Beziehung gehabt? Lose, fest?", fragte die Frau Doktor. „Ich wüsste nicht, was Sie das angeht", blaffte die Frau Neururer. Die Frau Doktor seufzte, Gasperlmaier ebenso, wenn auch nur innerlich. Es war immer das Gleiche. Menschen, die ein Naheverhältnis zu Mordopfern gehabt hatten, wollten häufig partout nicht einsehen, dass in so einem Fall keine Angelegenheit mehr Privatsache war, so intim sie auch sein mochte. Darauf wies die Frau Doktor die Frau Neururer nun auch hin. Die stieß verächtlich zischend Luft aus. „Da war schon einmal was, mit meinem Chef. Und der macht sich, glaube ich, immer noch Hoffnungen. Zumindest glotzt er mir die ganze Zeit auf den ..." Sie warf Gasperlmaier einen warnenden Blick zu, der aber war sich keiner Schuld bewusst und blickte demonstrativ zu Boden. „Name?", fragte die Frau Doktor. „Pangerl", sagte die Frau Neururer. „Viktor Pangerl. Ihm gehört das Geschäft. Verheiratet, nebenbei gesagt. Aber das hat gewisse Männer ja noch nie gestört." Es entstand eine kurze Pause, in der, für alle deutlich vernehmbar, Gasperlmaiers Magen knurrte. Niemand schien sich dafür zu interessieren. Die Frau Doktor stand auf. „Ja, Frau Neururer, das wär dann für den Moment alles. Kann gut sein, dass wir noch einmal auf Sie zukommen." „Wenn ich das gewusst hätte, dass ich wegen dem solche Scherereien habe ..." Die Frau Neururer schüttelte den Kopf.

„Ich hab irgendwie das Gefühl, dass wir da auf der Stelle treten. Ich suche immer noch nach einer Verbindung zwischen den zwei Morden, und da kommen wir bei den Frauen nicht weiter." Die Frau Doktor lehnte sich an ihr Auto. „Ich hab überhaupt das Gefühl, dass der Mord wenig mit dem Arzt zu tun hat. Mit seiner Person. Bei dem Kunsthändler, da war das etwas anderes. Der hat ja Interessen verfolgt, die hier im Ort nicht jeder freudig begrüßt hat. Aber der Arzt hat überhaupt keinen Bezug zu Aussee! Niemand kannte ihn hier, niemand konnte ihm was Böses wollen!" Gasperlmaier nickte. „Und wenn wir uns doch den Herrn Pangerl einmal genauer anschauen? Morgen?" Nicht dass die Frau Doktor auf die Idee kam, jetzt, weit nach sieben Uhr am Abend, noch zu einer neuerlichen Befragung aufzubrechen. „Magst mitkommen, etwas essen? Die Christine hat sicherlich ..." Die Frau Doktor aber schüttelte den Kopf. „Ich muss die Sophie heute noch sehen. Unbedingt. Ich bin sowieso schon eine schlechte Mutter." Ihr Gesicht verdunkelte sich plötzlich, so als drohe ein neuerlicher Tränenausbruch. „Du bist doch keine schlechte Mutter!", beeilte sich Gasperlmaier, tröstend dazwischenzufahren. „Es ist halt nur unser Beruf, der ist natürlich ... nicht immer ..." Er wusste nicht weiter. „Familienfreundlich!", half die Frau Doktor aus und nickte. „Ja", antwortete Gasperlmaier. „Ich bin mir sicher, dass die Sophie einmal stolz sein wird, wenn du ihr erzählst, wie viele Mörder du schon gefangen hast!" Die Frau Doktor lächelte. „Ich bring dich noch heim", sagte sie.

Zu Hause war alles ruhig, kein Licht brannte. „Christine", rief Gasperlmaier mehrmals, aber niemand antwortete. Das war ebenso ungewöhnlich wie unangenehm. Er hatte fürchterlichen Hunger und überhaupt keine Lust, ins Wirtshaus zu gehen, wo er womöglich noch einmal eine halbe Stunde auf ein Essen warten musste und in der Zwischenzeit unnötig und wahrscheinlich allein herumsaß. Gott sei Dank entdeckte er rechtzeitig einen gelben Klebezettel auf dem Küchentisch. „Bin bei der Theaterprobe – Essen im Kühlschrank." Gasperlmaier atmete auf. Wenigstens etwas. Er fand eine Plastikdose mit Fleckerlspeise und eine andere mit Salat vor. Daneben stand sogar ein Becher mit Salatmarinade. Die Christine hatte wirklich an alles gedacht.

Als er die Fleckerlspeise aus der Mikrowelle nahm und in einen Teller geleert hatte, stellte er fest, dass manche der Nudeln fast verbrannt, andere dafür noch ganz kalt waren. Wahrscheinlich hätte er ein paarmal umrühren sollen. Aber das war ihm jetzt auch egal. Er trank sein Bier aus der Flasche dazu und rülpste ungeniert, als er aufgegessen hatte. Mit einer zweiten Flasche Bier zog er sich vor den Fernseher zurück.

Und die Christine hatte recht behalten. Die Leute, und auch die Journalisten, vergaßen schnell. Nicht einmal eine kurze Meldung war es wert, dass der Hollnsteiner und der Hierlinger entlastet und freigelassen waren. Auch er selbst wurde – Gott sei Dank – nicht in den Nachrichten erwähnt. Ob die Schillingzeitung morgen wieder vom Versagen der Polizei schwafeln würde, das war ihm, heute zumindest, herzlich egal. Was ihn allerdings wunderte, war, dass der Mord, der heute passiert war, ebenfalls keine Erwähnung in den Nachrichten fand. Hatte die Frau Doktor am Ende eine Nachrichtensperre durchsetzen können?

Noch vor dem Wetterbericht fielen Gasperlmaier die Augen zu.

13

Gleich nach dem Aufwachen beschlich Gasperlmaier ein unangenehmes Gefühl. Der gestrige Tag hatte, ermittlungstechnisch gesehen, beinahe gar nichts gebracht. Außer dass man den Toten identifiziert und herausgefunden hatte, warum er in Bad Aussee weilte und mit wem er Kontakt gehabt hatte, war nichts klarer geworden. Weder hatten sie Personen gefunden, die verdächtig waren, noch war irgendein Motiv in Sicht. Ganz im Gegenteil zu dem Mord an dem Kunsthändler. Ob die beiden Taten wirklich in Zusammenhang standen? Vielleicht musste man noch einmal ganz von vorne beginnen, ohne irgendwelche Vorurteile zu hegen.

„Na", sagte die Christine, „ausgeschlafen? Es ist ja gestern ganz schön spät geworden, ich hab mit dem Essen einfach nicht mehr warten können, sonst hätt ich die Theaterprobe versäumt." „Wir sind sogar nach Linz gefahren, wegen einer Befragung. Und das hat halt gedauert." Gasperlmaier schenkte sich Kaffee ein. „Und, hast du dich gut amüsiert mit der Frau Doktor?" Irgendwie klang die Frage ein wenig spitz. Gasperlmaier lief es siedend heiß über den Rücken. Hatte am Ende doch jemand die Nacktbadegeschichte beobachtet, und sie machte jetzt schon die Runde durch Altaussee? „Amüsiert!", fauchte er. „Bei einer Mordermittlung, da amüsiert man sich nicht. Oder glaubst du, es macht Spaß, sich eine Leiche mit zermatschtem Schädel anzusehen, noch dazu in der Eiseskälte im Bergwerk drinnen!" Die Christine sah ihn groß an. „Warum denn gleich so heftig? Ich hab doch nur einen Scherz gemacht." Gasperlmaier biss in sein Marmeladebrot. „Mhm!", grunzte er. Wahrscheinlich war es gescheiter, nicht allzu viel von sich zu geben. Wahrscheinlich hatte er sich bloß eingebildet, dass die Christine Verdacht geschöpft hatte.

Über Nacht war das Wetter, wie angekündigt, umgeschlagen. Zwar regnete es noch nicht, aber der Himmel war von dunklen Wolken bedeckt und es wehte ein frisches Lüftchen. Gasperlmaier knöpfte seine Uniformjacke zu. Noch bevor er den Polizeiposten erreichte, fielen die ersten Tropfen. Er beschleunigte seine Schritte.

Die Manuela saß schon im Büro vor dem Bildschirm. Sie strahlte übers ganze Gesicht. Was war los? Sie stand auf und kam ihm entgegen. „Gasperlmaier, ich hab was gefunden! Was ganz Aufregendes! Du wirst staunen! Komm einmal mit zu meinem Computer!" Gasperlmaier setzte sich neben die Manuela und folgte dem Zucken ihres Mauszeigers. „Da, schau her! Kennst du den?" Sie hatte eine Facebook-Seite geöffnet, so viel konnte er erkennen. Die Bilder derjenigen, die ein Posting hinterlassen hatten, waren allerdings viel zu klein, als dass er jemanden darauf hätte erkennen können. „Da, sieh mal!" Sie deutete auf etwas, das für Gasperlmaier nach nicht viel mehr aussah als einem schwarzen Punkt. Doch die Manuela klickte auf den Namen daneben, und plötzlich sah er ein einigermaßen großes Foto eines Mannes, das ihm entfernt bekannt vorkam. Der Mann nannte sich War666Lord und hatte etwas schmieriges dunkles Haar und einen recht ungepflegten Vollbart. Noch bevor sein Gedächtnis eine Erinnerung preisgab, klickte die Manuela auf ein anderes Programmfenster. „Schau, das sind die Führungsfotos vom Samstag. Wo der Abelein ermordet worden ist. Und jetzt schau dir den da an. Einer von den fünf männlichen Erwachsenen in der Führung." Sie vergrößerte das Bild. „Das ist der Gleiche! Ganz bestimmt!" „Geh noch einmal zurück zu dem

Foto von vorhin", verlangte Gasperlmaier. Die Manuela arrangierte die beiden Programmfenster so, dass sie beide Fotos auf dem Bildschirm hatten. „Na ja", meinte Gasperlmaier und wiegte den Kopf. „Ähnlich schauen sie sich schon, aber zwei dunkelhaarige Männer mit Vollbart, da ..." „Kein Aber!", widersprach die Manuela. „Du hast dir ja noch nicht angeschaut, wozu der Mann Kommentare abgegeben hat, und vor allem, was er geschrieben hat." Die Maus zuckte nun rasch über den Bildschirm, und Gasperlmaier konnte dem Aufblitzen und Verschwinden von Programmfenstern nicht folgen. „Er hat genau unter dem Video von Schilling-TV gepostet. Wo die Schablinger davon schwafelt, dass der Mord ein islamistischer Anschlag war – das kann doch kein Zufall sein!"

Gasperlmaier kniff die Augen zusammen, um lesen zu können, was der Mann geschrieben hatte. Die Manuela kam ihm jedoch zuvor und las laut: „Diese Kreaturen gehören allesamt erschlagen und aufgeknüpft, wo immer man sie auch findet! Rettet das Abendland!" „Puh!", schnaufte Gasperlmaier. „Das ist ja ziemlich starker Tobak. Macht man sich damit nicht strafbar?" Die Manuela zuckte mit den Schultern. „Wo kein Kläger, da kein Richter. Aber vielleicht findet sich ja ein Kläger. Nämlich wir. Ich hab sicherheitshalber bereits Screenshots angelegt. Nicht nur von diesem Poster, sondern auch von allen anderen, die sich an dieser Debatte beteiligt haben. Obwohl es mir widerstrebt, so etwas als Debatte zu bezeichnen." „Zeig mir doch noch einmal die beiden Fotos. Und mach sie so groß, wie es geht!" Es dauerte nur Sekunden, und die Manuela hatte ihm seinen Wunsch erfüllt. Er blinzelte und rückte ganz nahe an den Bildschirm heran, um die Gesichter möglichst genau zu sehen. Die Beleuchtung und der Blickwinkel waren sehr verschieden, was es schwer machte, sie zu vergleichen. Gasperlmaier besah sich Augen, Nase, Bartverlauf und Haar genauer. Er nickte. „Also, ich glaub auch, dass das der Gleiche ist. Und warum heißt der so seltsam?" Er deutete auf den Namen des Posters, War666Lord. „Also, die Zahl 666 steht in den allermeisten Fällen für den Teufel, oder genauer, den Antichristen. Das wird gern verwendet, auch unter Jugendlichen, die sich interessant machen wollen. Und ‚Warlord', das heißt so viel wie Anführer, im militärischen Sinn." „Komisch", meinte Gasperlmaier. „Da regt sich einer über die Moslems auf, und dann nennt er sich selber einen Antichristen. Wie geht denn das zusammen?" „Logik darfst du von solchen Spinnern nicht erwarten", sagte die Manuela. „Aber ich glaube, wir sollten schnellstens die Frau Doktor informieren. Das lenkt die Ermittlungen ja in eine ganz neue Richtung!" „Der Dunkelhaarige, der ist mir von Anfang an verdächtig vorgekommen", sagte Gasperlmaier. „Ich hab nur keine Ahnung gehabt, warum. Ist ja schließlich nur ein Foto." „Die Frage ist: Was für ein Motiv hat der Mann gehabt, und kommt er auch für den zweiten Mord in Frage?" Er kratzte sich am Kinn. „Ja, solange wir ihn nicht kennen und ihn nicht fragen können, wird das schwierig werden." Die Manuela stand auf und ging zum Fenster. Als sie es öffnete, drang ein Schwall kalter Luft ins Büro. Vom Badewetter, das Gasperlmaier und die Frau Doktor zu einer recht unvernünftigen Aktion bewogen hatte, war nichts mehr zu spüren. Wenn es doch gestern schon geregnet hätte, dachte Gasperlmaier bei sich. Dann müsste er sich heute keine Sorgen über eine eventuelle Entdeckung seiner Eskapade machen. „Ich glaub", sagte die Manuela, „wir warten jetzt auf die Frau Doktor. Die soll entscheiden, ob wir gleich eine Fahndung nach dem Typen hinausgeben."

„Ich schau einmal nach der Post", sagte Gasperlmaier und erhob sich. Der Postkasten war unten am Eingang und übervoll. Obwohl sie seit langem einen Aufkleber hatten, der das Einwerfen von Werbung verbot, hielt sich kaum ein Zusteller daran. Eigentlich eine Unverschämtheit, sich gerade bei der Polizei so etwas zu erlauben. Aber bis jetzt hatte er noch nie Schritte gegen diese illegale Zustellung unternommen. Da musste jetzt bald was geschehen, spätestens nach der Aufklärung der Salzberg-Morde. Er trug den Stapel Prospekte nach oben, doch schon auf der Stiege fiel ein braunes Kuvert heraus. Gasperlmaier klemmte sich den Stapel unter den linken Arm und hob das Kuvert auf. „Polizei Altaussee", stand darauf, aber weder Marke noch Stempel waren zu sehen. Musste jemand persönlich abgegeben haben. Gasperlmaier seufzte. Das konnte nur die Frau Haselbrunner gewesen sein. Sie zeigte nahezu täglich die Schulkinder an, die eine Abkürzung über ihr Grundstück nahmen. In letzter Zeit waren ihre Anzeigen auch oft schriftlich eingetroffen, ebenso ohne Marke und Stempel. Allerdings in weißen Kuverts.

Gasperlmaier schmiss den Stapel auf seinen Schreibtisch. Immerhin musste man durchschauen, genauso wie das Kuvert der Frau Haselbrunner konnte sich ja auch Dienstpost unter den Prospekten befinden. Er nahm sich das Kuvert gleich vor, entschlossen, es wie den Rest der Post umgehend dem Altpapiereimer anzuvertrauen. Als er zwei A4-Bögen aus dem Kuvert zog, stutzte er. Die Frau Haselbrunner hatte ihre Anzeigen stets mit der Hand geschrieben, weil sie gar keinen Computer besaß. Diese Bögen waren jedoch eng bedruckt, zwei Seiten ohne Absatz, von Rand zu Rand beschrieben. Gasperlmaier musste die Augen zusammen-kneifen, um lesen zu können. „Sehr geehrte Polizei!", stand in der ersten Zeile. Er sah ans Ende der zweiten Seite, und da stand als Unterschrift nur „ein Freund", ebenfalls in Computerschrift. Gasperlmaier begann zu lesen. „Was hast du denn da?", fragte die Manuela. „Ich weiß nicht", antwortete er, „ich versteh nur Bahnhof! Außerdem ist das so klein gedruckt, ich ..." „Gib einmal her!" Die Manuela streckte die Hand aus. Bereitwillig übergab er die Bögen. Was er gelesen hatte, ergab kei-nen Sinn, sollte sich doch die Manuela damit plagen.

„Oh!", sagte die. „Schaut nach einem Bekennerschrei-ben aus!" „Bekenner für was?", fragte Gasperlmaier. „Hör mal zu!" Und die Manuela las vor. „*Ihr habt ja keine Ahnung, dass die Erde von den Reptiloiden bedroht ist. Sie werden nach und nach eure Welt, eure Gehirne und eure Körper besetzen. Keiner weiß, wer alles heute schon in Wirklichkeit ein Reptiloid ist. Die deutsche Bundeskanzle-rin, die ist mit Sicherheit Reptiloid. Und gegen diese Über-nahme muss etwas getan werden! Wir müssen sie stop-pen! Ich weiß, dass wir schon viele sind, die erkannt haben, dass wir uns wehren müssen. Die ganzen Flüchtlinge, alles Reptiloiden! Und wir lassen sie auch noch herein!*"*

Die Manuela ließ die Bögen sinken. „Was ist denn das für ein Schwachsinn? Und was hat das mit uns zu tun?", fragte Gasperlmaier. „Das finden wir nur heraus, wenn wir bis zu Ende lesen!" Die Manuela las weiter: „*Die Königin von England, Bill Clinton, Obama und Bush – sie sind alles Reptiloide. Und sie brauchen Men-schenblut, um sich zu ernähren! Wann seht ihr endlich ein, dass man gegen sie kämpfen muss! Sie kommen aus dem Untergrund, weil sie den Untergang von Atlantis überlebt haben! Und überall dort, wo ihr Idioten die Erde aufgrabt, um nach Dingen zu suchen, da öffnet ihr ihnen die Zugänge! Die ganzen Minen, Bergwerke, Höhlen, die dienen alle nur den Reptiloiden dazu, herauszukommen und euch umzubringen. Menschen wie ich, die können ihre Stimmen hören!"*

„Da haben wir den Zusammenhang!" Gasperlmaier schlug sich auf die Oberschenkel. „Ein Wahnsinniger! Der fühlt sich von Kreaturen aus der Unterwelt verfolgt! Und den hat es ausgerechnet zu uns ins Salzkammergut verschlagen!" „Jetzt schauen wir uns das Ganze aber auch noch bis zum Ende an", sagte die Manuela. „Hör zu." *„Die Reptiloiden leben auf der Unterseite der Erde. Weil die ja flach ist. Dass die Erde rund sein soll, das ist auch nur so eine Lüge, die euch die Reptiloiden einreden wollen. Da gibt es jede Menge Beweise dafür, dass die Erde flach ist! Sogar wissenschaftliche Experimente! Und durch die Löcher, die ihr in die Erde bohrt, kommen immer mehr Reptiloide zu uns! In Wirklichkeit kriechen nämlich auch die sogenannten Flüchtlinge aus diesen Löchern! Da waren ja auch drei, in eurem Salzbergwerk! Ihr werdet doch nicht glauben, was die Zeitungen schreiben und was das Fernsehen sagt! Die lügen alle!"*

„So einen Blödsinn habe ich mein Leben lang noch nicht gelesen!", sagte die Manuela und legte die Bögen auf den Schreibtisch. „Schön langsam glaube ich aber, dass es sich dabei um ein Beweisstück handelt! Und ich drück überall meine Griffel drauf!" Sie zog Latexhandschuhe über und holte zwei Klarsichtfolien aus einer Schreibtischschublade. „Ist eh schon zu spät!", warf Gasperlmaier ein. „Meine Abdrücke sind ja auch schon drauf!" „Es ist nie zu spät, etwas richtig zu machen!", entgegnete die Manuela und schob die Bögen in die Plastikfolien.

In diesem Moment öffnete sich die Tür. „Grüß euch!" Es war die Frau Doktor. Auf ihrem Haar glänzten ein paar Tropfen, auch ihr Kostüm hatte etwas abgekriegt. Draußen musste es ganz schön heftig regnen, wenn sie bei den paar Schritten vom Auto so nass geworden war. Dass sie heute ein Kostüm trug, dessen Farbe irgendwo zwischen Rosa und Lila anzusiedeln war, deutete Gasperlmaier als ein gutes Zeichen. Wenn sie sich sorgfältig zurechtmachte, war sie meistens ganz gut drauf. Gasperlmaier ließ seine Blicke etwas zu lang auf ihr verweilen. Seit er sie gestern ... es war doch ein ganz anderes Gefühl, sie heute wiederzusehen.

Die Manuela sprang auf. „Wir haben zwei ganz bedeutende Entdeckungen gemacht, die bringen uns in dem Fall sicher weiter!" Sie wedelte mit den Bögen vor der Nase der Frau Doktor herum. Obwohl die ja eigentlich auf Gasperlmaiers Konto gingen, schließlich hatte er das Schreiben entdeckt. Doch die Manuela war nicht zu bremsen. „Zuerst haben wir einen von den Männern, die im Bergwerk waren, als Hassposter identifiziert. Und dann haben wir das hier!" Sie strahlte über das ganze Gesicht und hielt der Frau Doktor die Bögen hin. „Ein Bekennerschreiben!", jubelte sie.

„Eins nach dem anderen!", bremste die Frau Doktor und stellte ihre Handtasche ab. „Wen meint ihr eigentlich mit ‚Männer im Bergwerk'?" Es dauerte nicht lange, bis die Manuela die Frau Doktor detailreich über ihre Fortschritte in Kenntnis gesetzt hatte. Gasperlmaier schwieg und nickte, er hätte das alles nicht besser und vor allem schneller erklären können als die Manuela. Obwohl er hier eigentlich der Chef war, dessen Aufgabe es gewesen wäre ... Aber was soll's, dachte er bei sich.

Die Frau Doktor nahm das Schreiben an sich und las es kopfschüttelnd durch. Gasperlmaier war auf ihre Reaktion gespannt. *„Und deswegen habe ich die beiden Reptiloiden getötet!",* las die Frau Doktor vor. *„Weil nie-*

mand sonst sich darum kümmert! Alle reden sie nur und
schreiben im Internet, aber niemand tut etwas gegen
diese Bedrohung! Die Polizei nicht, die Armee nicht und
die Geheimdienste schon gar nicht! Die schließen sogar
Verträge mit den Reptiloiden ab und erlauben ihnen, dass
sie unsere Militärbasen benutzen!"

Die Frau Doktor seufzte. „Zweifellos der Versuch
eines Bekennerschreibens. Die Person ist offenbar pa-
ranoid. Sie hört Stimmen. Und sie liest sich den ganzen Mist wahrscheinlich aus dem Internet zusammen,
da kriegst du jede beliebige Information über Verschwörungstheorien. Meistens sind diese Seiten auch
mit rechten und rechtsradikalen Seiten vernetzt." Sie
schüttelte den Kopf. „Ob der Schreiber da wirklich etwas mit den Morden zu tun hat ... ich bezweifle es. Es
ist wohl ein Trittbrettfahrer." „Aber über den zweiten
Mord ist noch nichts in den Medien, ich meine, woher
kann er davon wissen?" Die Frau Doktor riss die Augen
auf. „Daran hatte ich noch gar nicht gedacht."

„Also, meiner Meinung nach", sagte Gasperlmaier,
„ist der total plemplem. Und ob so jemand überhaupt in
der Lage ist, einen Mord zu planen und auszuführen..."
„So plemplem muss man gar nicht sein, um an solche
Dinge zu glauben. Es hat sogar schon im österreichischen Parlament Anfragen zu sogenannten Chemtrails
gegeben, auch so eine Verschwörungstheorie." Die
Manuela grinste. „Und wenn man im Parlament sitzt,
ist man automatisch nicht plem-plem?", fragte die Frau
Doktor. Gasperlmaier zuckte mit den Schultern. Was
sollte er dazu sagen? Mindestens jede zweite Aussage
eines Politikers im Fernsehen fand er komplett plem-
plem, egal, von welcher Partei der war. Deswegen vermied er es auch seit Jahren, mehr als unbedingt nötig
Nachrichten zu schauen. Die Christine schalt ihn des-

wegen oft als unpolitisch, aber Gasperlmaier hielt diese Nachrichtensendungen einfach nervlich nicht aus. Ganz abgesehen davon, dass er der festen Überzeugung war, es übersteige die Kräfte eines einzelnen Menschen, sich das Leid der gesamten Welt, zumindest nachrichtentechnisch, auf die Schultern zu laden.

„Aber ganz klar", sagte die Frau Doktor. „Wir müssen beide Spuren ernst nehmen, denn sonst haben wir ja keine. Habt ihr überhaupt schon daran gedacht, dass der Schreiber des Briefs noch in der Nähe sein muss? Er hat ihn ja schließlich persönlich hergebracht!" „Am besten gleich eine Fahndung, oder?" „Schon. Aber ich könnte zuerst einmal die Frau Hasenöhrl von gegenüber fragen, die schaut eh die ganze Zeit aus dem Fenster. Vielleicht hat die jemanden gesehen." „Super! Das machst du! Wir werten inzwischen die beiden Spuren weiter aus!" Gasperlmaier war das ganz recht. So kam er an die frische Luft, und die Frau Hasenöhrl war eigentlich eine ganz liebenswerte ältere Dame, die es vorzog, die Unterhaltung zu genießen, die ihr der Blick aus ihrem Fenster bot, anstatt in den Fernseher zu glotzen.

„Grüß dich Gott, Postenkommandant! Was führt dich denn zu mir?" Die Frau Hasenöhrl war höchstens einen Meter fünfzig groß, und da sie auch noch gebeugt vor ihm stand, musste Gasperlmaier fast in die Knie gehen, um ihr die Hand reichen zu können. Sie trug die grauen Haare akkurat hochgesteckt und ein dunkelgrünes Tuch um die Schultern, so, als nahe schon der Herbst. „Grüß dich, Frau Hasenöhrl", sagte Gasperlmaier. „Heute schon aus dem Fenster geschaut?" Die Frau Hasenöhrl maß ihn mit einem strafenden Blick. „Ist dir das vielleicht nicht recht, Postenkommandant, dass ich ein Auge auf euch hab? Mir entgeht nämlich nichts! Und ich merk mir auch alles!" Sie wies

Gasperlmaier mit ausgestrecktem Arm zum Wohnzimmertisch und schob ihn mit der freien Hand sogar noch ein wenig an, sodass er gar keine Möglichkeit hatte, der Einladung zu entgehen. „Du magst doch sicher einen Kaffee? Und ein Schnapserl?" Die Frau Hasenöhrl grinste und deutete mit zwei Fingern an, wie klein das Schnapserl ausfallen würde. „Ich wollt eigentlich nur was fragen", versuchte es Gasperlmaier. „Ob du heute Morgen irgendwas Besonderes gesehen hast. Oder wen Besonderen. Bei unserem Postkasten, unten." „Ja, ja!" Die Frau Hasenöhrl winkte ab, schlurfte in die Küche und machte sich dort zu schaffen. Es dauerte eine halbe Ewigkeit, bis sie mit einem Tablett zurückkam, auf dem eine Kaffeekanne, Tassen, Zucker und Milch standen. Gasperlmaier wollte schon aufspringen, um ihr behilflich zu sein, doch sie verhinderte das mit einem strengen „Sitzen bleiben!". Gasperlmaier war klar, dass sie ein wenig Gesellschaft gut brauchen konnte und deswegen die Antwort auf seine Frage so lange hinausschob, wie es nur irgendwie ging. Er musste dieses Spiel wohl oder übel mitmachen.

Während die Frau Hasenöhrl in der Kredenz nach Schnaps und Stamperln kramte, schenkte Gasperlmaier Kaffee in beide Tassen ein. „So!" Mit einem Ächzen setzte sich die Frau Hasenöhrl ihm gegenüber hin, nachdem sie Flasche und Stamperl auf dem Tisch platziert hatte. „Du schenkst ein, Gasperlmaier. Das ist Männersache." Er stellte fest, dass es sich um dunkelbraunen Nussschnaps handelte, süße Ansatzware, die nicht so ganz seinem Geschmack entsprach. „Selber gemacht!", betonte die Frau Hasenöhrl, während er die Flasche musterte. „Obwohl mir die Schulkinder immer die Nüsse stehlen! Da solltet ihr einmal was dagegen tun!" Gasperlmaier nickte und kostete zuerst den Kaffee. Der war, obwohl er nur einen Tropfen Milch hineingeleert hatte, hell wie Tee. Dementsprechend dünn schmeckte er auch. „Prost", sagte Gasperlmaier und hob sein Stamperl. Er würde sehen, dass er möglichst schnell wieder hier wegkam. Es konnte ja nicht so schwer sein, aus der Frau Hasenöhrl herauszukriegen, was er wissen wollte. Der Schnaps schmeckte, wie erwartet, zuckersüß.

„Weißt", sagte die Frau Hasenöhrl, „die Nüsse, die auf den Gehsteig fallen, die nehmen sich die Schulkinder einfach, ohne zu fragen. Und das ist Diebstahl. Ich würde sie ihnen ja eh schenken, wenn sie nur fragen täten. Schmeckt er dir, Postenkommandant?" Sie lächelte. „Wunderbar!", log Gasperlmaier, dem das süße Zeug die Kehle verklebte. „Sag, Frau Hasenöhrl, um noch einmal auf meine Frage zurückzukommen ..." „Die Neue, die Fesche, die ihr da habt. Seit der Kahlß in Pension ist. Die kommt in der Früh immer eine Zeitlang vor dir, was, Postenkommandant? Findest nicht so leicht aus den Federn?" Gasperlmaier seufzte. „Die ist doch nicht neu, die ist, meine ich, schon seit drei Jahren hier bei mir stationiert. Und ich, ich hab ja schließlich auch noch was zu tun, bevor ich auf den Posten komme. Da geh ich auch gleich Streife, damit ich seh, ob alles in Ordnung ist." Schon hatte sie es geschafft, ihn so weit zu bringen, dass er sich rechtfertigte, ohne dass er der Antwort auf seine Frage auch nur einen Zentimeter nähergekommen war. „Jetzt, wegen heute Früh!", probierte er es noch einmal. „Geh, Gasperlmaier, schenk mir noch ein kleines Stamperl ein. Ein ganz kleines. Und dir natürlich auch noch eins!" Lächelnd hielt sie ihr leeres Glas in die Höhe. Gasperlmaier fluchte, zwar nur innerlich, aber dennoch heftig.

Nachdem er wieder Platz genommen hatte, wiederholte er seine Frage. Die Frau Hasenöhrl nickte. „Also, zuerst ist deine hübsche Untergebene gekommen. Ich find's ja nicht richtig, das mit den Frauen bei der Polizei, aber so ist halt die moderne Zeit." Sie seufzte, nahm einen winzigen Schluck Nussschnaps und machte keinerlei Anstalten, weiterzusprechen. „Wer ist denn noch so vorbeigekommen?", probierte Gasperlmaier es etwas lockerer. „Ja, dann bist du gekommen. Gerade, als es zu regnen angefangen hat. Und einige Zeit später ist die andere gekommen, die im Kostüm, mit den langen kastanienbraunen Haaren und dem schicken Auto. Ist die auch bei der Polizei?" Gasperlmaier nickte. „Das ist die Frau Chefinspektor Doktor Kohlross. Sie ermittelt in den Mordfällen im Salzbergwerk."

Die Frau Hasenöhrl schüttelte den Kopf. „Eine grausliche Geschicht, wirklich wahr! Habt's ihr den Mörder schon?" Gasperlmaier wurde ungeduldig. Ein wenig unwirscher, als er es beabsichtigt hatte, platzte es aus ihm heraus: „Nein, den haben wir noch nicht, und wenn ich jetzt nicht endlich bald erfahre, wer da heute was bei uns in den Postkasten gesteckt hat, dann wird das auch noch länger dauern! Weil vielleicht war das der Mörder! Und vielleicht kommt er auch noch zu dir und steckt dir etwas in den Postkasten! Oder noch viel was Schlimmeres, wenn er gesehen hat, dass du dauernd aus dem Fenster schaust!" Die alte Dame schlug eine Hand vor den Mund. „Warum schreist denn mit mir, Postenkommandant? Ich hab ja schließlich nichts getan!" Gasperlmaiers Ärger war bereits verraucht, und es tat ihm leid, die Frau Hasenöhrl so erschreckt zu haben. Aber es war ja wirklich wahr. Es dauerte endlos, bis man die einfachsten Informationen aus den Leuten herausbekam. Und die Zeit war in diesem Fall ihr Feind – je länger man brauchte, um herauszufinden, wer den Brief hinterlassen hatte, desto mehr Vorsprung bekam der Mörder. „Entschuldigung, Frau Hasenöhrl. Es ist halt – wir haben's eilig! Wir müssen dringend einen finden, der heute in der Früh einen Brief in unseren Postkasten geschmissen hat. Und damit mein ich nicht den Briefträger, sondern einen anderen. Den du vielleicht gesehen hast!"

„Bringt denn bei euch nicht der Briefträger die Post?" Gasperlmaier geriet innerlich schon wieder ins Kochen, wusste sich aber diesmal zu beherrschen. „Der Brief", erklärte er, „hat weder eine Marke noch einen Stempel gehabt. Deshalb glauben wir, dass ihn jemand anderer in den Briefkasten gesteckt hat." „War das so ein brauner Umschlag?" Gasperlmaier rückte auf die Kante seines Sessels vor. „Ja?" Die Frau Hasenöhrl machte nur eine wegwerfende Handbewegung. „Den hat nicht der Mörder bei euch hineingeschmissen. Das weiß ich genau!" Gasperlmaier war verblüfft. „Ja, wer denn dann?" „Das war ein Schulbub, in der Lederhose. Der ist da über die Straße gelaufen, direkt unter meinem Fenster, und hat so einen braunen Umschlag in der Hand gehabt. Dann hat er ihn eilig bei euch hineingeschmissen, sich umgeschaut und ist wieder davongerannt. Es war ja auch schon acht vorbei. Der ist sicher zu spät gekommen. Oder er hat überhaupt die Schule geschwänzt." Gasperlmaier hatte sich mehr erhofft. Und vor allem, wie kam die Hasenöhrl darauf, dass ein Kind den Umschlag eingeworfen hatte? Das war doch mehr als unwahrscheinlich. „Wie hat er denn ausgesehen, der Bub?" „Ich hab's ja schon gesagt, mit einer Lederhose. Und keine Stutzen, dafür aber Turnschuhe, so weiße. Ich find ja nicht, dass sich das gehört. Zur Ledernen gehören immer noch Haferlschuhe. Und so eine fürchterliche Frisur hat er gehabt, wie es jetzt halt anscheinend modern ist!" Sie fuhr mit den Händen seitlich an ihrem Kopf entlang. „Fast kahlgeschoren, da, über den Ohren!"

Gasperlmaier überlegte. Wenn ein Kind den Brief eingeworfen hatte, dann war es von dem Verrückten, der ihn geschrieben hatte, sicherlich nur beauftragt worden. Er musste diesen Buben finden. Und da es in Altaussee nur eine Volksschule gab, wusste er auch, wohin er sich zu wenden hatte. Er würde der Christine einen Besuch abstatten. „Und dann war natürlich auch noch so ein Schwarzer da!" Gasperlmaier schoss von seinem Sessel hoch wie von der Tarantel gestochen. „Warum sagst du denn das nicht gleich? Das ist ja der, den wir suchen! Wart einmal einen Moment!" Gasperlmaier kramte nach seinem Handy, um der Frau Hasenöhrl ein Foto des verdächtigen dunkelhaarigen Mannes zu zeigen. „Das glaub ich nicht", sagte die Frau Hasenöhrl. „Den Schwarzen kenn ich nämlich. Der steht immer vor dem Supermarkt und verkauft die Obdachlosenzeitung. Und neuestens verteilt er auch Werbeprospekte. Und die hat er bei euch hineingestopft." Verärgert steckte Gasperlmaier sein Handy wieder weg. „Ach so!", sagte er. „Warum sagst du denn das nicht gleich. Ich hab ja einen mit schwarzen Haaren und einem schwarzen Bart gemeint, nicht so einen ... einen ..." Ihm fiel auf die Schnelle jetzt nicht ein, wie man einen Dunkelhäutigen heutzutage korrekt nannte. „Neger", sagte die Frau Hasenöhrl. „Ja", sagte Gasperlmaier. „Wir sagen aber heute nicht mehr ‚Neger', weil das beleidigend ist." Jetzt fiel es ihm wieder ein. „Wir sagen ‚Afrikaner'." Die Frau Hasenöhrl zuckte mit den Schultern. „Auf jeden Fall steckt der die Werbung auch bei mir hinein, obwohl ich so ein Schild habe, auf dem steht ..." „Ich weiß", unterbrach Gasperlmaier. „Bei uns auch. Wahrscheinlich versteht er nicht genug Deutsch. Ich werd's ihm erklären, wenn ich ihn einmal treffe!" Natürlich erinnerte auch er sich an den freundlichen Schwarzen, der schon seit Monaten tagtäglich mit seinen Zeitungen vor dem Supermarkt stand. Sogar mitten im Winter, aber da ließen ihn die Verkäuferinnen meistens drinnen stehen. Die Altausseer waren ja schließlich keine Unmenschen. Jetzt aber musste Gasperlmaier sehen, dass er davonkam. Die ganze Befragung hatte viel zu lang gedauert, in einer Minute hätte das erledigt sein können, wenn die Frau Hasenöhrl nicht ... „Wiederschauen!", sagte Gasperlmaier. „Ich muss jetzt den Buben erwischen. Der muss mir sagen, wer ihm den Brief gegeben hat. Es eilt! Bleib ruhig sitzen!" Die Frau Hasenöhrl rief ihm noch irgendwas hinterher, aber wohl nur, um ihn wieder aufzuhalten. Er setzte seine Dienstmütze auf und hastete die Stiege hinunter.

Bis zur Volksschule waren es nur ein paar hundert Meter. „Grüß dich!", sagte Gasperlmaier, als er ins Büro seiner Frau trat. „Das ist ja eine Überraschung!" Die Christine stand auf, legte ihm eine Hand auf die Schulter und drückte ihm einen Kuss auf die Wange. Sie roch heute wieder einmal wunderbar. Ganz anders als die Frau Doktor, irgendwie frischer und weniger betörend. Er liebte dieses Parfum. „Aber ich komm nicht wegen dir", beeilte sich Gasperlmaier, zum Thema seines Besuches zu kommen. „Ich such nämlich einen Buben. Einen mit einer Lederhose und weißen Turnschuhen, der heute wahrscheinlich zu spät gekommen ist." Die Miene der Christine verfinsterte sich, oberhalb ihrer Nase erschienen tiefe senkrechte Stirnfalten. „Hat es was gegeben? Einen Unfall? Oder hat er was angestellt?" Gasperlmaier schüttelte den Kopf. Er überlegte, was er der Christine sagen konnte und was er lieber für sich behielt. „Er hat wahrscheinlich ... also, er hat einen Brief bei uns eingeworfen, beim Polizeiposten. Und den hat ihm sicherlich jemand gegeben, von dem Buben wird er nicht sein. Und jetzt will ich natürlich schnellstens ... muss ich ..." Die Christine nickte. „Du willst jetzt ganz schnell wissen, wer ihm den Brief gegeben hat. Ein Zusammenhang zu den Morden?" Sie hob ihre Augenbrauen. Gasperlmaier zuckte mit den Schultern. „Kann ich nicht sagen."

Die Christine nickte und stand auf. Draußen läutete gerade die Glocke. „Ich schau, ob ich ihn finde. Kann ja nicht so schwer sein." Sie verließ das Büro, und kurz darauf erhob sich, der Pause wegen, infernalischer Lärm auf dem Gang draußen. Gasperlmaier war froh, dass er hier herinnen im geschützten Büro saß, als jemand ein wenig heftig an die Tür klopfte. Eigentlich war es schon mehr ein Schlagen, das die Tür erzittern ließ. Gasperlmaier war fest entschlossen, keinesfalls zu öffnen, denn was die Kinder von der Direktorin wollten, das ging ihn auf jeden Fall nichts an. Als sich die dumpfen Schläge aber wiederholten und sogar heftiger wurden, dachte er an einen Notfall, stand auf und öffnete. Draußen standen zwei kleine Mädchen, alle beide mit Zöpfen, eine mit Brille. Sie konnten höchstens in der ersten Klasse sein, fand Gasperlmaier, so winzig, wie die beiden waren. Sie starrten ihn mit offenen Mündern an. „Wir ...", begann die Größere, verstummte dann aber und schluckte. „Bist du von der Polizei? Bist du vielleicht der Mann von der Frau Gasperlmaier?" Die Kleinere, so schien ihm, war weniger erschrocken und selbstbewusster als die andere. Er nickte. „Was hat's denn?" Die Kleinere fuhr fort und zeigte auf die Größere. „Sie hat ihre Federschachtel verloren. Die ist wahrscheinlich gestohlen worden!" Die Größere nickte und hatte Tränen in den Augen. Gasperlmaier überlegte, ob er jetzt in Sachen Federschachteldiebstahl zu ermitteln beginnen sollte, als die Christine wieder auftauchte, einen Buben im Schlepptau. Sie beugte sich zu den beiden hinunter, nickte ein paarmal und erklärte ihnen, dass sie vielleicht einmal bei der Schulwartin nachfragen sollten, ob die gesuchte Federschachtel irgendwo aufgetaucht war.

Wenig später saß ihnen ein schmaler, dunkelblonder Bub im Büro der Christine gegenüber. Die Frau Hasenöhrl hatte recht gehabt. Die Frisur sah dämlich aus. Bei seinen Kindern, dachte Gasperlmaier, hätte er so etwas nicht zugelassen. Der Bub hatte die Arme verschränkt und zeigte ihnen ein finsteres Gesicht mit vorgeschobener Unterlippe. Das würde nicht leicht werden, fürchtete Gasperlmaier.

„Das ist der Wendelin", erklärte die Christine, an Gasperlmaier gewandt. „Und ich glaube, das ist unser Mann. Er ist nämlich heute viel zu spät in die Schule gekommen. Er hat sich verschlafen." Die Christine grinste. „Ich hab überhaupt nichts getan!", maulte der Wendelin. Gasperlmaier nickte. „Das glaub ich dir auch. Es geht auch gar nicht darum, dass du etwas angestellt hast. Es geht um den Brief, den du heute bei uns am Posten in den Briefkasten geworfen hast. Wir hätten gerne gewusst, von wem du den gekriegt hast." Der Wendelin schüttelte den Kopf. „Ich hab keinen Brief in euren Postkasten geschmissen. Ich war überhaupt nicht beim Polizeiposten. Ich war ..." Er verstummte und warf der Christine einen unsicheren Blick zu. Die seufzte. „Wendelin", sagte sie. „Es ist ganz wichtig, dass du uns die Wahrheit sagst. Es geht um ... es ist für die Polizei wirklich wichtig. Und was du hier herinnen sagst, das erfährt niemand. Deine Eltern nicht, und auch niemand aus der Klasse. Das garantieren wir dir."

Gasperlmaier nickte. Das hätte er zwar selber sagen wollen, aber bei der Christine nahm er es nicht so genau. Die konnte außerdem sicher besser mit Kindern umgehen als er selber. Der Wendelin aber hatte sich anscheinend entschlossen, standhaft zu leugnen. Er schüttelte erneut den Kopf. „Ich hab keinen Brief in euren Postkasten geschmissen." Er sah zum Fenster hinaus. Um zu erkennen, dass der Bub log, musste man kein Psychologe sein. Gasperlmaier und die Christine tauschten Blicke. Sie nickte.

„Wendelin", begann Gasperlmaier erneut. „Wenn du uns hilfst, dann darfst du auch einmal im Polizeiauto mitfahren. Und die Sirene einschalten." In den Augen des Buben blitzte Interesse auf, das aber sogleich wieder erlosch. Gasperlmaier hatte einen Verdacht. „Der, der dir den Brief gegeben hat, hat dir der gedroht? Dass etwas ganz Schlimmes passiert, wenn du sagst, wer dir den Brief gegeben hat?" Der Wendelin sah zum Fenster hinaus, Gasperlmaier erkannte aber, dass es in ihm arbeitete. Er schluckte mehrmals. „Mein Mann und die ganze Polizei, die werden dich beschützen, falls dir der Kerl etwas tun will", sagte die Christine sanft. Doch der Wendelin schwieg weiter. Wenigstens, so dachte Gasperlmaier bei sich, leugnete er jetzt nicht mehr direkt. Eine Weile lang herrschte Stille im Direktionszimmer. Gasperlmaier und die Christine warteten. Er sah auf die Uhr. Schon wieder dauerte es viel zu lang, bis er eine einfache Information von diesem Rotzbuben bekam. Der war ja noch schlimmer als die Frau Hasenöhrl.

Gasperlmaier stand auf. Er hatte sich entschlossen, seine Taktik zu ändern. „Weißt du", sagte er zum Wendelin. „Wenn du jetzt nicht redest, dann erzähl ich der Frau Chefinspektor von dir. Die holt dich dann nach

Liezen zum Verhör. Und wenn du dann nicht redest, sperrt sie dich über Nacht in eine finstere Zelle ein." Die Christine begann die Augen zu rollen und winkte energisch. Sie war, und das hatte Gasperlmaier kommen sehen, nicht mit seiner Taktik einverstanden. Der Wendelin öffnete den Mund und rückte auf seinem Sessel angespannt ganz nach vorn. „Und ich sag denen von der Zeitung auch noch, dass du den Mörder gesehen hast und der Polizei nicht sagen willst, wie er aussieht!"

Die Christine und der Wendelin begannen gleichzeitig zu sprechen. „Jetzt reicht's aber!", sagte die Christine. Und der Wendelin sagte: „Er hat mir zehn Euro gegeben! Zehn! Nur dafür, dass ich einen Brief bei euch hineinschmeiße! Dafür kommt man doch nicht ins Gefängnis, oder?" Die Christine stand auf und legte dem Wendelin einen Arm um die Schultern, der bereits zu schluchzen begann und die Fäuste in seine Augen rieb. Kopfschüttelnd und mit vorwurfsvollem Blick musterte die Christine Gasperlmaier. „Was dir einfällt!", fauchte sie. „Dem Kind solche Angst zu machen!" Gasperlmaier aber blieb ungerührt. Die Zeit drängte. „Das Kind soll uns jetzt ganz flott erzählen, wie der Kerl ausgesehen hat!" Der Wendelin begann laut zu weinen. Er beruhigte sich erst, als Gasperlmaier etwas von einer möglichen Belohnung murmelte, die er sich für die Hilfe bei der Ergreifung des Täters verdienen könnte.

Der Wendelin nahm die Fäuste von den Augen. „Belohnung?", fragte er verheult. Gasperlmaier nickte, obwohl er wusste, dass er diese Belohnung wahrscheinlich aus der eigenen Tasche würde finanzieren müssen. Er setzte sich wieder hin. „Wo hast du den getroffen? Wie hat er ausgesehen?" Der Wendelin schniefte. „Ich hab mich in die Gradieranlage gesetzt. Weil es doch zu regnen angefangen hat. Eigentlich wollte ich ja ..." Er warf der Christine einen unsicheren Blick zu. „Du wolltest wieder einmal fischen gehen anstatt in die Schule, habe ich recht?" Sie lächelte. Der Wendelin nickte und schien jetzt etwas entspannter, wo er seine Missetat bereits mehr oder weniger zugegeben hatte. „Da sind zuerst zwei alte Männer dringesessen. Und zwei alte Frauen. Die haben mich so komisch angeschaut." Die Christine lächelte. „Die werden sich wahrscheinlich schon gedacht haben, dass du eigentlich in der Schule sein solltest." „Mhm!", sagte der Wendelin. „Der eine alte Mann ist dann auch aufgestanden und hat gefragt, warum ich nicht in der Schule bin. Ich hab gesagt, heute ist Lehrerversammlung." Gasperlmaier ging das schon wieder alles viel zu langsam. Was hatten die alten Leutchen in der Gradieranlage mit seinem Mörder zu tun? Aber er hatte sich vorgenommen, nach seiner Entgleisung zuvor den Mund zu halten und alles Weitere der Christine zu überlassen. „Und gerade, wie die alle gegangen sind, ist ein Mann hereingekommen." Der Wendelin sah zufrieden zur Christine auf, so als habe er bereits alles Nötige gesagt. Gasperlmaier hob schon den Arm, um eine Frage nachzuschieben, da legte ihm die Christine sanft die Hand auf den Oberschenkel. Er hielt inne.

„Wie hat denn der ausgesehen, der Mann?", fragte sie. Der Wendelin zuckte mit den Schultern. „Ich weiß nicht. Er ist ein, zwei Runden in der Anlage gegangen und hat sich immer wieder hingestellt und so ... an den Zweigen, wo das Salz drüberrinnt ..." „Geschnuppert?", fragte die Christine. Der Wendelin nickte. Dann grinste er übers ganze Gesicht. „Wie ein Rapper hat er ausgeschaut. Fast!" Er nickte zufrieden. In Gasperlmaier brodelte es. Woher sollte er wissen, wie ein Rapper aussah? Er wusste noch nicht einmal, was das überhaupt war.

Die Christine war da offenbar besser informiert. „Er hat Stöpsel in den Ohren gehabt? Kopfhörer?" Der Wendelin nickte begeistert. „Ja, so ganz moderne. Ohne Kabel. Die gibt es nur beim iPhone 10! Und eine schwarze Haube!" Jetzt hielt es Gasperlmaier nicht mehr auf seinem Stuhl. „Wendelin", sagte er. „Der Mann war vor ein oder zwei Stunden noch in Altaussee. Und er hat vielleicht zwei Männer umgebracht. Und jetzt haben wir es ganz, ganz eilig. Wir müssen wissen, wie der Mann aussieht und was er angehabt hat. Ich hab jetzt keine Zeit mehr, mit dir da herumzublödeln!" Seine Stimme war heftig geworden. Die Christine sah fast ein wenig eingeschüchtert zu ihm herüber. Er knallte sein Notizbuch auf den Tisch und zückte seinen Kugelschreiber. „Also: die Haube schwarz. Bart, Haare?" Der Wendelin starrte ihn mit großen Augen an. „Die Haare hab ich nicht gesehen. Und er hat einen roten Bart gehabt. So wie der Hinterstoisser Fredi, so einen. Und eine Sonnenbrille. Eine schwarze. Wie ein Rapper halt." Gasperlmaier nickte und notierte. Eigentlich hatte er gehofft, der Wendelin würde eine Beschreibung abgeben, die auf den Mann zutraf, den ihm die Manuela gerade auf dem Bildschirm gezeigt hatte. Aber ein roter Bart passte halt da gar nicht dazu. „Jacke, Pullover?" Der Wendelin zuckte wieder mit den Schultern. „Weiß ich nicht. Ehrlich!" Er hielt die Hand vor das Gesicht, so als habe er Angst, Gasperlmaier würde ihn schlagen, wenn er nicht antwortete. „Farbe?" „Schwarz", sagte der Wendelin. „Er war überhaupt ganz schwarz angezogen. Und komische Schuhe hat er angehabt." Gasperlmaier hielt den Kugelschreiber in Schwebe über dem Papier, sodass der Wendelin erkennen musste, dass er auf Einzelheiten wartete. „Die waren grau", sagte er. „Und ganz spitz. Und auf der Seite rot."

„Hat er dich angesprochen?", fragte die Christine. Der Wendelin nickte. „Er hat gefragt, ob ich mir zehn Euro verdienen will. Aber ich hab weggeschaut. Weil es doch immer heißt, dass wir nicht mit Fremden sprechen und nichts annehmen sollen." „Sehr vernünftig", sagte Gasperlmaier. „Und warum hast du's dann doch getan?" „Er hat mir einfach den Umschlag und den Zehner hingehalten und gesagt, dass ich das schnell auf den Polizeiposten bringen soll. Und weil ich sowieso schon ein bisschen Angst gehabt hab und wegwollte ..." Gasperlmaier nickte. „Hast du das einfach genommen und ..." „Ich hätt's ja eh gleich zu euch hinaufbringen sollen. Aber da ist mir dann eingefallen, dass ich ja eigentlich in der Schule ... und dann hab ich's in den Briefkasten gestopft." „Hat dir der Mann gedroht?", fragte die Christine. Nun ließ der Wendelin die Mundwinkel hängen, und Gasperlmaier rechnete jeden Moment damit, dass er wieder zu heulen beginnen würde. Aber er schluckte seine Tränen tapfer hinunter. „Nachgeschrien hat er mir. Dass es mir schlecht geht, wenn ich irgendjemandem was erzähle. Und da bin ich dann noch schneller gerannt und hab mich gar nicht mehr umgeschaut."

Gasperlmaier stand auf. „Ja", sagte er. „Ich werde jetzt sofort die Frau Doktor informieren. Viel ist es ja nicht, weil sich der Kerl inzwischen längst wieder umgezogen haben kann. Aber vielleicht hilft uns der Bart weiter. Wer, sagst du, hat so einen?" „Der Hinterstoisser, der vom Roten Kreuz!" „Da gibt's, glaub ich, eine Webseite, da sind die Mitarbeiter vom Roten Kreuz drauf. Da kannst du ihn dir anschauen." Gasperlmaier nickte. Jetzt hatte er es eilig. „Dankschön auch, und bis am Abend!" Eiligen Schrittes trat er in den Korridor hinaus und holte sein Handy aus der Brusttasche der Uniform. „Ja, eine Beschreibung hab ich, von dem Typen, der dem Kind den Umschlag gegeben hat. Gegeben haben soll." „Und?", fragte die Manuela ungeduldig. „Auffällig ist, dass er einen roten Bart hat. Der Bub hat gesagt, genau so einen wie der Fredi Hinterstoisser vom Roten Kreuz. Da soll es auf der Webseite ein Bild geben von dem. Sucht's euch den mal raus!"

Als er auf den Posten zurückkam, fand er die Frau Doktor und die Manuela gemeinsam vor einem Computerbildschirm vor. „Wir schauen gerade die Fotos durch, von der Führung, während der der Doktor Attaya Attem ermordet worden ist", erklärte die Manuela. „Die Einzelheiten, die du uns durchgegeben hast, sind ja nicht wahnsinnig hilfreich. Allein der rötliche Bart ..." Gasperlmaier schüttelte den Kopf. „Was der Bub gesagt hat, das halte ich für glaubwürdig. Und was hätte er erkennen können, wenn der Mann wirklich Brille und Haube getragen hat?" Die Frau Doktor nickte. „Wie hat er denn gesprochen, der Mann? Also, ich meine, Akzent oder Dialekt oder so?" Gasperlmaier drückte herum. Leider hatte er vergessen, den Wendelin danach zu fragen. Aber es nützte ja nichts, er musste es eingestehen und seinen Fehler wiedergutmachen. „Äh, ja, das muss ich noch ..." Als er sein Handy hervorholte, war ihm so, als habe die Frau Doktor leicht, aber doch merklich mit entrüsteter Miene den Kopf geschüttelt. Gasperlmaier rief die Christine an und bat sie, dem Wendelin diese Information noch zu entlocken. Gott sei Dank dauerte es nicht lange, bis sie zurückrief. Die Christine kicherte, als er abhob. „Also", sagte sie. „Der Wendelin sagt, ein Piefke war's!" „So? Na ja. Dank dir auch schön." Gasperlmaier musste ebenfalls schmunzeln, als er die Information weitergab. „Also, laut dem Schüler, der den Brief abgegeben hat, suchen wir nach einem Piefke!"

Auch die beiden Frauen grinsten. „Immerhin schon etwas!", fügte die Frau Doktor hinzu. „Ein Piefke mit rotem Bart, schwarzer Mütze und schwarzer Kleidung. Ich geb's ans Bezirkspolizeikommando durch. Aber Hoffnung hab ich da nicht viel."

„Halt!", rief die Manuela. „Ich glaub, da könnten wir etwas haben!" Sie drehte ihren Bildschirm ein wenig, sodass auch Gasperlmaier, der herbeitrat, sehen konnte, welches Foto sie meinte. Es zeigte einen Mann, der soeben die Holzrutsche im Bergwerk hinunterrutschte und tatsächlich einen üppigen rotbraunen Bart um das Kinn herum erkennen ließ. Viel mehr verriet das Foto nicht, denn der Mann trug eine Schirmkappe, die sein Gesicht fast bis zur Nasenspitze verdeckte.

„Na ja", sagte Gasperlmaier. „Das hilft uns jetzt auch nicht viel weiter." „Schaut aus wie ein Hipster-Bart", meinte die Manuela. Die Frau Doktor nickte. „Wir wissen trotzdem nicht mehr, als dass ein Mann mit rotbraunem Bart bei der Führung dabei war und dass ein Mann mit ebenso rotbraunem Bart heute diesen seltsamen Brief an ein Schulkind übergeben hat." „Und dass der Mann selber nicht vor dem Polizeiposten gesehen werden wollte. Und dass der Brief mehr oder weniger ein Bekennerschreiben enthält, wenn auch ein komplett verrücktes", fügte die Manuela hinzu. „Habt ihr euch den Sanitäter schon angeschaut, der angeblich genau so einen Bart trägt wie unser Unbekannter?", fragte Gasperlmaier. Die Manuela nickte, klickte ein paarmal mit ihrer Maus und deutete dann auf den Bildschirm. Gasperlmaier erinnerte sich an den Mann, er war ihm wohl schon gelegentlich begegnet, ohne dass er wirklich sagen konnte, dass er ihn kannte. Er hatte rötliches, gelocktes Haar, sein Bart war ein üppiger, aber akkurat gestutzter Vollbart. Sie suchten also nicht nach dem

Träger eines Dreitagebarts, sondern eher nach so was wie einem Rauschebart.

Die Frau Doktor stand auf und sah zum Fenster hinaus. Sie hatte die Hand an ihr Kinn gelegt und tippte mit einer Schuhspitze auf den Boden. „Ich frage mich", sagte sie und drehte sich um, „ob wir es hier mit zwei Männern zu tun haben oder vielleicht nur mit einem." „Wie meinst jetzt das?", fragte Gasperlmaier. Sie schritt auf ihn zu und wedelte fast bedrohlich mit ihrem Zeigefinger vor seinem Gesicht herum. „Zweimal haben wir es mit einem Mann zu tun, der uns nicht viel von seinem Gesicht zeigt. Zuerst die üppigen schwarzen Haare, der wirre Vollbart. Dann ein roter Hipster-Bart und eine Baseballkappe. Schließlich, heute, Sonnenbrille und schwarze Strickmütze. Könnte es nicht sein, dass uns hier jemand an der Nase herumführt? Sich kostümiert?"

Die Manuela fuhrwerkte mit ihrer Maus herum und drehte schließlich den Bildschirm zu Gasperlmaier und der Frau Doktor. Sie hatte Fotos der beiden Männer so weit wie möglich vergrößert und nebeneinandergestellt. Die Frau Doktor setzte ihre Brille auf. Bisher war Gasperlmaier nicht aufgefallen, dass sie eine Lesebrille benutzte. „Brauchst du auch schon ...?" Er grinste und deutete auf die Brille. Die war sehr elegant, lila mit Glitzersteinen an den oberen Rändern der Fassung. Die Frau Doktor maß ihn mit einem strafenden Blick. „Was heißt schon? Das hat mit Alterssichtigkeit nichts zu tun! Gar nichts!" Fast schien sie Gasperlmaier ein wenig ärgerlich. Sie besah sich die beiden Fotos ganz aus der Nähe. „Also, alles, was mir da hilft, eine Ähnlichkeit festzustellen, ist die Nase. Und die hat jetzt wirklich keine besonderen Merkmale. Das bringt uns nicht weiter." Sie schüttelte den Kopf. „Ich glaube", sagte sie dann, „es geht jetzt noch einmal ins Bergwerk. Ich würde schon gern wissen, ob sich an unseren Kandidaten dort jemand erinnert. Und Sie", sie wandte sich an die Manuela, „für Sie habe ich einen Auftrag, der mir gerade erst eingefallen ist. Durchforschen Sie doch das Netz einmal nach Inhalten, die wir in diesem seltsamen Schreiben wiederfinden. Also nach diesen Leuten, die an eine flache Erde glauben, an Reptiloide und so weiter. Und konzentrieren Sie sich da auf Deutschland. Vielleicht bringt uns das weiter."

Auf der Fahrt zum Bergwerk wirkte die Frau Doktor trüb und versonnen. „Das ist ein Scheißfall!", sagte sie irgendwann. „So einen hab ich gerade noch gebraucht, jetzt, wo sie eh schon an meiner Karriere sägen!" Gasperlmaier sagte nichts. Wenn sie in so einer Stimmung war, war es besser, den Mund zu halten. „Weißt du", fuhr sie fort, „bei Beziehungstaten, bei denen man nur das Geflecht im persönlichen Umfeld des Opfers gründlich abklopfen muss, da kenn ich mich aus. Und es hat ja auch so schön ausgesehen, zuerst – beim Abelein die Geschichte um das verschwundene Bild und beim Attaya Attem die zwei Weiber, die er sich angelacht hat – alles wunderschöne, allerprächtigste Beziehungsgeschichten, die uns zum Mörder führen hätten können. Oder zur Mörderin. Und dann dieser Wahnsinnige. Bei so was kenn ich mich überhaupt nicht aus, wo sollen wir da ansetzen?" Gasperlmaier nickte, viel mehr fiel ihm im Moment nicht ein, denn die Frau Doktor hatte recht. Obwohl es ihn schon sehr interessiert hätte, wer da wo und warum an ihrer Karriere sägte. War es etwa, weil sie als Mutter eines kleinen Kindes nicht so bedingungslos einsetzbar war wie ein Konkurrent? Das, so dachte er bei sich, wäre aber höchst unfair gewesen. Wo man doch ohnehin ständig darüber jammerte, dass die Österreicherinnen zu wenige Kinder bekamen.

Der Parkplatz war voll, als sie ankamen, die Frau Doktor parkte ihren Audi abseits der Markierungen direkt vor dem Eingang des Steinberghauses. Es regnete immer noch, die Frau Roither an der Kasse war im Stress, das Buffet voll mit Wartenden. Irgendwie dampfte es im ganzen Gebäude, wahrscheinlich von den nassen Regenjacken der Touristen.

„Sie sehen ja, was hier los ist!" Mit einem ärgerlichen Blick streifte sie Gasperlmaier und die Frau Doktor. Es war kein Wunder, dass es ihr auf die Nerven ging, dass ständig die Polizei bei ihr aufkreuzte. „Es wär aber dringend!", sagte die Frau Doktor. „Sie müssen die Leute eben vertrösten. Oder jemand anderen an die Kasse setzen." „Ich hab ja niemanden", jammerte die Frau Roither, während sie gleichzeitig Tickets ausdruckte. „Herzlichen Dank. Bitte haben Sie noch ein wenig Geduld. Die nächste Führung ist ohnehin schon ausgebucht." Die Frau Roither, das konnte Gasperlmaier deutlich sehen, schwitzte. Was angesichts der vielen Leute und der Luft hier herinnen nicht verwunderlich war.

Sie stand auf. „Gehen wir einen Moment nach hinten!" Sie deutete auf die Tür, die zum Büro führte. Dort war es ruhiger, die Luft war besser. Die Frau Doktor zeigte ihr gleich das Foto des Rotbärtigen auf der Rutsche. „Schon einmal gesehen?", fragte sie. „Vielleicht gestern, bei der Führung, während der ..." Die Frau Roither schüttelte den Kopf. „Kann ich mich nicht erinnern. Bei uns gehen so viele Leute ein und aus, da ..." Die Frau Doktor nickte und steckte ihr Handy wieder ein. „Der Simon, der die Führung geleitet hat ...?" „Hat heute frei, zwei andere sind eingesprungen. Zwei

Studenten. Ich muss jetzt unbedingt wieder hinaus! Wenn Sie ...?" „Gehen Sie ruhig", sagte die Frau Doktor. Gasperlmaier und sie blieben allein im Büro zurück. „Ja, Gasperlmaier, und selbst wenn sie den gesehen hätte ... wären wir auch nicht weiter, denn dass er drinnen im Bergwerk gewesen ist, beweist ja dieses Foto. Was uns fehlt, ist jemand, der ihn herauskommen sehen hat, vielleicht vor dem Ende der Führung, vielleicht lange danach. Da drinnen gibt's ja viele Möglichkeiten, sich zu verstecken." „Schauen wir einmal", sagte Gasperlmaier, „ins Buffet. Da halten sich ja vor und nach den Führungen die Leute auf, vielleicht ..." Die Idee war Gasperlmaier nicht zuletzt wegen des verführerischen Würsteldufts gekommen, der aus dem Buffet zu ihnen drang. Aber es war ja immerhin möglich, dass die Buffetkraft irgendwas Auffälliges bemerkt hatte, gestern.

„Carmen", stellte die sich vor. „Carmen Tiefenthaler!" Die Carmen war klein, füllig und trug einen blonden Pferdeschwanz. Von dem Wirbel um ihr Buffet herum, so schien es, ließ sie sich kaum beeindrucken. Während ihr die Frau Doktor ein paar Fragen zu den Ereignissen des gestrigen Tages stellte und ihr auch das Foto des Rotbärtigen zeigte, schenkte sie Bier ein, fischte Würstel aus einem Kessel, druckte Kassenbons aus. Sie schien drei Hände zu haben, lächelte und wirkte, als wäre das alles andere als anstrengend. Auf die meisten Fragen der Frau Doktor allerdings schüttelte sie bedauernd den Kopf. Gasperlmaier sah sich um. Hier herinnen jetzt schnell ein Paar Würstel zu bekommen und vielleicht noch ein Seidel Bier dazu, das schien ihm schwierig. Außer man genoss als Polizei Sonderbehandlung.

Plötzlich tauchte neben ihnen ein asiatisches Gesicht auf. Gasperlmaier erinnerte sich. Es war der James, der hier auch als Führer engagiert war und die chinesischen Touristen begeisterte, weil er ihnen alles in ihrer Muttersprache erklären konnte. Er hatte drei kichernde Asiatinnen im Schlepptau, alle drei mit langen schwarzen Haaren und gezückten Handys. Sie redeten offenbar auf Chinesisch auf den James ein. „Die alle wollen ein Selfie mit mir!", grinste der. „Na, dir geht's ja hier anscheinend prächtig!" „Wie man's nimmt", sagte der James. „Manchmal es wird schon viel Stress. Ich weiß nicht, wie viele Fotos mit Touristen schon gemacht. Und viele davon auf RenRen oder WeChat hochgeladen! Ich bekomme schon viel Post von Fan aus China!" „Ren Was?", fragte Gasperlmaier, während die Carmen dem James ein Glas Johannisbeersaft reichte. „Ich muss kurz raus!", sagte der James. „Wegen Fotos. Und wenn Sie noch was wollen wissen – draußen ist auch ruhiger!" Gasperlmaier winkte der Frau Doktor und folgte dem James hinaus vor den Hauseingang. „Was war das, das Sie da drin gesagt haben?", wiederholte Gasperlmaier. „Ren ... irgendwas?" „RenRen ist größte soziale Netzwerk in China. Natürlich streng von Regierung kontrolliert. Facebook ist verboten ... na ja."

Der Regen hatte etwas nachgelassen, war nur mehr ein unentschlossenes Tröpfeln. Der James stellte sich mit der ersten Chinesin vor den Hauseingang und legte ihr seinen Arm um die Schultern. In seinem Bergmannsrock sah er ein wenig ungewöhnlich, aber auch stattlich aus. Die Chinesin ließ nicht etwa eine ihrer Freundinnen fotografieren, sondern hatte ihr Handy auf einem Selfie-Stick montiert. Als sie wegtrat und das Gekicher kurz abschwoll, hielt die Frau Doktor dem James ihr Handy vor die Nase. „Vielleicht schauen Sie sich den einmal an. Er war gestern im Bergwerk, bei der Führung, wo der Mord passiert ist." Der James sah sich das Foto aufmerksam an. Die zweite Chinesin an seiner Seite wurde schon etwas ungeduldig und sah fragend zu ihren beiden Freundinnen.

„Hier nicht", sagte der James, „aber ... warten Sie mal ... ich glaube, ich diesen Mann habe doch schon einmal gesehen. Aber ... nein, das nicht hier war ... können wir ... die zwei Fotos noch, dann habe ich ..." Er sah auf seine Uhr, „noch fünf Minuten bis zu meiner nächsten Führung." „Dann machen Sie mal", sagte die Frau Doktor. „Und versuchen Sie, sich zu erinnern!" Während sie darauf warteten, dass der Chinese seine Fotosession abschloss, hörte der Regen gänzlich auf, und zaghafte Sonnenstrahlen huschten über den Parkplatz. „So!", sagte der James. „Und jetzt ist mir auch eingefallen. Ich habe den Typen wirklich schon einmal gesehen. Auf Busparkplatz in Hallstatt, bei das Imbissstand von mein Kumpel. Tien Lin Chung. Gong Bao Chicken!" Er hielt Daumen und Zeigefinger aneinander und küsste sie schmatzend. „Können Sie uns das ein bisschen genauer schildern?", fragte die Frau Doktor. Der James sah auf seine Uhr und nickte. „Ja, schon! Aber ich in Eile!" „So lange wird die Führung warten müssen!", meinte die Frau Doktor entschieden. „Ich erinnere mich an den Mann, weil Tien so geschimpft hat über ihn. Er war gerade weg, als ich hingekommen. Und Tien war wütend. Der Mann hat geschimpft über Essen, wollte nicht bezahlen. Und Tien ist sensitiv, wenn jemand nicht mag sein Essen. Er kocht sehr gut!" Die Frau Doktor hielt ihm noch einmal das Handy vor die Nase. „Und das war dieser Mann? Ganz sicher?" Der James nickte. „Schon! Kann natürlich auch sein, dass ein anderer Mann ihm ähnlich! Aber der Bart ist schon ... besonders!" „Hat Tien was darüber gesagt, woher er war?" Der James nickte. „Tien sagt, war Piefke."

Wenige Minuten später waren Gasperlmaier und die Frau Doktor auf der Koppenstraße unterwegs nach Hallstatt. Gasperlmaier hatte Hunger und zudem noch das unangenehme Gefühl, dass die Fahrt umsonst sein würde. Wer konnte wissen, ob sich der Chinese an den Mann überhaupt erinnerte? Und, noch viel fraglicher – war der Brief überhaupt wirklich vom Mörder oder bloß von einem Spinner, der sich wichtigmachen wollte? „Glaubst du, dass das Bekennerschreiben echt ist?", fragte er deshalb. Die Frau Doktor zuckte mit den Schultern. „Ich geh jetzt einmal davon aus. Erinnere dich daran, dass im Brief von einem zweiten Mord die Rede ist, der noch nicht öffentlich bekannt war. Aber jetzt lass uns einmal den Chinesen befragen!"

In Hallstatt angekommen, mussten sie sich erst zum richtigen Busparkplatz durchfragen. Als sie schließlich die Abzweigung fanden, ergab sich ein neuerliches Problem. Der Parkplatz war mit einem Schranken abgesperrt. Die Frau Doktor hielt davor an. „30 Euro? Die spinnen ja!" „Na ja", sagte Gasperlmaier. „Das ist eben für Busse." „Ich denk ja gar nicht daran!" Die Frau Doktor stieß zurück und parkte den Audi am Straßenrand. Da ragte er zwar ein gutes Stück in die Fahrbahn hinein, aber, so dachte Gasperlmaier bei sich, es war ja schließlich ein Einsatz. Und nicht sein Auto.

Auf dem Parkplatz bot sich ihnen ein Bild, das Gasperlmaier nie für möglich gehalten hätte. Man glaubte sich in Asien. Der Parkplatz war gerammelt voll mit Reisebussen, und unzählige Passagiere, offensichtlich alle Asiaten, strömten daraus hervor oder drängten gerade hinein, je nachdem. Der Imbissstand des Chinesen war nicht zu übersehen – er befand sich gleich links nach dem Schranken und war offensichtlich eine Goldgrube – eine wohlgeordnete Schlange von Kunden wartete darauf, bedient zu werden. Gasperlmaier sah es zwar ein, dass sie sich vordrängen mussten, dennoch war es ihm unangenehm. Die Frau Doktor trat direkt vor das Fenster des Imbissstands. Der Duft war verführerisch, und Gasperlmaier erinnerte sich daran, dass er im Bergwerk keine Würstel bekommen hatte.

Die Frau Doktor hielt dem Chinesen im Imbisswagen ihren Ausweis vor die Nase. „Polizei!", sagte sie, laut vernehmlich. Der Chinese hielt kurz inne, und eine ganze Reihe Kunden verließen leise und unauffällig die Warteschlange. Warum sie vor der österreichischen Polizei Angst hatten, konnte Gasperlmaier sich nicht erklären. „Sie müssen eine kurze Pause einlegen", sagte die Frau Doktor. „Wir möchten Sie zu einem Kunden befragen, den Sie gestern bedient haben." Der Chinese nickte. „Zuerst Essen fertig machen!" Die Frau Doktor aber schüttelte den Kopf. „Nein. Jetzt sofort meine Fragen beantworten!" Der Chinese nickte und hob beide Arme. „Gehen wir hinter Ihren Wagen!", sagte die Frau Doktor.

Dort fand sich zu ihrer Überraschung ein zweiter Chinese, der auf einem Klappsessel saß und rauchte. „Wer von Ihnen beiden ist Tien Lin Chung?", fragte die Frau Doktor. Gasperlmaier wunderte sich, dass sie den Namen behalten hatte. Er wäre verloren gewesen, hätte man ihn danach gefragt. „Ich!", sagte der Rauchende und stand auf. „Ich gerade Pause. Das Joseph Woon. My help!" Beide grinsten und verneigten sich. Die Frau Doktor blickte zunächst unentschlossen zwischen den beiden hin und her. „Wer hatte gestern hier Dienst? Nachmittags und abends?" Tien hob die Hand. „Gut", sagte die Frau Doktor. „Dann können Sie ihn zurück an die Arbeit schicken." Sie deutete auf Woon. „Und an Sie habe ich ein paar Fragen." Woon verneigte sich erneut und verschwand im Imbisswagen.

Die Frau Doktor hielt Tien ihr Handy mit dem Foto des Rotbärtigen vor die Nase. „Schon einmal gesehen?" Die Miene des Chinesen verfinsterte sich. „Ja!", sagte er und nickte heftig. „Ist sehr schlechte Kunde. Hat beleidigt mich, mein Essen. Wollte nicht bezahlen. War sehr wütend! Hat verlangt Luohan Cai. Ist fantastisch!" „Der Mann war wütend?", fragte die Frau Doktor. „Nein, ich. Tien. Sehr wütend. Der Mann spricht schlecht von mein Essen! Mein Luohan Cai!" So weit, fand Gasperlmaier, war die Geschichte von James bestätigt. Der Mann aus dem Bergwerk schien derselbe zu sein wie der, der dem Wendelin den Brief mitgegeben und sich hier über den chinesischen Imbiss aufgeregt hatte.

„Was können Sie mir sonst noch über den Mann erzählen? Was hat er angehabt?" Tien hatte sich immer noch nicht beruhigt, schüttelte den Kopf und holte aus seiner Hemdtasche eine weitere Zigarette, an der er hektisch zog, nachdem er sie mit einem riesigen, urtümlich aussehenden Feuerzeug entzündet hatte. „Hat Sonnenbrille und Tuch wie Pirat um Kopf!", sagte er und blies eine Rauchwolke in Gasperlmaiers Richtung. „Haben Sie mitbekommen, womit er angekommen ist?" Tien schüttelte den Kopf. „Nix gesehen. Ist gekommen zu Fuß. Ich glaube, er nicht gekommen aus Reisebus. Nicht ausgesehen wie Bustourist. Bustourist Chinese oder Pensionist von Österreich, Deutschland. Dieser Mann kein Pensionist, viel jung." „Wie alt schätzen Sie ihn denn?", fragte die Frau Doktor. Tien zuckte mit den Schultern. „Ist Problem mit europäische Mensch. Sieht alle gleich aus. War nicht jung, nicht alt. Und hat große Bart. So ..." Er deutete auf Gasperlmaier. „Nicht so alt wie Bulle, älter als ...", er grinste, „... schönste Frau von alle!" Mit einer eleganten Geste unterstrich er das

Kompliment. Die Frau Doktor lächelte, Gasperlmaier fand den Auftritt des Chinesen eher schmierig.

„Sie kosten Luohan Cai?", fragte Tien. Ohne eine Antwort abzuwarten, bedeutete er ihnen, ihm zu folgen, und kletterte wieder in seinen Imbisswagen. „Ich machen für Sie frisch! In Wok!", brüllte er aus dem Wagen heraus. Die Schlange der Wartenden, die eher länger geworden war, beäugte Gasperlmaier und die Frau Doktor neugierig. Es dauerte nicht lange, bis Tien mit zwei Pappschachteln in der Hand wieder aus seinem Wagen trat. „Ist Buddha's delight, Luohan Cai!", verkündete er strahlend und drückte der Frau Doktor und Gasperlmaier je eine Schachtel und ein paar Holzstäbchen in die Hand. Die Frau Doktor bedankte sich und begann gleich zu essen. „Oh! Gut! Aber scharf!", rief sie. Tien nickte. „Ist Freude von Buddha, in Deutsch. Black mushrooms, geräuchert Tofu, bamboo, alles Gemüse. Vegetarian." „Super!", sagte die Frau Doktor. „Und darüber hat sich der Mann beschwert?" Tien nickte, gewahrte Gasperlmaier, der immer noch ratlos seine beiden Holzstäbchen beäugte. Er hatte prinzipiell überhaupt nichts gegen chinesisches Essen, er ging ja selber mit der Christine gelegentlich zum Chinesen, aber er griff dann doch lieber zum traditionellen Besteck. „Ah!" Tien verstand sofort, was das Problem war, stieg in seinen Wagen und kehrte mit einer Plastikgabel zurück. „Sogar Americans", lachte er, „können nicht essen mit Stäbchen. Ich hab gesehen Chinese people aus USA, die nehmen Gabel wie Bulle!"

„Herr Tien!", mahnte Gasperlmaier nun. „Sie können nicht einfach ‚Bulle' zu einem österreichischen Polizisten sagen! Das tut man nicht, das ist ... beleidigend!" Tien hob die Hände und grinste. „Entschuldigung. Ich nicht weiß, wie korrekt ...?" Er zog eine so witzige fragende Grimasse, dass Gasperlmaier lachen musste. „Sagen Sie einfach Herr Inspektor. Das passt immer", sprang die Frau Doktor bei. Gasperlmaier nickte und kostete vorsichtig. Räuchertofu hatte er verstanden, und vegetarisch. Der Rest … Er begann vorsichtig zu kauen. Das Gericht war zwar tatsächlich scharf, aber gleichzeitig auch mild, vollmundig und sogar süß. Eigentlich, so dachte er bei sich, schmeckte das besser als alles, was er bisher bei einem Chinesen gegessen hatte. „Das ist ja fantastisch!", sagte er. Tien grinste breit. „Und das hat dem Mann nicht geschmeckt?" „Er verrückt!", winkte Tien ab. „Er sagt, ich ihn will vergiften, ist Fleisch von Schlange darin." Gasperlmaier hustete und versprühte dabei einen Rest nicht hinuntergeschluckter Bröckchen. Tien sah ihn entsetzt an. „Nein, nein, Herr Inspektor, ist nicht Schlange darin! Ist vegetarian, für Buddhist, isst niemals Fleisch, weil tötet kein Tier!" Gasperlmaier war einigermaßen beruhigt, beäugte den Rest seines Gerichts aber dennoch skeptisch.

„Hat der Mann noch mehr über Schlangen gesagt?", fragte die Frau Doktor. Tien nickte. „Er komplett crazy. Sagt, Schlangenmenschen wollen erobern Erde, deswegen ich fülle Schlangenfleisch in Essen, damit er auch wird Reptil … so ähnlich, er sagt." „Reptiloid?" Die Frau Doktor warf Gasperlmaier einen vielsagenden Blick zu. Tien nickte. „Ja, genau so. Er glaubt, ich ihn mache zu Reptiloid mit Luohan Cai." Er deutete mit dem Finger gegen die Stirn. „Ja!", sagte die Frau Doktor, drückte ihre Pappschachtel zusammen und warf sie in den Mistkübel, der neben dem Wagen stand. „Das war wirklich köstlich. Und sehr aufschlussreich, Herr Tien." „Das brennt!", sagte Gasperlmaier. Bissen für Bissen war das Zeug schärfer geworden, nun traten ihm bereits die Tränen in die Augen. „Du musst trinken!", lachte Tien, verschwand wieder im Wagen und kam mit zwei Flaschen Bier zurück. Gasperlmaier nickte dankend und griff nach der Flasche. „Sie nicht?", fragte Tien, als die Frau Doktor zögerte. „Doch", sagte sie schließlich, „was soll's. Ist ja nur ein kleines." Gasperlmaier nahm einen tiefen Schluck und fühlte sich gleich besser. Er musste die Christine fragen, ob man so eine Freude des Buddha zu Hause auch kochen konnte. Vielleicht weniger scharf.

„Ich danke Ihnen, Herr Tien", sagte die Frau Doktor und hob ihre Bierflasche. „Sie haben uns sehr geholfen. Was macht das alles zusammen?" Tien streckte ihnen abwehrend die Hände entgegen. „Das Spende. Geht auf Haus! Ich mich sehr freue, dass geschmeckt Luohan Cai. Mir große Freude gemacht!" Er verbeugte sich mehrmals vor Gasperlmaier und der Frau Doktor und verschwand wieder in seinem Wagen. „Ach, Herr Tien!" Die Frau Doktor ging nochmals zur offenen Vorderseite. „Wann war denn das ungefähr? Wann war der Mann hier?" „War schon Abend!", sagte Tien. „Ich nicht genau kann sagen, aber schon Parkplatz halb leer. Dann immer Abend!" Er lächelte. „Gut!", sagte die Frau Doktor, kramte eine ihrer Karten aus der Tasche und reichte sie Tien. „Wenn Ihnen noch mehr einfällt, dann bitte anrufen! Wir sind für jeden Tipp dankbar!" Tien winkte ihnen noch zu, wandte sich aber dann wieder seinem Wok zu und warf ein paar Zutaten in die Blechschüssel. Eine Flamme loderte hoch auf.

Als sie wieder im Auto saßen, zückte Gasperlmaier sein Handy, um bei der Manuela anzufragen, ob sie schon etwas herausgefunden hatte. Doch er stellte fest, dass er schon drei Anrufe von ihr verpasst hatte. Sie meldete sich auch gleich, als er sie anrief. „Seid ihr schon wieder auf dem Weg zurück? Dann dreht ihr

am besten gleich um. Ich hab nämlich herausgefunden, dass es in der Nähe so einen Spinner gibt, der sich
mit der Flachwelttheorie beschäftigt. Er wohnt in Bad
Goisern." „Umdrehen!", ordnete Gasperlmaier an. „Wir
fahren nach Bad Goisern. Das ist die andere Richtung."
„Kannst du vielleicht auf Lautsprecher stellen? Da kann
die Frau Doktor gleich mithören!" Gasperlmaier nahm
etwas ratlos sein Handy vom Ohr. Von einem Lautsprecher hatte er noch nie etwas gehört.

„Lautsprecher?", fragte er die Frau Doktor und zeigte auf sein Handy. „Da muss irgendwo eine Schaltflä-
che sein mit einem Lautsprechersymbol drauf", sagte
die. So ein Symbol fand er aber nicht. „Geht nicht", sagte er zur Manuela. „Sprichst halt einfach ein bisserl
lauter. „Okay", sagte die Manuela. „Der Mann wohnt
in der Ortschaft Riedln. Das ist, wenn ihr zum Kreisverkehr kommt, die Straße den Berg hinauf, Richtung
Berghotel Predigtstuhl. Es müsste im Navi drin sein,
ich hab's schon gegoogelt. Das Haus liegt direkt an der
Straße, nach den Kehren. Und der Mann heißt Steinkogler. Ägidius Steinkogler. Und was habt's ihr herausgefunden?" „Ja, der Mann war da beim Chinesenstandl
in Hallstatt. Und er hat da auch irgendeinen Unsinn
über Reptiloiden erzählt und sich über die Freude des
Buddha furchtbar aufgeregt", erklärte Gasperlmaier.
„Die Freude des Buddha?", fragte die Manuela etwas
verwundert. „Ich erklär's dir, wenn wir wieder zurück
sind." Die Frau Doktor unterbrach. „Wie schaut's denn
mit der Fahndung aus? Schon irgendwelche Hinweise?"
Die Manuela stöhnte. „Ich hab gerade beim Bezirkspolizeikommando angerufen. Es gibt mehr als fünfzig
Hinweise, dass der Mann gesehen wurde. In Bad Aussee, in Schladming, in Leoben, in Graz, in Gmunden,
in Vöcklabruck ... soll ich weiter ...?" Die Frau Doktor

stöhnte ebenso. „Das war zu erwarten. Ein Mann mit schwarzer Mütze und Sonnenbrille. Und den rötlichen Bart, den bildet man sich dazu eben ein. Übrigens, unser Chinese hat gemeint, er habe ein Piratentuch getragen. Geben Sie das bitte auch weiter. Danke, Manuela!"

„Das wär alles kein Problem", meinte Gasperlmaier, „wenn es nicht so eine blöde Mode geben würde, wo alle Hauben tragen, sogar im Sommer." Er spürte noch immer ein Brennen im Mund. Und einen irgendwie pelzigen Belag. Hoffentlich, so dachte er bei sich, war nicht doch Schlange drinnen gewesen in der Freude des Buddha. In Hongkong, so hatte er gehört, aß man traditionell Schlangensuppe. Wer konnte wissen, woher Tien samt seinen ganzen Zutaten kam. „Wenn's keine Mode wär, hätt er halt was anderes getragen, um sich zu tarnen. Einen Hut oder eine Schildkappe", sagte die Frau Doktor. Da hatte sie natürlich auch wieder recht. Trotzdem, Gasperlmaier hätte jetzt ganz gern eine Flasche Wasser gehabt, um seinen Mund einmal kräftig durchzuspülen.

Es dauerte nicht einmal eine Viertelstunde, bis sie das Haus erreicht hatten. Nach Riedln ging es ganz schön bergauf, und Gasperlmaier dachte sich, dass man sicher oft Schneeketten auflegen musste, wenn man hier heroben wohnte.

Das gesuchte Haus war ein kleines Holzhäusel nahe der Straße mit einem Garten, der völlig überwuchert und mit unzähligen Gartenzwergen gespickt war. Vor dem Haus zu parken, war schwierig, es gab eigentlich keine Zufahrt, sondern nur einen schmalen, nahezu zugewachsenen Pfad. Langsam ließ die Frau Doktor den Wagen ins hohe Gras hineinrollen, man konnte kaum erkennen, ob irgendwo ein Graben oder ein Loch war. „Ich steig aus", sagte Gasperlmaier. Er winkte der Frau

Doktor, noch etwas weiter zu fahren, da er festen Grund fand. Schließlich stellte sie den Motor ab. „Hier ist lang schon keiner mehr mit dem Auto gewesen", sagte er zur Frau Doktor. „Ich frage mich, wie der Steinkogler einkauft und so, wenn er kein Auto hat." „Werden wir vermutlich gleich erfahren", sagte die Frau Doktor.

An der Wand neben der Haustür hing ein rundes Schild, auf dem alle Kontinente abgebildet waren, um den Nordpol als Mittelpunkt herum. Der äußere Rand der Scheibe war als Eiswall dargestellt. Gasperlmaier zeigte darauf. „So stellen die sich wohl die Erde vor, oder?" Die Frau Doktor nickte. „Ganz schön schräg."

Es gab keine Klingel, sodass Gasperlmaier einige Male an die Tür klopfte. Zunächst rührte sich nichts, nach abermaligem Klopfen waren drinnen schlurfende Schritte zu hören. Als sich die Tür öffnete, musste Gasperlmaier sich nach unten beugen, denn zum Vorschein kam ein kleines, noch dazu gebücktes Männchen mit einem weißen Haarkranz um den ansonsten kahlen Schädel. Der Mann sah haargenau so aus wie ein verrückter Professor aus einem Micky-Maus-Heft, das Gasperlmaier oft angeschaut hatte und an das er sich noch gut erinnern konnte. „Was wollt's denn?", fragte er unwirsch. „Ich hab keine Zeit! Schon gar nicht für die Polizei! Das sag ich euch gleich!" Misstrauisch musterte er Gasperlmaier von oben bis unten.

„Dürfen wir kurz reinkommen? Wir haben ein paar Fragen." Die Frau Doktor trat über die Türschwelle, noch bevor der Mann hatte antworten können. „Ich weiß nichts!", sagte er, doch die Frau Doktor war bereits an ihm vorbei ins Haus getreten. Gasperlmaier folgte ihr und fand sich in einem recht engen, etwas muffigen Vorhaus wieder. Dass hier länger nicht aufgeräumt worden war, war noch milde ausgedrückt.

An allen Wänden stapelte sich Gerümpel. „Sie wissen nichts", sagte die Frau Doktor. „Außer dass die Erde eine Scheibe ist, nicht?" Sie deutete auf mehrere Plakate an den Wänden, die verschiedenartig gestaltete Entwürfe einer scheibenförmigen Erde zeigten. Der Mann machte eine wegwerfende Geste. „Sind ja alle zu blöd dazu, dass sie das überhaupt verstehen. Aber was wollt's eigentlich von mir?" Die Frau Doktor sah durch zwei Türen, die vom Vorhaus abgingen. Gasperlmaier spähte ebenfalls durch, und was er sah, ließ ihn erschaudern. Jede denkbare freie Fläche war mit Stapeln von Büchern, Zeitungen und Zeitschriften bedeckt, dazwischen Haufen von Müll.

Die Frau Doktor verzog ihr Gesicht zu einer Grimasse, die mehr als deutlich Ekel ausdrückte. Sie schritt wieder auf die Haustür zu. „Herr ... Steinkogler, wir müssen draußen sprechen. Hier herinnen kann man sich ja wohl nirgends hinsetzen, und Luft krieg ich auch keine." Sie schritt durch die Haustür, und Gasperlmaier wartete, um sicherzustellen, dass ihr der Steinkogler folgte. Draußen hielt ihm die Frau Doktor ihr Handy vor die Nase und zeigte ihm das Bild des schwarzbärtigen Mannes. „Kennen Sie den?", fragte sie. Der Steinkogler holte eine verschmierte Brille aus der Brusttasche seines fleckigen Hemds und zog sich die Bügel über die Ohren. Gasperlmaier war sich sicher, dass er ein wenig gezögert hatte, bevor er den Kopf schüttelte. „Nein!", sagte er. „Noch nie gesehen. Was wollt's ihr noch von mir?" Die Frau Doktor lehnte sich an den Gartenzaun. Gasperlmaier befürchtete, dass er morsch war und der Belastung nicht standhalten würde, doch vorerst neigte er sich nur ein klein wenig. „Erzählen Sie uns ein bisschen was über die Geschichte mit der flachen Erde."

Gasperlmaier war, als begännen die Augen des Männchens zu leuchten. „Wenn's Sie wirklich interessiert", meinte er. Die Frau Doktor nickte. „Sehr!" „Wissen Sie", sagte der Steinkogler, „das ist ja schon seit dem neunzehnten Jahrhundert bewiesen, dass die Erde flach ist." Er gestikulierte mit beiden Händen, um zu unterstreichen, wie flach sie sei. „Da hat es Experimente gegeben, bei einem Kanal in England, da hat man eindeutig nachweisen können, dass es keine Krümmung der Erdoberfläche gibt." Er deutete auch die fehlende Krümmung mit einer Geste an. „Und dann hat die große Verschwörung begonnen! Dann sind wir an der Nase herumgeführt worden, mehr als hundertfünfzig Jahre schon!" Er hob belehrend den rechten Zeigefinger. „Und das mit der Sonne und dem Mond und den anderen Planeten, das ist alles rechnerisch längst erwiesen!" Er deutete auf das Schild, das ihnen schon aufgefallen war, bevor sie das Haus betreten hatten.

Gasperlmaiers Handy vibrierte. Er holte es aus der Hosentasche und sah, dass die Manuela ihm eine Nachricht geschickt hatte. „Steinkogler hat vielfältige Internetkontakte zu Verschwörungstheoretikern, auch nach Deutschland und Schweiz. Könnte unseren Mann kennen." Das Männchen, fand Gasperlmaier, sah so gar nicht danach aus, als habe es vom Internet überhaupt schon gehört, aber man konnte sich täuschen.

„Und die andere Seite", fragte die Frau Doktor, „ist die auch bewohnt?" Misstrauisch blickte der Steinkogler zwischen ihnen beiden hin und her, dann aber siegte doch sein Mitteilungsbedürfnis. Mit erhobenem Zeigefinger dozierte er weiter. „Auf der anderen Seite wohnen die Reptiloiden. Sie trachten danach, auch auf unserer Seite die Herrschaft zu übernehmen." Während der Zwerg redete, besah sich Gasperlmaier die anderen Zwerge in seinem überwucherten Garten, in dem wahrscheinlich schon seit Jahren keine Pflanze beschnitten oder gerodet worden war. Viele Figuren waren unter Buschwerk mehr oder weniger begraben. Unter den Zwergen, so fiel Gasperlmaier bei näherem Hinsehen auf, waren ganz spezielle Exemplare. Da gab es einen Henker mit roter Maske, der den abgetrennten Kopf eines anderen Zwerges an der Zipfelmütze mit sich schleifte. Einer lag auf dem Boden und hatte ein Messer im Rücken stecken, seinem Nachbarn fehlte ein Auge, das blutig an seiner Wange hing. Es war ein Sammelsurium von Abscheulichkeiten. Als er dann auch noch einen Dinosaurier erblickte, der gerade dabei war, einen Gartenzwerg zu verschlingen, wandte er sich ab. Wollte der Steinkogler in seinem Garten etwa schon die Welt nach der Machtübernahme der Reptiloiden darstellen? Ihm lief es kalt über den Rücken.

Leider hatte er gar nicht genau zugehört, was der Steinkogler inzwischen alles erzählt hatte. Der redete und redete, und die Frau Doktor nickte lächelnd zu allem, was er sagte. Gasperlmaier wusste nicht recht, wie er sie darüber in Kenntnis setzen sollte, dass der Mann, ganz entgegen dem oberflächlichen Eindruck, auch im Internet aktiv war. Und einen Blick auf seine seltsame Gartenzwergwelt sollte sie, fand er, auch einmal riskieren. „Hast du da heroben eigentlich Internet?", fragte er deshalb, als der Steinkogler einmal kurz Atem holte. Wieder traf ihn ein etwas verunsicherter Blick, ein kurzes Zögern verriet ihm, dass der Mann sich ertappt fühlte. Fragte sich nur, wobei. Dann nickte er zaghaft. „Natürlich. Hat ja ein jeder, oder?" Er verstummte. Gasperlmaier machte der Frau Doktor ein Zeichen, mit ihm zu kommen. „Wir müssen kurz was besprechen, Herr Steinkogler. Wir sind aber noch nicht fertig!" Mit verwundertem Blick folgte ihm die Frau Doktor hinter ihr Auto.

Gasperlmaier zeigte der Frau Doktor die Nachricht von der Manuela. „Wundert mich nicht", sagte die. „Und weißt du was? Ich hab ihn ja reden lassen, damit ich möglichst viel davon erfahre, was er weiß und was er denkt. Und du wirst es nicht glauben, er hat teilweise genau die Formulierungen verwendet, die wir auch in unserem Bekennerschreiben haben. Oder zumindest so ähnliche." Gasperlmaier nickte. „Ich glaub auch, dass der etwas vor uns verbirgt. Er war so unsicher, zweimal. Einmal, wie du ihm das Foto gezeigt hast, und einmal wegen dem Internet." Die Frau Doktor sah zum Haus hinüber. „Ich glaub, er beobachtet uns. Und wir fragen jetzt einmal nicht gleich nach seinem Computer, wir wiegen ihn in Sicherheit. Obwohl du dich ja schon ein bisschen verraten hast. Aber das wird ihn, glaub ich, nicht weiter beunruhigen. Schauen wir einmal." Sie machte sich wieder auf den Weg zurück zum Haus. „Hast du dir übrigens die Gartenzwerge schon genauer angeschaut? Schaurig!" Er wies die Frau Doktor auf den zwergefressenden Saurier hin. „Vielleicht ein Zusammenhang mit den Reptiloiden?", fragte er. Die Frau Doktor schmunzelte und zuckte mit den Schultern.

„Ja, Herr Steinkogler. Sie sind sich also völlig sicher, dass Sie den Mann auf dem Foto nicht kennen?" Der Steinkogler nickte, vermied es aber, der Frau Doktor dabei in die Augen zu sehen. „Das wäre dann vorläufig alles. Kann sein, dass wir noch einmal auf Sie zukommen." „Warum kommt's ihr ausgerechnet zu mir da herauf? Und fragt's nach dem Deutschen? Was hab ich mit dem zu tun? Und ..." Er wandte sich kopfschüttelnd ab, während Gasperlmaier und die Frau Doktor wieder ins Auto stiegen. Plötzlich krachte ein gewaltiger Donnerschlag fast direkt über ihnen, sodass Gasperlmaier zusammenzuckte. Schnell schlug er die Autotür zu. „Ich hab gar nicht gemerkt, dass ein Gewitter ... ist doch komisch an so einem Tag, wo es eh schon die ganze Zeit mehr dahinregnet ...“ Die Frau Doktor summte fröhlich eine Melodie vor sich hin, während sie den Berg hinunterfuhr. „Ist dir was aufgefallen, Gasperlmaier? Nicht?“ Der schüttelte den Kopf. Die Frau Doktor drehte das Radio lauter und summte die Melodie eines aktuellen Hits mit. Tropfen begannen zu fallen, mit dumpfem Ton klatschten sie auf das Stoffverdeck des Audi. Er fragte sich, wie die Frau Doktor angesichts des Wolkenbruchs so fröhlich sein konnte. Das Wasser schoss bereits in Strömen die Straße hinunter, und im Wageninneren war es so laut geworden, dass Gasperlmaier kaum noch etwas von der Musik hörte. „Jetzt, ist dir wirklich nichts aufgefallen?“, schrie die Frau Doktor noch einmal. Gasperlmaier schüttelte abermals den Kopf. Er konnte gar nicht nachdenken über das Gespräch mit dem komischen Alten, er hatte seinen Blick auf die Straße gerichtet, sah aber nur mehr Wasser. Der Scheibenwischer lief auf höchster Stufe, und der Regen prasselte aufs Dach, dass einem Hören und Sehen vergehen konnte. „Er hat sich verraten! Ich hab mit keinem Wort erwähnt, dass der Mann auf dem Foto Deutscher ist! Und dann fragt er, warum ich ihn nach dem Deutschen gefragt habe! So ein Depp!“ Die Frau Doktor lachte laut und schlug aufs Lenkrad. Sie fuhr viel zu schnell.

Beim Kreisverkehr an der Bundesstraße hörte der Regen ebenso schnell auf, wie er gekommen war. Auf der Straße vor ihnen allerdings glänzten sogar Hagelkörner. „Da haben wir ja noch einmal Glück gehabt“, meinte Gasperlmaier und zeigte auf die im Licht der wieder hervortretenden Sonne gleißende Straße vor ihnen.

„Ich hab ein paar interessante Neuigkeiten für euch!" Die Manuela hieß sie mit einem strahlenden Lächeln willkommen. „Hat's hier überhaupt nicht geregnet?", fragte Gasperlmaier verblüfft. „In Goisern haben wir geglaubt, die Welt geht unter!" Die Manuela schüttelte den Kopf. „Nein. Nur donnern hab ich's ein paarmal gehört. Wollt ihr gar nicht wissen, was es Neues gibt?" „Doch, doch!" Die Frau Doktor setzte sich hinter Gasperlmaiers Schreibtisch. „Also?" „Wart noch ein bisschen!", bat Gasperlmaier. Er musste ganz dringend aufs Klo. Er hätte eigentlich viel früher ... aber es war ihm peinlich gewesen, die Frau Doktor um eine Klopause zu bitten.

„So!", sagte er erleichtert, als er wieder ins Büro trat. „Schieß los!" „Also!", sagte jetzt die Manuela und nahm vor ihrem Bildschirm Platz. „Die Experten – und natürlich Expertinnen – im Landeskriminalamt gehen nach einer sorgfältigen sprachlichen Analyse davon aus, dass unser Bekennerschreiben und die Postings von War666Lord von der gleichen Person geschrieben worden sind." „Aber", warf Gasperlmaier ein, „aus den paar Zeilen, die er da im Internet ..." „Entschuldigung!" Die Manuela unterbrach ihn grinsend und mit erhobenem Zeigefinger. „Der Mann hat ja nicht nur dieses Posting hinterlassen, sondern auch zahllose andere. Das habe ich schon herausgefunden und das Landeskriminalamt darauf aufmerksam gemacht. Und die haben noch mehr gefunden!" „Was hat er denn so geschrieben?", fragte die Frau Doktor. „Er ist in unzähligen Foren aktiv, wie es scheint, hauptsächlich auf Facebook. Und er konzentriert sich, vereinfacht gesagt, auf Hasspostings."

Die Manuela drehte am Mausrad. „Und, ja, er ist auch aktiv in Fragen Wissenschaft, Esoterik, Verschwörungstheorien, Flüchtlinge. Die übliche Mischung. Dort vertritt er antiwissenschaftliche Standpunkte, wie wir ja bereits wissen." „Ob War666Lord identisch ist mit unserem Rotbärtigen, haben Sie das auch herausfinden können?" Die Manuela zog die Mundwinkel nach unten. „Dazu sind die zur Verfügung stehenden Fotos nicht scharf genug, außerdem ist ja nicht bekannt, ob das Foto im Facebook-Profil wirklich den Mann zeigt, den wir suchen. Er kann sich ja ein x-beliebiges Foto ausgesucht haben." „Aber", warf Gasperlmaier ein, „ist es jetzt der Gleiche, der auch im Bergwerk fotografiert worden ist?" Die Manuela nickte. „Eine gewisse Wahrscheinlichkeit, ja. Aber keine Gewissheit."

„Gibt es schon einen Bericht der Spurensicherung?", fragte die Frau Doktor. Die Manuela nickte. „Ja, aber leider – am Doktor Attaya Attem sind überhaupt keine Fremdanhaftungen gefunden worden. Außer halt von dem Steinbrocken, mit dem er erschlagen worden ist. Die Tatwaffe erweist sich als schwierig, sagen sie, da gibt es noch kein endgültiges Ergebnis. Er ist so zerklüftet und bröckelig, dass man kaum etwas finden wird." „Was ist mit dem Handy von dem Arzt?" Die Manuela klickte ein paarmal, um ein neues Dokument zu öffnen. „Er hat mit den beiden Damen telefoniert, mit einer Klinik in Oldenburg, mit seiner Mutter. Nichts, was uns da besonders interessieren müsste. Die Standortdaten stimmen auch mit dem überein, was wir bisher wissen."

Die Frau Doktor stand auf und atmete tief aus. „Dann wissen wir wenig. Zu wenig. Unsere einzige Spur, die uns weiterführt, ist der Spinner da oben in Bad Goisern. Er hat gewusst, dass der, den wir suchen, Deutscher ist. Er kennt ihn also, verrät uns das aber nicht. Zumindest nicht freiwillig. Ich werde sehen, ob ich eine Beschattung für ihn bekomme." „Das könnten wir übernehmen!" Die Manuela sprang auf. „Das wäre doch spannend! Einmal etwas anderes!" Gasperlmaier fragte sich, ob sie mit „wir" etwa auch ihn meinte. Er konnte sich bei Gott etwas Interessanteres vorstellen, als womöglich stundenlang im Auto zu sitzen und einen Geistesgestörten am Berg oben zu beschatten.

„Gute Idee!", meinte jedoch die Frau Doktor. „Gasperlmaier ist ortskundig, dem wird der Steinkogler nicht durch die Lappen gehen, wenn er sich von seinem Gartenzwergparadies wegbewegt!" Sie grinste. Gasperlmaier war keineswegs nach Grinsen zumute. Die Frau Doktor bearbeitete ihr Handy, während er versucht war, sich an die Stirn zu tippen, als die Manuela zu ihm herübersah. Wie konnte man nur auf so eine verrückte Idee kommen. Da waren sie den ganzen Tag im Einsatz, fuhren von einer Vernehmung zur anderen und jagten mehr oder weniger einem Phantom hinterher, und dann sollten sie sich auch noch die Nacht in Bad Goisern um die Ohren schlagen.

„Perfekt!", sagte die Frau Doktor. „Die Kollegen in Oberösterreich haben bis 22 Uhr ein Auge auf den Steinkogler, dann seid ihr dran." Gasperlmaier sah auf die Uhr. „Dann möchte ich aber jetzt ... dann muss ich ... wenn ich die ganze Nacht ..." Irgendwie brachte er seinen Satz nicht zu Ende. Die Frau Doktor kam zu ihm herüber und klopfte ihm auf die Schulter. „Ich weiß schon, dass das ein wenig heftig wird, nach einem anstrengenden Arbeitstag. Aber dafür wirst du das Wochenende frei haben, und Zeitausgleich kannst du dir auch nehmen, für die Nacht. Und vielleicht erwischt ihr ja unser rotbärtiges Phantom – dann gibt's garantiert die Beförderung, die dir schon in Aussicht gestellt worden ist."

Gasperlmaier brummte vor sich hin, was man ebenso gut als Kritik wie auch als Zustimmung werten konnte.

„Ja, dann ... ich geh dann nach Hause", kündigte er an und setzte seine Dienstmütze auf. Auf der Stiege fragte er sich, ob es nicht fair gewesen wäre, die Manuela zu sich nach Hause einzuladen, damit sie sich auch ein wenig ausruhen konnte vor dem nächtlichen Einsatz. Aber dazu war es nun wohl zu spät.

14

Das Wetter hatte sich nicht entscheiden können, welche Wendung es nehmen sollte, und so erreichten die Manuela und Gasperlmaier den Kreisverkehr in Bad Goisern bei leichtem Nieseln. „Wo stellen wir uns denn hin?", fragte die Manuela, die am Steuer saß. „Ist ja nicht gerade unauffällig, ein Polizeiauto da oben in der Einschicht." Gasperlmaier zuckte mit den Schultern. „Müssen wir uns halt was suchen." Nicht ein einziges Auto begegnete ihnen auf der bergwärts führenden Straße. Kurz nach einer Kehre erschrak Gasperlmaier. Wie aus dem Nichts blitzten zwei Scheinwerfer kurz auf. „Das werden die Kollegen sein, die ihn bis jetzt überwacht haben", meinte die Manuela. Auf die hatte Gasperlmaier schon vergessen gehabt.

Der Wagen der Oberösterreicher stand am Beginn einer schmalen Forststraße, die direkt in einer Kehre von der Hauptfahrbahn abzweigte. Die Manuela hielt an, Gasperlmaier stieg aus. Der Regen war eher stärker geworden. Die Oberösterreicher hatten schon das Beifahrerfenster heruntergelassen. „Grüß euch!" Gasperlmaier hob die Hand zum Gruß und bückte sich, um durch das Fenster zu sehen. Zu seiner Überraschung war die Besatzung des Wagens weiblich, am Steuer saß eine Dunkelhaarige und daneben eine Blonde, beide mit Pferdeschwänzen. „Servus", sagte die Beifahrerin. „Hat sich nicht gerührt, unser Verdächtiger. Auch keinen Besuch bekommen." Gasperlmaier nickte und drehte sich um. „Aber von hier aus kann man ..." Er schüttelte den Kopf. Die Beifahrerin reagierte etwas unwirsch. „Ja, näher heran kann man nicht, das wär zu auffällig. Außerdem gibt's in Sichtweite nirgends einen Platz, wo ihr stehenbleiben könnt. Und schließlich ist das ja eine Sackgasse. Wenn er irgendwohin will, dann muss er hier vorbei. Und jeder, der zu ihm will, auch!" „Passt schon!", versuchte Gasperlmaier zu beschwichtigen. „Ihr könnt jetzt fahren. Wir übernehmen." Sie sah auf ihre Uhr. „Wir haben eh was anderes vorgehabt, heute. Geht sich gerade noch aus. Was meinst, Doris, gehen wir gleich in der Uniform oder brezeln wir uns noch auf?" Sie startete den Motor. „Aufbrezeln!", rief die Doris und schloss das Fenster. Langsam und vorsichtig schlich der Streifenwagen aus der Forststraße. Gasperlmaier hatte ja nichts gegen Frauen bei der Polizei, gar nichts, aber dass jetzt plötzlich praktisch nur noch ...

Die Manuela hatte bereits den Platz übernommen, den die beiden Oberösterreicherinnen freigemacht hatten. Als Gasperlmaier einstieg, merkte er, dass er ganz schön nass geworden war. Er hatte den Regen unterschätzt. „Und was machen wir jetzt?", fragte die Manuela. „Ich hab so eine nächtliche Beschattung, ehrlich gesagt, noch nie gemacht." „Sinnlos ist es, das Ganze, völlig sinnlos! Was soll denn das Mandl machen, mitten in der Nacht, wenn's noch dazu regnet! Der hat ja nicht einmal ein Auto!" Gasperlmaier musste seinem Ärger über die unnötige Nachtschicht einfach einmal Luft machen. „Außerdem, was riecht denn hier so ..." Er hatte schon länger einen recht aufdringlichen Geruch wahrgenommen, der ihn an irgendwas erinnerte. „Döner!", grinste die Manuela, griff hinter sich und holte einen Plastiksack von der hinteren Sitzbank. „Man muss ja schließlich auch von irgendwas leben! Magst auch einen?" Gasperlmaier zögerte. Er hatte zu Hause eine Zucchinicremesuppe mit Käsetoasts bekommen. So wirklich befriedigt hatte ihn die Mahlzeit nicht, aber er hatte aus gesundheitlichen Gründen darauf verzichtet, eine Jause mitzunehmen. Außerdem gab es hier heroben kein Klo, das musste man auch berücksichtigen. „Na ja, dann nicht!" Die Manuela wickelte den zweiten Döner wieder in den Sack ein und biss in ihren eigenen. Der Duft war überwältigend. Obwohl Döner gar nicht zu Gasperlmaiers Lieblingsimbissen zählte. „Ich mein ... vielleicht doch ... es ist ja eine lange Nacht ..." Ohne ein weiteres Wort legte ihm die Manuela den Plastiksack in den Schoß, und es vergingen einige Minuten, in denen nur geschmatzt und gekaut wurde, ohne dass ein Wort fiel. Die Manuela ließ ihr Fenster einen Spalt herab, und das einzige Geräusch, das man wahrnehmen konnte, war das leise Rauschen des Regens auf den Blättern des Waldes.

„Ich hab auch ein Bier – magst?" Gasperlmaier nickte. Er hatte eingesehen, dass man eine solche Nachtwache nur überstehen konnte, wenn man der Zeit ein wenig Struktur gab – zuerst essen, dann trinken und dann, ja, was dann? Ob man hier wechselweise ein wenig schlafen konnte? Die Manuela rülpste. „Entschuldigung. Aber die Kohlensäure ..." Sie steckte ihre Bierflasche in den Becherhalter der Mittelkonsole und legte die Sitzlehne flach. „Ich zuerst ein wenig, dann du?" Gasperlmaier nickte. Das war ihm ganz recht. Er hätte ohnehin nicht gewusst, worüber sie die ganze Zeit hätten reden sollen. Einschläfernd war es, das Rauschen des Regens. Mehrmals fielen ihm selbst die Augen zu, nach wenigen Augenblicken schrak er immer wieder hoch. Nichts rührte sich.

„Ist dir eigentlich auch aufgefallen, dass die Frau Doktor ein bisschen ... gereizt ist, in den letzten Tagen? Ich kenn sie so gar nicht?" Gasperlmaier schrak abermals hoch. Er hatte angenommen, die Manuela sei bereits eingeschlafen. Er zuckte mit den Schultern. „Kann schon sein", sagte er. Er dachte an das, was ihm die Frau Doktor anvertraut hatte, und an das Erlebnis am Altausseer See. Ob er der Manuela etwas davon erzählen sollte? Nein, das war natürlich Unsinn. Er konnte ja nicht alles, was er unter dem Siegel der Verschwiegenheit von ihr erfahren hatte, gleich ausplaudern. „Ich glaub, sie hat Beziehungsprobleme. Meinst du nicht auch?" Gasperlmaier ließ seine Atemluft mit einem lauten „Pffff!" entweichen, zum Zeichen, dass er, was die Beziehungen der Frau Doktor betraf, ahnungslos sei.

„Ja, das mit den Männern, das ist schon ein echtes Problem!", sagte die Manuela. Gasperlmaier hoffte, dass er nun nicht auch noch von der Manuela ins Vertrauen gezogen werden würde, was ihr Privatleben betraf. „Weißt du eigentlich, wer der Vater von ihrem Kind ist? Ich könnt mir denken, dass sie es dir anvertraut hat!" Gasperlmaier grunzte und schüttelte den Kopf. Er beschloss, sich um die Wahrheit herumzudrücken. „Kein Sterbenswörtchen hat sie jemals darüber fallen lassen, ich schwör's!" Die Manuela richtete sich auf und grinste. „Hört sich so an, als wär dir das gar nicht egal!" „Ach was!", sagte Gasperlmaier, begleitet von einer wegwerfenden Handbewegung. „Ist mir doch völlig wurst!" „Na na!" Die Manuela hob mahnend den Zeigefinger. „Klingt aber gar nicht so!" Sie lehnte sich wieder zurück, während Gasperlmaier durch die Scheibe hinausstarrte. Der Regen hatte aufgehört, und es schien so, als ob durch die Bäume sogar ein wenig Mondlicht bis zum Boden vordrang. Die Manuela hatte das Thema fallen lassen. „Ich für meinen Teil nehm das ja mit den Beziehungen, wie's kommt. Was Längerfristiges hab ich gar nicht im Auge." Gasperlmaier entschloss sich, keinen Kommentar abzugeben. Was die Manuela anscheinend nicht störte. „Wie ist das eigentlich, wenn man so lange zusammen ist wie du mit deiner Frau? Wie lange seid ihr denn schon ein Paar?" Langsam ging ihm die Manuela wirklich auf die Nerven. Vielleicht war es an der Zeit, einen Spaziergang zum Haus des Überwachten zu unternehmen. Immerhin hatte man von dort schon seit ... wie lange standen sie jetzt schon hier? „Schläfst du?", fragte die Manuela, weil er nicht antwortete. „Dreißig Jahre!", brummte Gasperlmaier. „Wow!" rief die Manuela. „Da seid ihr ja schon ... seit du zwanzig warst ... und wie alt war deine Frau damals?" „Achtzehn!", knurrte Gasperlmaier, der krampfhaft überlegte, wie er dem Gespräch eine Wendung weg vom allzu Privaten geben konnte. „Und wie ist das so, wenn man schon dreißig Jahre ... ich kann mir das gar nicht vorstellen. Ist man da, ist man da noch ... verliebt?" Gasperlmaier wand sich. Einerseits wollte er die Manuela nicht verärgern, sie meinte es ja nicht böse, aber er wusste einfach nicht, was er sagen sollte. „Man gehört einfach zusammen", sagte er schließlich. „Und wenn sie nicht da ist, die Christine, dann ... ich komme mir vor, wie wenn man mir einen Körperteil abgeschnitten hätte, wie ein Amputierter, der ..." Er wusste nicht weiter. Anscheinend hatte seine Antwort die Manuela beeindruckt. Erst nach einer Weile sagte sie: „Wow. Das muss schön sein. Ich mein, wenn man sich so zusammengehörig fühlt. Das möchte ich auch mal erleben. Hoffentlich ..."

Gasperlmaier musste eingenickt sein, denn er wachte von einem heftigen Rippenstoß auf. „Ein Moped!", flüsterte die Manuela. Gasperlmaier lauschte in die Dunkelheit hinaus. Die Manuela hatte bereits beide Fenster heruntergelassen. Ja, man konnte deutlich ein Moped hören. Aber es entfernte sich. „Was macht der?", fragte Gasperlmaier. „Der fährt den Berg hinauf? Aber wieso denn? Was will er da oben?" Er sah auf seine Uhr. Es war zwei Uhr früh, er war über zwei Stunden lang völlig weg gewesen. Hoffentlich hatte er nicht geschnarcht. Die Manuela startete den Motor, ließ aber die Scheinwerfer ausgeschaltet. „Wir können ohne Licht fahren. Der Mond ist hell genug." Als sie am Haus des Steinkogler vorbeikamen, hielt sie an. „Geh rein und schau auf seinem Computer nach, welche Kontakte er hat, seine E-Mails!", flüsterte sie. „Ich? Aber ich ..." Die Manuela ließ ihm gar keine Zeit zu überlegen. „Dann fahr du ihm nach!" Sie schoss aus der offenen Autotür und war wenige Sekunden später von der Dunkelheit verschluckt. Gasperlmaier blieb nichts anderes übrig, als auf die Fahrerseite zu wechseln. Hoffentlich gelang es ihm, den Steinkogler einzuholen. Was die Manuela allerdings vorhatte, das war jenseits ... also, das war total illegal. Sie wollte in das Haus einbrechen und da verbotenerweise den Computer des Steinkogler durchsuchen.

Langsam fuhr er im Mondlicht den Berg hinauf. Im ersten Gang mit niedriger Drehzahl kam man zwar kaum voran, dafür reichte das Mondlicht aus, um die Straße zu erkennen. An einer Gabelung hielt er an. Links, das wusste Gasperlmaier, ging es zum Berghotel Predigtstuhl und zum Parkplatz für Wanderer, die zur Hütteneckalm hinüberwollten. Rechts ... er hatte keine Ahnung. Das Geräusch des Mopeds, so schien ihm, kam von links. Plötzlich erstarb es. Was der Steinkogler mitten in der Nacht hier heroben wollte? Gasperlmaier stellte den Motor ab und wartete. Hier allerdings konnte ihn der Steinkogler, wenn er aus dem Schatten des Waldes trat, jederzeit sehen, es gab keine Bäume, die sein Auto verbargen. Er musste also wohl oder übel das Risiko eingehen, weiterzufahren. Er versuchte sein

Glück links. Nach wenigen hundert Metern tauchte rechts der erste der beiden Parkplätze auf, und da stand tatsächlich ein Moped. Mit Anhänger. Schön langsam dämmerte es ihm, was der Steinkogler hier wollte. Der Anhänger konnte nur dazu dienen, etwas abzutransportieren. Steine würden es nicht sein – das hätte er auch bei Tag tun können. Am Ende war der Steinkogler ein Wilderer. Zugetraut hätte Gasperlmaier es dem kleinen, buckligen Alten niemals. Aber er schien wohl in der guten alten Tradition des Salzkammerguts nach wie vor Wilddiebstahl zu betreiben.

Gasperlmaier fuhr ein Stück weiter bergauf und stellte seinen Wagen im Schutz einiger Tannen ab. Er nahm seine Taschenlampe zur Hand, stieg aus und kehrte dorthin zurück, wo das Moped abgestellt war. Kein Geräusch war zu hören. Außer dem leisen Rauschen von der Bahnstrecke unten im Tal, da musste gerade ein Zug vorbeifahren. Es war so still, dass man sogar das hier heroben hören konnte. Der Steinkogler schien nicht mehr in der Nähe zu sein. Sollte er ihm folgen? Das war, angesichts des unübersichtlichen Geländes, keine gute Idee. Besser, er postierte sich so, dass der Steinkogler, wenn er zurückkehrte, weder ihn noch seinen Wagen sehen konnte, sodass er genügend Zeit hatte, die Manuela zu warnen. Er stieß zurück auf die Straße, fuhr zum oberen Parkplatz und stellte seinen Wagen in den Schatten des Mondlichts unter die Bäume. Dann schlich er vorsichtig zu einer Stelle, von der aus er das Moped des Steinkogler gut im Blick hatte. Eine Zeitlang tat sich gar nichts, bis sein Handy zu piepen begann. Erschrocken nestelte er es aus seiner Hosentasche. Es dauerte viel zu lange, bis er den Anruf weggedrückt und auf lautlos gestellt hatte. Wenn der Steinkogler hier irgendwo in der Nähe war, hatte er ihn sicherlich gehört. Aber wer hatte überhaupt angerufen? Mitten in der Nacht? Konnte eigentlich nur ... ja. Er rief die Manuela gleich zurück. „Tschuldigung ...", flüsterte er. „Ich bin an seinem Computer", flüsterte sie zurück. „Brauch noch ein wenig. Hab ich noch Zeit?" „Er hat das Moped hier heroben abgestellt. Ich glaub, er wildert. Noch Zeit!" „Okay!", antwortete die Manuela und beendete den Anruf. Gasperlmaier steckte sein Handy wieder weg. Stille. Plötzlich merkte er, wie es in seinem Bauch zu rumoren begann. Der Döner. Er hätte wissen müssen, dass er so viel Knoblauch nicht vertrug. Vor allem am Abend. Oder war es das Fett gewesen? Jedenfalls wurde der Druck von Sekunde zu Sekunde schlimmer, und Gasperlmaier sah sich um, ob es hier irgendwo eine Gelegenheit gab, wo er sich ... Eigentlich überall, stellte er fest. Es war ja finster, er war im Wald, und kein Mensch war unterwegs. Dennoch ... es sollte ja eine Stelle sein, an der nicht gerade der nächstbeste Wanderer ...

Gerade, als er sich, leider lautstark, erleichtert hatte, war ihm, als habe er ein Geräusch gehört. Eines, das nicht er selber verursacht hatte, das aber ähnlich klang. Einen Schuss. Nicht so laut, wie ... mehr ein Ploppen. Er beeilte sich, zu Ende zu kommen. Dass das ausgerechnet jetzt passieren musste. Gott sei Dank hatte er wenigstens Papiertaschentücher bei sich. Wenig später war er wieder auf seinem Beobachtungsposten, jedoch tat sich nichts. Hatte der Steinkogler tatsächlich geschossen? Und hatte er, was das Ploppen vermuten ließ, einen Schalldämpfer verwendet? Gab es so was überhaupt, einen Schalldämpfer für Jagdgewehre? Noch immer tat sich nichts. Absolut nichts. Außer dass manche Vögel bereits zu zwitschern begannen und über dem Wald im Osten, da, wo der Steinkogler herkommen musste, ein zarter heller Streif am Himmel sichtbar wurde. Gasperlmaier fror. Als es aufgeklart hatte, war die Temperatur offenbar gesunken. Zudem litt er an Schlafmangel. Er begann zu zittern. Da plötzlich wurden Schritte hörbar, eine Gestalt tauchte auf und warf etwas in den Mopedanhänger, er konnte nicht genau sehen, was es war. Der Steinkogler stöhnte und fluchte. Offenbar war die Last, die er im Anhänger abgeladen hatte, schwer gewesen.

Kaum hatte er das Moped gestartet, fingerte Gasperlmaier sein Handy hervor und rief die Manuela an. „Er kommt jetzt zurück!" „Okay. Bin hier eh schon fertig!" Gasperlmaier ließ sich Zeit, denn er wollte nicht riskieren, dass ihn der Steinkogler jetzt noch entdeckte. In gebührendem Abstand folgte er dem Moped und blieb oberhalb des Hauses außer Sichtweite stehen, um dem Wilderer Zeit zu lassen, seine Beute abzuladen und ins Haus zurückzukehren. Als sich plötzlich die Beifahrertür öffnete, zuckte Gasperlmaier zusammen.

„Du brauchst nicht so zu erschrecken", grinste die Manuela. „Wer sollte es denn sein als ich? Glaubst du, der Rübezahl überfällt hier in der Nacht einsame Polizisten?" Sie ließ sich auf den Sitz neben ihm fallen. „Operation gelungen!", lachte sie. „Ich hab auf seinem Computer eine ganze Reihe Kontakte mit Mailadressen aus Deutschland gefunden. Deren Besitzer herauszufinden, das wird nicht so schwierig sein, und dann haben wir den Mörder." Gasperlmaier startete und legte den ersten Gang ein. „Haben tun wir ihn dann noch lang nicht", gab er zu bedenken. „Wir wissen nur vielleicht, wer er ist." „Spielverderber!", schmollte die Manuela. „Was meinst du, brechen wir ab oder halten wir noch bis sechs Uhr früh durch?" Auf die Idee, jetzt wieder Wachtposten zu beziehen, wäre Gasperlmaier selber gar nicht gekommen. Er sah auf die Uhr. „Der war jetzt fast zwei Stunden unterwegs. Glaubst du nicht, dass sich der jetzt schlafen legt und vorderhand Ruhe gibt? Wir können ihm ja dann die Kollegen vorbeischicken, die das Wild und seine Waffe beschlagnahmen." Die Manuela rieb sich die Hände und nickte. „Da hast du ganz recht. Der wird schön schauen, wenn morgen Früh statt dem Wecker die Polizei bei ihm klingelt!"

Plötzlich fühlte sich Gasperlmaier fürchterlich müde. „Ich weiß nicht", sagte er, „ob ich überhaupt noch fahren kann, bis Bad Aussee. Ich fühl mich ..." Er schüttelte den Kopf. „Dann lass mich! Ich bin ganz aufgeregt, mitten im Jagdfieber!" Gasperlmaier stieg aus und überließ der Manuela den Fahrersitz. Und tatsächlich war er schon eingeschlafen, bevor sie noch die Hauptstraße in Bad Goisern erreicht hatten.

Er wachte davon auf, dass ihn jemand an der Schulter rüttelte. „Schon ausgeschlafen?" Ein paar Momente lang hatte er keine Ahnung, wo er sich befand, spürte nur einen ziehenden Schmerz irgendwo zwischen Hals und Schultern. „Du kannst schlafen gehen. Wir sind schon daheim!" Schlaftrunken öffnete Gasperlmaier die Beifahrertür und stieg aus. „Und was ist mit dir, was machst du?" Die Manuela lachte. „Ich leg mich auf dem Posten noch ein bisschen hin." Gasperlmaier nickte und schlug die Tür zu. Sekunden später stand er vor seinem Haus. Drinnen war noch alles finster, doch im Osten war der Himmel schon taghell, die Vögel machten einen Mordsradau. Er fragte sich, ob er noch einmal einschlafen würde. Als er die Schuhe von den Füßen gestreift hatte, fiel sein Blick auf das Sofa im Wohnzimmer. Eigentlich zahlte es sich gar nicht mehr aus, sich ins Schlafzimmer zu bemühen. Die Christine würde womöglich aufwachen und ihm dann auch noch Fragen stellen und so weiter. Er legte sich aufs Sofa und ärgerte sich über den Krawall, den die Vögel veranstalteten.

Wach wurde er erst wieder vom Geruch des Kaffees aus der Küche. „Na, war die Jagd erfolgreich?" Die Christine stellte eine Tasse Kaffee neben ihm ab, während Gasperlmaier versuchte, sich die Müdigkeit aus den brennenden Augen zu reiben. „Wie man's nimmt", sagte er und stemmte sich mühsam vom Sofa hoch. „Der Wilderer, der hat was geschossen. Und die Manuela hat ein paar E-Mail-Adressen ..." Schnell hielt er den Mund, bevor er Dienstinterna ausplauderte. Die Christine zog die Augenbrauen hoch. „Einen Wilderer habt ihr erwischt? Das war doch aber gar nicht ... ich meine, das Ziel der Überwachung war doch ein ganz anderes?" Gasperlmaier schlürfte einen Schluck heißen Kaffee und zuckte mit den Schultern. „Ich nehm mir jedenfalls heute Vormittag frei. Ich hab ja kaum zwei Stunden geschlafen!" Mit dem festen Vorsatz, mindestens noch vier weitere dazuzulegen, schnappte er sich seine Kaffeetasse und stieg in den ersten Stock hinauf. Die Uniform flog auf den Boden, und den Fensterladen, den die Christine wohl gerade erst geöffnet hatte, um frische Luft hereinzulassen, ließ Gasperlmaier gleich wieder herunter, um im wohligen Dämmerlicht sein weiches Bett zu genießen.

Der Schlaf, so müde er sich auch fühlte, wollte aber einfach nicht mehr zu ihm kommen. Ständig hatte er die Gesichter vor sich, nach denen sie suchten. Einen Schwarzhaarigen mit wirrem Bart, einen Rotbärtigen mit Strickmütze oder Piratentuch und Sonnenbrille. Aus dem Ersten den Zweiten zu machen, so sagte er sich, war einfach. Er musste sich nur den Bart sorgfältig stutzen und rot färben lassen. Und einen Grund hätte der Mann auch gehabt, sein Aussehen zu verändern. Wenn es denn überhaupt der gleiche war. Wofür einiges sprach. Schließlich wollte er unerkannt ins Bergwerk zurückkehren, um einen weiteren Schlangenmenschen daran zu hindern, die Weltherrschaft zu übernehmen. Gasperlmaier fragte sich, wie der Mann jetzt wohl aussehen konnte, wenn er mit der Maskerade weitermachen wollte. Der Bart, so viel war klar, der musste weg. Und wenn er sich die Haare schneiden ließ und sie statt des Bartes färbte, dann würde er wohl wieder nahezu unkenntlich sein. Es war schon eine verrückte Geschichte. Ob die Mailadressen, die die Manuela vom Computer des Steinkogler gestohlen hatte, sie irgendwie weiterbringen würden?

Ein Geräusch riss ihn aus wirren Träumen um finstere Stollen, Schlangenmenschen und hinterlistige Barbiere, die ihren Kunden beim Rasieren den Hals aufschlitzten. Er öffnete die Augen. Dämmerlicht. Wo war er? Da begann sein Handy erneut zu dudeln. Der Lautstärke nach musste er es irgendwo im Erdgeschoß liegen gelassen haben. Seufzend schwang er seine Beine aus dem Bett. Er fühlte sich wie erschlagen. Wahrscheinlich hatte er nicht einmal eine Stunde geschlafen, es kam ihm vor, als habe er sich gerade ins Bett gelegt.

„Wo bleibst du denn?" Die Stimme der Frau Doktor klang irgendwie vorwurfsvoll. „Ja, ich hab mir gedacht, ich nehm mir heute Vormittag frei. Die Nacht war ja schließlich ..." „Dafür haben wir jetzt keine Zeit. Wir haben weitere Spuren, die nach Deutschland führen, die Mailadressen, die Frau Inspektor Reitmair sichergestellt hat, haben uns sehr geholfen. Und ich möchte dich sofort hier auf dem Posten sehen. Kann gut sein, dass wir nach Düsseldorf fliegen." Gasperlmaier meinte, nicht recht gehört zu haben. Hatte die Frau Doktor wirklich die beiden Wörter „Düsseldorf" und „fliegen" benutzt? Warum in aller Welt sollte er nach Düsseldorf? Wo war das überhaupt? Und konnte man da nicht mit der Bahn hinfahren? Oder mit dem Auto?

Als sich Gasperlmaier unter der Dusche die Haare mit Shampoo einseifte, kam ihm eine großartige Idee, die die Frau Doktor und die Manuela sicherlich noch nicht gehabt hatten. Der Mann, den sie suchten, der musste einen Friseur aufgesucht haben, um sich den Bart so elegant stutzen zu lassen, wie es auf dem Foto aus dem Salzbergwerk zu sehen war. So etwas bekam man doch niemals selber hin. Vor allem, wo der dunkelhaarige Mann, der War666Lord, doch eher ungepflegt gewirkt hatte. Und es musste hier in der Nähe geschehen sein. Denn der Mann hatte zwischen den beiden Morden sicherlich keine Zeit für weite Reisen gehabt. Man musste also nur nach einem Friseur suchen, der ... Plötzlich änderte sich der Wasserstrahl, der auf seinen Kopf prasselte. Gasperlmaier fluchte, als ein Schwall eiskalten Wassers auf ihn niederging. So schnell wie möglich drehte er den Wasserhahn ab. Sein Kopf fühlte sich an, als habe er ihn in einen Kübel mit Eiswasser getaucht. Wie konnte es bloß sein, dass das ganze Warmwasser aufgebraucht war? War am Ende der Boiler kaputt? Fluchend stieg er aus der Dusche und trocknete sich zitternd ab.

„Wie hat denn das so lange dauern können?", fragte die Frau Doktor verärgert, als er schließlich auf dem Posten eintraf. Er hatte noch den letzten Bissen seines Käsebrotes im Mund, das er auf dem Weg hierher gegessen hatte. „Ich hab mich eh so beeilt!", rechtfertigte er sich, allerdings kaum verständlich, weil er noch mit Kauen beschäftigt war. „Und ich hab mich ja schließlich noch duschen müssen, und plötzlich war das warme Wasser ..." Die Frau Doktor winkte ärgerlich ab.

„Duschen kannst du noch zur Genüge, wenn wir den Fall abgeschlossen haben. Jetzt geht's ins Finale! Wir erwischen den Kerl!"

„Also!" Die Frau Doktor hob den Finger, um auf den Beginn einer längeren Erklärung hinzuweisen. „Wir haben drei Namen als Besitzer der E-Mail-Adressen identifizieren können, die vom Computer des Steinkogler stammen. Sie kommen alle aus Deutschland und sind auch in verschiedenen Foren zu Verschwörungstheorien aktiv."

„Ich hab da auch eine Idee", warf Gasperlmaier ein. „Und nach Düsseldorf, das sag ich euch gleich, flieg ich auf keinen Fall!" Erstaunt sahen die beiden Frauen zu ihm auf. Ein so entschlossenes, fast barsches Auftreten waren sie von ihm nicht gewohnt. Das kurze Schweigen der beiden musste er ausnutzen. „Der muss doch bei einem Friseur gewesen sein!", platzte es aus ihm heraus. Die beiden waren so verblüfft, dass ihm Zeit genug blieb, seine Idee ausführlicher zu erörtern. Die Manuela nickte, um ihr reges Interesse an seiner Theorie zu unterstreichen. Die Frau Doktor hingegen schüttelte skeptisch den Kopf. „Das ist aber schon sehr weit hergeholt", meinte sie. „Noch können wir ja nicht einmal mit einiger Wahrscheinlichkeit sagen, dass es sich um ein und denselben Mann handelt. Ganz im Gegenteil, wenn wir von den Mailadressen ausgehen, die die Frau Inspektor Reitmair sichergestellt hat, müssen wir sogar von mehreren Tätern ..." „Ich würd's trotzdem gern überprüfen", gab sich Gasperlmaier trotzig. „Ich kann's ja alleine machen."

Die Frau Doktor wandte sich achselzuckend ab. „Wenn du nicht an einer Zusammenarbeit mit dem nordrhein-westfälischen Landeskriminalamt interessiert bist ..." Die Geringschätzung seiner Idee ärgerte ihn zwar, dennoch machte er sich mit Feuereifer an die Suche. Und fand, ausnahmsweise, sogar einmal Gefallen an der Arbeit mit dem Computer. Zunächst, so sagte er sich, galt es, den Bereich, den er zu durchsuchen gedachte, örtlich einzuschränken. Er entschloss sich, Großstädte beiseitezulassen und sich zunächst um Friseure im Salzkammergut zu kümmern. Die nicht weiter als dreißig Kilometer von Altaussee entfernt waren. Das schien ihm vernünftig und überschaubar. Leider, so stellte er fest, gab es in den Bezirken Liezen und Gmunden, die er sich zuerst vornahm, allein im Telefonbuch über 120 Einträge zu Friseurgeschäften. Mit dem Stichwort „Bartpflege" kam er nicht weit. Google verriet ihm allerdings, dass eine solche in der Regel bei einem Barbier vorgenommen wurde. Und Barbiere schien es auch im Salzkammergut zu geben. In mühsamer Kleinarbeit stellte er eine Liste von weniger als zwanzig Adressen zusammen, an denen sich ein Barbier befinden sollte. Zumindest, soweit das Internet davon wusste.

Es war schwierig, mit den Friseuren zu telefonieren. In den allermeisten Fällen hob ein Lehrmädchen ab, das bisher nur gelernt hatte, Terminwünsche anzunehmen und in den Kalender einzutragen. Mit der Frage nach einem bestimmten, bärtigen Kunden waren sie in der Regel überfordert. Dann dauerte es oft Minuten, bis jemand ans Telefon kam, der – oder meist die – wenigstens halbwegs einen Überblick über die Kunden hatte, die in den letzten Tagen bedient worden waren. Dann waren die Angaben oft widersprüchlich, die Dame am Telefon sagte, an so jemanden könne sie sich keinesfalls erinnern, irgendein Zuruf aus dem Geschäftslokal schien das Gegenteil zu bestätigen, worauf Debatten zwischen den Friseurinnen entstanden, aus denen Gasperlmaier keine sinnvollen Schlussfolgerungen zu ziehen in der Lage war. Nach dem fünfzehnten oder sechzehnten Anruf legte er entnervt seinen Kugelschreiber weg. Er merkte, dass er Schweißflecken unter den Achseln hatte. Und einen mordsmäßigen Hunger. Es war Zeit für eine Leberkäsesemmel.

Die Kolleginnen, so stellte er fest, waren mit Bildschirmarbeit und Telefonaten beschäftigt. Er stand auf und trat ans Fenster. Das Wetter konnte sich wieder einmal nicht entscheiden. Während auf der Straße noch nasse Flecken glänzten, brach zwischen dunklen Wolken immer wieder die Sonne hervor. Die Trisselwand gegenüber erglänzte gerade in warmen goldenen Farbtönen. „Soll ich euch auch eine Jause mitbringen?" Die Frau Doktor sah kurz vom Bildschirm auf und schüttelte den Kopf. „Wohin gehst denn?", fragte die Manuela. „In die Bäckerei." „Dann nix. Ich hätt gern einen Nudelsalat ... aber den haben sie ja nicht." Auch sie wandte sich wieder ihrem Bildschirm zu. Gasperlmaier zuckte mit den Schultern. „Ja, dann ..."

In der Bäckerei Maislinger stieg ihm der verführerische Duft warmen Leberkäses in die Nase, und er überlegte, ob er sich auch ein Bier genehmigen sollte. Eigentlich hatte er es sich verdient – seit gestern Morgen war er pausenlos im Einsatz. Da musste man schon auch einmal Treibstoff nachfüllen, fand er. Als er an die Theke trat, erschrak er – aber nur einen Moment lang. Dort stand nämlich ein junger Mann im Fahrraddress, der einen Bart trug, der dem des gesuchten Mannes ganz ähnlich war. Allerdings nur in Umfang und Struktur, die Farbe war eher dunkelblond. Ob er der Mann auf dem Foto sein konnte? Nein, der hatte einen Bart gehabt, der eher ins Orangerote ging. Zudem hatte der junge Mann, der sich gerade einen Käsekornspitz reichen ließ, einen Ring in der Unterlippe und auch eine recht seltsame Frisur. Die Seiten waren nahezu kahlgeschoren, oben auf dem Kopf trug er allerdings einen aus den restlichen Haaren gebildeten Knödel. Seltsame Haartrachten waren in den letzten Jahren so häufig geworden, dass er sich zwar wunderte, wie man sich so zurichten konnte, aber nicht geschockt war. Ganz etwas anderes wäre es gewesen, wenn sich der Christoph ...

Als sich der junge Mann zum Gehen wandte, hatte Gasperlmaier eine Idee. „Halt!", rief er ihm nach, noch bevor er Zeit gehabt hatte, seine eigene Bestellung aufzugeben. Der junge Mann, der gerade dem Ausgang zustrebte, hielt inne und streckte die Hände über den Kopf. „Nicht schießen!", flehte er. Die Bäckereiverkäuferinnen hinter dem Tresen begannen zu kichern. Gasperlmaier trat zu ihm. „Jetzt nimm halt schon die Hände herunter! Ich hab ja nur eine Frage!" „Gott sei Dank!" Der junge Mann ließ erleichtert die Arme sinken. „Ich hab schon geglaubt, Sie halten mich für einen Terroristen." Gasperlmaier hatte das Gefühl, als wolle sich der Mann über ihn lustig machen. Das Gekicher der Mädchen hatte nicht nachgelassen. „Ich möchte nur wissen, wo Sie sich Ihren Bart ..." Das richtige Wort wollte ihm nicht einfallen. „Möchten Sie sich auch ein bisschen umstylen?" Der Mann grinste. Hinter dem Tresen hatte sich bereits die gesamte Belegschaft der Bäckerei versammelt, um der Szene beizuwohnen. „Gehen wir hinaus!" Das war ja lächerlich, da wollte man bloß eine wichtige ermittlungstechnische Frage stellen, und schon war man quasi für die Unterhaltung der gesamten Bäckerei zuständig. Gasperlmaier ging etwas verärgert voraus. „Wir suchen einen Mann, der einen Bart trägt, genau wie Sie. Nur rot. Und ich hab mir gedacht, so was kriegt man nicht selber hin, da braucht man einen Fachmann." Der junge Mann nickte und strich sich mit den Fingern der linken Hand über seinen tatsächlich prächtigen Bart. Der könnte gut und gerne als Nikolaus gehen, dachte Gasperlmaier bei sich. „Barbershop", sagte der junge Mann plötzlich. „Sie meinen einen Barbershop. Und ich lass mir meinen Bart im Barbershop in Bad Ischl pflegen. Beim Luigi. Der kennt sich da aus." Gasperlmaier atmete auf. „Und wo find ich diesen Luigi? Wie heißt sein Geschäft?" Der Mann zog ein orange leuchtendes Mountainbike aus dem Ständer vor der Bäckerei und schwang sich in den Sattel. Über dem Lenker, so fiel Gasperlmaier auf, hing ein Helm, der beinahe so aussah, wie Motorradfahrer ihn verwendeten. „Der Laden heißt Barbershop. Hab ich ja schon gesagt. Und der ist mitten in der Fußgängerzone in Ischl. Können Sie gar nicht verfehlen. Aber solche Läden gibt's schon mehrere, wissen Sie?" Gasperlmaier nickte. Er würde es trotzdem einmal bei diesem Luigi versuchen. Soweit er sich erinnerte, hatte er dort noch nicht angerufen. „Ich muss dann!" Der junge Mann stülpte sich den Helm über den Kopf, und Gasperlmaier fragte sich, was dabei mit dem Haarknödel auf dem Hinterkopf passierte. Der musste ja fürchterlich drücken. Er sah dem Mann nach, wie er, im Stehen tretend, die Hauptstraße hinunterbrauste. „Luigi", sagte er vor sich hin, als er wieder in die Bäckerei zurückkehrte.

„Überlegt euch doch einmal", sagte Gasperlmaier. „Wenn die zwei Männer nur einer sind, dann hätte er sich ganz leicht vom Dunkelhaarigen mit Vollbart zu einem Rotbärtigen mit Wollmütze und Sonnenbrillen verwandeln können. Mithilfe von einem Friseur. Und wenn er jetzt wieder anders aussehen will, nachdem ihn ja der Bub gesehen hat und wir das Foto aus dem

Bergwerk haben, dann braucht er sich ja nur glattrasieren und ein paar Tage warten, schon schaut er wieder völlig anders aus! Und ich hab jetzt auch eine Adresse, wo man so etwas gerne macht!" Er fasste noch kurz das Gespräch mit dem jungen Mann zusammen und hatte das Gefühl, als höre ihm die Frau Doktor jetzt einmal aufmerksam zu. Sie nickte und besah sich die Fingernägel ihrer rechten Hand. Gasperlmaier fiel auf, dass eine Stelle an der Basis ihres Ringfingers viel heller war als der restliche Finger. Hatte sie am Ende einen Verlobungsring getragen, der ihm gar nicht aufgefallen war, und diesen jetzt abgenommen?

„Ja", sagte sie. „Das überprüfst du. Immerhin eine Möglichkeit." Sie blickte zur Manuela hinüber. „Wir haben drei Namen. Drei Typen, die mit dem Steinkogler kommuniziert haben, ebenfalls Interesse an Verschwörungstheorien zeigen und im passenden Alter wären. Wir schauen jetzt, dass wir eine Kooperation mit den deutschen Kollegen zustande kriegen, damit die denen einmal auf den Zahn fühlen. Beziehungsweise herausfinden, wo sie sich aufhalten. Für Österreich haben wir schon eine Fahndung nach den dreien draußen." „Gibt's von denen auch Fotos?" „Frau Reitmair?" Die Frau Doktor wollte den Ball offenbar an die Manuela weiterspielen. „Alle drei", sagte die, „sind anscheinend mit zahlreichen Profilen in verschiedensten Netzwerken angemeldet. Auch verschiedenste Profilbilder, auf denen nicht einmal jemand zu erkennen ist. Da müssen die Spezialisten drüber, da reichen meine Möglichkeiten nicht aus." „Keiner mit einem roten Bart?", fragte Gasperlmaier sicherheitshalber nach. Die Manuela schüttelte den Kopf, als sich die Tür öffnete und zwei Uniformierte eintraten, die zwischen sich den Steinkogler führten.

„Das ist Staatsterror!", schrie der Steinkogler. Der ältere der beiden Beamten schüttelte den Kopf. „Das ist nicht auszuhalten mit dem. Die ganze Fahrt hindurch hat er geschrien und protestiert!" Der Steinkogler sah aber auch übel aus. Zerzaustes Haar, rot angelaufener Kopf, der Schritt seiner Hose hing ihm fast bis in die Kniekehlen, das zu große Hemd hing heraus. „Ich will nicht vor die steirische Polizei! Ich kenne meine Rechte!" Etwas grob drückte der jüngere Beamte den Steinkogler auf einen Sessel. Die Frau Doktor trat auf ihn zu und streckte ihm die Hand hin. „Guten Tag, Herr Steinkogler. Sie sind hier nicht als Beschuldigter, sondern als Zeuge. Das wollte ich vor unserem Gespräch nur gesagt haben." Der Steinkogler schien etwas verwirrt, hörte aber auf zu protestieren und reichte der Frau Doktor seine schmutzige Hand. Die schüttelte sie kurz. Dann zog sie sich einen Sessel heran, während die beiden Beamten links und rechts des Steinkogler ihre Posten bezogen.

„Herr Steinkogler, sagen Ihnen folgende Namen etwas: Fritz Engelhard, Egon Günther, Frank Jäger? Kennen Sie einen oder mehrere dieser Leute?" Der Steinkogler schüttelte unwillig den Kopf. „Nie gehört!", fügte er noch hinzu. Die Frau Doktor seufzte und warf der Manuela einen vielsagenden Blick zu. Gasperlmaier wusste den zu deuten – schließlich waren sie auf gänzlich illegale Weise in den Besitz dieser Namen gekommen, und die Frau Doktor war sich wohl nicht sicher, ob sie den Steinkogler jetzt damit konfrontieren konnte, dass sie von seinem Computer stammten. „Herr Steinkogler, Sie haben von diesen Herren E-Mails erhalten. Und ihnen welche geschrieben. Und es scheint auch so, als ob Sie über verschiedene Netzwerke mit ihnen Kontakt gehabt haben könnten." „Könnten!", äffte der Steinkogler sie nach. „Könnten!" Er kicherte ein wenig irr. Die Frau Doktor probierte es noch einmal. „Herr Steinkogler, wegen des Wilddiebstahls sind Sie ohnehin schon dran. Wir aber ermitteln in einer Mordsache. Es könnte sich für Sie günstig auswirken, wenn Sie kooperieren. Wenn Sie uns helfen, diese Männer zu finden." Der Steinkogler schien zu überlegen, sah von einem zum anderen. „Ich soll euch helfen? Ihr wollt's mich doch sowieso nur drankriegen, mir alles Mögliche unterschieben, mich in den Häfen bringen! Ich soll euch helfen?" Er spuckte auf den Boden, und die Frau Doktor konnte nur durch eine superschnelle Reaktion verhindern, dass der Speichel des Steinkogler auf ihren Schuhen landete. „He!" Der jüngere der beiden Polizisten fasste den Steinkogler barsch an der Schulter und schüttelte ihn. „Das putzt du jetzt aber weg, und zwar schnell!", herrschte er ihn an. Die Frau Doktor wandte sich etwas angeekelt ab und setzte sich in einiger Entfernung wieder hinter den Schreibtisch der Manuela.

„Herr Steinkogler", begann sie noch einmal in beruhigendem Tonfall. „Haben Sie in den letzten Tagen Kontakt zu einem bärtigen Deutschen gehabt? Ein Freund oder ein Bekannter, den Sie vom Internet her kennen? Der auch an die Flachwelttheorie glaubt?" Ein kurzes Zucken wurde in den Augen des Steinkogler sichtbar, er zögerte kaum merklich. Gasperlmaier aber entging dieses Zögern nicht. Außerdem erinnerte er sich daran, dass der Steinkogler selber den Mann auf dem Foto, das sie ihm gezeigt hatten, ohne näheren Hinweis als „Deutschen" identifiziert hatte. „Das hat nichts mit Glauben zu tun!", schimpfte der Steinkogler. „Das ist Wissenschaft! Wissenschaft! Und mehrfach bewiesen! Und der Eng..." Er biss sich auf die Zunge, weil er merkte, dass er gerade im Begriff gewesen war, sich selber zu verraten. Die Frau Doktor lächelte. „Ja? Der Engelhard? Was sagt der?" Der Steinkogler verschränkte die Arme vor der Brust. „Nix! Ich kenn keinen Engelhard! Und jetzt sag ich überhaupt nichts mehr!" „Schade!", flötete die Frau Doktor. „Gerade jetzt, wo wir uns doch so gut unterhalten haben. Und wo ich schon geglaubt habe, ich kann Ihnen helfen ..." Der Steinkogler begann wieder zu schreien und zu gestikulieren. „Bringt's mich da weg! Ich will heim! Heim nach Oberösterreich! Und ich sag nix! Gar nix!" Die Frau Doktor zuckte mit den Schultern. „Kann man nichts machen. Danke, Kollegen!" Sie wandte sich ab, während die beiden den Steinkogler hochzogen. „Wiederschauen!", sagte der eine, während sie ihn schon zur Tür hinausführten. „Am liebsten tät ich ihm den Mund verpicken! Was glaubst, was der wieder aufführen wird beim Heimfahren!" „Pfüat euch!", sagte Gasperlmaier und starrte auf den Batzen Spucke, der immer noch den Fußboden zierte.

„Ja", sagte die Manuela. „Wer wird das jetzt wohl aufwischen?" Gasperlmaiers Blicke waren ihr anscheinend nicht entgangen. „Ja, ich ..." Er stand auf. „Nett von dir!" Die Manuela schenkte ihm ein Lächeln. Dabei war er nicht aufgestanden, um die Spucke wegzuputzen, sondern um ein wenig Bewegung in die Situation zu bringen. Jetzt aber blieb ihm nichts anderes übrig, als einen Lappen aus der Besenkammer zu holen und sie zu entfernen. Obwohl ihm davor grauste. „Pfui!", entfuhr es ihm noch, als er den Fetzen mit ausgestrecktem Arm zum Waschbecken trug, um ihn dort auszuwaschen. „Manchmal ist sogar ein Mann zu etwas zu gebrauchen", meinte die Frau Doktor in verschwörerischer Art zur Manuela.

„Find ich echt nicht lustig!", mokierte sich Gasperlmaier, nachdem er sich die Hände gründlich eingeseift, abgespült und getrocknet hatte. „Man muss ja nicht aus jeder Kleinigkeit so etwas wie ... wie ... einen Geschlechterkampf machen, oder?" „Entschuldigung!", beeilte sich die Frau Doktor und legte ihre Hand auf seinen Oberarm. Anscheinend hatte sie gemerkt, dass Gasperlmaier wirklich verärgert war. „Fährst du mit mir jetzt nach Ischl, zu diesem Barbershop oder wie das heißt?" „Zuerst einmal anrufen, oder?" Gasperlmaier nickte. Obwohl er lieber von Angesicht zu Angesicht mit den Leuten sprach als durchs Telefon.

Zu seiner Überraschung hatte er gleich den Chef, den Herrn Luigi, selber am Apparat. „Ja, hier Polizei Altaussee", stellte Gasperlmaier sich vor. „Eine Frage: Haben Sie in den letzten Tagen einem Kunden, einem Deutschen, den Bart gestutzt? Und vielleicht rot gefärbt?" Der Luigi lachte hell auf. „Da hat's mehrere gegeben. Bartpflege, meine ich. An eine Färbung kann ich mich nicht erinnern. Wann denn genau? Und wie hat der ausgeschaut?" Gasperlmaier erklärte, um welchen Zeitraum es ging, und fügte eine möglichst genaue Beschreibung ihres Verdächtigen hinzu. „Ja", antwortete der Luigi. „So einer war schon da. Ich erinner mich deswegen, weil er so gar nicht der Typ für einen Hipster-Bart war, mit den Haaren und seinen Kleidern und so. Er hat sich auch die Haare machen lassen, sogar eine Zeitschrift hat er mitgehabt, mit einem Foto, wie es werden soll." Gasperlmaier atmete auf. „Wir kommen bei Ihnen vorbei. Haben Sie den ganzen Tag offen?" „Certamente, Signore!", sagte der Luigi und legte auf.

Gasperlmaier war etwas verblüfft. Zuerst hatte der Luigi mit dem klar erkennbaren Akzent eines Salzkammergutlers gesprochen, und jetzt plötzlich doch Italienisch?" „Was heißt denn ‚certamente'?", fragte er.

„‚Sicherlich' heißt das", erklärte die Manuela. „Er hat so ein Umstyling gemacht, bei einem Deutschen. Haare und Bart. Gefärbt hat er nicht." „Das hat er wahrscheinlich selber gemacht. Damit der Friseur eben keine Auskunft geben kann, welche Farbe sein Bart nun wirklich hat." Die Frau Doktor schnappte sich ihre Handtasche. „Frau Reitmair, Sie geben alles nach Liezen weiter, was wir über diesen Engelhard wissen. Die sollen sich um seine Computeraktivitäten kümmern, schauen, ob er ein Handy hat, und vor allem herausfinden, wie er wirklich heißt. Und, ganz wichtig, wo er gemeldet ist und ob ihn dort in letzter Zeit jemand gesehen hat. Und Sie kümmern sich um die Beherbergungsbetriebe, Hotels, Pensionen, Gasthöfe, Campingplätze, Appartements. Irgendwo muss dieser Kerl ja auch geschlafen haben. Komm, Gasperlmaier."

Im Stiegenhaus begegnete ihnen ein Mann in einem grauen Arbeitsmantel. „Ja?", sagte Gasperlmaier. „Bist du am Ende der Elektriker, der endlich einmal unsere Steckdose ..." Der Mann lachte. „Ein Elektriker bin ich schon, aber gekommen bin ich, weil ihr mich herbestellt habt, wegen der Frau Neururer." Gasperlmaier schlug sich an die Stirn. „Dann sind Sie der Herr Pangerl, der Chef von der Frau?" Der Mann nickte. „Ich hab aber keine Ahnung, was Sie von mir wollen. Ich hab ein reines Gewissen." Die Frau Doktor deutete auf die Tür am oberen Ende der Stiege. „Machen Sie bitte Ihre Aussage bei der Frau Inspektor Reitmair. Auf Wiedersehen!" Sie zog Gasperlmaier am Arm mit nach draußen. „Wir haben's eilig!"

Als sie im Auto saßen, hatte Gasperlmaier endlich wieder ein gutes Gefühl. Seine Idee war spät, aber doch ernst genommen worden, und die Spur begann, heiß zu werden. Er hoffte nur, dass jemand anderer den Engelhard finden würde, er selber musste da nicht unbedingt mit dabei sein. Der war sicher gefährlich, als zweifacher Mörder hatte er nichts zu verlieren.

Das Geschäft des Luigi musste er nicht lange suchen. Erstens stand über dem Eingang groß „Barbershop", und zweitens gab es diese rot-weiß gestreiften Säulen, die man in Italien immer vor den Friseurgeschäften sah. Der Laden war ungewöhnlich eingerichtet, alles sah neu aus und die Friseurstühle aus Chrom blitzten. Aber irgendwie war alles doch so, wie es früher in einem Friseurgeschäft ausgesehen hatte. „Guten Tag. Schicker Laden. Ganz schön retro!" Ein junger Mann trat auf sie zu und freute sich offenbar über das Kompliment der Frau Doktor. Gasperlmaier wusste mit dem Begriff „retro" nicht viel anzufangen. „Luigi", stellte er sich vor. „Eigentlich Lois, aber in unserer Branche, da klingt halt gleich alles viel besser, wenn es Italienisch ist." Er lächelte. Die Enden seines buschigen Schnauzers bogen sich dabei leicht nach oben. Wenn er sprach, zitterten sie. Überhaupt waren Haar- und Barttracht des Luigi sehenswert. Außer dem Schnauzer, der, von der Breite her gesehen, gewiss bis zu den Ohren reichte, verfügte er über einen exakt gestutzten Rauschebart, der so lang war, dass er seinen Krawattenknoten verdeckte. Sein Haar trug er, wie es zurzeit anscheinend Mode war, an den Seiten extrem kurz, auf dem Kopf zurückgekämmt und gegelt.

„Kohlross", stellte sich die Frau Doktor vor und zeigte ihren Ausweis. „Das ist Bezirksinspektor Gasperlmaier", fügte sie hinzu. „Er hat mit Ihnen telefoniert. Können wir kurz unbeobachtet sprechen?" Der Luigi nickte, obwohl in einem der mit rotem Leder bezogenen Stühle ein Kunde saß, dessen Frisur der des Luigi weitgehend ähnelte und dessen Arme bis obenhin tätowiert waren.

Der Luigi führte sie in den hinteren Teil des Raumes, der mit Paravents abgegrenzt war und zwei, drei Stufen höher lag. „Espresso?", fragte er. „Warum nicht?" Die Frau Doktor setzte sich an einen Tisch, der mit Zeitschriften bedeckt war. Offensichtlich alle über Frisuren. Gasperlmaier wunderte sich, wie es möglich war, dass man über Haare so viel schrieb, dass gleich stapelweise Zeitschriften damit gefüllt werden konnten. Der Luigi hielt mit fragender Miene zwei Finger hoch. „Du auch, Gasperlmaier?" Gasperlmaier nickte. Während die Kaffeemaschine zu brummen begann, kam der Luigi wieder zu ihnen und setzte sich. „Sie sind der Gasperlmaier? Der das verschollene Bild gefunden hat? Sie waren in allen Zeitungen! Und im Fernsehen!" Gasperlmaier winkte ab. Der Luigi stand noch einmal auf und stellte zwei Tassen vor sie hin, in denen höchstens ein Fingerhut Kaffee war. Gasperlmaier blickte skeptisch in seine Tasse.

„Was können Sie uns denn über diesen Kunden erzählen?", fragte die Frau Doktor, während Gasperlmaier überlegte, ob er ein wenig Zucker in den Kaffee schütten sollte oder nicht. Ein ganzes Säckchen würde wohl den Kaffee restlos aufsaugen. „Leider wenig", sagte der Luigi. „Der war nicht besonders gesprächig. Man fängt halt an, übers Wetter zu reden und wo einer herkommt und was er da macht, aber der war extrem einsilbig. Und finster dreingeschaut hat er außerdem." „Versuchen Sie sich zu erinnern", hakte die Frau Doktor nach. „Irgendeine Information, die darauf hindeuten könnte, wo er sich aufhält? Was er vorhat?" Der Luigi legte einen Finger an den Mund und überlegte. Sein Schnauzer zuckte. „Doch!", sagte er dann. „Er hat mich gefragt, wo man hier halbwegs brauchbar essen kann. Und ich hab ihm das Café Zauner empfohlen. Dort geh ich selber gern hin." „Das lässt darauf schließen, dass er sich nicht länger in Bad Ischl aufgehalten hat. Sonst hätte er das selber gewusst." Gasperlmaier kostete von dem Kaffee. Der schmeckte zwar sehr stark und ein wenig bitter, gleichzeitig aber entfaltete er auch ein gewaltiges Aroma auf der Zunge.

„Eine letzte Frage noch: Wann und wie lange hat sich der Mann hier bei Ihnen aufgehalten?" „Hm!", sagte der Luigi. „Lassen Sie mich überlegen. Ja. Am Dienstag war er da. Am Montag hab ich ja zu, und am Dienstag, da hab ich gerade die Post ausgeleert, da ist immer viel drinnen, von Montag und Dienstag, da ist er schon gekommen. Wie ich noch den ganzen Packen Post in der Hand gehabt habe." „Danke! Sie haben uns sehr geholfen!" Die Frau Doktor kippte den letzten Rest ihres Kaffees hinunter und stand auf. „Ausgezeichneter Kaffee, übrigens! Einen Namen haben Sie natürlich nicht, oder?" Zu ihrer Überraschung nickte der Luigi. „Doch. Er hat nämlich mit Karte bezahlt. Und da schau ich bei Leuten, die ich nicht kenne, schon immer, ob die Karte unterschrieben ist und ob die Unterschrift mit dem Namen vorne auf der Karte übereinstimmt. Engelhard hat er geheißen. An den Vornamen erinnere ich mich nicht mehr." Die Frau Doktor schnippte mit den Fingern. „Super! Herzlichen Dank! Wir sind einen großen Schritt weitergekommen!"

Auf der Straße draußen wandte sich die Frau Doktor nach links, in die Richtung, in der sie ihr Auto abgestellt hatten. „Sollten wir nicht noch zum Zauner schauen?", fragte Gasperlmaier. „Weil da könnte er ja auch gewesen sein. Und vielleicht hat er sich mit der Kellnerin unterhalten ..." Natürlich hatte Gasperlmaier dabei einen Hintergedanken. Beim Zauner konnte man nämlich nicht nur fantastische Mehlspeisen, sondern auch sehr schmackhafte Brötchen bekommen, und leider hatte er, wohl wegen der anstrengenden durchwachten Nacht, schon wieder Hunger. Die Frau Doktor nickte. „Aber ich ruf zuerst in Liezen an, dass wir eine Fahndung rauskriegen, jetzt, wo wir Namen und Identität zweifelsfrei kennen." Während die Frau Doktor telefonierte, besah sich Gasperlmaier die Auslage der Buchhandlung neben Luigis Barbershop. Eine ganze Menge Kriminalromane gab es da, die im Salzkammergut spielten. Vielleicht sollte er einmal einen davon lesen. Obwohl er nicht glaubte, dass diese Schreiberlinge viel Ahnung davon hatten, wie man einen Kriminalfall löste.

„So!", sagte die Frau Doktor. „Auf zum Zauner!"

„Schau mal!", sagte sie zu Gasperlmaier, nachdem sie einen Platz gefunden hatten. Sie zeigte ihm ihr Handy, auf dem ein viel besseres Foto des gesuchten Fritz Engelhard zu sehen war, als sie bisher gehabt hatten. „Hat die IT-Abteilung gebastelt. Gut, was?" „Hoffentlich schaut's ihm auch wirklich ähnlich." Gasperlmaier hatte Bedenken, ob die Computerleute wirklich genügend Material gehabt hatten, um dieses Phantombild zu zaubern. „Das geht jetzt an alle Polizeidienststellen, an die Presse und so weiter. Wär ja gelacht, wenn wir den nicht bald haben." „Aber ich hab eigentlich gemeint, dass sich der jetzt den Bart abrasieren ..." Die Frau Doktor reagierte mit einem triumphierenden Lächeln. „Schon eingeplant!" Sie zeigte ihm ein zweites Foto, auf dem der Gesuchte mit einem Dreitagebart und kurz geschnittenem Haar zu sehen war. „So müsste er doch in etwa jetzt aussehen, wenn er sich rasiert hat?" Gasperlmaier nickte. „Aber wenn er mit Haube und Sonnenbrille ..." „Jetzt hör einmal auf mit deinen Bedenken! Wir können ja nicht zwanzig verschiedene Fahndungsfotos rausschicken!"

„So, die Herrschaften! Ein Seidel Bier, ein Schinken-rollenbrötchen, ein Mineral, ein Roastbeefbrötchen." Die Kellnerin setzte die Bestellungen auf ihrem Tisch ab. „Haben Sie den schon einmal gesehen?" Die Frau Doktor hielt ihr das Foto des Rotbärtigen entgegen. Die Kellnerin lachte. „Nein!", sagte die. „Den hab ich noch nicht gesehen. Und er gefällt mir auch nicht. Ich mag solche Bärte nicht! Igitt!" Sie wandte sich kopfschüttelnd ab. Gasperlmaier sah ihr nach. Sie war jung und hübsch, und es beruhigte ihn, dass anscheinend nicht alle jungen, hübschen Frauen heutzutage den Rausche-bärtigen hinterherrannten. „Das ist der Chef!", flüsterte er, als er einen stattlichen älteren Herrn mit Vollbart und in weißer Jacke erblickte. „Der kommt mir gerade recht!" Die Frau Doktor sprang auf und sprach den Chef des Hauses an. Gasperlmaier konnte zwar sehen, dass sie ihm ihr Handy unter die Nase hielt, aber nicht ver-stehen, was gesprochen wurde. Der Herr Zauner nickte mehrmals, die Frau Doktor hatte ihr charmantestes Lä-cheln aufgesetzt. Schließlich kehrte sie zu Gasperlmaier zurück. „Er wird jetzt das Foto an alle Angestellten ver-teilen. Per Whatsapp. Vielleicht haben wir Glück, und er hat hier tatsächlich gegessen, und eine Bedienung erinnert sich an ihn." Gasperlmaier verdrückte gerade den letzten Rest seines Schinkenrollenbrötchens. „Das wird ja eine Weile dauern. Da können wir uns auch noch eine Nachspeise gönnen!" Er winkte die Kell-nerin herbei und bestellte zwei Verlängerte und zwei Haustorten. „Wenn du die einmal gekostet hast, kommst du nicht mehr von ihr los!", sagte er. Die Frau Doktor sah ihn etwas verwundert an. „Fragen hättest du mich aber schon können, weißt du!" „Entschuldigung."

Der Herr Zauner kam an ihren Tisch und setzte sich. „Schmeckt's?" „Wunderbar!" Die Frau Doktor strahlte.

Dabei war der Zauner, fand Gasperlmaier, doch wirklich viel zu alt für sie. Und soweit er wusste, stand seine Frau hinter der Kasse und hatte sicherlich nicht viel übrig für flirtende Chefinspektorinnen. „Gemeldet hat sich bis jetzt noch niemand. Ich hab das Foto auch dem Personal, das gerade da ist, direkt gezeigt."

„So, die Haustorten und der Kaffee!" Die Kellnerin lud ihre Last auf dem Marmortischchen ab. „Aha, ich sehe! Feinschmecker!", meinte der Herr Zauner, als sein Handy brummte. Er wischte kurz auf dem Bildschirm herum. „Die Valerie hat sich gemeldet. Die hat heute frei, aber sie kann sich an den erinnern. Sie hat ihn bedient, schreibt sie." „Wo können wir sie finden?", fragte die Frau Doktor. „Kein Problem", sagte der Herr Zauner. „Sie kann herkommen. Sie ist gerade in der Stadt. Ich darf mich dann entschuldigen. Gnädige Frau, Herr Inspektor!" Der Herr Zauner deutete gegenüber der Frau Doktor eine Verbeugung an. „Was für ein charmanter Herr!" Die Frau Doktor schien vom Chef des Hauses direkt hingerissen. Gasperlmaier verzichtete auf einen Kommentar und stach ein Stück seiner Torte ab, um es sich auf der Zunge zergehen zu lassen.

„Guten Tag!" Eine junge Frau mit kurz geschnittenem Haar und rundem Gesicht trat auf sie zu. „Sie müssen die Polizisten sein, denen ich etwas erzählen soll?" Die Frau Doktor nickte. „Danke. Das ist aber schnell gegangen. Können Sie sich kurz zu uns hersetzen?" „Sicher!" Die Valerie, fand Gasperlmaier, hatte irgendwie frische Luft von draußen mitgebracht. Sie roch angenehm, war ziemlich klein, zeigte aber durch ihr schulterfreies Oberteil ausgeprägte Muskeln an Schultern und Oberarmen. Ihr Händedruck war ungewöhnlich zupackend für eine Frau. „Sie haben am Dienstag einen Gast bedient, für den wir uns interessieren", begann die Frau Doktor. Die Valerie nickte. „Ja, der Chef hat mir das Bild geschickt. Ich hab mich gleich an ihn erinnert. War ja ziemlich auffällig, mit dem roten Bart." „Haben Sie sich mit ihm unterhalten?" „Wenig. Er wollte nur Würstel essen. Er hat nicht einmal gewusst, dass die Wiener bei uns Frankfurter heißen." Seltsam, dachte Gasperlmaier bei sich. Da fragt der Engelhard beim Friseur nach gutem Essen, und dann bestellt er sich Würstel. Musste ein seltsamer Kauz sein. „Wir suchen immer noch nach ihm. Erinnern Sie sich an irgendwas, das uns helfen könnte, herauszufinden, wo er sich aufhält? Irgendeine Bemerkung über sein Woher und Wohin?" Die Valerie schüttelte den Kopf. „Nein!", sagte sie. „Ich hab mich ja kaum mit ihm unterhalten. Der war eher einsilbig. Und er hat auch nicht freundlich dreingeschaut." Gasperlmaier sah zum Fenster hinaus. Dunkle Schatten fielen über die Pfarrgasse, und es schien, als würde es jede Minute wieder zu regnen beginnen. Die Valerie folgte seinen Blicken. Plötzlich hellte sich ihre Miene auf. „Doch!", sagte sie. „Er hat beim Fenster hinausgeschaut, genauso wie der Herr Inspektor jetzt. Und da hab ich irgendwas gesagt, über das Wetter, keine Ahnung mehr, was es war. Was man halt so sagt. Und er hat dann ... ich glaub ... er hat irgendwas gesagt, mit Zelt oder Campen oder so. Dass das im Regen halt nicht so prickelnd ist. Ich erinnere mich nicht mehr an den Wortlaut, aber ..."

„... das genügt uns völlig! Sie haben uns sehr geholfen!" Die Frau Doktor riss ihr Handy aus der Handtasche und sprang auf. Gasperlmaier betrachtete besorgt die halb aufgegessene Haustorte. „Hat sie ihr nicht geschmeckt?", fragte die Valerie mit fast ein wenig traurigem Unterton. „Doch, ich glaub schon!", versicherte ihr Gasperlmaier. „Aber sie ist halt nicht so interessiert ...

was das Essen betrifft, generell." „Diät?", fragte die Valerie. Gasperlmaier zuckte mit den Schultern. „Also, auf Torte könnt ich nie verzichten. Man muss sich halt ausreichend bewegen, damit man die Kalorien wieder loswird. Ich mach zum Beispiel Triathlon!" Irgend so was hatte Gasperlmaier schon vermutet, bei dieser muskulösen Figur.

Die Frau Doktor nahm ihr Handy, in das sie aufgeregt geflüstert hatte, kurz vom Ohr. „Gasperlmaier, wir müssen!" Sie warf ein paar Scheine auf den Tisch. „Aber die Torte ...", wandte er ein. „Ein andermal. Die muss warten!" Wiedersehen", sagte Gasperlmaier zur Valerie. Die Frau Doktor hatte ein derartiges Tempo drauf, dass er gar keine Zeit mehr gehabt hatte, sich zu überlegen, ob man das Stück Torte eventuell hätte mitnehmen können. Vor der Konditorei musste Gasperlmaier warten, während sie mit dem Handy am Ohr etwas hektisch auf und ab ging und gestikulierte. Gasperlmaier konnte nicht verstehen, was gesprochen wurde. Schließlich packte sie ihr Handy wieder in die Tasche. „Ich hab die Manuela angerufen. Und dann in Liezen, beim Bezirkspolizeikommando. Und sie haben einen Hinweis, einen einzigen, der von einem Campingplatz kommt. Und dort fahren wir jetzt hin. Jetzt wird's ernst, Gasperlmaier. Und gefährlich! Ich hab beim Bezirkspolizeikommando in Gmunden Verstärkung bestellt. Ist sowieso nicht gut, wenn wir hier herüben ohne die Oberösterreicher herumfuhrwerken! Himmelherrgottsakrament!", schimpfte sie, weil der Automat, in den sie ihren Parkschein gesteckt hatte, jetzt schon zum dritten Mal die Annahme einer Zwei-Euro-Münze verweigerte.

„Der Campingplatz soll in Abersee sein, weißt du, wo das ist?" Gasperlmaier antwortete nicht gleich, denn die Frau Doktor fuhr so schnell, dass er alle Hände und Füße damit zu tun hatte, Halt zu finden. „Der rennt uns schon nicht davon!", versuchte er, sie ein wenig zu bremsen. „Und Abersee ist gegenüber von Sankt Wolfgang, auf der Südseite des Wolfgangsees." Sobald sie die paar Ampeln passiert hatten, die sie am Ortsausgang von Bad Ischl noch aufhielten, ließ sich die Frau Doktor von keiner Geschwindigkeitsbeschränkung mehr einschüchtern und sorgte dafür, dass sie nach weniger als einer Viertelstunde vor der Schranke des Campingplatzes standen. Der Besitzer erwartete sie schon. „Eure Kollegen sind eh schon da!", rief er und öffnete die Schranke, gleichzeitig nach links hinter das Gebäude an der Einfahrt deutend. Tatsächlich stand dort ein Streifenwagen mit zwei Kollegen. Beziehungsweise einer Kollegin und einem Kollegen. Allerdings hatte der Wagen eine Salzburger Nummer. „Sind wir hier schon in Salzburg?", fragte die Frau Doktor erstaunt. Der Kollege, ein Langer, Dünner, kam auf sie zu und schüttelte ihnen die Hand. „Infanger. Von der Polizeiinspektion St. Gilgen. Es ist ein bisschen kompliziert. Der See gehört zu Oberösterreich, aber ein Großteil des Ufers zu Salzburg. Wenn ihr also einen sucht, der ein Boot hat, dann kann's schon sein, dass euch bei der Verfolgung die Kollegen aus Oberösterreich helfen müssen." Er zwinkerte.

„Es hat auch einer angerufen, vom Bezirkspolizeikommando in Liezen", mischte sich der Besitzer ein, ein untersetzter, schnaufender Mann mit rotem Gesicht und Schnauzbart. „Ich soll nichts unternehmen, auf eigene Faust, auch nicht schauen, ob er da ist." „Danke", sagte die Frau Doktor. „Sagen Sie uns über den Mann, was Sie wissen." „Na, er ist am vorigen Freitag angekommen. Mit einem Motorrad und einem Zelt. Ein ziemlich altes Vehikel, wenn Sie mich fragen. Und das

Kennzeichen ist ... das hab ich eh schon durchgegeben. Ein deutsches jedenfalls. Er hat sein Zelt aufgestellt, und sonst ist er mir nicht besonders aufgefallen. Ein-, zweimal hat er bei mir im Laden was gekauft, Jause und so. Da hab ich ihn gesehen." „Ist Ihnen nicht aufgefallen, dass er Haar- und Barttracht geändert hat? Am Dienstag?" Der Mann zuckte mit den Schultern. „Mir ist er nur mit dem roten Bart aufgefallen. Wie er eingecheckt hat, war ich selber nicht da. Da unten hat er sein Zelt aufgebaut." „Zeigen Sie's uns!" Die Frau Doktor hatte für den Wiesenboden wieder einmal völlig ungeeignete Schuhe an und blieb mehrmals mit den Absätzen im weichen Gras stecken. Zwischen den Stellplätzen gab es wenigstens einen Schotterweg. Vor praktisch jedem Wohnwagen standen Erwachsene und Kinder und verfolgten interessiert, was die Polizei da zu suchen hatte. Einige entschlossen sich spontan, den Polizisten den Weg zum See hinunter zu folgen. „Geh, Gasperlmaier!" Die Frau Doktor deutete mit einem Nicken auf die Leute, die teilweise, trotz des doch recht unfreundlichen Wetters, Badekleidung trugen.

Gasperlmaier drehte sich um, die Kollegin aus Salzburg trat an seine Seite. Gemeinsam versperrten sie den Leuten den Weg. „Bitte zurückgehen! Hier gibt's nichts zu sehen!" Er streckte den Leuten die Handflächen entgegen. „Ich bin übrigens die Luzia!", sagte die Kollegin und streckte ihm die Hand hin. Gasperlmaier ergriff sie, ohne die Schaulustigen aus den Augen zu lassen. „Gasperlmaier, Franz", stellte er sich vor. „Was ist denn los? Warum ist hier so ein Polizeiaufmarsch?", fragte ein pickeliger Jugendlicher, der einen Neoprenanzug trug. „Ich will surfen gehen!" „Nur noch ein bisschen warten!", beschwichtigte Gasperlmaier. „Wird nicht lange dauern!" „Komm!", sagte die Luzia, und gemeinsam folgten sie den anderen, die nach dem letzten Wohnwagen abgebogen waren.

Gleich dahinter standen die Frau Doktor, der Salzburger Inspektor und der Besitzer des Platzes. „Da unten!", zeigte er ihnen. „Da ist der Platz für die Zelter, die Radfahrer, Biker, Wanderer, die kein Auto dabeihaben. Das orange in der zweiten Reihe, das ist seines. Aber das Motorradl, das seh ich nirgends." „Oje!", sagte die Frau Doktor. „Wird doch nicht ausgeflogen sein, der Vogel?" Langsam näherten sie sich der ersten Zeltreihe. Wieder tauchten zwischen den Zelten einzelne Bewohner auf. Gasperlmaier und seine Kollegen deuteten ihnen, sich hinzuhocken und still zu sein. Zu seiner Überraschung kapierten die Leute, was er wollte, und verschwanden lautlos in ihren Zelten. Schließlich hatten sie das fragliche Zelt eingekreist, Gasperlmaier legte die Hand an seine Waffe, doch die Frau Doktor hatte sich bereits hingehockt und den Reißverschluss am Eingang hochgezogen. „Leer! Scheiße!", sagte sie und stand wieder auf. „Jetzt frage ich mich natürlich, wo ist er und was hat er vor?" „Vielleicht", schlug Gasperlmaier vor, „ist er nur was essen gegangen." „Du denkst aber auch immer nur an das eine. Aber Essen gehört, wie wir wissen, nicht zu den Prioritäten von unserem Engelhard. Leute umbringen schon eher." Gasperlmaier zuckte mit den Schultern und schwieg. Was hätte er auch sagen sollen? Allein der Gedanke, dass der Engelhard in neuer Verkleidung wieder in einem Bergwerk oder einer Höhle auftauchte, war unangenehm genug. Darüber musste man nicht auch noch diskutieren.

„Die Kollegen aus Salzburg würde ich noch bitten, die Räumlichkeiten am Campingplatz abzusuchen. Duschen, WCs, Buffet und so weiter. Aber da das Motorrad weg ist, habe ich da nicht viel Hoffnung." Der

Salzburger und die Luzia nickten. „Pfüat euch!" „Wir dagegen", erklärte die Frau Doktor, „werden uns jetzt den Inhalt des Zeltes genauer anschauen!" Schon war sie wieder auf die Knie gegangen und ins Zelt hineingekrochen. Gasperlmaier ächzte ein wenig, als er ihr folgte. Die Knie seiner Uniformhose, die würde wahrscheinlich nur die Putzerei wieder sauber kriegen, dachte er bei sich.

Im Zelt roch es unangenehm nach Schweiß und überhaupt nach ungewaschenem Mann. Ein Schlafsack lag zerknüllt auf einer Luftmatratze, die Frau Doktor kramte gerade in einer geöffneten Sporttasche, die in der Ecke des Zelts lag. Eng war es hier herinnen, Gasperlmaier konnte sich kaum rühren. Vor ihm befanden sich ein paar gebrauchte schwarze Socken. Womöglich waren die die Ursache des Geruchs. Gasperlmaier drehte sich um, sodass er die Zeltplane beim Eingang zurückschlagen konnte, um mehr Licht und etwas frische Luft hereinzulassen. „Schau mal!" Die Frau Doktor hielt ein Tablet in die Höhe und drückte es ihm in die Hand. „Probier mal, ob du da was findest!", forderte sie ihn auf. Gasperlmaier drehte und wendete das Ding in seinen Händen und fand schließlich am Rand einen Druckknopf. Tatsächlich leuchtete das Display auf, allerdings nur, um ihn darüber zu informieren, dass er einen PIN-Code einzugeben hatte. „Da brauchen wir den PIN-Code", sagte er. Die Frau Doktor seufzte. „War auch nicht anders zu erwarten. Sein Handy hat er offenbar mit." Die Frau Doktor warf einen Packen bedruckter A4-Seiten vor ihn hin. „Schauen wir uns das einmal genauer an!" „Können wir das nicht wo machen, wo es ein bisschen bequemer ..." „Gasperlmaier, wir können von hier nichts mitnehmen. Genau genommen sind wir völlig illegal in dieses Zelt eingedrungen. Und nachdem es leer war, fällt auch die Option ‚Gefahr im Verzug' aus!" Gasperlmaier hob ein paar Blätter vom Stapel. Es waren alles Ausdrucke von Internetseiten, soweit er das beurteilen konnte. Es ging um die Flachwelttheorie, um alternative Biokunststoffe, um zellulosefreien Papierersatz und immer wieder um die angebliche Lüge von der Erde, die eine Kugel sei. Gasperlmaier überließ den Stapel zur weiteren Inspektion der Frau Doktor und untersuchte die Sporttasche nach Seitenfächern. Tatsächlich gab es da mehrere Reißverschlüsse, und gleich, nachdem er den ersten geöffnet hatte, wurde er fündig. Er hielt einen Stapel Folder in der Hand, die sich beim näheren Betrachten durchgehend als Informationsmaterial zu Schaubergwerken und Höhlen entpuppten. Daneben fand er noch einen Plastikbeutel mit dunkelbraunen Stückchen, die Schokolade ähnelten. Eine Geruchsprobe enthob ihn jeden weiteren Zweifels. Es handelte sich eindeutig um Haschisch. „Schau mal!" Er hielt der Frau Doktor die Fundstücke unter die Nase. „Oh!", sagte die. „Kein Wunder, dass der Arme unter Halluzinationen von einer flachen Erde leidet. Wahrscheinlich raucht er zu viel von diesem Zeug." „Sollten wir nicht ... ich meine, der hat Prospekte gesammelt von allen Bergwerken und Höhlen und so. Wäre es da nicht wichtig, dass wir die alle ..." Die Frau Doktor nickte. „Natürlich! Allerdings sollte das längst geschehen sein, ohne dass ich mich extra darum kümmern muss!" Sie kroch wieder aus dem Zelt. Gasperlmaier folgte ihr aufatmend, dachte allerdings rechtzeitig daran, dass es vielleicht gut wäre, das Zelt in dem Zustand zu verlassen, in dem sie es vorgefunden hatten. Er kroch zurück, um Prospekte, Haschisch und den Papierstapel wieder in der Sporttasche zu verstauen.

Dabei glitt ihm der Stapel aus den Händen, und es kam ein Blatt zuoberst zu liegen, das ihm bekannt vorkam. Es enthielt nämlich das Logo des Altausseer Salzbergs. Da sich die Frau Doktor draußen nicht rührte, begann er zu lesen. Das Blatt enthielt nicht nur den Ausschnitt einer Webseite des Bergwerks, sondern auch selbst getippten Text. Und da stand zu lesen, dass man besonders auf die Salzbergwerke achtgeben müsse, denn dort bohre man, um an das Salz heranzukommen, tief in den Untergrund hinein, teilweise in Tiefen bis unter den Meeresspiegel. Und das, so las er entsetzt, böte den Reptiloiden besonders günstige Gelegenheiten, in die Menschenwelt überzuwechseln.

Er warf noch einen Blick auf das Zeltinnere. Garantieren konnte er nicht, dass alles so aussah wie zuvor, aber ein Ordnungsfanatiker war der Engelhard ohnehin nicht. Das Blatt, jedenfalls, behielt er bei sich. Er atmete tief durch, als er endlich wieder in der frischen Luft stand. „Bereits alles erledigt", verkündete die Frau Doktor. „Die entsprechenden Touristenziele sind gewarnt. Sie müssten überall alle Fotos des Verdächtigen vorliegen haben, auch das Phantombild, das wir erstellt haben. Jetzt fragt sich nur, wo ist unser Vogel?" Gasperlmaier nahm seine Dienstmütze ab und kratzte sich am Kopf. Er hatte keine Idee. „Gibt's hier in der Nähe vielleicht ein Schaubergwerk oder eine Höhle oder so was?", fragte die Frau Doktor. „Nicht dass ich wüsste", antwortete Gasperlmaier. „Im Salzburgischen, da kenne ich mich nicht so gut aus. In Hallein, da haben sie auch ein Salzbergwerk. Aber das ist jetzt nicht wirklich hier in der Nähe. Und außerdem solltest du dir das da anschauen. Vielleicht hat sich unser Mann nur für den Salzbergbau interessiert." Die Frau Doktor studierte das Blatt und nickte. „Gut gemacht,

Gasperlmaier. Ich fotografier es gleich ab und schicke es weiter. Wo gibt's eigentlich überall Salzbergbau?" „Ja, außer in Altaussee und in Hallein noch in Hallstatt. Das wär mehr oder weniger auf dem Rückweg ..." „Na, was soll's!", sagte die Frau Doktor. „Wir schauen dort einfach einmal vorbei. Ich werde jedenfalls eine Streife hierherbeordern, die sich auf die Lauer legt, dass er uns nicht entwischt, wenn er zurückkommt. Er muss ja schließlich irgendwann seine Sachen abholen, oder er kommt zum Schlafen wieder zurück. Der Fall ist so gut wie abgeschlossen. Hoffen wir nur, dass die Verhaftung problemlos vonstattengeht."

15

Sie befanden sich gerade an der Tunnelausfahrt in Hallstatt, wo sich soeben große Gruppen asiatischer Touristen auf den Weg ins Stadtzentrum machten, als das Handy der Frau Doktor klingelte. Fast im gleichen Moment schaltete sich der Autolautsprecher ein und Gasperlmaier hörte die panische Stimme der Manuela. „Ihr müsst's sofort kommen!", flüsterte sie in den Hörer. „Es hat ..." Im gleichen Moment schrie die Manuela auf, dann hörte man nur noch ein Krachen und Zischen, und plötzlich war die Leitung tot. Die Frau Doktor bremste abrupt ab und blieb in einer Haltebucht für Busse stehen.

„Was war das denn?", fragte sie entsetzt. Gasperlmaiers Gedanken rasten, ohne dass er Worte finden konnte. Es war die Manuela gewesen, eindeutig. Und sie war in einer Notlage, jemand musste ihr das Handy aus der Hand geschlagen haben, während sie telefonierte. Die Frau Doktor holte mit zitternden Fingern ihr Smartphone aus der Handtasche, fluchte, weil sie sich mehrmals vertippte, und fluchte neuerlich, als sich nicht gleich nach dem ersten Läuten jemand meldete. „Ja, ihr müsst sofort folgendes Handy orten." Ausnahmsweise war Gasperlmaier trotz seiner vorübergehenden Schockstarre einmal geistesgegenwärtig und hielt ihr das Display mit der Nummer der Manuela vor die Augen. „Das gehört der Frau Gruppeninspektor Manuela Reitmair. Sie muss sich in einer Notlage befinden, offenbar hat ein Angreifer das Gespräch gewaltsam beendet, bevor sie sagen konnte, wo sie sich befindet." „Geht klar!", kam die Antwort.

Wo war die Manuela? Und vor allem, wo konnte sie dem Engelhard begegnet sein? Denn Gasperlmaier zweifelte nicht im Geringsten daran, dass sie diesem Wahnsinnigen in die Hände gefallen war.

Die Frau Doktor atmete heftig und stoßweise. „Was tun wir, Gasperlmaier? Was tun wir?" Der hatte inzwischen versucht, zurückzurufen, doch unter der Nummer der Manuela meldete sich nur die Mobilbox. „Der Zettel!", sagte Gasperlmaier schließlich. „Denk an den Zettel, den wir in seinem Zelt gefunden haben. Ich wüsste nicht, wo der sonst noch hin sein könnte – ist er vielleicht wieder im Salzbergwerk?" „Wir lassen es darauf ankommen. Geradeaus oder wenden?", fragte sie. „Ich glaub, über den Pötschenpass sind wir schneller, trotz ..." Gasperlmaier kam nicht dazu, seinen Satz zu Ende zu führen, schon hatte die Frau Doktor ihr Blaulicht auf die Kühlerhaube gestellt, war wieder eingestiegen und wendete mit quietschenden Reifen. „Warum ...?", fragte Gasperlmaier vorsichtig und zeigte zum Wagendach. „Auf dem Dach hält es nicht. Nicht magnetisch." Gasperlmaier fand es etwas seltsam, so mit dem Blaulicht vor sich, aber er hatte bei Gott andere Sorgen. Kaum waren sie in den Tunnel eingefahren, tauchte vor ihnen ein langsamer Reisebus mit englischem Kennzeichen auf. Die Frau Doktor fluchte, hupte und blinkte, doch der Bus hatte im einspurigen Tunnel keine Möglichkeit, auszuweichen. Dafür, so merkte Gasperlmaier, trat der Busfahrer offenbar kräftig aufs Gaspedal und hatte bald die für den Tunnel gültige Geschwindigkeitsbeschränkung bei weitem überschritten. Auf einer kurzen Geraden nach dem Tunnel gelang der Frau Doktor ein gewagtes Überholmanöver, bei dem Gasperlmaier kurz die Augen schloss.

„Du rufst jetzt sicherheitshalber zuerst in Altaussee an, im Salzbergwerk. Und dann in Hallein und in Hallstatt, ob da alles in Ordnung ist!", sagte die Frau Doktor und ließ den Motor erneut für ein Überholmanöver aufheulen. Gasperlmaier hatte gerade mit zittrigen Fingern nach der Nummer des Salzbergwerks gesucht und festgestellt, dass sein Gerät ein nur ganz schwaches Signal empfing, als sich das Handy der Frau Doktor neuerlich über die Autolautsprecher meldete.

„Wir haben einen Notruf. Vom Steinberghaus in Altaussee. Wisst ihr, wo das ist?" „Und ob!", schrie die Frau Doktor. „Was ist los?" „Offenbar eine Geiselnahme. Eine Angestellte hat uns informiert, dass im Buffet Schüsse gefallen sind. Sie saß hinter der Kasse und konnte flüchten. Mehr wissen wir noch nicht." „Oh Gott!" Die Frau Doktor schüttelte den Kopf und verstärkte ihre Anstrengungen, bergauf jedes Fahrzeug vor ihr zu überholen. Manche machten rücksichtsvoll Platz, wenn sie das Blaulicht sahen, manche aber übersahen es oder interessierten sich nicht dafür, sodass die Frau Doktor beim Überholen weit in die Gegenfahrbahn geriet und hoffen musste, dass der entgegenkommende Verkehr geistesgegenwärtig genug war, auszuweichen. Mehrmals musste Gasperlmaier die Augen schließen. Wenn sie hier an einem LKW zerschellten, so dachte er bei sich, war der Manuela und all den anderen, die womöglich in der Gewalt eines Wahnsinnigen waren, auch nicht geholfen.

Gasperlmaier wusste gar nicht mehr, wie viele Stoßgebete er schon zum Himmel geschickt hatte, als sie endlich mit quietschenden Reifen vor dem Steinberghaus anhielten. Auf dem Parkplatz befand sich kein einziges ziviles Fahrzeug mehr, überall zuckte Blaulicht, und der Platz direkt vor dem Haus war frei von Menschen und Autos. Die Frau Doktor hielt am Straßenrand an und stürzte aus dem Wagen.

„Wo ist die Einsatzleitung?", rief sie. Gasperlmaier nahm mehrere Beamte wahr, die mit Schutzwesten und Helmen ausgerüstet waren. Die meisten von ihnen kauerten hinter den abgestellten Fahrzeugen, sie trugen Waffen im Anschlag und starrten auf die Fenster des Steinberghauses. Jemand winkte der Frau Doktor zu, sie verschwand hinter einem Kleinbus. Gasperlmaier folgte ihr geduckt.

Schwer atmend kam er in der Deckung an. „Wir vermuten, dass sich acht bis zehn Personen drinnen aufhalten", sagte gerade ein schlanker Mann mit grauem, kurz geschnittenem Haar. Er reichte Gasperlmaier die Hand. „Koubek, Sondereinsatzkommando. Sie sind ...?" „Bezirksinspektor Gasperlmaier, Posten Altaussee. Ich bin der Frau Chefinspektor zugeteilt." Er zeigte auf die Frau Doktor, die schon wieder am Handy hing und wütend gestikulierte. „Jetzt kommen sie uns mit den Handydaten vom Engelhard", fauchte sie. „Jetzt, wo alles zu spät ist!" Sie duckte sich neben Gasperlmaier in den Schatten des Kleinbusses. „Gibt's schon irgendeinen Kontakt? Eine Forderung?" Der Koubek schüttelte den Kopf. „Nichts. Beziehungsweise fast nichts. Als er uns gesehen hat, hat er gebrüllt, dass er schießt, falls sich jemand nähert. Wir sind gerade dabei, herauszufinden, wie wir an das Buffet herankommen. Leider wissen wir nicht genau, wie viele Leute drin sind. Und auch nicht, ob jemand verletzt ist."

„Man muss doch irgendwie hineinkommen, vielleicht von hinten?", schlug die Frau Doktor vor. Der Koubek nickte. „Schon. Aber es müsste völlig ohne Geräuschentwicklung gehen, und wir müssten genauer Bescheid wissen über die Lage drinnen. So ist es einfach zu riskant für die Geiseln. Wir bräuchten eben dringend Information von drinnen." „Vielleicht könnten wir ihm einen Austausch vorschlagen? Dass jemand von uns reingeht und er dafür eine Geisel freilässt? Wir könnten den verkabeln?" Der Koubek schüttelte den Kopf. „Das wissen solche Typen aus jedem Fernsehkrimi, dass man verkabelte Leute reinschicken will. Der wird verlangen, dass er sich zuerst auszieht, und ihn dann möglicherweise ... ich mag gar nicht daran denken."

„Sind schon Leute hinter dem Haus? Ist alles umstellt?", fragte Gasperlmaier. Der Koubek nickte. „Sind aber alle in guter Deckung. Ich möchte nichts riskieren." Gasperlmaier musste die ganze Zeit an die Manuela denken. Schüsse waren gefallen, hatte er gehört. Die Manuela lag womöglich dort drinnen in ihrem Blut, und hier heraußen war eine ganze Armada aufgefahren, und niemand half ihr. Es musste etwas geschehen.

„Ich muss mit der Frau sprechen, die den Notruf abgesetzt hat." Der Koubek nickte, bedeutete ihnen zu folgen und entfernte sich im Schutz der Autos bergauf, in Richtung Jugendherberge. Dort, wo sie sich bereits in Deckung hinter dem Gebäude befanden, stand ein weiterer Kleinbus. Der Koubek wies sie an, einzusteigen. Dort saß, trotz des warmen Tages in eine Decke gehüllt, die Frau Roither. Sie schluchzte vor sich hin. Die Frau Doktor schüttelte ihr zunächst die Hand, hielt sie dann mit beiden Händen fest und strich beruhigend über den zitternden Handrücken der Frau. „Frau Roither", sagte sie. „Erzählen Sie uns bitte genau, was passiert ist. Jede Einzelheit kann wichtig sein." Die Frau Roither nickte, konnte aber vor lauter Schluchzen zunächst gar nichts sagen. „Das ist alles zu viel für mich, das halt ich nicht aus. Am liebsten möchte ich tot sein, damit alles vorbei ist!", murmelte sie schließlich. Die Frau Doktor strich weiter über ihre rechte Hand, die sie nicht losgelassen hatte. „Erzählen Sie. Das hilft!", ermutigte sie die Frau Roither. Die nickte, aber es dauerte eine Zeitlang, bis sie tatsächlich sprach, immer wieder unterbrochen von Schluchzern.

„Es war ja nicht viel los, wegen dem schönen Wetter. Und plötzlich kommt die Carmen aus dem Buffet, sie hat ganz ein rotes Gesicht gehabt, und hat mir zugeflüstert, dass er da ist. Der Mörder." „Hat sie gesagt, woran sie ihn erkannt hat?" Die Frau Roither schüttelte den Kopf. „Sie ist gleich wieder ins Buffet zurück, wahrscheinlich, dass er nichts merkt. ,Ruf schnell die Polizei!', hat sie noch gesagt. Ich hab so gezittert, dass ich die Nummer zuerst falsch getippt habe. Und dann hat es plötzlich einen Schrei drinnen gegeben und einen Schuss, ich glaub, es war die Carmen, die geschrien hat, Frau Chefinspektor, der hat die Carmen erschossen!" Gasperlmaier spürte eine ohnmächtige Wut in sich aufsteigen. Am liebsten wäre er sofort hineingegangen in das Buffet und hätte den Engelhard mit eigenen Händen erwürgt.

„Haben Sie gesehen, dass er sie erschossen hat?", fragte die Frau Doktor. Die Frau Roither schüttelte den Kopf. „Aber sie war es, die geschrien hat. Da bin ich mir ganz sicher." „Und dann?" „Ich bin Hals über Kopf herausgelaufen. Und dann hab ich es doch geschafft, die Frau Inspektor Reitmair anzurufen. Und die ist dann als Erste gekommen, und ..." Die Frau Roither verstummte und sah zu Gasperlmaier auf.

„Ja, was?", fragte er ungeduldig. Die Frau Roither begann wieder zu schluchzen. „Und die ist gleich hinein, mit der Waffe im Anschlag, aber dann ..."

Gasperlmaier verlor die Nerven. „Ja, was dann?" Er hatte es fast geschrien und die Frau Roither damit erschreckt. Der Koubek zog ihn am Ärmel aus dem Bus. „Ihre Kollegin ist hineingegangen, kurz bevor wir eingetroffen sind. War ein schwerer Fehler. Der Täter dürfte sie entwaffnet haben, aber es ist kein weiterer Schuss gefallen. Später ist es ihr anscheinend gelungen, über ihr Handy Kontakt zu Ihnen, also zur Frau Chefinspektor, aufzunehmen. Das dürfte der Täter aber zerstört haben." Gasperlmaier schüttelte den Kopf. „Wann macht ihr denn endlich einen Zugriff?", fragte er. Der Koubek schüttelte bedauernd den Kopf. „Wir warten auf eine Kontaktaufnahme. Eine Forderung. Er muss ja irgendwie mit uns in Kontakt treten, sonst sind seine Optionen in ein paar Stunden ausgeschöpft. Auch ein Terrorist muss einmal schlafen."

„So lange können wir doch nicht warten!", widersprach Gasperlmaier. „Am Ende verblutet uns da drinnen jemand!" Der Koubek fischte eine Zigarettenpackung aus seiner Hemdtasche und zündete sie an. „In solchen Fällen spielen wir immer auf Zeit", sagte er. „Es ist nur einer. Und kein Profi. Der fällt uns in die Hände, ohne dass wir einen Finger krumm machen. Jede Wette!" Gasperlmaier fragte sich, wie man im Angesicht einer derartigen Katastrophe einfach ruhig seine Zigaretten paffen konnte. Es mochte ja sein, dass der Koubek und seine Leute viel mehr Ahnung als er hatten, was Einsätze bei Geiselnahmen betraf. Aber da drinnen war seine Kollegin, die Manuela. Und womöglich lebensgefährlich verletzt oder gar schon tot die Carmen, die so schwungvoll und mit Begeisterung das Buffet gemanagt hatte. Gasperlmaier stiegen die Tränen in die Augen. Man musste doch irgendetwas tun können. Er ertrug es einfach nicht, hier untätig herumzusitzen, während drinnen womöglich ein unschuldiges Mädchen mit dem Tode kämpfte.

Plötzlich erklang eine Lautsprecherstimme. „Herr Engelhard, bitte geben Sie auf. Kommen Sie mit erhobenen Händen aus dem Gebäude. Es hat ja keinen Sinn, Sie machen alles nur noch schlimmer, wenn Sie nicht aufgeben!" Stille. „Herr Engelhard, reden Sie mit uns.

Geben Sie uns Ihre Forderungen bekannt. Wir wissen nicht einmal, was Sie wollen!" Stille. Womöglich, so dachte Gasperlmaier bei sich, wartete der Irre auf Verstärkung aus dem Erdinneren. Vielleicht, wer konnte das sagen, glaubte er, die Reptiloiden würden ihm helfen oder ihn als ihren Vertreter auf Erden anerkennen oder was auch immer. Vielleicht glaubte er sogar, dass die ihn auf die andere Seite der Erde retten würden. Bei so einem Irren, da kam man mit Vernunft nicht weit.

Der Koubek tippte ihm auf die Schulter. „Kennen Sie den?", fragte er. „Wir haben ihn holen lassen, weil wir hoffen, dass er uns mehr über den Geiselnehmer erzählen kann. Bis jetzt allerdings ..." Ein Beamter kam mit dem Steinkogler, dessen Hände hinter dem Rücken gefesselt waren, aus der Jugendherberge. Er schob ihn in den Bus, in dem die Frau Doktor noch immer mit der Frau Roither sprach. Gasperlmaier stieg auch wieder ein. Was machte der Steinkogler hier? Zusammen mit dem Uniformierten, der den Steinkogler bewachte, wurde es ein wenig eng im Bus. „Herr Steinkogler", sagte die Frau Doktor. „Es hat jetzt keinen Sinn mehr, zu leugnen, dass Sie den Engelhard, der da drinnen Geiseln genommen hat, kennen. Wir haben genügend Beweise. Wie, Herr Steinkogler, kommt der Engelhard an eine Waffe?" Der Steinkogler seufzte. Dann sah er zur Frau Doktor auf. „Gestohlen hat er sie mir, jawohl, gestohlen! Ich hab einen Moment nicht aufgepasst, und da ..." Die Frau Doktor schlug mit der Hand auf die Tischplatte. „Sie haben also nicht nur eine Jagdwaffe im Haus gehabt, sondern auch noch eine Pistole? Ohne dass Sie jemals eine Waffenbesitzkarte oder einen Waffenschein besessen hätten?"

„Ihr wollt's mich nur reinreiten! Ich sag nichts mehr!" Der Steinkogler, so stellte Gasperlmaier jetzt fest, stank.

Der musste sich tagelang nicht gewaschen haben. Seine Haare standen verfilzt und fettig vom Kopf ab. Was hatte es, so fragte Gasperlmaier sich selbst, jetzt noch für einen Sinn, ihn auszuquetschen? Plötzlich hatte er aber doch eine Idee. „Was ist denn das Lieblingsthema des Engelhard? Worüber redet er am liebsten, an was glaubt er denn?" Erstaunt sah der Steinkogler zu ihm auf. Die Frau Doktor nickte Gasperlmaier lächelnd zu. Obwohl sie keine Ahnung haben konnte, worauf er hinauswollte. „Über die flache Erde, natürlich. Aber er hat auch Erfindungen gemacht, sagt er. So einen Biokunststoff, den man aus Pflanzenabfällen herstellen kann. Damit, sagt er, kann man alles Papier und Plastik ersetzen."

Gasperlmaier fragte sich, an was man noch alles glauben konnte. Anscheinend vermischten sich im Hirn solcher Irrer die verschiedensten Verschwörungstheorien zu einem Brei, den sie am Schluss selber nicht mehr verstanden, dennoch aber mit unglaublicher Vehemenz verteidigten. Das konnte er sich womöglich zunutze machen. Er zog seine Dienstwaffe, drückte sie der Frau Doktor in die Hand und stand auf. „Ich geh da jetzt rein!", sagte er. „Nicht!", rief sie ihm noch nach, doch da war Gasperlmaier schon zielstrebig auf dem Weg in Richtung Steinberghaus. Vorsichtshalber hob er die Hände, sodass der Engelhard, falls er ihn beobachtete, sehen konnte, dass er ihn nicht bedrohte. Seltsamerweise war es hinter ihm ganz still, niemand versuchte ihn zurückzuhalten, niemand rief ihn zurück. Wahrscheinlich, so sagte er sich, wollte man den Engelhard nicht auf ihn aufmerksam machen. Er erreichte den Eingang, drückte die Tür auf und stand im Vorhaus, in dem sich auch die Kassen befanden. Links ging es ins Buffet. Der Engelhard, so sagte er sich, konnte nicht herauskommen, ohne die Kontrolle über seine Geiseln aufzugeben. Also musste er ihm von hier heraußen etwas zurufen.

„Herr Engelhard", schrie er. „Mein Name ist Gasperlmaier. Franz Gasperlmaier. Ich bin Polizist. Aber ich bin unbewaffnet. Ich komm jetzt mit den Händen über dem Kopf zu Ihnen hinein." Eine raue Stimme wurde von drinnen hörbar. „Bleib draußen. Wenn du reinkommst, schieß ich!" Gasperlmaier schlug das Herz bis zum Hals. Aber wenn er an die Manuela dachte, und die Carmen ... Er trat in die Türöffnung. „So!", sagte er. „Jetzt können Sie schießen. Aber ich würde lieber mit Ihnen reden. Vielleicht kann ich Sie retten!" Der letzte Satz war ihm ganz spontan eingefallen. „Ich kenne das Bergwerk gut. Viel besser als ... die ganzen Touristen hier." Der Engelhard stand hinter dem Tresen und richtete seine Waffe auf ihn. Gasperlmaier blickte um sich. Vier oder fünf Touristen, Frauen und Kinder, kauerten auf dem Boden und starrten ihn ungläubig an. Ihm fiel ein Stein vom Herzen, als er dahinter die Manuela und die Carmen erblickte, die ihn ebenfalls mit offenen Mündern anstarrten, anscheinend aber unverletzt waren. Gasperlmaier hielt immer noch die Hände über seinen Kopf. „Wollen Sie mich nicht durchsuchen?", fragte er den Engelhard. Der antwortete nicht, seine Augen zuckten unruhig hin und her, er schien nachzudenken. Natürlich war er auch nervös, unsicher. Das konnte man unter Umständen ausnutzen. Von draußen ertönte wieder die Lautsprecherstimme. „Herr Engelhard, lassen Sie im Austausch für unseren Kollegen Geiseln frei. Verletzte und Kinder!" „Gute Idee! Gott sei Dank gibt es, soweit ich sehe, keine Verletzten", sagte Gasperlmaier, den langsam die erhobenen Arme zu schmerzen begannen. Er lächelte. „Jetzt kommen Sie schon her, ich kann meine Arme nicht ewig oben behalten." Einige Sekunden zögerte der Engelhard noch, dann kam er auf Gasperlmaier zu. „Und ihr haltet still! Sonst ..." Drohend richtete er seine Waffe auf die verschreckten Geiseln. Der Engelhard sah genauso aus, wie sie das für ihr letztes Phantombild geraten hatten. Schwarze Wollmütze, dunkler Dreitagebart, Sonnenbrille. Abgesehen vom Bart genauso, wie ihn der Wendelin beschrieben hatte, der sein irres Bekennerschreiben in den Postkasten der Polizeidienststelle geworfen hatte.

Der Engelhard zog Gasperlmaiers Handy aus dessen Hosentasche. „Damit hab ich nicht so Freude!", brummte er, warf es auf den Boden und trat mit dem Absatz darauf. Mit einem Knirschen zerbarst das Display. Traurig sah Gasperlmaier darauf hinunter. Jetzt musste er sich schon wieder an ein neues Gerät gewöhnen. Eines der Kinder schrie laut auf, die Mutter, offensichtlich eine Asiatin, begann gleich mitzuheulen. In einem hohen, singenden Ton. Der Engelhard zog sich hinter den Tresen zurück. „Setz dich zu ihnen!" Er deutete mit dem Lauf der Waffe auf die vor ihm sitzenden Geiseln. Die Mutter des Kleinen, der etwa fünf Jahre alt sein mochte, klammerte sich an Gasperlmaiers Arm. „Help, please!", flehte sie, riss Gasperlmaier fast zu Boden und begann gleich wieder lauthals loszukreischen. „Könnten Sie die zwei nicht gehen lassen? Die machen doch nur Ärger, mit dem ganzen Gekreische." Der Engelhard kaute auf irgendwas herum, schien zu überlegen. Er zwinkerte öfter mit den Augen, als es normal war. War er nervös oder müde? „Die sollen verschwinden. Los, geht!" Er deutete mit dem Lauf der Waffe zur Tür. Die Manuela tippte der weinenden Frau auf die Schulter. Die zuckte zusammen. „You can go!", sagte die Manuela. „Take your kid and run!" Die Mutter starrte sie ungläubig an, stand dann aber doch auf, riss ihr Kind an sich und rannte zur Tür. Der Engelhard bewegte sich nicht, fuhr sich nur mehrmals mit der Hand über die Augen. Der war schon ziemlich am Ende mit seinen Nerven, vermutete Gasperlmaier.

Draußen hörte man die Mutter weiterkreischen, dann wurde sie anscheinend von Hilfskräften in Empfang genommen und versorgt, das Geschrei verstummte. Wenigstens wusste man draußen jetzt, dass niemand verletzt war. Noch nicht. Gasperlmaier holte tief Luft. „Ich hab gehört, Sie haben was erfunden. Der Steinkogler hat's uns erzählt." Der Engelhard stieß verächtlich Luft aus. „Der Trottel", fauchte er. „Was hat er euch denn noch alles erzählt? Der glaubt ja auch noch an den Weihnachtsmann, wenn man's ihm lang genug einredet!" Gasperlmaier war etwas verwirrt. Glaubte der Engelhard doch nicht an Verschwörungstheorien?

„Der Steinkogler ist ein Märchenonkel. Wie ihr Ösis alle. Aber dass man handeln muss, dass man etwas tun muss, das habt ihr noch nicht kapiert. Setz dich wieder hin, am besten gleich neben deine Kollegin!" Jetzt erst sah Gasperlmaier, dass noch eine weitere Waffe auf dem Fensterbrett hinter dem Engelhard lag. Es musste die Dienstwaffe der Manuela sein. Er versuchte, die als Geiseln verbliebenen vier Touristen mit Gesten zu beruhigen, es waren zwei Frauen, ein junger Mann und ein weiteres Kind. Sie schienen allesamt des Deutschen nicht mächtig zu sein. Er setzte sich neben die Manuela, die sich mit beiden Händen an seinen Oberarm klammerte. „Das wird schon wieder!", flüsterte Gasperlmaier. „Der hat doch sowieso keine Schneid, der traut sich doch nicht, uns etwas zu tun!" Der Widerstand der Carmen war anscheinend noch nicht gebrochen, sie gestikulierte heftig und schleuderte ihre Worte dem Engelhard förmlich ins Gesicht. Gasperlmaier versuchte sie mit Gesten davon abzubringen, weiterzuschimpfen. „Klappe, Schlampe!", sagte der Engelhard und schlug mit dem Knauf der Waffe auf den Tresen. Dann griff er mit der Hand nach hinten, holte ein Bierglas aus dem Regal und ließ sich ein Bier herunter. Es schäumte viel zu stark. „Nicht einmal das kann er!", flüsterte die Carmen. Die war ein gewisses Risiko, fand Gasperlmaier. Ein unüberlegter Angriff auf den Engelhard war ihr zuzutrauen, und wie der ausgehen mochte, das stand in den Sternen.

Der Engelhard nahm einen tüchtigen Schluck von seinem Bier. „Natürlich hab ich was erfunden. Nur sind die deutschen Behörden und die Industrie zu blöd, es zu kapieren. Und wisst ihr, warum? Weil sie alle unter einer Decke stecken. Das wisst ihr schon, dass die Clinton ein Reptiloide ist? Und dass in Amerika jetzt endlich der Kampf aufgenommen wird gegen die andere Seite der Erde? Und die Merkel, die ist auch schon übernommen. Und euch da", er deutete auf seine Geiseln, „euch da brauch ich nicht. Sie kommen mich holen. Sie werden mich retten. Ich kann sie hören." Er deutete mit dem Lauf der Pistole auf seinen Kopf. Wahrscheinlich, dachte Gasperlmaier bei sich, wollte er damit darauf hinweisen, dass diese Stimmen in seinem Kopf waren. Er verkniff sich die Frage, wer die denn waren, die ihn holen kommen sollten. Die Reptiloiden waren es wohl nicht, denn die wollte er ja ausschalten. Man durfte ihm keinen Millimeter weit trauen, er war wirklich völlig verrückt. Stattdessen stellte er ihm eine unverfängliche Frage, die Interesse heuchelte, denn solange der Engelhard redete, war er wahrscheinlich weniger gefährlich. „Und wie ist das mit den Politikern in Österreich?"

„Von euren Politikern hab ich keine Ahnung. Aber weißt du, was ich erfunden hab? Einen Kunststoff, den kannst du aus Biomüll herstellen. Biopolymere. Ist alles längst bewiesen. Ich hab's auch schon an alle Chemiefirmen geschickt, aber die antworten nicht einmal. Und wisst ihr, warum? Weil sie dann ihren ganzen Erdölscheiß nicht mehr verkaufen können. Das, was ich erfunden habe, kannst du auch als Papierersatz verwenden. Und alles verrottet. Kein Einsatz von Rohstoffen, kein Müll. Die ganze Verpackung kannst du daraus herstellen. Bücher auch." „Aber ...", begann die Carmen. Die Manuela drückte auf ihre Schulter. „Nicht widersprechen!", flüsterte sie der Carmen ins Ohr. Die brauchte einen Moment, bis sie begriff. Dann nickte sie. Das brauchte man dem Engelhard jetzt nicht unter die Nase reiben, dass verrottende Bücher nicht unbedingt das waren, worauf der Markt gewartet hatte.

„Und ich hab herausgefunden, wie die Reptiloiden zu uns kommen. Nämlich durch die Bergwerke. Ihr Trottel in den Salzbergwerken, ihr bohrt ja bis unter den Meeresspiegel hinunter. Da ist es kein Wunder, wenn dann das ganze Gesindel herauskommt. Und wahrscheinlich wisst ihr nicht einmal, dass die angeblichen Flüchtlinge auch aus den Salzminen gekrochen kommen. Das weiß ja fast niemand, weil die Lügenpresse euch einlullt, sodass ihr keine Ahnung davon habt, was wirklich auf der Welt passiert. Aber ich hab recherchiert. In Cankiri, in der Türkei, da gibt es seit 5000 Jahren einen Salzbergbau. Und ich sag euch, seit genau 5000 Jahren kommen die Reptiloiden dort aus der Erde gekrochen. Und jetzt schicken sie ihre Armeen zu uns. Was sie dort können, das können sie auch in Europa."

Die Manuela stieß Gasperlmaier an und rollte mit den Augen, als er sie ansah. Das sollte wohl bedeuten, dass sie den Engelhard für durchgedreht hielt. Gasperlmaier hielt es für vernünftig, ihn am Reden zu halten. „Und der Kunsthändler, der Erste, den Sie hier getötet haben, der war auch ein Reptiloide?" Der Engelhard nickte triumphierend und nahm einen weiteren Schluck von seinem Bier. Gasperlmaier sah es mit Genugtuung. Irgendwann würde er aufs Klo müssen. „Habt ihr nicht gemerkt, dass der haargenau ausschaut wie der Putin? Ein eindeutiger Beweis. Ich hab ja zunächst gar nicht vorgehabt, den zu erledigen. Ich war ja gar nicht vorbereitet. Aber dann seh ich, wie sich der von der Gruppe wegschleicht. Dahin, wo die Nazis die Kunstwerke versteckt haben. Da hab ich natürlich gewusst, mit wem ich es hier zu tun habe. Und zack!" Der Engelhard stellte ihnen pantomimisch dar, wie er den Abelein zuerst erschlagen und dann noch erstochen hatte. „Ich hab ja immer ein Taschenmesser dabei. Scharf geschliffen!" Er holte tatsächlich ein Schweizer Armeemesser aus seiner Hosentasche und klappte die längste Klinge auf. „Die ist ihm dann schön zwischen die Rippen gefahren!", grinste er.

„Oh God!", stöhnte eine der beiden Frauen. „Oh my God!" Die Manuela rutschte zu ihr nach vorn und flüsterte etwas auf Englisch, das Gasperlmaier nicht verstand. „Ruhe!", schrie der Engelhard und fuhr mit dem Finger über die Klinge. „Wie gesagt, scharf geschliffen! Und dann hab ich gewartet, bis die Führung weiterzieht und Ruhe ist. Zuerst wollte ich den ... also, die Leiche, einfach drinlassen. Aber dann ... da hab ich diesen Wagen gesehen. Den Grubenhunt, wie der Führer so nett erklärt hat. Und ich hab mich daran erinnert, dass es ja hinaus immer bergab geht. Da hab ich mir gedacht, da steckst du den einfach in den Grubenhunt und schiebst ihn hinaus, sobald alles ruhig ist. Hat ja auch alles geklappt. Aber kurz vor dem Ausgang, da kommen mir zwei so Trottel entgegen, ein Mann und eine Frau. Ich hab mich hinter den Wagen geduckt. Die sind dann aber abgebogen. Ich hab sie nur mehr kichern hören. Ich bin langsam herangeschlichen, verstehst du, da hör ich das verliebte Geturtel. Und da hab ich gewusst, was die vorhaben. Hab ich mich samt meiner Last vorbeigeschlichen, als sie gerade mitten dabei waren. Den Anzug von dem Trottel hab ich euch dann ja ins Auto gelegt. Damit ihr was zu raten habt!" Der Engelhard lachte laut auf, trank einen Schluck und sah ziemlich irr aus, fand Gasperlmaier. „Meinen Anzug hab ich fein säuberlich wieder in die Garderobe gehängt, damit er auch wie vorgesehen in der Waschmaschine landet!" Er grinste. Gasperlmaier erinnerte sich daran, dass die Frau Roither zunächst von zwei Anzügen gesprochen hatte, die fehlten. Wahrscheinlich hatte sie recht gehabt. Der Engelhard musste bei ihrer ersten Zählung noch mit dem Opfer im Stollen gewesen sein.

„Bist du der, dem das Polizeiauto gehört?", fragte er. Gasperlmaier nickte. „Und Sie haben uns einen ganz schönen Schrecken eingejagt. Das war ja eine Meisterleistung, den blutigen Anzug in unserem Auto zu verstecken!" Der Engelhard nickte. „Gut, dass du das anerkennst." Er deutete vage in die Richtung des Bergwerkeingangs. „Und den Grubenhunt, den habt ihr ja da stehen lassen, wo ich den ... die Leiche ausgeladen habe." Gasperlmaier schwieg. Er wollte dem Engelhard nicht auch noch den Triumph zugestehen, dass bis jetzt nicht herausgefunden worden war, dass der Grubenhunt auf keinen Fall dort stand, wo er stehen sollte, und zum Leichentransport missbraucht worden war. Gasperlmaier hoffte, dass der Engelhard jetzt bald einmal müde werden würde oder irgendeinen anderen Fehler machte.

Was er dann allerdings tun sollte, dafür hatte er noch keinen genauen Plan. Am besten war, ihn weiterhin reden zu lassen. Ihm Gelegenheit zu geben, mit seinen Taten zu prahlen. „Wie haben Sie es denn geschafft, dass Sie keiner gesehen hat ..." Der Engelhard wandte sich ihm zu und grinste. „Da staunst du, was? Aber tatsächlich hab ich ein bisschen Glück gehabt, weil, wie ich den ... wie heißt er?" „Abelein!", sprang Gasperlmaier bei. „Ja. Wie ich den gerade bei seinem Auto hab, taucht so ein kleiner roter Wagen auf. Das war die, die bei der Kasse sitzt. Keine Ahnung, warum die noch einmal zurückgekommen ist. Auf jeden Fall lasse ich mich hinter den BMW fallen, verstehst du, und dann nichts wie rein in den Kofferraum mit der Leiche und ab. Zum Glück hab ich bei dem Abelein nicht nur den Autoschlüssel, sondern auch seinen Zimmerschlüssel gefunden, sodass ich gewusst habe, auf welchen Parkplatz das Auto gehört. Clever, was?" Gasperlmaier nickte. Die Frau Roither hatte Glück gehabt. Wäre sie einen Moment früher aufgetaucht, hätte sie gesehen, wie der Engelhard die Leiche abtransportiert hatte. Und womöglich hätte er dann auch sie ... Er wollte gar nicht daran denken.

„Sein ganzes Zeug, samt dem Autoschlüssel, das hab ich in den See geschmissen. Das findet ihr nie!" Er lächelte triumphierend. „Und dann hab ich mich natürlich umorientieren müssen. Damit mich niemand erkennt. Ich hab ja zuerst nicht gewusst, dass man auf der Rutsche fotografiert wird. Aber dann war es halt schon zu spät, und ich hab den scheußlichen roten Bart ... reden wir nicht mehr darüber." Tatsächlich trat Stille ein, der Engelhard füllte sein Bierglas auf und lehnte sich mit verschränkten Armen auf den Tresen.

„Warum denn ausgerechnet Altaussee?" Gasperlmaier zuckte zusammen. Dass sich die Carmen jetzt einmischte, das passte ihm gar nicht. Der Engelhard nickte und grinste wissend. „Kluges Köpfchen. Kommst du einmal her zu mir?" Die Carmen stand auf und ging nach vor zur Bar, hinter der der Engelhard lümmelte. „Ich hab keine Angst vor dir!", zischte sie ihm entgegen. „Ich hab vor niemandem Angst!" Der Engelhard richtete die Waffe auf sie. „Auch nicht vor diesem Ding?" „Pfff!" Die Carmen schnaubte verächtlich, und Gasperlmaier schlug das Herz bis zum Hals. Typen wie der Engelhard konnten es gar nicht vertragen, wenn man sich über sie lustig machte, dessen war er sich sicher. „Jetzt schauen wir einmal, ob du wirklich so schlau bist, wie du tust!", sagte der Engelhard und schob mit seiner Waffe das Kinn der Carmen hoch, sodass sie ihm in die Augen sehen musste. Gasperlmaier konnte nicht hinsehen. „Schau dir doch einmal eine Karte von Europa an!", sagte der Engelhard. „Was ist da genau in der Mitte?" Die Carmen zögerte. „Österreich?" „Kluges Kind! Und was ist in der Mitte von Österreich?" „Bad Aussee?" Plötzlich schlug er mit der Waffe auf den Tresen. „Ihr macht ja sogar Werbung dafür! Der geographische Mittelpunkt Österreichs! Mitten in Europa! Und genau da grabt ihr ein Riesenloch in die Erde! Glaubt ihr vielleicht, ich bin blöd? Wer soll euch denn das glauben, dass das ein Zufall ist! Setz dich wieder hin!" Ebenso schnell, wie er gekommen war, verebbte der Ausbruch des Engelhard. Gasperlmaier verzichtete darauf, ihm zu erklären, dass Altaussee keinesfalls in der Mitte der Welt lag und dass es somit unbedeutend war, ob es in der Mitte Europas lag oder nicht. Er hatte nicht gedacht, dass die Fremdenverkehrswerbung, die tatsächlich oft damit kokettierte, dass das Ausseerland in der Mitte Österreichs lag, auch dazu geeignet war, Wahnsinnige anzulocken.

„Und du sagst, dass du dich hier im Bergwerk gut auskennst? Dass du mich hinausführen kannst? Sicher gibt es noch eine ganze Reihe von Ausgängen, oder?" Gasperlmaier wurde ein wenig mulmig. Die Stimmen im Kopf des Engelhard waren anscheinend verstummt. Und die anderen Ausgänge kannte er nicht wirklich. Ob er überall, wo er schon gewesen war, Tür- und Beleuchtungsanlagen bedienen konnte, dessen war er sich keinesfalls sicher. Hoffentlich würde der Engelhard nicht auf die Idee kommen, ihn mit der Waffe im Kreuz durchs Bergwerk zu treiben, auf der Suche nach einem Ausgang, der nicht bewacht war. Man konnte es mit einem Ablenkungsversuch probieren.

„Warum sind Sie denn eigentlich noch einmal bei einer Führung mitgegangen?" Der Engelhard lachte und richtete sich wieder auf. „Meine Mission, verstehst du nicht? Die muss ich erfüllen. Weil es ja sonst niemand macht, alle sind zu feig dazu. Und so gehe ich in die Höhlen und in die Bergwerke, und wo ich sie erwische, blase ich ihnen das Licht aus!" Gasperlmaier warf der Manuela einen besorgten Blick zu. Was, wenn der Engelhard auf die Idee kam, auch eine seiner Geiseln sei ein Reptiloide? „Ich hab ja mein Glück gar nicht fassen können", faselte er weiter. „Da sagt man immer, Frauen sind neugierig, aber in Wirklichkeit sind es die Männer, die überall herumstöbern und nachschauen müssen, gerade, wenn man ihnen sagt, dass es verboten ist. Ich hab mich absichtlich ein wenig zurückfallen lassen, bei der Führung, da brauchst du dich nur kurz in eine Nische stellen, schon sind alle vorbei und du stehst im Dunkeln. Der andere ist auch zurückgeblieben, der hat da nach Salzsteinen herumgesucht, während die vorne schon das Video angeschaut haben. Und ich weiß natürlich: Wer herumirrt und sich nicht das Video anschaut und nicht bei der Gruppe bleibt, der ist nicht wegen der Führung durch das Bergwerk gekommen. Der sucht nach den anderen Reptiloiden. Oder er ist selber einer, der von unten heraufgekommen ist und sich umsieht, wie er am besten hier herauskommt. Das ist genau wie beim Ladendiebstahl. Wer nicht in die Regale glotzt, sondern sich nach anderen Kunden umdreht, das ist der Dieb. Einer weniger, hab ich mir gedacht, als ich ihm den Stein auf den Schädel geknallt hab. Einer weniger. Aber dann ist ein Tumult losgebrochen, und ich hab schauen müssen, dass ich wegkomme."

„Wie sind Sie denn dann aus dem Bergwerk gekommen?", fragte Gasperlmaier und bemühte sich, möglichst interessiert zu klingen. „Na, zuerst hab ich diesen blöden Anzug ausgezogen und in die Kiste gesteckt. Den habt ihr ja wohl gefunden, oder?" Gasperlmaier nickte. „Dann gewartet, bis alles wieder ruhig war. Hat Stunden gedauert, kann ich dir sagen. Bis die ganzen Kripomenschen wieder draußen waren. Dann hab ich mir gesagt, heute kommen keine Führungen mehr. Bin unbehelligt bis zum Ausgang gekommen. Der war sogar offen. Und keiner, der da draußen am Platz war, hat sich für mich interessiert." Gasperlmaier seufzte. Das war aber auch gründlich schiefgelaufen. Der Mörder war noch im Bergwerk gewesen, als er selbst und die Frau Doktor den Tatort samt Leiche begutachtet hatten. Und dann war er womöglich direkt an ihnen vorbeispaziert. Gott sei Dank, so sagte er sich, war ihm wenigstens kein weiteres Verbrechen geglückt. Bis jetzt.

Gasperlmaier musste den Engelhard am Reden halten. Und am Trinken. Einen Plan, wie es weitergehen sollte, hatte der offenbar nicht. Außer vielleicht, dass Gasperlmaier ihm zur Flucht verhelfen sollte. Aber das wollte er, so es irgendwie möglich war, verhindern. Eine der Frauen, die vor Gasperlmaier saß, fing an zu weinen. Die Manuela kroch zu ihr hin und strich ihr begütigend über den Rücken. Der Engelhard hatte seine Waffe wieder in die Hand genommen und hielt sie auf die beiden gerichtet. „Keine falsche Bewegung! Was ist mit ihr?" „Sie muss aufs Klo!", erklärte die Manuela. „Du! Komm her!" Der Engelhard deutete auf Gasperlmaier. Der erhob sich, und als er um den Tresen herumkam, riss ihn der Engelhard an sich und drückte ihm den Lauf der Pistole an die Schläfe. „So!", sagte er. „Jetzt geht ihr. Und wenn ihr in fünf Minuten nicht wieder zurück seid, dann ist er tot. Merkt euch das!" Die Manuela nickte und nahm die weinende Frau an der Hand. Als sie verschwunden waren, hoffte Gasperlmaier inständig, dass die Manuela nicht so unvernünftig sein würde, mit der Geisel zu fliehen. Er wollte noch nicht sterben. Er spürte, wie sich unter seinem Haaransatz der Schweiß sammelte und über den Nacken in den Kragen lief, während eine Gänsehaut über seinen Rücken hochkroch. Auch seine Stirn war schweißnass. „Machen Sie doch keinen Blödsinn!", krächzte er. „Ich bin der Einzige, der Sie hier hinausbringen kann!" Das war, wenn nicht gelogen, gewaltig übertrieben. „Klappe!", fauchte der Engelhard und verstärkte seinen Griff um Gasperlmaiers Oberkörper. Draußen hörte er die Klospülung rauschen.

Wenig später Schritte. Anscheinend gab es Streit zwischen der Manuela und der Frau, denn er hörte aufgeregte Stimmen. Schließlich tauchte die Manuela auf, die die Frau vor sich herschob und offensichtlich an den Unterarmen fixiert hatte. „Entschuldigung", keuchte sie. „Wir haben eine kleine Meinungsverschiedenheit gehabt. Alles wieder in Ordnung!" Sie schubste die Frau, der die Tränen über das Gesicht liefen, an ihren Platz. Gasperlmaier war gerührt. Die Manuela hatte, um ihn zu retten, die Geisel an der Flucht gehindert. Hoffentlich würde der Engelhard seinen Zorn nicht an ihr auslassen. „Noch ein Bier?", fragte er deshalb, als ihn der Engelhard losgelassen und seine Waffe gesenkt hatte. Der nickte. „Du kannst dir auch eins herunterlassen. Und deiner Kollegin auch." „Die anderen brauchen auch Wasser!", meinte Gasperlmaier. „Mir doch egal!", zischte der Engelhard. „Schau halt, ob du etwas findest!"

Gasperlmaier ließ zuerst das Bier herunter und öffnete dann eine der Kühlschubladen unter der Theke. Mineralwasser war genügend vorhanden. Er holte ein paar Flaschen heraus und reichte jeder der Geiseln eine. „Prost!", sagte er zum Engelhard, als er wieder hinter dem Tresen stand. Die Carmen, so sah er aus den Augenwinkeln, schüttelte ungläubig den Kopf. Sie hatte, so mutmaßte Gasperlmaier, seine Strategie noch nicht durchschaut. Jetzt, so dachte er bei sich, kam es darauf an. Langsam drohte ihm der Gesprächsstoff auszugehen, und irgendetwas musste sich in allernächster Zeit bewegen. Er suchte Blickkontakt mit der Manuela, die aber ganz leicht mit den Schultern zuckte. Anscheinend hatte auch sie keine zündende Idee. Der Engelhard hatte sein zweites Seidel bereits geleert. „Ich muss dann auch einmal hinaus aufs Klo", kündigte er an. Jetzt, so dachte Gasperlmaier bei sich, war die Minute der Entscheidung gekommen. Irgendwie mussten sie die Situation dazu nützen, zu entkommen.

„Du gehst mit! Und wenn sich auch nur einer bewegt, dann ist er tot!" Der Engelhard deutete auf den jungen Mann, der sich noch gar nicht gerührt hatte. Der Engelhard trat auf ihn zu und zog ihn am Arm hoch. „Steh schon auf!" Der junge Mann begann auf Englisch zu jammern und zu flehen, als ihm der Engelhard die Waffe an den Kopf hielt. Die Manuela versuchte zu erklären: „He just wants to take you to the toilet. As a hostage, so we won't flee!" Der junge Mann schien aber nicht verstanden zu haben. „No, no, no!", bettelte er, sank wieder auf die Knie und faltete die Hände. Offenbar glaubte er, der Engelhard wolle ihn mit hinausnehmen, um ihn zu erschießen.

Gasperlmaier stand auf. „Ich geh mit. Der macht sich ja selber in die Hose." Der Engelhard zögerte einen Moment. Gasperlmaier gab sich große Mühe, keinen Blick auf die Dienstwaffe der Manuela zu werfen, die immer noch auf dem Fensterbrett lag. Anscheinend hatte der Engelhard auf die völlig vergessen. Das war ihre Chance. „Ich zeig dir, wo's ist!" Gasperlmaier ging voraus und bedeutete dem Engelhard mit einer Geste, er solle ihm folgen. Er konnte die Waffe, die auf ihn gerichtet war, förmlich im Rücken spüren. Wenn sich die Zurückgebliebenen jetzt nicht völlig ruhig verhielten, war es um ihn geschehen. Er hoffte inständig, dass die Manuela das Kommando im Buffet übernehmen würde, während er sich mit dem Engelhard auf dem Klo befand. Wenn einer der Touristen Lärm schlug und die Waffe an sich nahm, konnte das ebenfalls böse ausgehen.

„Da!" Gasperlmaier wies auf die offene Tür einer Toilettenkabine. „Nix da!", sagte der Engelhard. „Du gehst natürlich mit rein. Was hast du denn geglaubt!" Gasperlmaier tat, wie ihm geheißen, trat in die Kabine und presste sich an die Wand, damit der Engelhard an ihm vorbeikonnte. Er drückte Gasperlmaier die Waffe gegen den Bauch, während er mit der freien Hand seinen Hosenschlitz öffnete. Gasperlmaier meinte, ein leises Rascheln zu hören, das aber schnell vom Geplätscher in der Klomuschel und vom wohligen Stöhnen des Engelhard unterbrochen wurde.

Gerade, als dessen Strahl versiegte, kam ein scharfes Kommando von hinten. „Waffe weg! Waffe weg, oder ich schieße!" Der Engelhard rührte sich nicht. Er drückte nur den Lauf seiner Waffe fester gegen Gasperlmaiers Bauch. Der konnte den Schmerz eines Bauchschusses schon spüren. Er sah sich schon blutüberströmt auf die Fliesen sinken. „Ich denk gar nicht ...", sagte der Engelhard. Er konnte seinen Satz nicht vollenden, weil ein Schuss dröhnte. Jetzt ist es aus, dachte Gasperlmaier. Er spürte den schneidenden Schmerz, den die Kugel auf dem Weg durch seine Gedärme genommen hatte. Gleich würde er ohnmächtig werden. Er drückte die Hand gegen seinen Bauch, als der Engelhard vor ihm plötzlich zusammensackte und zu wimmern begann. Bevor Gasperlmaier irgendetwas unternehmen konnte, war die Manuela bereits über dem Engelhard und nahm ihm die Waffe aus der Hand. Der war über der Toilettenmuschel zusammengebrochen und stöhnte. Gasperlmaier sah an sich hinunter, befühlte seinen Bauch und merkte, dass er unverletzt war, während sich die Jeans des Engelhard an seinem linken Oberschenkel bereits vom ausgetretenen Blut dunkel verfärbten.

Gasperlmaier hatte nicht einmal Zeit, sich darüber zu freuen, dass er am Leben bleiben durfte, weil draußen Lärm losbrach. Zwei schwarz Vermummte tauchten hinter der Manuela auf, die immer noch über dem Engelhard stand, in jeder Hand eine Waffe. Die beiden stießen sie grob beiseite. „Keine Bewegung! Auf!", schrie der eine und bohrte dem Engelhard den Lauf seiner automatischen Waffe ins Kreuz. Sie rissen den Geiselnehmer hoch, der laut aufstöhnte. „Mein Bein!", schrie er. „Die Schlampe hat mein Bein getroffen! Ich verblute!" Es dauerte nur Sekunden, und Gasperlmaier war mit der Manuela wieder allein, während der Lärm draußen weiterging. Stimmen, Schreie, Poltern. Die Manuela stand immer noch da, die Waffen hatte sie nicht beiseitegelegt, aber sie hatte die Arme sinken lassen.

Plötzlich begann sie zu schluchzen und warf sich Gasperlmaier in die Arme. Er selbst fühlte sich auch innerlich zerrüttet, war er doch dem Tod so nahe gewesen wie noch nie zuvor in seinem Leben. Er schlang die Arme um die Manuela, und auch ihm kamen die Tränen. Es war, so dachte er bei sich, aber sicherlich nicht passend, wenn jetzt zum Beispiel die Frau Doktor sie beide hier fand, eng umschlungen auf der Herrentoilette. So löste er sich von der Manuela, legte ihr nur den Arm um die Schulter und sagte: „Komm!" Direkt an der Kasse kam ihnen die Frau Doktor entgegen. Sie schüttelte den Kopf, lächelte dabei aber versöhnlich. „Das hätte böse ausgehen können, weißt du? Du hast gegen jeden Befehl und ..." Gasperlmaier sah, dass auch ihre Augen zu glänzen begannen, und schon fiel sie ihm um den Hals. Sie drückte ihren Kopf gegen seine Schulter, und Gasperlmaier vermutete, dass auch sie jetzt ihre Tränen dort trocknete. Er drückte die Frau Doktor fest an sich. Die ließ ihn nicht so schnell wieder los. „Ich bin so froh, dass das gut gegangen ist. Dass ihr gesund vor mir steht. Und ich bin so stolz auf euch!" Plötzlich tauchte der Koubek im Eingang auf. Und der schien nicht annähernd so dankbar wie die Frau Doktor. „Sie beide!" Er deutete mit dem Finger auf die Manuela und Gasperlmaier. „Das wird Folgen haben! Ich hänge Ihnen ein Disziplinarverfahren an, das sich gewaschen hat! Das ist ja unglaublich! Sie lassen sich wie eine Anfängerin entwaffnen, und Sie", er zeigte auf

Gasperlmaier, „sabotieren einfach einen generalstabs-
mäßig geplanten Großeinsatz! Was glauben Sie, was
los gewesen wäre, wenn das schiefgegangen wäre!"
Gasperlmaier wurde langsam wütend, das machte der
ganze Stress der letzten Stunden. „Wäre, wäre!", äffte er
den Koubek nach. „Es ist aber gut gegangen! Und von
mir aus können Sie nach Graz melden, was Sie wollen!"

„Ach was!" Der Koubek bedachte sie noch mit einer
wegwerfenden Geste und verschwand. Fast gleichzeitig
tauchte die Carmen in der Tür auf, von einem Ohr zum
anderen grinsend. „Unser Retter!" Sie umarmte Gasperlmaier, stellte sich auf die Zehenspitzen und küsste ihn
auf beide Wangen. Sie hielt ihn so fest, dass er ganz
deutlich ihre Brüste an seinem Bauch spüren konnte.
Schließlich gab sie ihm auch noch einen dicken Schmatz
auf den Mund. „Sie waren aber auch sehr tapfer!", fügte
die Frau Doktor hinzu. Die Carmen ließ Gasperlmaier
wieder los. „Kommt's jetzt! Wir haben uns eine Stärkung
verdient!" Sie winkte sie ins Buffet. „Gleich!", sagte die
Frau Doktor. „Komm, Gasperlmaier. Wir reden noch
einmal kurz mit unserem Festgenommenen." Sie zog
ihn an der Hand aus dem Gebäude. Draußen herrschte, zumindest dem Anschein nach, immer noch Chaos.
Die ehemaligen Geiseln, so stellte Gasperlmaier fest,
saßen alle auf Klappstühlen vor einem Rotkreuzwagen
und waren mit Decken, Tee und Schokoriegeln versorgt
worden. Obwohl es warm und sonnig war. Aber auch er
hatte das Gefühl, er friere. Und zittrig war er außerdem.
Kam wahrscheinlich von der plötzlich abgefallenen An-
spannung. „Dort!", sagte die Frau Doktor und zeigte auf
eine Trage, die soeben in einen Rettungswagen gescho-
ben wurde. „Wartet einen Moment!"

Die Frau Doktor und Gasperlmaier traten an die
Seite der Bahre. Darauf lag der Engelhard mit einer

Infusionsnadel im Arm. Er sah ganz blass aus und bei weitem nicht mehr so gefährlich wie noch vor ein paar Minuten. „Sie geben zu, im Bergwerk zwei Männer getötet zu haben?", fragte die Frau Doktor. Der Engelhard nickte. „Andere werden den Kampf für mich weiterführen!", sagte er noch. Gasperlmaier schüttelte den Kopf. „Die Erde ist auf jeden Fall rund, das wollte ich Ihnen nur noch schnell gesagt haben!", sagte er. „Und Ihre Reptiloiden, die können Sie sich in den … in die Haare schmieren!" Gasperlmaier hatte plötzlich ein unsäglicher Zorn auf den Engelhard erfasst. Die Frau Doktor zog ihn weg von der Trage. „Lass!", sagte sie. „Das ist dann meine Aufgabe. Die Vernehmung, die Protokollierung seiner Aussagen. Glaub mir, es macht keinen Spaß, sich das alles noch einmal anzuhören." Sie brachte ihn wieder ins Steinberghaus. Dort waren die Carmen und die Manuela damit beschäftigt, Würstel zu kochen und Bier einzuschenken. Die Manuela sah ein wenig verschmiert aus, an der Carmen schien die Geiselnahme völlig ohne Spuren vorbeigegangen zu sein. „Genial!", sagte sie. „Wie Sie den eingekocht haben! Prost!" Sie schob Gasperlmaier ein Seidel Bier hin, der es gierig in einem Zug austrank. Das hatte er gebraucht. „Die Würstel sind gleich fertig!" Gasperlmaier merkte erst jetzt, was für einen Hunger er hatte.

Die Frau Doktor biss von ihrem Würstel ab, dass es knackte. „Herrlich!", schwärmte sie. „Aber nur fürs Protokoll: Ich möchte jetzt schon wissen, wie das genau abgelaufen ist mit der Geiselnahme." Die Carmen nickte. „Zuerst gibt's aber noch einen Schnaps!" Sie stellte vier Stamperl auf den Tresen und füllte sie. „Marille!", kommentierte sie trocken. „Prost!" Niemand widersprach. Während die Frau Doktor und die Manuela nur nippten, stürzte Gasperlmaier seinen Schnaps ex hinunter.

Wohlige Wärme breitete sich in seinen Eingeweiden aus. Während er vor nicht einmal einer Viertelstunde noch geglaubt hatte, dass ihm jemand eine Kugel in den Bauch gejagt hatte. Das Leben war schön.

„Ich hab den Kerl auf den ersten Blick erkannt", sagte die Carmen. „Er hat genauso ausgesehen wie auf dem Phantombild. Sie haben ja gesehen, dass er sich auch eine Glatze geschoren hat. Noch einen?" Gasperlmaier nickte, die Carmen schenkte nach. „Und dann hab ich gewartet, ihm ein Getränk gegeben und kassiert und sogar ein bisschen mit ihm übers Wetter geplaudert, damit er keinen Verdacht schöpft. Und als er sich dann hingesetzt hat, hab ich die Frau Roither draußen alarmiert. Aber leider hat er doch Verdacht geschöpft, wahrscheinlich hat er gehört, dass ich draußen was von ‚Polizei' gesagt hab. Er ist dann auf mich zu, hat seine Pistole gezogen, ich hab geschrien, und er hat losgeballert." Die Carmen zeigte auf eine Stelle am Türrahmen, wo eine ganze Ecke zerfetzt war und Splitter in alle Richtungen standen. „Da hat er getroffen. Und dann haben alle durcheinandergeschrien, ein paar sind noch hinausgekommen, dann hat er sich in die Tür gestellt und geschrien, dass sich alle hinsetzen sollen. Das waren dann die vier, die nicht schnell genug waren."

Die Manuela räusperte sich. „Und ein paar Minuten später hat sich eine unglaublich dämliche Polizistin, die nicht auf Verstärkung warten wollte und jede Regel zur Eigensicherung missachtet hat, vom Täter entwaffnen lassen und sich zu den Geiseln gesetzt." Die Manuela wirkte zerknirscht. „Nicht doch, Frau Reitmair. Sie haben dem Franz, und wahrscheinlich nicht nur ihm, das Leben gerettet. Und einen Fehler macht jeder einmal. Habe ich euch schon erzählt, wie ich ... ach nein, das würde jetzt zu weit führen." Die

Frau Doktor wischte mit dem Rest ihres Würstels Senf und Kren auf und schob es sich in den Mund. „Mir hat noch nie ein Würstel so geschmeckt!", grinste sie.

„Und dann hab ich gedacht, der erschießt mich. Ich hab die Kugel praktisch schon in meinem Bauch gespürt. Es hat gebrannt wie verrückt, und ich hab wirklich gefühlt, wie mir das Blut aus der Wunde schießt. Ich war total überrascht, dass die Hose trocken war, wie ich nach unten gegriffen hab." Die Christine stellte die Teller mit den beiden Saiblingen auf den Tisch. „Dass du so viel redest wie heute, das hab ich selten erlebt", sagte sie lächelnd, während sie den Fisch auf ihrem Teller so aufstellte, dass sie ihn mit dem Messer entlang des Rückgrats aufschneiden konnte. „Dir muss der Schock wirklich ganz schön in die Knochen gefahren sein." Gasperlmaier tat es ihr gleich. Das Fleisch des Saiblings fiel fast von selbst von den Gräten. Er hoffte, dass er nicht nachts von seinem schrecklichen Erlebnis auf der Herrentoilette des Steinberghauses träumen würde. Man hatte ja schon davon gehört, dass Menschen nach einem solchen Erlebnis so traumatisiert waren, dass sie nie mehr auf eine Toilette ... er mochte gar nicht daran denken. Am Ende würde man ihn sogar in Frühpension schicken, wenn er vor lauter Angst vor einem Bauchschuss nicht mehr schlafen konnte.

Gasperlmaier nahm einen Schluck von dem Weißwein, den ihm die Christine eingeschenkt hatte. Wahrscheinlich lag es am Bier, den Schnäpsen und jetzt am Wein, dass ihm so viel Unsinn einfiel. „Prost!", sagte er zur Christine. Die langte mit dem Arm über den Tisch und strich ihm über die Wange. „Weißt du", sagte sie, „es ist manchmal schon schwer, wenn ich immer daran denken muss, dass du dich in solche Gefahr begibst. Hast du denn nicht eine Sekunde nachgedacht, bevor du da ins Steinberghaus hineingestürmt bist? Du hättest das ja auch der Cobra überlassen können, oder wie die heißen." Gasperlmaier sah auf. Und wenn er sich nicht täuschte, schimmerten da Tränen in den Augen der Christine. Gasperlmaier war gerührt. „Weißt du", sagte er, „ich hab den Gedanken nicht ausgehalten, dass die Manuela da drin ist, womöglich angeschossen, und da verblutet, oder die Carmen, denn die hat ja zuerst geschrien, und ..." Er wusste nicht mehr weiter und schob ein Stück Fisch in den Mund. Vielleicht hatte er da wirklich einen Fehler gemacht. Man durfte sich nicht in die Lage der Geiseln versetzen und aus lauter Mitleid unbedacht handeln. Da hatte der Koubek wahrscheinlich recht gehabt. „Und jetzt", fuhr er fort, „hat mir der Einsatzleiter praktisch ein Disziplinarverfahren angedroht, und ..." „Also um die Carmen und die Manuela hast du dir solche Sorgen gemacht?" Die Christine klang ein wenig verstimmt. „Muss ich mir also in Zukunft auch noch Sorgen machen, wenn eine junge, hübsche Frau in Gefahr gerät und du den edlen Ritter spielen willst, der sie aus den Fängen des Drachen befreit?" Gasperlmaier sah mit vollem Mund auf. Er verstand nicht recht, was es gewesen sein könnte, das die Christine verärgert hatte. Aber er hatte da wohl etwas missverstanden. Sie lächelte schon wieder. „Wenn du fertig bist, habe ich eine Überraschung für dich!" „So?", fragte er. „Was denn?" „Wenn ich es dir sage, ist es keine Überraschung. Leg dich einfach aufs Sofa und warte noch, bis ich den Geschirrspüler eingeräumt habe."

Vor dem Fernseher fielen Gasperlmaier immer wieder die Augen zu, zudem vermochte er sich nicht auf das Programm zu konzentrieren. Obwohl er eigentlich genug damit zu tun hatte, Nachrichtensendungen zu vermeiden, die womöglich über die heutigen Ereignisse in Altaussee berichten konnten. Kaum schloss er die Augen, spürte er wieder den Lauf der Pistole an seinem Bauch, sah die schreckgeweiteten Augen der Geiseln oder malte sich unwillkürlich aus, was gewesen wäre, hätte der Engelhard die Carmen anstatt des Türstocks getroffen.

Plötzlich spürte er etwas Warmes, Weiches auf seinem Bauch und schrak hoch. Vor ihm stand die Christine und hielt ein graues, getigertes Kätzchen in beiden Händen. Ein weiteres, auch das getigert, trat mit den Vorderpfoten auf seinem Bauch herum und beschnupperte den Untergrund, auf dem es da gerade gelandet war. „Ich hab die beiden heute bei der Tierärztin aufgegabelt. Sie waren für eine Woche bei einer Familie mit Kindern, bis sich herausgestellt hat, dass die Tochter gegen Katzenhaare allergisch ist. Sie waren so süß. Ich hab nicht widerstehen können." Sie setzte das zweite Kätzchen auf Gasperlmaiers Brust. Das näherte sich sofort seinem Gesicht und leckte seine Nase ab.

Gasperlmaier seufzte. Ab nun würde man wohl wieder zu viert im Hause sein.

Danksagung

Dank gebührt meiner Frau Ulrike, die mich auf sämtlichen Recherchefahrten begleitet hat und meine durchaus nachlässige Aufmerksamkeit immer wieder auf bedeutsame Einzelheiten gelenkt hat, die ich übersehen hätte.

Weiters gebührt großer Dank dem Geschäftsführer der Salzwelten, Herrn Kurt Thomanek, der die Recherche im Salzbergwerk gestattet und eine gedeihliche Zusammenarbeit damit ermöglicht hat, und seinen Mitarbeitern Mag. Harald Pernkopf und Mario Fuchs, die mich mit dem Touristen normalerweise nicht zugänglichen Teil des Salzbergwerks in Altaussee vertraut gemacht haben.

In diesem Zusammenhang muss erwähnt werden, dass sämtliche im Roman dargestellten Vorgänge und sämtliche handelnden Personen rein fiktiv sind. Vorgänge wie die dargestellten wären aufgrund der Sicherheitsmaßnahmen im Bergwerk gar nicht möglich. Auch das im Roman erwähnte Bild „Der Alchimist" von Vermeer existiert nicht. Ebenso sind alle im Roman dargestellten Aussagen über aus dem Bergwerk entwendete Schätze nichts anderes als haltlose Gerüchte bzw. vom Autor völlig frei erfunden.

Zu guter Letzt möchte ich noch meinem bewährten Verlagsteam, besonders Linda Müller und Dorothea Zanon und meinem Verleger Markus Hatzer, für die nun schon lange anhaltende fruchtbare Zusammenarbeit danken.

Herbert Dutzler
Letzter Fasching
Ein Altaussee-Krimi
408 Seiten, € 12.95
HAYMON taschenbuch 228
ISBN 978-3-7099-7873-3

Mörderisches Maskentreiben und Gasperlmaier mittendrin!
Als während der alljährlichen Faschingsvorbereitungen
in Bad Aussee eine Morddrohung einlangt, herrscht große
Aufregung. Gasperlmaier muss inkognito ermitteln, doch
auch er kann das Verbrechen nicht verhindern: Der Koch
eines renommierten Bio-Hotels wird erstochen aufgefunden.
Bald stellt sich heraus, dass das Opfer in krumme Geschäfte
verwickelt war. Der liebenswürdige Inspektor Gasperlmaier
steckt wieder bis zum Hals in den Ermittlungen, denn
Verdächtige finden sich viele ...

„urig amüsant und dabei grandios spannend"
BuchMarkt, Jörn Meyer

www.haymonverlag.at